Huntley Fitzpatrick

Es duftet nach Sommer

HUNTLEY FITZPATRICK

Es duftet nach Sommer

Aus dem Amerikanischen
von Catrin Frischer

cbj

cbj ist der Kinder- und Jugendbuchverlag
in der Verlagsgruppe Random House

MIX
Papier aus verantwortungsvollen Quellen
FSC® C014496

Verlagsgruppe Random House FSC® N001967
Das für dieses Buch verwendete FSC®-zertifizierte Papier
Super Snowbright liefert Hellefoss AS, Hokksund, Norwegen.

1. Auflage 2014

Die amerikanische Originalausgabe erschien 2014
unter dem Titel: »What I Thought Was True«
bei Dial Books, einem Imprint der Penguin Group (USA) LLC
Übersetzung: Catrin Frischer
Umschlagkonzeption: Kathrin Schüler, Berlin
unter Verwendung der Fotos von: Plainpicture/amanaimages;
Shutterstock/Pan Xunbin
MP · Herstellung: UK
Satz: KompetenzCenter, Mönchengladbach
Druck: GGP Media GmbH, Pößneck
ISBN 978-3-570-15750-3
Printed in Germany

www.cbj-verlag.de

Für dich, John.

Für über zwanzig Jahre deiner Liebe, Treue und Freundschaft. Für all die Augenblicke, in denen Gwen, Cass oder Nic mich zur Verzweiflung getrieben haben und du leise gesagt hast: »Ich mag sie.«

Für all die Stunden, in denen ich abgelenkt war und du dich um das Alltägliche kümmern musstest. Einkaufen, die Kinder zum Ballett fahren … in Liebesromanen ist von solchen Sachen nie die Rede. Leider.

Für euch, K, A, R, J und D, die sechs Fitzpatricks, die ihr Bücher liebt, den Strand und den Sommer. Was soll ich sagen? Ihr seid das Beste, was mir je passiert ist.

Kapitel eins

Nichts kann mir die Stimmung so vermiesen wie eine Wagenladung Jungs.

Leises Fluchen dringt aus der Imbissbude *Ice Cream Castle*, Dad hat sie also auch schon auf dem Schirm. Ein Trupp Highschool-Jungs steht ganz oben auf seiner Hitliste unerwünschter Kunden. Es kann ihnen nie schnell genug gehen, bis ihr Essen kommt, dann schlingen sie es runter, sauen alles ein und geben anschließend kein Trinkgeld. Behauptet er jedenfalls.

Zuerst achte ich kaum auf sie. Ich bringe ein Tablett mit schwappendem Root Beer, in Folie gewickelten Burgern und einem fettig glänzenden Haufen frittierter Muscheln an Tisch vier. In ein paar Wochen werde ich meinen Arbeitsrhythmus gefunden haben. All das hier und noch mehr zu stemmen wird keine große Sache mehr sein. Aber die Ferien haben erst vor drei Tagen angefangen. Das Castle ist seit letztem Wochenende wieder geöffnet, die Sonne knallt vom Himmel, die Frühsommerluft duftet salzig – und meine Schicht endet in ein paar Minuten. Mit den Gedanken bin ich schon am Strand. Deshalb kriege ich nicht mit, wer da vorgefahren ist, bis ich Pfiffe höre. Und meinen Namen.

Ich guck mich um. Ein Cabrio steht schief auf dem Parkplatz, nimmt zwei Plätze ein. War ja klar. Spence Channing, der gefahren ist, schüttelt sein Haar zurecht und grinst mich an. Trevor Sharpe und Jimmy Pieretti steigen aus, sie lachen.

Blitzschnell reiße ich mir meine Castle-Haube mit der zackigen goldenen Krone runter und stopfe sie in die Schürzentasche.

»Wie sieht's denn aus mit 'nem speziellen Angebot für uns, Gwen?«, ruft Spence.

»Zieh 'ne Nummer«, rufe ich zurück. Darauf folgt der zu erwartende Chor von OOOOhs. Ich stelle das Tablett auf Tisch 4 ab und die Limodosen und Servietten aus meiner Schürzentasche dazu, noch ein schnelles, geübtes Lächeln, dann gehe ich zu dem Tisch, an dem mein Bruder auf mich wartet und verträumt Fritten durch den Ketchup zieht.

Aber schon höre ich: »Hey, Cass, guck mal, wer da ist! Und zu allem bereit.«

Und nun klettert der letzte der Jungs aus dem Auto, den Jimmys breites Kreuz bis jetzt verborgen hatte.

Unsere Blicke verhaken sich.

Die Sekunden dehnen sich, bis sie uns straff und transparent wie Angelschnur miteinander verbinden.

Ein Ruck durchfährt mich, ich schnappe die Hand meines Bruders. »Komm, Em, wir gehen nach Hause.«

Emory macht sich los. »Nicht fertig«, sagt er energisch. »Nicht fertig.« Ich kann sehen, wie seine Beinmuskeln hart werden, er zieht seine I-Am-A-Rock-I-Am-An-Island-Nummer ab. Seine Hände wedeln, wehren meine Ungeduld ab.

Das ist mein Stichwort zum Durchatmen und einen Schritt zurück zu treten. Em zur Eile anzutreiben, ihn zu drängen, endet in der Regel mit einer Katastrophe. Also schnappe ich mir seinen Ketchup getränkten Pappteller, binde meine Schürze ab und rufe Dad zu: »Muss nach Hause, kannst du uns das hier zum Mitnehmen einpacken?«

»Nicht fertig«, wiederholt Emory und reißt seine Hand los. »Gwennie, nein.«

»Werde gerade überrannt«, ruft Dad aus der Serviceluke über das Brutzeln des Grills hinweg. »Pack es selber ein.« Er wirft ein paar Stücke Folie durch die Luke und dazu noch ein paar Packungen Ketchup, Emorys Lieblingsessen.

»Weiter essen.« Emory setzt sich wieder an den Picknicktisch.

»Wir gucken uns einen Film an«, sage ich und wickele sein Essen ein. »Und es gibt Eis.«

Dad wirft einen scharfen Blick aus der Luke. Er mag ja manchmal ein bisschen ruppig mit Em umspringen, aber er kann es gar nicht leiden, wenn ich das mache.

»Eis *hier*.« Mein Bruder zeigt auf das Monumentalgemälde von einer Mega-Eiswaffel, das eine der falschen Zinnen schmückt. Ja, genau, das Castle sieht auch aus wie ein Schloss.

Trotzdem schleife ich ihn zum Auto, ohne mich umzuschauen, nicht mal, als jemand ruft: »Hey, Gwen? Hast du kurz Zeit?«

Ich drehe den Zündschlüssel von Moms ramponierten Bronco und gebe ordentlich Gas. Der Motor heult ohrenbetäubend auf. Allerdings nicht laut genug, um das Lachen und eine andere Stimme zu übertönen. »Die hat für jeden kurz Zeit! Wissen wir doch.«

Dad hat zum Glück den Kopf zurückgezogen, er beugt sich jetzt über den Grill. Vielleicht hat er nichts mitgekriegt.

Ich starte noch mal, nur um festzustellen, dass die Räder durchdrehen. Hab mich im tiefen Sand des Parkplatzes festgefahren. Endlich ein Ruck, der Rückwärtsgang greift, schnell zurückgesetzt und mit quietschenden Reifen rauf auf den glühend heißen Asphalt der Ocean Lane. Bin ich froh, dass die Straße leer ist.

Zwei Meilen weiter fahre ich rechts ran, schlinge die Arme ums Lenkrad, lehne die Stirn dagegen und hole tief Luft. Emory guckt mich von unten forschend an, dann reißt er schicksalsergeben die Folie auf und isst seine schlaffen, Ketchup durchweichten Fritten.

Noch ein Jahr, dann habe ich meinen Schulabschluss. Dann kann ich woanders hingehen. Dann bin ich diese Jungs los – und das ganze vergangene Jahr – lasse das alles ganz weit hinter mir im Rückspiegel.

Ich atme noch mal tief durch.

Wir sind jetzt dicht am Wasser und der Seewind streicht weich und würzig über mich hinweg, angenehm und vertraut. Deswegen kommen alle hierher. Wegen der Luft, wegen der Strände, wegen des Friedens.

Irgendwie hab ich es fertiggebracht, das Auto genau vor das große weiß-grüne Schild zu klemmen, das die offizielle Grenze zwischen Stadt und Insel markiert, dort, wo die Brücke von Stony Bay endet und Seashell Island beginnt. Das Schild steht hier schon, solange ich denken kann, und die Farbe der verschnörkelten Schreibschrift ist abgeblättert, die Verheißungen darunter jedoch sind tief eingraviert.

Der Himmel am Wasser.
Das bestgehütete Geheimnis New Englands.
Das kleine Juwel an der felsigen Küste Connecticuts.

Das alles und noch mehr sagt man über Seashell Island, der Insel, auf der ich mein ganzes Leben verbracht habe.

Und ich will hier nur weg.

Kapitel zwei

»Nur Kryptit«, erzählt Emory mir sehr ernsthaft einen Tag später. Er schüttelt sich die dunklen Haare aus dem Gesicht, die glatt und glänzend sind wie Dads. »Nur Kryptit hält ihn auf.«

»Kryptonit«, sage ich. »Stimmt genau. Jawohl, sonst ist er nicht aufzuhalten.«

»Hier ist nicht viel Kryptit«, versichert er mir. »Alles okay.«

Er malt weiter und drückt seinen roten Filzstift fest auf. Mit dem Comicheft neben seinem Zeichenblock liegt er bäuchlings auf dem Fußboden. Das Sommerlicht fällt schräg durch das Fenster unserer Wohnküche und lässt das Papier leuchten, auf dem der Umhang seines Helden Farbe bekommt. Ich hänge im Dämmerzustand auf dem Sofa, nachdem ich vorhin mit Em zur Sprachtherapie in White Bay war.

»Gut gemacht.« Ich zeige auf seinen Zeichenblock. »Die Sternschnuppen im Hintergrund gefallen mir.«

Emory hebt den Kopf und sieht mich mit gerunzelter Stirn an, ich vermute mal, es sind keine Sterne. Aber er korrigiert mich nicht, sondern zeichnet weiter.

Ein ganzer Tag ist vergangen, seit mir diese Jungs im

Castle über den Weg gelaufen sind. Und immer noch will ich die Uhr zurückdrehen. Warum habe ich zugelassen, dass es mich so verunsichert? Ich hätte lachen und ihnen den Mittelfinger zeigen sollen. Nicht gerade stilvoll, aber hier erwartet man ja auch keinen Stil von mir. »Weißt du was, Spence«, hätte ich sagen sollen, »wie wir alle wissen, ist kurz ja immer noch zu lang für dich.«

Aber das hätte ich nicht sagen können. Schließlich war Cassidy Somers dabei. Die anderen Jungs sind mir egal. Aber Cass …

Kryptonit.

Etwa eine Stunde später schwingt unsere klapprige Fliegentür auf und herein kommt Mom. Ihre dunklen lockigen Haare kräuseln sich in der Hitze genau wie meine. Erschöpft folgt ihr Fabio, unser uralter, halb blinder Labradormischling. Der lässt sich sofort mit hängender Zunge zu Boden plumpsen. Mit einem Fuß schiebt Mom schnell den Wassernapf näher an ihn heran, während sie im Kühlschrank nach einer Diät-Cola langt.

»Hast du noch etwas drüber nachgedacht, Schatz?«, fragt sie mich nach einem langen Zug aus der Dose. Nicht Blut, sondern koffeinhaltige Diätlimo muss in ihren Adern fließen.

Ich springe auf, das alte orange-dunkelrot karierte Sofa ächzt gequält. Genau, ich sollte Entscheidungen darüber treffen, was ich diesen Sommer mache, und mich nicht mit den Entscheidungen verrückt machen, die ich gestern getroffen habe – oder im März.

»Vorsicht!« Mom weist mit der wedelnden freien Hand aufs Sofa. »Behandle Myrtle mit Respekt.«

Emory, der jetzt mit viel Druck auf dem schwarzen Stift Supermanns dunkles Haar kritzelt, kommentiert meinen Gesichtsausdruck mit kehligem Kichern.

»Mom. Myrtle kommt aus *Bert und Earls Schnäppchenkeller.* Myrtle hat drei Beine und nicht eine intakte Sprungfeder. Ich hab das Gefühl, man braucht einen Gabelstapler, wenn man von Myrtle runter will. Respekt? Das meinst du nicht ernst?«

»Alles verdient Respekt«, sagt Mom milde und lässt sich seufzend auf Myrtle fallen. Eine Sekunde später rümpft sie die Nase, fasst unter das Kissen und zieht eines der fiesen, ekligen Sweatshirts meines Cousins Nic heraus, eine Bananenschale – und einen ihrer eigenen zerfledderten Liebesromane. »Myrtle hat in Rekordzeit ein langes, schweres Leben hinter sich gebracht.« Lächelnd schlägt sie mit dem Ekelsweatshirt nach mir. »Und? Was denkst du nun … über die Sache mit Mrs Ellington?«

Mrs Ellington helfen. Eine Sommerjob-Möglichkeit, von der Mom heute Morgen gehört hat. Den anzunehmen würde bedeuten, ich müsste nicht schon wieder bei Dad arbeiten. Das habe ich nämlich, seit ich zwölf bin, treu und brav jedes Jahr getan. Jeden anderen hätte das Gesetz davor beschützt, aber nicht Nic und mich, denn wir gehören zur Familie. Nach fünf Jahren, das ist sicher, wäre mir eine Abwechslung vom Eiskugeln türmen, Muscheln frittieren und gegrillten Käsetoast zusammenklatschen höchst willkommen. Und das ist noch nicht alles … wenn ich abends nicht bei Dad arbeite, kann ich auf Veranstaltungen Vivien beim Catering Service helfen.

»Ist das für den ganzen Sommer?« Ich lasse mich wieder aufs Sofa plumpsen und lehne mich vorsichtig zurück.

Wenn man die falsche Stelle trifft, kriegt Myrtle Schlagseite wie die Titanic vor dem endgültigen Abtauchen.

Mom macht die Schnürsenkel der schäbigen Turnschuhe auf, die sie zur Arbeit trägt, kickt einen Schuh weg und streckt ächzend die Zehen. Die Nägel der großen Zehen schmücken fein gemalte Gänseblümchen, zweifellos das Werk von Vivien, die ein Picasso der Pediküre ist. Das ist das Stichwort für Emory, der den Raum verlässt und sich auf die Suche nach ihren Hausschuhen macht. Die Cola hätte er ihr auch gebracht, wenn sie nicht schneller gewesen wäre.

»Bis Ende August«, bestätigt sie nach einem weiteren langen Zug aus der Limodose. »Letzte Woche ist sie von der Leiter gefallen, sie hat einen verstauchten Knöchel und eine Gehirnerschütterung. Ein Pflegejob ist es nicht«, versichert sie mir eilig. »Dafür haben sie jemanden engagiert, der abends kommt. Henry … die Familie … will nur sichergehen, dass sich jemand um sie kümmert – dass sie Bewegung kriegt, isst … und nicht ganz allein an den Strand geht. Sie ist fast neunzig.« Mom schüttelt den Kopf, als könnte sie das nicht glauben.

Ich kann's auch nicht. Mrs Ellington mit ihrem klaren New England-Akzent, dem geraden Rücken und unerschütterlichen Ansichten ist mir immer zeitlos vorgekommen, wie eine Figur aus einem der alten Bücher, die Grandpa immer von Garagenflohmärkten mitbringt. Ich weiß noch, wie ein Sommergast mit den Worten: »Was fehlt dem denn?«, nach Em fragte und sie ihn anfuhr: »Nicht so viel wie *Ihnen*.« Als Nic und ich Mom früher zur Arbeit begleiteten, gab Mrs E. uns immer Kekse mit Zuckerguss und selbstgemachte Limonade, und wir durften in der Hängematte auf ihrer

Veranda schaukeln, während Mom mit Staubsauger und Wischmopp im Haus herumwerkelte.

Aber … es wäre ein Inseljob. Ein Sommergäste-Job. Und so einen würde ich nicht übernehmen, hatte ich mir selbst versprochen.

Mit Daumen und Zeigefinger reibt Mom sich die Augen, leert ihre Limodose und stellt sie mit einem blechernen Pling ab. Noch mehr Strähnen lösen sich aus ihrem Pferdeschwanz und bleiben in kleinen Spiralen an ihren feuchten, geröteten Wangen kleben.

»Und wie waren noch gleich die Arbeitszeiten?«, frage ich.

»Das ist das Beste. Von neun bis vier. Du machst ihr Frühstück, bereitest das Mittagessen vor, dann hält sie einen Mittagsschlaf, du hast also freie Zeit. Ihr Sohn will, dass Montag jemand anfängt. Er zahlt das Dreifache von dem, was dein Dad dir zahlen kann. Für viel weniger Arbeit. Ein guter Deal, Gwen.«

Diese Trumpfkarte spielt sie vorsichtig aus, das »Du musst das tun« verschwindet geschickt unter dem »Du willst das tun«. Was Nic und ich während des Sommers an Land ziehen können, hilft in den Dürrezeiten auf Seashell, in den langen Monaten, in denen wenig los ist und die meisten Häuser bis zur nächsten Saison geschlossen sind. Dann hat Mom weniger feste Kunden. Dad macht das Castle dicht und hält sich mit Gelegenheitsarbeiten über Wasser – und Ems Rechnungen kommen nach wie vor rein.

»Und warum übernimmt ihre eigene Familie das nicht?«

Mom zuckt mit den Schultern. »Henry sagt, sie werden nicht hier sein. Er macht irgendwas an der Wall Street und ist mächtig beschäftigt. Die Jungs sind jetzt groß, Henry sagt, sie wollen nicht mehr den ganzen Sommer auf einer verschlafenen Insel mit ihrer Großmutter verbringen, so wie früher, als sie noch klein waren.«

Ich verziehe das Gesicht. Ich finde ja auch, dass Seashell echt klein und ruhig ist, aber ich wohne hier. Ich darf das. »Noch nicht mal, um ihrer eigenen Großmutter zu helfen?«

»Wer weiß schon, was in Familien so vorgeht, Schatz. Das ist deren Angelegenheit.«

Geht uns nichts an.

Das kenne ich, in- und auswendig.

Emory kommt mit Moms plüschigen Hausschuhen angehoppelt – einem pelzigen grünen und einem roten, beide für den linken Fuß. Er greift nach Moms Bein, zieht ihr den Schuh aus, den sie noch anhat, und reibt ihr den Spann.

»Danke, Häschen«, sagt Mom, als er sorgfältig einen Hausschuh in Position gebracht hat und sich anschickt, den anderen Fuß ebenso zu versorgen. »Was sagst du dazu, Gwen?« Mom lehnt sich zu mir rüber und stupst mich mit dem Knie an.

»Ich hätte die Nachmittage und Abende frei – jeden Abend?«, frage ich, als ob das irgendwie entscheidend wäre. Als ob ich sonst was mit meiner Clique unternehmen würde und einen mir treu ergebenen festen Freund hätte.

»Jeden Abend«, versichert Mom und fragt freundlicherweise nicht: »Spielt das irgendeine Rolle, Gwen?«

Jeden Abend frei. Garantiert. Wenn ich für Dad arbeite, läuft das normalerweise darauf hinaus, dass ich die Schichten übernehme, die sonst keiner will. Freitags und samstags bis geschlossen wird. Bei so viel freier Zeit könnte ich einen richtigen Sommer erleben, zu den Lagerfeuern am Strand und zum Grillen gehen. Mit Vivie und Nic abhängen, bei

Sonnenuntergang im Fluss schwimmen, wenn es dort am schönsten ist. Keine Schule, kein Nachhilfeunterricht zu geben, nicht um halb fünf aufstehen, um die Zeit für das Schwimmteam zu stoppen, und nichts mit diesen Jungs zu tun haben … Denen gestern bei Castle über den Weg zu laufen war … igitt. Draußen bei Mrs E. werde ich die nie sehen müssen, denn weiter weg von allem kann man auf Seashell nicht leben.

Ich kann meine Freiheit praktisch riechen, salzige Brisen, grünes, von der Sonne gewärmtes Seegras, der heiße frische Wind, der über die nassen Felsen bläst, spritzende Wellen, weißer Schaum auf dunklem wogenden Wasser.

»Ich mach's.«

Ist ein Inseljob. Aber nur für einen Sommer. Für eine Familie. Es ist nicht das, was Mom macht, die mit fünfzehn angefangen hat mit ihrer Mutter Vovó Häuser zu putzen, um Geld fürs College zu verdienen, und die sie so viele Jahre später noch immer putzt – ohne je auf dem College gewesen zu sein. Und es ist auch nicht, was Dad getan hat, der mit achtzehn das Familiengeschäft übernommen hat, weil sein Vater am Grill einen Herzinfarkt bekam.

Es ist nur vorübergehend.

Keine Lebensentscheidung.

»Schatz … hat dein Dad dich schon bezahlt für die Tage, die du gearbeitet hast? Wir sind ein bisschen im Rückstand.« Mom fegt Krümel von der Couch, ohne mir in die Augen zu schauen. »Kein Grund zur Sorge, aber …«

»Er hat gesagt, er gibt es mir im Laufe der Woche«, antworte ich zerstreut. Em ist von Moms Füßen zu meinen übergegangen, die zwar nicht annähernd so weh tun wie ihre, aber verscheuchen will ich ihn auch nicht.

Mom steht auf, öffnet den Kühlschrank. »Lean Cuisine, South Beach Diät – oder ein schönes Fertiggericht von den guten, alten Stouffers? Du darfst aussuchen.«

Lean Cuisine und South Beach sind zum Würgen. Mit der Gabel sticht sie den Plastikdeckel von einer gefrorenen Vorspeise ein, aber ehe sie das Zeug in die Mikrowelle schieben kann, kommt Grandpa Ben mit der üblichen Ladung Schmuggelware über der Schulter hereingeschlendert, ganz so wie der Weihnachtsmann. Wenn das Verschenken von Meeresfrüchten denn ein Weihnachtsmann-Ding wäre. Er wischt eins von Nics Bandanas vom Tresen und lässt die Hummer mit scheppernden Panzern und klappernden Scheren in die Spüle gleiten.

»Um, dois, três, quatro. Der da wiegt doch mindestens fünf Pfund.« Aufgeregt fährt er sich mit den Händen durch die wilden weißen Haare, ein portugiesischer Albert Einstein.

»*Papai*. Die können wir doch nicht alle essen, unmöglich!« Trotz ihres Protests fängt Mom sofort an, einen von unseren riesigen Hummertöpfen mit Wasser aus dem Hahn zu füllen. »Und ich frage dich wieder: wie lange wird es noch dauern, bis du erwischt wirst? Und wie genau soll uns das helfen, wenn du ins Gefängnis kommst?«

Grandpas Fischereilizenz ist schon vor Jahren ausgelaufen, aber trotzdem fährt er mit den Booten raus, wann immer ihm danach ist. Seine illegalen Hummerkörbe sprenkeln immer noch die Gewässer vor unserer Insel.

Grandpa Ben starrt finster auf Moms Plastikverpackung und schüttelt den Kopf. »Dein Großvater Fernando ist nicht einhundertundzwei Jahre alt geworden mit …«, er dreht die Schachtel um und schaut auf die Zutatenliste, »Kaliumbenzoat.«

»Nein«, sagt Mom und legt die Packung wieder ins Gefrierfach. »Fernando ist einhundertzwei geworden, weil er so viel Vinho Verde getrunken hat, dass ihn das konserviert hat.«

Leise murmelnd verschwindet Grandpa Ben in dem Zimmer, das er sich mit Nic und Em teilt, er taucht in seinem Feierabendoutfit wieder auf: Hemd aus, Unterhemd und abgetragener karierter Bademantel an, Emorys Supermann-Pyjama hat er mitgebracht.

»Da rein, schneller als eine pfeifende Pistolenkugel«, sagt Grandpa zu Em, der heiser kichernd mit ausgestreckten Armen im Raum herumflitzt wie Supermann.

»Geflogen wird erst, wenn du deinen Anzug anhast«, sagt Grandpa. Em kommt schliddernd vor ihm zum Stillstand. Geduldig lässt er sich von Grandpa Ben Hemd und Shorts ausziehen und sich in den Pyjama stecken. Dann kuschelt er sich neben mich auf Myrtle, während Grandpa eine Fred Astaire-DVD einwirft.

Unser Wohnzimmer ist so klein, dass kaum Platz ist für den riesigen Flachbildfernseher, den Grandpa letztes Jahr beim Bingoturnier in der Kirche gewonnen hat. Ich bin mir ziemlich sicher, dass er geschummelt hat. Der hypermoderne Bildschirm wirkt so fehl am Platz an der Wand zwischen dem Kruzifix aus Zedernholz und dem Hochzeitsfoto von meiner Großmutter. Sie wirkt so ungewohnt ernst in Schwarz-Weiß, mit der kleinen Vase darunter, die Grandpa jeden Tag frisch füllt. Das vergisst er nie. Es ist ein großes Bild, so eines, das einen mit Blicken zu verfolgen scheint.

Ich kann ihr nie in die Augen sehen.

Zuckersüße romantische Musik erfüllt den Raum und der etwas krächzige Tenor von Fred Astaire.

»Ginger? Wo?« Emory zeigt auf den Bildschirm. Grandpa Ben hat *Ein süßer Fratz* eingelegt, mit Audrey Hepburn, nicht Ginger Rogers.

»Kommt gleich«, sagt Grandpa. Das ist seine übliche Antwort, er wartet, bis Emory die Musik und das Tanzen so gut gefallen, dass es ihm egal ist, wer da herumwirbelt.

Em kaut an seiner Lippe, sein Fuß fängt an zu zucken.

Mein achtjähriger Bruder ist kein Autist. Er hat nichts, was irgendwie genetisch erklärt werden könnte. Er ist einfach Emory. Keine Diagnose, kein Kurvenblatt, kein einziger Fingerzeig. Ein paar schwierige Dinge fallen ihm leicht und mit einigen ganz einfachen Sachen hat er große Schwierigkeiten. Ich schlinge den Arm um seine Hüfte, die mageren Rippen, lege das Kinn auf seine Schulter und spüre, wie mich seine fluffigen Haare an der Wange kitzeln, dabei atme ich seinen sonnenwarmen Kleine-Jungs-Duft ein. »Das ist der Film mit dem lustigen Lied, das kennst du doch noch?«

Endlich kommt Em zur Ruhe und liegt gemütlich mit seinem Lieblingsstofftier im Arm da: Hideout, der Einsiedlerkrebs. Den hat Grandpa Ben für ihn auf einem Jahrmarkt gewonnen, als Emory gerade zwei war, und seitdem ist er Emorys Liebling.

Ich schiebe Fabio beiseite, geh raus auf die Treppe, denn ich kann einfach nicht mit ansehen, wie wehmütig und zerbrechlich Audrey Hepburn ist. Mit meinen 1,80 würde mich nie jemand für zerbrechlich halten, so kurzsichtig kann man gar nicht sein.

Blinzelnd lasse ich den Blick über die Insel schweifen, über die Dächer der niedrigen Häuser gegenüber, Hoops gedrungene graue Ranch, Pams schmutzig geschecktes weißes Haus, Vivs blassgrünes Haus mit Fensterläden aus Rotholz, die nicht dazu passen. Das Glitzern der Abendsonne auf dem Wasser kann ich gerade noch sehen. Auf die Ellenbogen gestützt lehne ich mich zurück, schließe die Augen und atme die warme, würzige Luft tief ein.

Es stinkt.

Ich reiße die Augen auf. Die Turnschuhe meines Cousins stehen nur Zentimeter von meiner Nase entfernt. Igitt. Eau de achtzehnjähriger Typ Müff. Mit dem Ellenbogen kicke ich sie von der Veranda aufs Gras runter.

Die Fliegentür wird aufgerissen. Mom lässt sich neben mir nieder, eine Packung Eis in der einen, einen Löffel in der anderen Hand. »Willst du auch was? Ich würde dir sogar einen eigenen Löffel holen.«

»Nee, schon gut.« Ich versuche es mit einem Lächeln. Kauft sie mir bestimmt nicht ab. »Ist das deine Vorspeise, Mom?«

»Eis«, sagt sie. »Entré, Hauptgericht, Nachtisch. Passt immer.«

Sie stochert nach den Stellen mit den Karamellstücken, hält dann inne, um mir die Haare aus der Stirn zu streichen. »Ist da was, worüber wir reden müssen? Du bist so still die letzten Tage.«

Wenn das nicht Ironie ist. Mom verbringt den größten Teil ihrer freien Zeit mit der Lektüre von Liebesromanen, die von Leuten handeln, die sich überdurchschnittlich häufig sämtlicher Kleider entledigen.

Aufgeklärt hat sie mich und den tief erschütterten Nic mittels einer Barbie und eines G.I. Joe. Wir waren entsetzt. Als ich fünfzehn war, hat sie mich zum Frauenarzt mitgenommen, um mir die Pille verschreiben zu lassen. »Ist gut für deine Haut«, hatte sie behauptet, als ich losstotterte, das sei nicht nötig. »Und für deine Zukunft.« Über körperliche Dinge können wir reden – dafür hat sie gesorgt –, aber nur solange alles abstrakt bleibt …

Jetzt möchte ich den Kopf auf ihre weiche, sommersprossige Schulter legen und ihr alles über die Jungs in diesem Auto erzählen. Aber sie soll nicht wissen, dass mich irgendwer *so* sieht.

Dass ich Anlass dazu gegeben habe.

»Nee, schon gut«, wiederhole ich. Sie löffelt noch mehr Eiskrem, das nimmt sie total in Anspruch. Nach einer Weile schiebt Fabio die Nase durch die Fliegentür, trapst dann zu Mom, legt ihr das Kinn auf den Schenkel und schielt sie flehend an.

»Mach's nicht«, sage ich, weiß aber, dass sie es doch tun wird. Und da haben wir es auch schon. Mom kratzt Eis aus dem Becher und klopft mit dem Löffel auf die Planken. Fabio gibt seine Nahtod-Darbietung auf und schlabbert alles weg, dann nimmt er wieder seine ergebene Haltung ein und sabbert Mom aufs Bein.

Eine Weile später sagt sie: »Du könntest ja mal runter gehen zu den Ellingtons«, sie wedelt den Löffel Richtung Low Road, »und Mrs Ellington Hallo sagen.«

»Was? Jetzt? So eine Art Vorstellungsgespräch?« Ich gucke runter auf meine ausgefransten abgeschnittenen Jeans und das T-Shirt und wieder zu Mom. Dann laufe ich rein und komme mit meinem vertrauten grün-pinken Mascarafläschchen wieder. Ich schraube es auf und witsche mit der Bürste über die Wimpern.

»Das hast du nicht nötig«, sagt Mom zum millionsten Mal, überlässt mir aber dennoch den Löffel, damit ich nachsehen kann, ob auch nichts verschmiert ist. »Nein. Eigentlich hab ich schon so gut wie zugesagt, dass du den Job übernehmen wirst. Ist ein guter. Aber ich weiß nicht, wie viele Leute noch davon wissen. Und die Bezahlung ist richtig gut. Geh einfach hin und ruf ihr ins Gedächtnis, wer du bist. Sie hat dich immer gern gemocht.«

Und deshalb schlüpfe ich drei Minuten später in meine Flipflops, als Grandpa Ben mit wirrem weißen Schopf aus der Tür geschossen kommt. »Gwen! Nimm das! Sag Mrs E.., die sind von Bennie *para a rosa da ilha*, für die Rose der Insel. *Mando logostas e amor.* Ich schicke ihr Hummer und Liebe.«

Ich schaue auf den feuchten Papiersack, der in Grandpas verschossenem Einkaufsnetz liegt, aus dem ein Paar Hummerantennen drohend winken.

»Grandpa. Das ist ein Bewerbungsgespräch … oder so was in der Art. Da kann ich nicht mit Krustentieren auftauchen. Schon gar nicht lebenden.«

Grandpa schnaubt ungeduldig. »Rose liebt Hummer. Hummersalat. Immer hat sie das geliebt. *Amor verdadeiro.*« Er strahlt mich an.

»Wahre Liebe hin oder her, die hier sind noch lange kein Hummersalat.«

Einem der Hummer fehlt eine Schere, trotzdem schnappt er mit der anderen nach mir.

»Du kochst sie, du kühlst sie, du machst ihr die Spezialsauce, damit sie sie morgen essen kann.« Grandpa Ben drückt mir den Beutel in die Hand. »Rose hat immer die *lagostas* geliebt.«

Er ist gealtert in den Jahren seit Vovó gestorben ist, und noch mehr, nachdem Dad ausgezogen und er bei uns eingezogen ist. Davor ist er mir immer so unveränderlich vorgekommen wie die Galionsfigur eines Walfangboots, grob geschnitzt, stark, braun wie Eichenholz. Aber heute Abend wirkt sein Gesicht so müde und ich kann dem Blick dieser eifrigen Schokotaleraugen einfach nicht widerstehen. Also wickele ich mir das Netz ums Handgelenk und geh die Treppe runter.

Es ist fast sechs und die Sommersonne steht immer noch hoch am Himmel, hinter den Häusern strahlt das Wasser tief blau. Silbrig glitzernd spiegelt sich das Licht darauf. Es weht nur eine leichte Brise und jetzt, wo ich den Dunstkreis von Nics Schuhen verlassen habe, riecht die Luft nach gemähtem Gras und Seetang, durchdrungen vom milden Duft nach Thymian, der überall auf der Insel wächst.

Das ist so ungefähr alles, was es hier gibt. Wilden Thymian, eine auf die Saison begrenzte Dorfgemeinde, schiefergetäfelte Villen, ein dem Flötenwiesenpfeifer gewidmetes Naturschutzgebiet und uns andere – die wir Rasen mähen, Reparaturen ausführen und Häuser sauber machen. Wir anderen leben in East Woods, dem »schlechten« Teil von Seashell. Ha. Nicht viele Leute würden sagen, dass es so was auf der Insel überhaupt gibt. Wir haben den Wald im Rücken und können nur zum Meer rüber linsen, sie haben den vollen Seeblick – Sand, der sich bis ins Wasser hinein zieht – von ihren nach vorne raus gehenden Fenstern, und hinten liegen die riesigen grünen Rasenflächen. Achtzig Häuser, dreißig davon das ganze Jahr bewohnt, der Rest vom Memorial- bis zum Columbus Day. Im Winter hat man das Gefühl, als würde uns ständigen Bewohnern die Insel gehören, aber jedes Jahr im Frühling müssen wir sie wieder hergeben.

Ich bin die Beach Road schon halb runter, an Hoopers Haus vorbei und an Viviens, und steuere auf die Low Road und Mrs Ellington zu, als ich das tiefe Surren eines Rasenmähers höre. Je weiter ich gehe und je näher ich dem Wasser komme, desto lauter wird es. Das Geräusch schwillt an und es dröhnt, als ich in die Low Road einbiege, wo die größten Häuser mit Seeblick liegen. Der Hausmeisterschuppen von Seashell, das Feldhaus, beherbergt diese riesige alte Mähmaschine mit Klingen, die ein Meter achtzig breite Schneisen schlagen. Als ich am Haus der Coles vorbeigehe, verstummt das Dröhnen mit einem Stottern.

Und ich bleibe stehen.

Kapitel drei

Zuerst kann ich einfach nur starren, so wie das passiert, wenn man vor einem Wunder der Natur steht.

Die Niagarafälle.

Der Grand Canyon.

Okay. Weder die einen noch den anderen habe ich je live gesehen, aber ich kann's mir vorstellen.

Der Gartenboy dieses Sommers ist vom Rasenmäher abgestiegen. Er steht mit dem Rücken zu mir und schaut zur alten Mrs Partridge hoch, die ihn von ihrer Veranda her anbrüllt und gebieterische Armbewegungen vollführt.

»Warum könnt ihr Leute das denn nie begreifen?«, brüllt die alte Mrs Partridge. Sie ist reich, taub und steht ganz oben auf der Liste von Moms Anwärterinnen für eine Dosis nicht nachweisbaren Gifts. Nicht nur die Leute, die irgendwelche Arbeiten für sie erledigen, sind für sie »ihr Leute«, die meisten anderen Bewohner der Insel zählen ebenfalls dazu.

»Ich arbeite daran«, sagt der Gartenboy, der nach einer ganz kleinen Pause hinzufügt: »Ma'am.«

»Du wirst nicht nur dran arbeiten, du wirst es richtig machen. Hab ich mich klar ausgedrückt, José?«

»Ja.« Wieder diese Pause. »Ma'am.«

Die alte Mrs Partridge schaut auf und presst die Lippen so fest zusammen, dass sie damit eine Münze verbiegen könnte. »Du …« Sie stößt ihren Bambusstock in meine Richtung. »Maria! Komm her und sag diesem Jungen, wie ich meinen Rasen gemäht haben möchte.«

Oh verdammt, nein. Ich gehe ein paar Schritte rückwärts, mein Blick noch immer von dem Gartenboy wie magisch angezogen.

Er hat sich zur Seite gedreht und reibt sich die Stirn, eine Geste, die ich von Mom kenne (die alte Mrs Partridge kann in null Komma nix Migräne auslösen). Er trägt Shorts, kein Hemd … hat breite Schultern, schmale Hüften, einen lockigen, blonden Haarschopf, der in der Sonne glänzt, ganz knackige Oberarme, deren Form bei angewinkelten Ellenbogen so recht zur Geltung kommt. Der untypischste »José« der Welt.

Cassidy Somers.

Oh, ich sollte jetzt lieber immer weiter rückwärts gehen und nicht das tun, was ich tatsächlich tue, nämlich wie angewurzelt stehen bleiben. Aber ich kann nicht anders.

Mal wieder.

Cass reißt das Hemd an sich, das er über den Lenker des Mähers gelegt hat, wischt sich das Gesicht ab und fängt an, unter den Armen rumzuwischen, dann schaut er auf und sieht mich. Seine Augen werden größer, er lässt das Hemd sinken, dann ändert er anscheinend seine Meinung und zieht es sich schnell über den Kopf. Ein wenig argwöhnisch schaut er mir in die Augen.

»Na, mach schon«, blafft Mrs Partridge. »Sag's ihm. Wie es gemacht wird. Du bist schließlich schon lange genug dabei. Du weißt, wie ich meinen Rasen haben will. Erklär José hier, dass er nicht einfach so planlos kreuz und quer durch die Gegend mähen kann.«

Die scharfe Spitze einer Hummerschere zwickt mich unter dem Arm und ich lasse Grandpa Bens Netz hinter mir auf den Boden gleiten. Das hier ist schon ohne Hummer im Handgepäck schlimm genug.

»Also, José«, sage ich energisch. »Mrs Partridge möchte ihren Rasen gern sehr gleichmäßig gemäht haben. Und zwar horizontal.«

»Horizontal?«, wiederholt er, legt den Kopf ein wenig schräg und ein winziges Lächeln zupft an seinen Mundwinkeln.

Cass. Lass es. Das interessiert jetzt nicht.

»Genau«, sage ich. »José.«

Er lehnt sich an den Mäher, immer noch mit schräg geneigtem Kopf. Die alte Mrs Partridge hat Marco erspäht, den Chef der Jungs, die auf der Insel die Wartungsarbeiten ausführen. Er macht die letzten Runden mit dem Müllwagen und sie lässt vorübergehend von uns ab, um ihn stattdessen zu drangsalieren und über irgendeinen Hurrikan zu meckern, der niemals so weit die Küste hochziehen wird.

»Du bist diesen Sommer der Gartenboy?«, platze ich heraus. »Wärst du nicht besser dran als – keine Ahnung – Caddy im Countryclub?«

Cass legt zwei Finger an die Stirn und salutiert sarkastisch. »Der aktuelle Lakai, zu Ihren Diensten. Garten-Mann ist mir lieber. Doch offenbar habe ich da keine Wahl. Mein Vorname ist auch gegen meinen Willen geändert worden.«

»Für Mrs Partridge seid ihr alle José. Es sei denn, du bist ein Mädchen. Dann bist du Maria.«

Er verschränkt die Arme, lehnt sich ein wenig zurück und runzelt die Stirn. »Wie flexibel sie doch ist.«

Seit diesen Partys im Frühling habe ich kaum ein Wort mit Cass gesprochen. In der Schule bin ich ihm aus dem Weg gegangen, im Unterricht und bei Versammlungen habe ich mich so weit von ihm weg gesetzt wie möglich und Gespräche abgewimmelt. Leichte Übung, wenn er in einer Gruppe ist – *der* Gruppe –, die durch die Gänge der Stony Bay Highschool stolziert, als würde ihnen alles gehören, oder im Castle gestern. Schwieriger, wenn Cass allein ist.

Jetzt sieht er mich mit zusammengekniffenen Augen an und reibt sich gedankenverloren mit dem Daumen über die Unterlippe. Ich bin nah genug dran, um den Meerwassergeruch wahrzunehmen und einen Hauch Chlor. Plötzlich steht dieser kalte Frühlingstag wieder ganz lebendig vor meinen Augen, klarer als der Tag gestern. *Denk nicht dran. Und vergiss seine Lippen.*

Er senkt den Kopf, damit er in meine Augen sehen kann. Keine Ahnung, was die preisgeben, also lenke ich den Blick auf seine Beine. Starke Waden, auf denen blonde Härchen sprießen. Die Veränderungen an ihm, seit wir Kinder waren, sind mir viel bewusster als die an mir selbst. *Gütiger Gott. Hör auf damit.* Ich schaue hinaus in das grenzenlose Blau des Himmels, nehme jedes Geräusch intensiv wahr, das Seufzen des Meeres, das Summen der Bienen in den wilden Pflaumenbüschen, die einem Herzschlag ähnelnden wummernden Geräusche des Rennboots in der Ferne.

Er verlagert das Gewicht von einem Bein aufs andere, räuspert sich. »Ich hatte mich schon gefragt, wann ich dir wohl über den Weg laufen würde«, sagt er, gerade als ich sage: »Warum bist du eigentlich hier?«

Cass ist kein Insulaner. Seine Familie besitzt eine Werft auf dem Festland, *Somers Sails*, einer der größten Bootsbaubetriebe der Ostküste. Er muss sich nicht mit den Sommergästen rumschlagen. Nicht so wie wir anderen, die echten Josés und Marias.

Er zuckt die Achseln. »Dad hat mir den Job besorgt.« Er bückt sich und bürstet sich Gras von den Beinen. »Das soll einen Mann aus mir machen. Die harte Schule und so weiter.«

»Jawoll, wir armen Leute machen mit unserer Reife wett, was uns an Kohle fehlt.«

Ist ihm peinlich, sieht man, plötzlich scheint ihm eingefallen zu sein, dass wir zwar beide auf die Stony Bay High gehen, ich aber keine Mitgliedschaft im *Schwimm- und Tennisclub* habe. »Na ja …«, sagt er schließlich. »Ist ja kein Straflager.« Er lässt den Blick übers schimmernde Meer und den smaragdgrünen Streifen Rasen schweifen. »Der Blick ist nicht zu toppen.«

Ich nicke, versuche ihn mir in einem Büro vorzustellen. Viel vertrauter ist er mir am Wasser, zum Sprung bereit, um in den Pool der Schule abzutauchen, oder so wie diesen einen Sommer, wo er sich vom Pier in Abenaki mit einem Salto ins blauschwarze Wasser gestürzt hat. Kurze Zeit später wird mir klar, dass ich immer noch wie ein Idiot nickend vor ihm stehe. Ich höre auf damit, ramme die Hände mit solcher Wucht in die Hosentaschen, dass das Loch in der einen aufreißt und ein Geldstück ins Gras fällt. Ich schiebe den Fuß darüber.

Die alte Mrs Patridge ist fertig damit, Marco zu tyrannisieren, stapft den gepflasterten Gartenweg wieder hoch und richtet einen Hexenfinger auf Cass. »Ist jetzt Pause? Hab ich gesagt, dass jetzt Pause ist? Was machst du da, stehst rum und hältst Maulaffen feil? Du, Maria, bist doch wohl fertig damit, ihm zu erklären, wie man es richtig macht. Nun lass José wieder an die Arbeit gehen.« Sie marschiert ab ins Haus. Ich gehe ein paar Schritte weiter, Cass streckt die Hand aus, als wolle er mich aufhalten, dann lässt er sie sinken.

Wieder Stille.

Geh, befehle ich mir. *Dreh dich einfach um und geh weg.*

Cass räuspert sich, ballt und löst eine Faust und streckt die Finger. »Öh … Ich glaube, da krabbelt was aus deinem Beutel.«

Ich drehe mich um. Hummer A versucht über den Rasen zu entkommen, er schleift das Netz und Hummer B hinter sich her. Ich setze ihnen nach, in gebückter Haltung, schnappe das Netz und plötzlich rutschen mir die Worte so leicht raus wie eben das Geldstück. »Oh, ich hab da irgendwie so eine Art Bewerbungsgespräch … bei Mrs Ellington – da unten.« Vage zeige ich Richtung Low Road. »Mein Großvater kennt sie, er meint, ich soll ihr Hummersalat machen.« Ich schüttele die Hummer zurück ins Netz. »Und das heißt, dass ich diese Biester hier irgendwie kochen muss. Ich weiß, ich bin eine Schande für sieben Generationen portugiesischer Fischer, aber … was Lebendiges in kochendes Wasser werfen? Also, das ist doch einfach … na, was für ein Abgang …« Ich schaue auf zu Cass, der mich ausdruckslos mustert, abgesehen von einer leicht hochgezogenen Augenbraue, und endlich schaffe ich es, die Klappe zu halten. »Wir sehen uns dann irgendwann mal«, rufe ich über die Schulter hinweg und mache mich eilig davon.

Nonchalant. Und so weltläufig. Aber ehrlich, gibt es überhaupt nonchalante, weltläufige Verabschiedungen, an denen flitzende Krustentiere beteiligt sind? Ganz zu schweigen davon, dass meine Passage auf dem Kreuzer Nonchalance schon vor ein paar Ewigkeiten verfallen ist.

»Tun wir das?«, ruft Cass mir hinterher. Ich beschleunige meinen Schritt, kann aber nicht widerstehen und guck mich schnell noch mal um. Er steht einfach da, die Arme immer noch verschränkt, beobachtet er, wie ich davonhusche, als wäre ich eines dieser Krustenwesen auf dem Meeresboden. Allerdings ohne den nützlichen Panzer.

Kapitel vier

Und weiter geht's im Sauseschritt die Low Road runter, meine Gedanken sind sogar noch schneller. Der Gartenboy ist überall auf der Insel, den ganzen Sommer lang. Cass wird in meinem Sommer herumgeistern, so wie er schon durch meinen Frühling gespukt ist.

Ich höre ein Geräusch hinter mir, Gummi auf Sand, ein Schlittern. Ich drehe mich um, mein Atem stockt. Aber es ist nur Vivien, die mit ausgestreckten Beinen auf ihrem altmodischen himmelblauen Fahrrad mit dem Weidenkörbchen über die Betonschwelle hüpft. Sie ist wie einem Werbespot für etwas Gesundes entsprungen. Butter. Milch. Frisches Obst. Ihr glänzendes braunes Haar ist zu Zöpfen geflochten, die nicht bescheuert aussehen, ihre Wangen glühen in der Hitze.

»Hey!«, sagt sie. »Deine Mom hat mir gesagt, wo du hingehst. Wollte dir nur viel Glück wünschen.«

»Ich dachte, du triffst dich mit Nic.«

Vivien läuft rot an, so wie immer wenn Nics Name fällt, wenn sie an ihn denkt, ihn sieht. Ja, die Dinge haben sich verändert und das Trio unserer Kindheit hat sich zu etwas völlig anderem ausgewachsen.

Sie schüttelt den Kopf. »Ich hab ihn überredet, sich für

die Maler- und Reparaturjobs auf der Insel zu bewerben. Er führt gerade ein Gespräch mit Marco und Tony. Wenn das klappt, was ich wirklich hoffe, ist er nicht davon abhängig, dass ihm Hoops *Beziehungen* windige Malleraufträge sonstwo im Land verschaffen.« Sie verdreht die Augen. »War das nicht eine gute Idee … was ist denn?«

»Hoop ist ein Idiot«, sage ich. Hoop ist Nics bester Freund und diesen Sommer Partner im Hausanstreicherbusiness. Nat Hooper kann aus allem eine Katastrophe machen, und Nic ist viel zu gutmütig, um einzuschreiten.

Ich höre den Rasenmäher wieder starten. Und ich muss alle Willenskraft aufbringen, um nicht zurückzuschauen. Ob Vivien Cass gesehen hat? Müsste sie eigentlich.

»Hey, willst du Freitagabend mit mir bei einem Muschelessen arbeiten?«, fragt Vivie. »Mom und Al machen das Catering für ein Probeessen. Seehr vooornehm. Auf dem Hügel – geht das klar?«

»Auf alle Fälle. Macht Nic auch mit?«

»Aber sicher. Die Bar ist besetzt, aber wir haben zu wenig Leute für den Service. Hoop weiß nicht genau, ob er's schafft – könnte *ein heißes Date mit einer ganz besonderen Lady* haben. Aber ich glaube, die besondere Lady existiert nur digital. Fallen dir noch Jungs ein, die's machen würden?«

Ich kann nichts dagegen tun, dass meine Augen die Straße entlangwandern. Vivien folgt meinem Blick, dann sieht sie mich mit einer kleinen Falte zwischen den Augenbrauen an.

»Hast du schon den diesjährigen Gartenboy gesehen?«, frage ich vorsichtig.

»Jep.« Sie beobachtet meinen Gesichtsausdruck. »Ich hab

ihm den Code fürs Tor gegeben, als er heute Morgen angefahren kam, um sich zum Dienst zu melden.«

»Und dir ist nicht in den Sinn gekommen, es zu erwähnen? Keine SMS als Warnung? Gar nichts?«

»Oh, Scheiße, sorry.« Viv stellt die Hacken auf den Boden, damit sie nicht vom Rad fällt. »Ich hab es versucht, ein Mal, aber du weißt ja, wie blöd das hier ist mit dem Netz.« Sie riskiert noch einen Blick über die Schulter. »Ich hätte es weiter versuchen sollen.«

Auch ich schaue zurück zum Partridge-Haus, wo Cass nun wieder pflichtgetreu Rasen mäht. Horizontal. Das Hemd hat er wieder ausgezogen, seine Haare glänzen in der Sonne.

Mein Gott.

»Was denn, Gwenners? Willst du etwa Cassidy fragen, ob er aushilft?« Sie legt den Kopf schief und zwinkert mir zu.

»Nein! Was? Nein! Du kennst meine Strategie. Hände weg. Um jeden Preis einen Bogen drum machen.«

Vivien prustet los. »Bist du da ganz sicher? Du hast nämlich gerade diesen verträumten Blick, der zu schlechtem Urteilsvermögen, impulsiven Entscheidungen und ultimativer Zerknirschung führt.«

Obwohl das von Vivie kommt und keine echte Kritik ist, merke ich, wie mein Gesicht rot anläuft. Ich gucke zu Boden, kicke einen Kieselstein weg. »Das ist so richtig nur zwei Mal vorgekommen.«

Vivien wird ernst. Sie schwingt das Bein übers Rad und klappt den Ständer aus, dann kommt sie näher. »Cassidy Somers … hier, auf der Insel. Pass bloß auf, Gwenners. Achte gut auf dich.« Ihre wütende Miene steht in so krassem Gegensatz zu ihrem süßen Gesicht und meinem Spitznamen aus der Kindheit, dass ich am liebsten loslachen möchte, aber ich spüre doch so ein kleines Kneifen im Bauch.

Wir können nicht alle Vivie und Nic sein.

Mein Cousin und meine beste Freundin sind schon ein Paar, seit ich am Strand von Sandy Claw feierlich eine Hochzeitszeremonie für sie abgehalten habe, damals waren wir fünf Jahre alt. Da uns Schiffstaufen vertrauter waren als Hochzeiten, habe ich ihnen beiden eine Apfelsaftflasche an die Knie gehauen.

Mal ganz ehrlich, wie viele Leute kriegen den Typen, den sie ihr ganzes Leben lang geliebt haben und der sie behandelt wie eine anbetungswürdige Kostbarkeit? Kaum jemand, oder?

Wie auch immer, es ist ein himmelweiter Unterschied zwischen dem, was bei den beiden läuft, und unangemessenen Herummachen im Sand.

Oder in einem Etagenbett.

Oder einem Bronco.

»Gwen!« Vivie schnippt mit den Fingern. »Bleib bei mir, hier bin ich. Denk an dein Versprechen. Soll dein Dad dich etwa wieder erwischen, wie du dich am Strand herumwälzt wie mit …«, sie zögert, senkt die Stimme, »… Alex?«

Ich zucke zusammen und drehe dem Rasen der Partridges den Rücken zu. Dann erhebe ich eine Hand und lege die andere auf eine imaginäre Bibel. »Ich denke daran. Von jetzt an will ich nie wieder mit irgendwem, mag die Versuchung noch so groß sein, auch nur in die Nähe einer verfänglichen Position kommen, es sei denn, ich liebe ihn oder er liebt mich.«

»Und?«

»Und das auch nur, wenn ein Test mit dem Lügendetektor

als Beweis dafür vorliegt«, ergänze ich gehorsam. »Aber ich muss schon sagen, das ist dann schon komisch. Dieses ganze Equipment immer mit rumzuschleppen, aufzubauen …«

»Halt dich einfach von den Dünen fern. Und von diesen Partys auf dem Hügel«, sagt Vivien. »Wenn es wahre Liebe ist, braucht man kein Equipment. Du schaust ihm nur in die Augen und dann siehst du alles.«

»Los, bewirb dich für diesen Job bei Hallmark, sofort!« Ich will ihr einen Klaps geben. Sie weicht lachend aus und springt wieder aufs Rad.

Ich würde den Lügendetektortest ja selber nicht bestehen. Ach, ich will das auch, was Vivien und Nic gefunden haben, ohne je zu suchen. Und ich werfe einen letzten Blick über die Schulter auf Cass, der zu Mrs Partridge hochschaut, die ihn schon wieder von der Veranda aus anschnauzt.

Kapitel fünf

Das Ellington-Haus ist das letzte vorm Strand. Groß, elegant, im Stil der Jahrhundertwende, räkelt es sich an der Küste wie eine Katze in der Sonne. Es hat wettergegerbte taubengraue Schindeln und grau-grün abgesetzte Zierleisten, zwei Türme und eine Veranda, die drei Viertel des Hauses umschlingt.

Angesichts all dessen wirkt der Carport für Mrs E.s Cadillac total … fehl am Platz. An seiner Stelle sollte ein Kutscherhaus stehen, mit einem beflissenen Stallknecht in Livree.

Ich gehe den Weg zur Küchentür hoch und überlege, ob das jetzt so korrekt ist. Auf der Insel weiß man das nie. In der Hälfte der Häuser, in denen Mom sauber macht, wird sie an der Haustür begrüßt und man bietet ihr was zu trinken an, die anderen bestehen darauf, dass sie hintenrum reinkommt und ihre Schuhe auszieht.

Ich schlüpfe aus den Flipflops und schaue auf meine Füße, etwa eine Sekunde lang wünsche ich mir, meine wären so zierlich wie Vivs oder ich hätte Nagellack drauf anstelle des Pflasters, das ich trage, weil ich mir den Zeh an der Hafenmauer gestoßen habe.

Mrs Ellingtons blanke Eichentür am Seiteneingang wird

von einem alten Ziegel offengehalten, aber die Fliegentür ist zu. »Hallo …?«, rufe ich den dunklen Flur hinunter. »Äh, hallo? Mrs Ellington?«

In der Ferne murmelt ein Fernsehgerät. Eine Porzellanuhr in Form eines Seesterns tickt laut. Von dort, wo ich stehe, kann ich einen silbernen Krug auf dem Küchentisch schimmern sehen, in dem ein Büschel Zinnien leuchtet. Ich lege die Hand gegen die Fliegentür, bereit sie aufzustoßen, dann zögere ich und rufe noch mal.

Dieses Mal wird der Fernseher sofort zum Schweigen gebracht. Dann klick-bumm, klick-bumm kommt jemand übers Parkett den Flur entlang und vor mir steht Mrs Ellington. Ihr Haar ist weißer geworden und sie geht am Stock, ein Knöchel ist fest mit elastischer Binde umwickelt, aber sie ist immer noch wunderschön gekleidet, trägt ihre Perlen und ein freundliches Lächeln.

»Gwen! Deine Mutter sagt, du bist jetzt Gwen, nicht mehr Gwennie. Ich bin entzückt, dich zu sehen.« Sie lehnt ihren Stock an die Wand und zieht die Fliegentür auf, dann streckt sie beide Hände aus.

Ich lasse mein Hummernetz auf den Rücken gleiten und nehme ihre Hände, die Haut ist schlaff und dünn wie alte Seide.

»Du wirst also diesen Sommer mein Babysitter sein! Wie sich der Kreis doch schließt«, fährt Mrs Ellington fort. »Als du noch ganz klein warst, hab ich dich immer auf der Veranda auf dem Schoß gehalten, solange deine Mutter saubergemacht hat. Du warst ein liebes kleines Ding … diese großen braunen Augen, die Lockenpracht.«

Als sie Babysitter sagt, klingt ihre Stimme so melancholisch. Das veranlasst mich zu sagen: »Ich bin nur hier als …«

Freundin? Gesellschafterin? Wachhund? »Ich bin nur hier, um Ihnen Gesellschaft zu leisten.«

Mrs Ellington drückt meine Hände, dann lässt sie wieder los. »Wie herrlich. Ich wollte gerade ein schönes kaltes Getränk auf der Veranda genießen. Wie trinkst du deinen Eistee?«

Ich trinke keinen Tee, hab also keine Ahnung. Zum Glück lässt sich Mrs Ellington nicht beirren:«Es war heute Morgen sehr warm, deshalb habe ich eine große Kanne Cranberrytee vorbereitet, die jetzt perfekt sein müsste. Ich persönlich mag ihn ja am liebsten kalt und sehr süß mit Zitrone.«

»Das hört sich gut an«, sage ich und schaue mich in der Küche um. Hier sieht noch alles so aus wie damals, als Nick und ich klein waren, blassblaue Wände, cremefarbene Schränke, blau-weiß karierte Decke auf dem Tisch, noch ein strahlend bunter Strauß Zinnien in einem kobaltblauen Glaskrug auf dem Küchenschrank.

Wenn Mom Eistee macht, ist das ein Zwei-Stufen-Verfahren: zuckriges Pulver rein und das dann mit kaltem Wasser mischen. Mrs Ellingtons Eistee ist ein Produkt, zu dem man Geräte benötigt, von denen ich nicht mal wusste, dass es sie gibt. Zunächst mal dieser Kübel fürs Eis mit der speziellen Silberzange. Dann die Zitrone und noch ein anderes Silberdings, mit dem man sie auspresst. Und noch eine kleine Schale für die ausgepresste Zitrone.

Mrs E.s blau geäderte Hand öffnet den Schrank, flattert wie ein gefangener Vogel zwischen zwei Glasbehältern hin und her. Kurz darauf wählt sie den einen, den mit dem Reis drinnen. Den, der wie ich nach jahrelanger Erfahrung mit dem Küstenwetter weiß, das Salz enthalten muss. In der feuchten Hitze sorgt Reis dafür, dass das Salz nicht verklumpt. Sie stellt das Glas auf den Küchentresen und schickt sich an, den Deckel abzuschrauben.

Sanft lege ich die Hand auf ihren Arm. »Es könnte das andere Glas sein …«

Mrs Ellington sieht mich an, einen Moment lang sind ihre haselnussbraunen Augen wie verschleiert. Dann lüftet sich der Schleier, die Wolken ziehen an der Sonne vorbei. Sie tippt den Finger an die Stirn. »Selbstverständlich. Seit diesem dummen Sturz bin ich ganz durcheinander.« Sie stellt den Behälter zurück aufs Regalbrett und holt den anderen runter.

Dann löffelt sie den Zucker mit einem muschelförmigen Löffel in eine silberne Dose … Dieser Prozess wurde offensichtlich von jemandem erdacht, der seinen Abwasch nicht selber machen musste. Oder sein Silber putzen. Mrs Ellington fragt mich noch einmal, wie ich meinen Tee gern trinke – und am liebsten würde ich sagen »mit allem«, nur um zu sehen, wie das alles funktioniert. Aber ich wiederhole »kalt und süß«, also holt sie ein eiskaltes Glas aus dem Gefrierfach. Sie gibt Zucker hinein und schenkt mir Tee ein, dann macht sie dasselbe für sich.

»Komm, den trinken wir auf der Veranda«, sagt sie.

Ich will ihr schon folgen, da fällt mir das Geschenk von Grandpa Ben ein. Einer der Hummer krabbelt schon wieder um sein Leben, dieses Mal den Flur entlang und auf die Hintertür zu. Hastig schnappe ich ihn und stecke ihn trotz indigniert wedelnder Scheren und so weiter wieder in die durchweichte Papiertüte.

Nun hätte ich von Mrs Ellington erwartet, dass sie entsetzt die Hand aufs Herz pressen würde, doch sie lacht nur. »Der liebe Ben Cruz«, sagt sie. »Bringt er noch immer seine Körbe aus?«

»Jede Woche, den ganzen Sommer lang.« Ich mache den Kühlschrank auf und stopfe die Tüte rein, in der Hoffnung, dass der Hummer-Houdini und seine Truppe von der Kälte benommen sind, wenn ich ihnen den Garaus mache. Und ich gebe die aus dem Portugiesischen übersetzte Nachricht von Grandpa Ben an sie weiter.

Mrs Ellington stellt ihren Stock wieder ab, damit sie ihre Hände umfassen kann. »Hummer und Liebe. Zwei wesentliche Dinge im Leben. Komm mit mir auf die Veranda, Gwen, meine Liebe. Es macht dir hoffentlich nichts aus, beide Gläser zu nehmen? Da draußen können wir über die anderen wesentlichen Dinge des Lebens reden.«

Die Veranda ist auch noch immer genau so wie früher, lauter weiße Korbmöbel und eine blaugrüne, in der Brise schaukelnde Hängematte. Die ausgedehnte Rasenfläche der Ellingtons grenzt an einen Strandhaferstreifen, dahinter ist Sand und das azurblaue Meer. Ganz weit links liegt Whale Rock, ein riesiger Klotz, der einem gestrandeten Buckelwal täuschend ähnlich sieht. Bei Flut ragt nur die Rückenflosse aus dem Wasser, aber jetzt bei Ebbe sieht man fast den ganzen Felsen. Eine atemberaubende Aussicht, mir stockt jedenfalls immer der Atem, wenn ich die schönsten Teile der Insel sehe, und ich hab das Gefühl, dass ich ein ruhigerer, glücklicherer Mensch wäre und weniger gestresst von der Schule oder ungeduldig mit Dad, wenn ich diese Aussicht ständig von meinem Fenster aus genießen könnte. Aber diese These ist wohl nicht zu halten, denn die alte Mrs Partridge, die am oberen Ende der Straße eine der besten Aussichten der Insel hat – und ich spreche hier vom Wasser, nicht von Cass Somers –, wird dadurch kein wenig milder gestimmt.

Mrs Ellington stößt ihr Glas gegen meines. »Auf einen weiteren Sonnenuntergang«, sagt sie.

Irgendwie wirke ich wohl etwas ratlos, denn sie erklärt: »Das war der Lieblingstrinkspruch meines guten Vaters. Ich bin ziemlich abergläubisch. Ich glaube, ich habe noch nie etwas auf der Veranda getrunken, ohne ihn auszubringen. Du antwortest darauf: »Und einen Sonnenaufgang dazu.«

»Und einen Sonnenaufgang dazu«, sage ich und nicke entschlossen.

Sie klopft mir beifällig aufs Bein.

»Wir sollten wohl über die Modalitäten verhandeln«, sagt Mrs E.

Scheiße. Ich stammele etwas über das Honorar von dem Mom geredet hat – sie muss da was falsch verstanden haben, das war doch zu gut gewesen, um wahr zu sein – und Mrs Ellington schmunzelt. »Ach, nicht das Geld. Das haben deine Mutter und mein Henry längst vereinbart, nehme ich an. Ich spreche davon, wie wir miteinander auskommen sollen. Ich hatte noch nie eine … Gesellschafterin, also muss ich natürlich wissen, was du gern tust, und du musst dasselbe über mich wissen, damit wir uns nicht den ganzen Sommer lang gegenseitig quälen. Ich muss schon sagen … es wird gut sein, wieder einen jungen Menschen um mich zu haben. Meine Enkel …« sie schaut in die Ferne. »Sie sind weg, leben jetzt ihr eigenes Leben.« Ganz kurz verblasst ihr Lächeln und man sieht ihrem Gesicht all ihre mehr als achtzig Jahre an.

Eine Erinnerung an eine große Party, die sie für den einen Enkel gegeben hat, blitzt wieder auf. War das seine Hochzeit gewesen? Sein einundzwanzigster Geburtstag? Großes Zelt. Weiß mit Türmchen. Almeida hatte das Catering übernommen. Feuerwerk gab es auch. Nic und Viv und ich … und Cass … hatten am Strand gelegen und zugeschaut wie die Raketen zerplatzten und mit einem Funkenregen im Meer versanken. Eine private Party mit einer öffentlichen Show. Denn sowohl das Meer als auch der Himmel gehören niemandem.

Nach einer Weile fährt sie resolut fort: »Und das ist auch gut so. Nun, erzähl mir alles über dich!«

Oh … Welches »alles« will sie wissen? Die Art »alles«, die ich Viv erzähle, ist ganz anderes als das »alles«, das ich Mom erzähle. Weiß der Himmel, was »alles« für jemanden sein mag, der mich vielleicht einstellen will und …

Als ob sie mein mentales Gefasel gehört hätte, tätschelt sie mir nun das Knie. »Zum Beispiel, wie ist es mit dir und dem Strand, liebe Gwen? Liebst du ihn oder verabscheust du ihn?«

Hasst irgendjemand auf der Welt den Strand? Ich sage Mrs Ellington, dass ich das Meer liebe und sie sagt: »Dann ist es ja gut. Meine Freundinnen – wir nennen uns die *Ladies Liga*, aber ich glaube, auf der Insel hat man weniger schmeichelhafte Namen für uns – die alten Strandziegen fällt mir da ein … Aber egal, wir schwimmen gern täglich um zehn und dann noch einmal um vier – grad wenn das Licht sich ändert. Manchmal machen wir ein Picknick und verbringen den ganzen Tag dort. Das ist das Schöne am Alter, wir brauchen uns nicht mehr um den Sonnenschutz zu sorgen und können den ganzen Tag herumfaulenzen.« Mit umflortem Blick schaut sie aufs Wasser hinaus, ihr runzliges Gesicht bekommt einen verträumten Ausdruck, der ahnen lässt, wie schön sie früher mal gewesen ist. Die Rose der Insel, ungelogen.

Im Laufe der nächsten halben Stunde erörtern wir Mrs

Ellingtons Vorlieben und Abneigungen – von den Dingen, die sie am liebsten isst, bis zu denen, die sie am wenigsten mag. »Wenn du mir je einen Eiersalat machst, werde ich den guten Eindruck, den ich von dir habe, revidieren müssen.« Von ihren Ansichten zur Bewegung an frischer Luft: »Wenn dieser dumme Knöchel verheilt, werde ich gern einen flotten Spaziergang machen, wenn mir danach ist. Ich möchte nicht gedrängt werden« – zu denen über Technik: »Du wirst doch nicht andauernd tippen oder an dein Handy gehen? Wenn ich mit anderen Menschen zusammen bin, möchte ich, dass sie präsent sind.«

Ich glaube, ich bestehe die Prüfung, schließlich tätschelt Mrs Ellington nämlich meine Hand und sagt: »Also gut. Das neue Regime beginnt dann am Montag.« Sie strahlt mich an und senkt die Stimme: »Hiervor habe ich mich gefürchtet. Ich bin jemand, der das Alleinsein genießt. Aber, dem Schicksal sei Dank, mit meiner Angestellten könnte ich Glück gehabt haben.«

Ich bedanke mich bei ihr und dann fällt mir ein, dass ich die Hummer kochen muss. Verdammt. Will sie überhaupt, dass ich das jetzt mache? Oder bin ich entlassen? Wenn das so sein sollte … kann ich sie dann mit lebendigen Hummern allein lassen? Sollte sie nicht lieber die Finger vom Herd lassen? In der Mittelstufe hatte Nic mal eine Gehirnerschütterung, nachdem ihn ein Ball am Kopf getroffen hatte – und er war tagelang nicht ganz da gewesen. Ich will sie gerade fragen, was ich für sie tun soll, als es an der Fliegentür klopft, so kräftig, dass die nicht so ganz fest zusammengenagelten Bretter klappern.

Jemand ruft: »Äh … hallo? Seashell Services!«

»Was mag das sein?« Mrs Ellingtons Augen leuchten, als

ob ein Besuch der Insel-Instandhaltungstruppe etwas Aufregendes wäre. »Die Hortensien müssen nicht zurückgeschnitten werden und der Rasen wurde erst gestern gemäht. Komm, wir schauen mal.«

Obwohl sie ihren Rücken gerade hält wie eh und je, ist sie trotz Stock so wacklig auf den Beinen, dass ich hinter ihr bleibe und versuche, beide Seiten gleichzeitig abzudecken, um ihren unvermeidlichen Sturz abzufangen.

»Hallo?«, ruft es wieder, dieses Mal etwas lauter und deutlicher.

»Ich kom-me!«, trällert Mrs Ellington. »Tritt doch ein! Ich komme nur langsam voran, aber gleich bin ich da!«

Ich wünschte, sie käme gar nicht voran, denn wir erreichen die Küche viel zu schnell, in der – ja – Cass steht und vor den zarten Rüschen der weißen Gardinen ganz besonders sonnengebräunt aussieht.

»Mein lieber Junge!«, sagt Mrs Ellington.

Wie hat er es nur zu ihrem lieben Jungen gebracht, wo er doch erst ein Mal ihren Rasen gemäht hat? Kennt sie ihn etwa noch von diesem einen Sommer? Die alte Mrs P. hatte ihn ja offenbar nicht wiedererkannt.

»Gwen, meine Liebe. Das ist Cassidy Somers, der diesen Sommer die Insel für uns pflegt. Cassidy, dies ist meine neue …«, sie zögert und fährt dann mit fester Stimme fort »… dies ist Guinevere Castle.«

Ich zucke zusammen. Gehirnerschütterung hin oder her, Mrs E. erinnert sich an meinen vollständigen, von einem Liebesroman inspirierten Namen, den ich niemals in der Schule benutze. Oder sonst wo. Nie.

Ungerührt streckt Cass die Hand aus. »Hallo noch mal, Gwen«, sagt er fröhlich.

Ich ignoriere seine ausgestreckte Hand. »Wir sind miteinander bekannt«, sage ich und drehe mich schnell zu Mrs Ellington um. »Wir kennen uns. Äh, nicht besonders gut. Damit will ich sagen, wir sind nicht befreundet. Also ... wir haben nicht so furchtbar viel gemeinsam ... Genau genommen, kennen wir uns überhaupt nicht. Wir ... gehen nur zusammen zur Schule.« Damit beende ich das Gefasel, Cass schaue ich dabei nicht an, und warte geknickt darauf, dass Mrs Ellington zu dem Schluss kommt, dass ich nicht alle Tassen im Schrank habe.

Stattdessen lächelt sie mich milde an. »Schulkameraden. Wie wunderbar. Nun denn, ich glaube unser junger Freund würde gut daran tun, etwas von unserem Eistee zu sich zu nehmen. Kümmerst du dich darum, Gwen?«

Ich nicke, mache die Gefriertruhe auf und hole das Eis. Mit etwas Glück kühlt das mein glühendes Gesicht. Dankbar, dass ich nicht mit all diesem Silberkram herumhantieren muss, gieße ich Tee in ein geeistes Glas und reiche es ihm. Dabei vermeide ich jede Berührung mit seinen Fingern. Was zur Folge hat, dass das von einem feuchten Film überzogene Glas beinahe zu Boden kracht. Gut, dass Cass tolle Reflexe hat.

Mrs Ellington flattert neben ihm herum und entschuldigt sich, weil sie nicht gefragt hat, ob er Zitrone und Zucker nimmt.

»Nein, einfach so wie er ist, das ist gut. Danke.«

»Man trocknet nur allzu leicht aus bei dieser Hitze«, sagt Mrs Ellington, »ganz besonders im Eifer körperlicher Anstrengungen. Sei doch so frei, immer zu mir zu kommen und dir etwas Großes, Kühles zu holen.«

Cass legt den Kopf schräg und schenkt ihr sein schönstes Lächeln. »Danke sehr.«

Mit einem Zug leert er das Glas. Ich gucke auf seinen langen Hals, schau weg, wische mir die Finger an meinen abgeschnittenen Jeans ab. Meine Handflächen sind tatsächlich feucht. Na klasse.

»Vielleicht solltest du noch einmal nachschenken, Gwen? Nun, mein lieber Junge, was führt dich her? Sollte es die Rechnungen betreffen ... die gehen alle an meinen Sohn Henry.«

»Die sind es nicht«, sagt Cass schnell. »Ich bin gekommen, um Ihre Hummer zu kochen.«

Mein Kopf fährt herum.

»Wir sind darum bemüht, unser Angebot an Dienstleistungen zu erweitern«, fährt er ruhig und vernünftig fort. »Schließlich müssen wir konkurrenzfähig bleiben und so weiter.« Er schaut mir in die Augen und gleich wieder weg.

»Tatsächlich?« Mrs Ellington kommt näher, als ob er ein Magier mit unwiderstehlicher Anziehungskraft wäre. »Wie das?«

»Nun ja ... aktuell mäht der Gartenboy normalerweise bloß den Rasen oder jätet Unkraut. Und«, Cass nimmt einen langen Zug Eistee, »ich finde, da geht noch was. Hunde ausführen. Lebensmittel einkaufen. Äh ...« Er schaut kurz zur Decke, als ob er seinen Text dort ablesen würde. »Schwimmunterricht.«

»Welch Unternehmergeist!«, ruft Mrs Ellington aus.

Cass wirft ihr noch ein Lächeln zu und fährt dann fort: »Als ich Gwen hier rüber gehen sah mit Ihrem ... Abendessen, da dachte ich, das wäre eine willkommene Gelegenheit, Ihnen meine Methode zu zeigen.«

»Du hast eine Methode?« Mrs Ellington faltet die Hände unter ihrem Kinn, ein glückliches Kind auf einer Geburtstagsfeier. »Wie raffiniert! Mir war nicht mal klar, dass es so etwas im Zusammenhang mit Hummern überhaupt gibt.«

»Methode ist vielleicht nicht das richtige Wort«, sagt Cass. »Wo steht Ihr Hummertopf?« Das fragt er mit absoluter Zuversicht, so als ob jede Küche New Englands über so ein Ding verfügen würde. Aber ja, Mrs Ellington hat einen, genau dasselbe riesige, schwarz-weiß gesprenkelte Emailleteil, das auch wir zu Hause benutzen. Er holt den Topf aus dem Küchenschrank, den sie für ihn aufmacht, und nimmt ihn mit zur Spüle, ganz als sei er hier zu Hause. Fehlt nur noch, dass er aus den Schuhen schlüpft und sich aufs Sofa wirft.

»Weißt du«, sag ich möglichst gefasst, »das kann ich auch machen. Du musst das nicht ...«

»Klar kannst du das, Gwen. Aber ich bin ja jetzt da.«

Ich glaube, meine Augen treten buchstäblich aus den Höhlen. Das Problem ist eben, dass er da ist. Aber immerhin habe ich hier so was wie ein Bewerbungsgespräch, ich kann mit ihm schließlich nicht um die Hummer ringen.

Er füllt den Topf mit kaltem Wasser und stellt ihn auf den Herd. Das Gas dreht er voll auf, dabei redet er die ganze Zeit schnell vor sich hin. »Methode, das lässt vielleicht auf eine gewisse Finesse schließen – oder besonderes Geschick. Eigentlich geht es hier gar nicht darum. Es ist nur so ...« Er fummelt am Regler, konzentriert sich ganz darauf, die Flamme kleiner zu stellen. »Manchen Menschen macht es zu schaffen, etwas Lebendiges zu kochen, wissen Sie. Hinzu kommt, dass Hummer so eine Art Schrei von sich geben. Das hat nichts zu bedeuten, hab ich gehört, ihr Nervensystem ist eigentlich nicht so weit entwickelt, dass sie Schmerzen empfinden. Ihre Gehirne sind so groß wie Kugelschreiberspitzen, aber ... trotzdem beunruhigt es manche Menschen.«

Oh, ja, danke für die Rettung, Cass. Was bin ich doch für 'ne Zimperliese.

Ich *will* keine Hummer töten. Aber ich kann es.

»In der Tat«, sagt Mrs Ellington. »Ich bin immer aus der Küche gegangen, wenn die Köchin Hummer gekocht oder Fischen die Köpfe abgehackt hat.« Sie schüttelt sich, als sie daran zurückdenkt.

Cass funkt ihr noch so ein schmelzendes Lächeln zu. Total charmant – so ein Lächeln kann einen heranziehen wie mit unsichtbarer Hand, einen aber auch genauso bestimmt auf Distanz halten – und nie weiß man genau, was jetzt echt ist, welches der wahre Cass ist. Während ich das denke, schaut er zu mir rüber, dieses Mal direkt in meine Augen, und was ich in seinen Augen sehe, erschreckt mich. Endlich einmal kann ich seinen Ausdruck lesen, er ist mehr nicht wachsam, wie er es seit März immer war.

Direkt.

Bewusst.

Herausfordernd.

Ich wende mich ab, mache den Kühlschrank auf und hole den Beutel mit den Hummern raus, den ich an meine Brust drücke. Er greift danach und ich halte ihn noch fester. Er zieht, ganz sacht, schaut mich fragend an, ob ich ihm tatsächlich einen Beutel Krustentiere streitig machen wollte.

Ich lasse los.

»Danke, Gwen.« Sein Ton ist entspannt. »Tja, also, manche Leute legen die Hummer eine Zeitlang in die Gefriertruhe, damit sie benommen sind. Aber das scheint mir auch nicht viel menschlicher zu sein als die Hitze, oder?«

Er entwirrt Grandpa Bens Netz und legt die knittrige braune Papiertüte, die darin steckt, auf den Tisch. Sofort langt eine riesige Schere raus und rumst auf die hölzerne Kochinsel. Der Aufenthalt in der Gefrierzone hat dem gewaltigen Lebenswillen von Hummer A nichts anhaben können.

»Man sagt«, Cass langt mit der Hand in die Tüte, »dass der Hummer ganz zäh wird, wenn man ihn zu lange vorm Verzehr tötet, und dann ist er nicht mehr zu genießen.«

Er dreht Hummer A von links nach rechts, um seinen schnappenden Scheren zu entgehen. »Guck weg, Gwen.«

Ich bin an diesen Befehlston nicht gewöhnt und fixiere meinen Blick umgehend auf die wilden Pflaumenbüsche und Fuchsienblüten vor dem Fenster, dann schüttele ich mich. »Ich schaffe das schon«, versichere ich Cass noch mal und will dabei forsch und dennoch entspannt klingen. »Du weißt doch, ich hab das im Blut.«

»Da«, sagt er und beachtet mich gar nicht. »Nur ein Mal kurz mit dem Messer aufs Hirn und dann ins sehr heiße Wasser. Da bleibt keine Zeit, irgendwas zu fühlen.«

Mrs Ellington klatscht in die Hände. »Das erleichtert mich ungemein. Es scheint zu funktionieren. Keine wedelnden Scheren. Kein schreckliches Geräusch.«

»Ich bin jetzt fertig, Gwen. Du kannst gucken.« Das war beiseite gesprochen. Ruhig, nicht die Spur höhnisch.

»Ich guck doch«, murmele ich und fühle mich plötzlich hilflos.

»Diese Burschen sind was … Anderthalbpfünder? Also etwa vierzehn Minuten.« Er greift nach dem eiförmigen Küchenwecker neben dem Herd und stellt ihn ein wie ein Kochprofi. »Wenn du willst, bleibe ich und hole sie raus.«

Ich räuspere mich. »Du kannst gehen. Alles bestens. Ich übernehme jetzt.«

»Du bist ja ein wahres Wunder, junger Mann!«, sagt Mrs Ellington. »Ich bin entzückt von Seashells neuen Dienstleistungen. Darf ich hoffen, dass du auch Fische ausnimmst?

»Ich tue alles, was getan werden muss.« Cass wirft mir einen schnellen Blick zu, dann grinst er sie wieder an. Dieses breite, etwas schiefe Grinsen, von dem er Fältchen in den Augenwinkeln bekommt. »Vielen Dank für den Eistee. Das war der beste, den ich je getrunken habe. Bis später, Mrs Ellington.«

Er knüllt die durchgeweichte braune Hummertüte zusammen und wirft sie Richtung Mülleimer. Sie fällt daneben. Ohne uns anzusehen, hebt er sie auf und lässt sie direkt reinfallen, dann geht er den Flur hinunter.

Sein »Tschüss, Gwen«, ist kaum lauter als ein Flüstern. Doch ich höre es.

»Was für ein netter junger Mann«, sagt Mrs Ellington. »Und er sieht auch noch gut aus.«

Ich werfe einen prüfenden Blick auf die Hummer im blubbernden Wasser, die jetzt knallrot sind und sich nicht mehr rühren, und starre auf den tickenden Küchenwecker. Das wird noch zehn Minuten dauern. Ich schenke Mrs Ellington Tee nach und fange mit Grandpa Bens Sauce an. Sie guckt zu, mit leuchtenden Augen und sehr interessiert. Gelegentlich murmelt sie einen Kommentar. »Oh, ja, natürlich. Wie konnte ich nur die saure Sahne vergessen? Der liebe Ben Cruz hatte den Bogen raus.«

Ich muss Grandpa Ben fragen, wie es kommt, dass Mrs Ellington sein Geheimrezept für Hummersalat kennt. Als die Sauce fertig ist, lasse ich die rosigen Hummer in ein Sieb fallen und kaltes Wasser über sie laufen. Hoffentlich kühle ich mich dabei auch ab. Ich bin irgendwie seltsam aus dem Gleichgewicht.

»Morgen zum Mittagessen sind die perfekt«, sage ich über die Schulter hinweg zu Mrs E., im Versuch ganz entspannt zu klingen. »Es sei denn, Sie wollen sie heute zum Abendessen. In dem Fall kann ich eine Buttersauce zubereiten. Oder eine Hollandaise.«

»Aber nein!«, sagt sie. »Ich will Bens wunderbare Sauce mit gekühltem Hummer. Heute Abend komme ich schon zurecht. Bestimmt.«

Sie legt den Kopf schräg, dann ruft sie laut: »Joy!«

Gerade als ich schon denke, dass sie jetzt wirklich den Verstand verloren hat, geht die Tür auf und eine müde aussehende Frau im Krankenhauskittel kommt vom Carport her rein. »Juhu, Mrs E.? Hier bin ich!«

»Na, hallo, Joy! Das ist Guinevere Castle, die mich tagsüber von Missetaten abhalten soll. Gwen, das ist meine Nachtschwester. Joy, begleitest du sie hinaus? Ich bin ein wenig erschöpft von den vielen Aufregungen des Tages.«

Joy geht voran durch die Tür des Anbaus in den Carport, wo sie ihr graues Kapuzenshirt über den Kopf zieht und es an einen Haken hängt. »Du bist also der Babysitter.«

Dieses Wort verursacht mir Bauchschmerzen. »Ja, ich leiste Mrs Ellington tagsüber Gesellschaft.«

Joy grunzt. »Du kriegst genauso viel Geld dafür wie ich, ohne pflegerische Ausbildung. Was soll das bloß? Dieser Sohn von ihr hat mehr Geld als Verstand, wenn du mich fragst.«

Ich weiß wirklich nicht, was ich dazu sagen soll, deshalb halte ich den Mund.

»Sie braucht eine ausgebildete Pflegekraft rund um die Uhr nach so einem Sturz. Hätte leicht ein Oberschenkelhalsbruch werden können und in ihrem Alter kann das der Anfang vom Ende sein, aber die Familie kapiert das einfach nicht. Für die reicht meine Geduld nicht.«

Dann solltest du vielleicht nicht hier arbeiten, denke ich. Diesen Gedanken will ich dann gleich wieder löschen. Wie viele von uns hier auf der Insel haben denn schon eine Wahl? Joy macht die Tür zum Carport auf und dankbar, dass unsere Schichten sich nicht groß überschneiden, gehe ich raus.

Draußen bleibe ich stehen und lausche. Über das leise Rauschen der Wellen hinweg ist das Dröhnen des Rasenmähers weiter unten in der Low Road wieder zu hören. Obwohl es der längere Weg nach Hause ist, gehe ich bergauf Richtung High Road.

Wie soll ich einen ganzen Sommer durchstehen, wenn Cass überall auftaucht? Ich muss mich bei Marco und Tony nach seinem Arbeitsplan erkundigen … Genau. »Tony? Marco? Euren Gartenboy finde ich ein bisschen zu heiß und jetzt fällt er mir auch noch auf den Wecker, wäre also gut, wenn ihr ihm nahelegen würdet, sich ein Hemd anzuziehen. Und dann soll er sich noch etwas unansehnliche Gesichtsbehaarung wachsen lassen, ein paar Pfunde zulegen und einen großen Bogen um Mrs E. machen. Okay. Tausend Dank.«

Ich lege einen Schritt zu, dort, wo die Straße eine Kurve macht, biege ich über die frei geschlagene Lichtung in den Green Wood Wald ab. Ahornbäume ragen über mir auf und strecken ihre Zweige über mich, bilden einen Tunnel. Es riecht nach Erde und würzigem Grün. Diese Wälder haben sich seit Jahrhunderten nicht verändert. Als wir klein waren,

Nic, Vivie und ich, haben wir immer gespielt, dass wir Quinnipacs sind, die ersten Menschen, die auf Seashell gelebt haben. Wir haben versucht uns lautlos durch den Wald zu bewegen, einen Fuß vor den anderen zu setzen, ohne dass ein Zweig knackt. Jetzt am verdrehten Ast abbiegen, dann noch mal an einem alten Stein, der aussieht wie ein Hexenhut, und schon bin ich wieder draußen im Freien an dem rauschenden Bach, der ins Meer mündet. Über den führt nur eine Brücke, die so alt ist, dass das Holz silbrig schimmert und die Nägel rostig dunkelrot sind. Ich klettere bis zum höchsten Punkt, schaue runter aufs Wasser. Es ist so klar, dass man die Steine am Grund sehen kann, aber mehrere Meter tief. Ich reiße mir das T-Shirt runter, das ich über meinem schwarzen Sport-BH trage, schüttele die Flipflops ab, steige aufs Geländer und springe.

Kapitel sechs

Das Wasser ist ein eisiger Schock, der Furcht und Gefühle auslöscht. Ich schieße nach oben, tauche auf, hole tief und keuchend Luft, dann wieder runter in die kalten Tiefen, ich stoße mich am steinigen Grund ab, gleite zur Oberfläche und drehe mich auf den Rücken. Mit geschlossenen Augen atme ich langsam den Unterschied zwischen dem eiskalten Wasser und der Sommerluft ein.

Was nun in mir hochkommt, ist das, was ich versucht habe auszublenden. Seit Monaten. Ich mache die Augen auf, lasse meine Gedanken von den Erinnerungen umspülen, dann schließe ich die Augen wieder und lasse ihnen ihren Lauf.

Man nennt es den Eisbärensprung, was eigentlich keinen Sinn ergibt, denn es findet im Frühling statt – und hier in Connecticut sind Eisbären verdammt selten.

Aber Meerwasser im März in Connecticut ist Unterkühlung pur. Und der Eisbärensprung ist die große Wohltätigkeitsveranstaltung der Sportabteilung der Stony Bay Highschool. Es wird immer ein Lagerfeuer gemacht und die Cheerleader und der Schulverein schenken heißen Cidre aus und feuern die Sportler an, die ins eisige Wasser rennen.

Eltern und Leute aus der Stadt kreuzen auf – und schließen Wetten ab, wer am längsten im Wasser bleibt, wer am weitesten rausschwimmt. Weil Vivien wieder Cheer Captain war und Nic in der Schwimmmannschaft, für die ich das ganze Jahr die Zeit gestoppt habe, bin ich dieses Jahr um sieben Uhr aufgestanden und hab sie zum Zuschauen begleitet.

Der Morgen war zum Erblinden grell sonnig und ultra kalt. In der Woche davor hatte es einen dieser irre heftigen Küstenschneestürme gegeben und noch immer trieben Schneefetzen durch das hohe Strandgras. Ich wollte in Viviens warmem Auto bleiben, mit der Heizung auf voller Dröhnung, aber Nic war in Badehose und Vivie trug ihr spärliches Cheerleaderkostüm, nur mit Nics Sweatshirt drüber. Deshalb stieg ich aus und stellte mich ans Lagerfeuer, wie man das so macht, wenn man die Fußball-, die Hockey-, die Rugby- und die Baseballmannschaft und das Schwimmteam unterstützt.

Ziemlich viele Angeber, wohin man auch guckte, zogen sich aus, zeigten Muskeln oder posierten grinsend unter Gejohle und Gepfeife von der warm eingepackten Menge. Auch Hooper, der zwar klein ist, aber schnell und enorm selbstbewusst für einen mageren, blassen kleinen Kerl. Igitt, und er trug eine knappe Badehose. E-kel-haft, Hoop.

Ich hielt einen dampfenden Styroporbecher in den Fingern und pustete drauf, damit ich die Wärme im Gesicht fühlen konnte. Dann hörte ich neben mir ein Rascheln und spürte seine Gegenwart an dem Kribbeln auf meiner Haut. Ich drehte mich zur Seite. Es war Cass. Er hatte Parka und Hemd fallen lassen und knöpfte sich jetzt seine verschossene Jeans auf, unter der eine marineblaue Badehose zum Vorschein kam.

Ich hatte erwartet, dass er eine Show abziehen würde wie die anderen. Sogar Nic, nicht gerade ein Top-Exhibitionist, hatte grinsend sein Sweatshirt an einem Finger herumgewirbelt, ehe er es Vivien zugeworfen hatte. Aber Cass war allein und zog sich ganz ruhig aus. Genau neben mir.

Ich vermutete, dass er mich nicht erkannt hatte. Bevor ich aus dem Haus gegangen war, hatte ich mir Moms Parka gegriffen. Mit der hochgezogenen Kapuze hatte ich so viel Sexappeal wie ein Michelin-Männchen.

Cass zögerte, kickte dann aber Hose und seine restlichen abgelegten Sachen weiter weg vom Feuer auf einen Haufen.

»Hast du auf mich gewettet, Gwen?«

Ich guckte ihn an. Zitterte. Schüttelte den Kopf.

»Solltest du tun. Nic und Spence fallen auf, weil sie die Technik drauf haben, aber ich bringe Strecke und hab Ausdauer.«

»Wetten sind nichts für mich.« Ich nahm einen Schluck Cidre, sog den nach Zimt und Äpfeln duftenden Dampf ein und sagte leise: »Viel Glück.«

Er machte den Mund auf, als ob er etwas sagen wollte, dann schüttelte er den Kopf und zog ab. Erfolglos versuchte ich, ihm nicht mit Blicken zu folgen, als er durch die Menge ging. Aber ... Diese schönen Schultern, der V-förmige Oberkörper. Also, das war was rein Ästhetisches. Wer würde da denn nicht gucken?

Schrill, ohrenbetäubend dröhnte das Drucklufthorn zum Start. Alle stürzten sich ins Wasser. Jimmy Pieretti, der ewige Komiker, trug einen gelb-weiß gepunkteten Bikini. Kaum zu glauben, dass er einen aufgetrieben hatte, der passte. Nic wurde von Vivies glückbringenden Küssen aufgehalten. Es wurde viel gespritzt, gegrölt und geflucht.

»Hört auf mit dem Gehampel und konzentriert euch!«, brüllte Coach Reilly durch seine Flüstertüte. Durch die Menge sah ich, wie Cass ins Wasser tauchte und sich dann kraulend einen Weg durch die Wellen bahnte, Schultern und Unterarme blitzten dabei hell auf. Ja, es gab sogar kleine Eisstücke. Ich staunte darüber, wie viel Gemeinschaftsgeist manche Leute zeigten. Mich hätte man nur zu diesem Sprung bringen können, wäre es um den Weltfrieden gegangen oder um die Sicherung von Emorys medizinischer Versorgung auf Lebenszeit.

Ich ging näher ans Wasser, wo Vivien mit den anderen Cheerleadern auf der Stelle hüpfte.

»Shake it, shake it, Stony Bay. Swim it, swim it, all the way«

Ungefähr zwanzig Teilnehmer waren schon wieder aus dem Wasser raus, sie torkelten zum Lagerfeuer. Nic hielt sich lange, schien aber vor Kälte blau angelaufen zu sein. Jimmy Pieretti war wohl auf den Rekord in der Disziplin »Längste Zeit unter Wasser« aus, ich konnte nämlich seine gewaltigen Beine aus dem Wasser ragen sehen, als er unter den Jimbo, Jiiimbo-Rufen der Menge einen Handstand machte. Er musste 250 Pfund ausbalancieren, aber die isolierende Wirkung seiner Fettschicht war wohl nicht ausreichend, denn seine Zehen waren blau.

Der Coach, ein Haufen freiwilliger Elternhelfer, alle passten auf, trotzdem stellte ich fest, dass ich die Köpfe zählte und den Blick übers Wasser schweifen ließ. Mein ganzes Leben hatte ich an der Küste verbracht, da wusste ich genau, was das Meer geben konnte, um dann auf einen Schlag alles zu nehmen.

Wo war Cass? Er war beliebt, aber keiner rief seinen Namen und feuerte ihn so an wie Jimmy oder sogar Hoop, der aus dem Wasser geschossen war und auf Coach Reillys Schuhe gekotzt hatte.

Wo war Cass? In dieser lärmenden, johlenden Menge konnte man leicht ertrinken, ohne dass irgendjemand was mitkriegte.

Ich lief ganz nah ans Wasser, schirmte mit der Hand über den Augen die Sonne ab, die auf den Wellen glitzerte, und sah schwarze Punkte tanzen. Aber kein blonder Kopf. Das Rennen lief nun schon mindestens fünf Minuten, vielleicht auch länger.

»Coach. Coach! Wo ist Cass Somers?« Ich zog an Reillys Ärmel, als er die Flüstertüte wieder hob, total panisch. »Können Sie ihn sehen? Haben sie ein Fernglas?«

»Wer von euch Vollidioten hat den Cidre geimpft?«, blaffte der Coach. »Ihr Typen seid eine Katastrophe. Was denkt ihr euch bloß!«

Ich zerrte wieder an seinem Ärmel und er drehte sich um. Ein rotes Gesicht unter dickem schwarzem Haar. »Jetzt nicht, Gwen.« Er bemühte sich um einen sanften Ton. Der Coach war immer nett zu mir gewesen, vielleicht weil das Restaurant meines Dads Essen und Eis für die Sportfeste zu Anfang und Ende der Saison spendete. »Die Öffentlichkeitsarbeit ist in einer akuten Krise. Wenn der Schulverein Wind vom Cidre kriegt, können wir diese Benefizveranstaltung in die Tonne treten.«

»Ich kann Cassidy Somers nicht sehen. Er ist irgendwo im Wasser.« Ich versuchte den Coach mit in die Wellen zu zerren, die verdammt frostbeuleneisig waren. Meine Haut fühlte sich an, als würde sie mit tausend Messern aus Eis abgezogen. Der Coach rührte sich nicht von der Stelle, ein rotgesichtiger Fels von Gibraltar. Deshalb riss ich mir den

Parka runter, schleuderte ihn auf den Sand und watete bis zu den Knien, bis zur Hüfte, bis zu den Achselhöhlen ins Wasser.

»Gwen! Was zum Teufel machst du da?«, brüllte Vivien. »Bist du nicht ganz dicht?«

Jetzt waren alle wieder am Strand, nur ich nicht, in meinen an mir klebenden Jeans und dem durchweichten Sweatshirt, und dann spritzte es und Cass tauchte direkt vor mir auf, mit weit aufgerissenen blauen Augen und an die Stirn geklatschten Haaren, die im Wasser dunkler geworden waren, die Strähnen bernsteinfarben und golden.

Er schüttelte den Kopf und schleuderte die Haare aus den Augen.

»Ich …« Meine Zähne klapperten. Mein ganzer Körper zitterte. Cass wurde auch von der Kälte gebeutelt, ich konnte spüren, wie seine Beine an meine schlugen. »Ich dachte, du wärst ertrunken.«

Er sagte gar nichts, schlang mir nur den Arm um die Taille und stolperte beim Versuch, mich zum Strand zu lotsen.

Ich zitterte und er atmete schwer und schnell. Wer hier wen stützte war schwer zu sagen, aber er war länger im Wasser gewesen, und mir kam es so vor, als würde ich ihn schleppen. Der Coach guckte nicht mal in unsere Richtung, er war nämlich zum Lagerfeuer gestapft, um seine undisziplinierte Mannschaft anzuranzen.

»Ich dachte, du wärst ertrunken«, stammelte ich noch mal, als wir an Land kamen. Vivien hielt uns eine der großen Decken aus dem Auto ihrer Mutter hin. Cass langte danach, er konnte die Finger aber nicht schließen. Also schnappte ich mir das Ding, schüttelte es auf und griff nach seinem Hosenbund, um ihn zu mir unter die Decke zu ziehen. So dicht dran an ihm spürte ich, wie sein Herz raste.

»Danke«, sagte er. »Ich war nicht am Ertrinken, aber wenn, dann wäre das eine ganz tolle Rettung gewesen. Aber auch so war das schon ziemlich ei-ei-eindrucksvoll.« Sein Atem stand weiß in der eisigen Luft, fühlte sich auf meinem Gesicht jedoch warm an, und jetzt wurde mir bewusst, dass meine Hände fest auf seinen kalten Hüften lagen. Ich stand praktisch Schenkel an Schenkel mit Cass Somers.

Und da kam der Coach zu uns rüber. »Du hast den Strecken- und Zeitrekord geknackt, Somers. Vielleicht auch den persönlichen Blödheitsrekord.«

Cass nickte sportsmännisch, weder geschmeichelt noch beschämt. Dann guckte er zu mir. »Können wir G-Gwen nicht den Preis für den besten Lebensretter des Jahres verleihen, Coach? Sie hat versucht mich zu retten.«

Der Coach schnaubte. »Euch beide muss man nur vor eurer eigenen Blödheit retten. Hast du dir wenigstens die Schuhe ausgezogen, Castle?«

Ich wackelte mit den nassen Zehen in den Wanderschuhen herum. »N-nein.«

»Bin ich froh, dass du nicht in meiner Mannschaft bist«, schnauzte der Coach. »Bei mir muss man schnell reagieren.« Er hielt nach Mrs Santos Ausschau, der Schulkrankenschwester, aber die hatte sich mit besorgter Miene über Hooper gebeugt.

Der Coach seufzte. »Immer dieser Bursche«, sagte er. »Haut ab, Kids. Das Lagerfeuer hilft euch nicht weiter. Geht irgendwo hin, wo's warm ist. Und zieht diese nassen Klamotten aus, aber ein bisschen plötzlich.«

Ich war doch, wo's warm war. Cass' Arm lag fest um meine Schultern. Die Temperatur war vermutlich unter dem Gefrierpunkt, aber mir war heiß.

»Kannst du mich nach Hause fahren?«, fragte er. »Ich bin mit Pieretti hergekommen und ich glaub, der ist hinüber.« Zusätzlich zum Zähneklappern lallte er jetzt auch noch.

»Na, das war doch wohl klar«, sagte ich. »Kannst du nicht der auserkorene Fahrer sein? Oder, oh, hast du auch getrunken?«

»N-nein. Meine Lippen sind nur taub. Aber ich glaub, Frostbeulen sind im Anmarsch.« Er streckte eine weißlich blaue Hand unter der Decke hervor, bewegte sie vorsichtig und zuckte zusammen. »Ich spüre meine Finger nicht. Warten ist wohl nicht sinnvoll. Jimbos Auto hat Gangschaltung. Warte mal.«

Er befreite sich aus der Decke und meinen Armen und ging langsam den Strand hinauf zum Lagerfeuer. Vivien schoss sofort an meine Seite.

»Was geht hier ab?« Sie wickelte die Decke fester um mich. »Was läuft da mit dir und Sundance?«

»Nichts. Ich dachte, er ertrinkt. Stimmte nicht.« Ich lachte kurz auf. »Ende der Geschichte.«

»Das glaube ich nicht.« Sie tauchte sofort ab an meine andere Seite, als Cass mit seinen Chucks und Klamotten zurückkam.

»Alles geregelt«, sagte er. »Thorpe bringt Pieretti nach Hause. Du kannst mich fahren – kriegst du das hin mit der Gangschaltung? Pieretti kann sich das Auto abholen, wenn er wieder nüchtern ist. Dann bringe ich dich nach Hause.«

Ich sagte nur: »Ich kann schalten«, und konzentrierte mich ganz darauf, Moms Parka wieder anzuziehen. Der fühlte sich an wie eine Eispackung, nachdem er im kalten Sand gelegen hatte.

»Cool.« Mit der Hand auf meinem Daunen bedecktem Rücken, schob er mich zu Jimmys Auto, das oben auf dem Strandparkplatz stand.

Ein Kia. Warum hatte der riesige Jimmy Pieretti das kleinste Auto der Welt? Ich quatschte auf den Fahrersitz und zitterte wieder. Meine Lippen passten farblich bestimmt hervorragend zu den marineblauen Kunstledersitzen.

»Hier.« Cass warf mir die Schlüssel zu. Ich schnappte sie im Flug und er lächelte mich an. Das brachte seine Grübchen zum Vorschein und die Fältchen in den Augenwinkeln und sein perfektes Gesicht war nicht mehr so überirdisch. Als ich den Schlüssel im Zündschloss drehte, stellte er sofort die Heißluft an und ein eisiger Schwall schlug uns entgegen.

»Gleich wird es wärmer.«

»Schon okay. Mir geht's bestens.«

»Gwen, du bist ein Eis am Stiel.« Er ließ mir seine Klamotten in den Schoß fallen. »Z-zieh die an.«

Sofort wurde mein Gesicht knallheiß. »Das k-k-kann ich doch nicht!«

Er verschränkte die Arme. »Soll ich das für dich machen?« Er wackelte mit den Fingern. »Sobald dieses Taubheitsgefühl und das Kribbeln verschwunden sind … Aber so lange willst du vielleicht nicht warten.«

»Schon gut. Ich zieh mich später um.« Ich stellte die Heizung noch etwas höher. Und es schien noch kälter zu werden.

»Komm schon. Dass du dich totfrierst, kann ich mit meinem Gewissen nicht vereinbaren.« All das sagte er in einem neutralen, total vernünftig klingenden Ton, ohne auch nur einen Blick zu mir rüber zu werfen. »Zieh dich einfach um.«

»Hier?«

»Nun ja, ich d-dachte die Abgeschiedenheit der Rücksitze wäre dir vielleicht lieber, aber was immer meine furchtlose Retterin wünscht.«

»Du meinst, ich soll mich auf dem Rücksitz ausziehen?«, wiederholte ich wie eine Vollidiotin.

»Wenn du die trockenen Sachen über die nassen ziehst, kannst du nicht warm werden«, ließ er mich wissen. Immer noch in diesem ernsthaften, wissenschaftlich-neutralen Ton. »Also, ja, runter mit deinen, rein in meine. Ich zieh mir meinen Parka über die Badehose. Aber mach schnell. Ich erfriere.« Er zitterte.

Seine Klamotten waren verwaschene Jeans, ein schwarzer Rollkragenpullover, dicke graue Wollsocken. Sandig waren sie, aber nicht tropfnass oder eiskalt. Ich kletterte über den Schaltknüppel auf den Rücksitz, zog den Reißverschluss von Moms Parka auf und zögerte. Unsere Blicke trafen sich im Rückspiegel. »Nicht gucken.«

»Scheiße. Ich dachte, du vergisst den Spiegel. Kein Problem. Ich mach einfach die Augen zu. Irgendwie werde ich sowieso ganz schläfrig und warm. Das muss die Unterkühlung sein, die da voranschreitet.«

Ich versuchte mich schnell zu bewegen. Mein quatschnasses Kapuzenshirt klatschte vernehmlich, als ich es über den Kopf zog und auf den Rücksitz fallen ließ. Meine Finger waren zu steif für den Verschluss des BHs, deshalb behielt ich ihn einfach an. Obwohl ich Cass verboten hatte zu gucken, riskierte ich selbst einen Blick in den Rückspiegel. Na klasse. Meine Haare standen ab wie die dunklen Locken einer eisigen Medusa, die Nase war rot und die Lippen, ja, blau vor Kälte. In meinem ganzen Leben hatte ich noch nicht erbärmlicher ausgesehen. Ich zerrte mir Cass' Klamotten über den Körper und kletterte wieder über die Lehne nach vorn.

Cass hatte seine Augen tatsächlich geschlossen, sein Kopf lehnte schief an der Kopfstütze und er hatte sich in den Parka gewickelt. An der Schulter pappte ein silberner Streifen Klebeband, der sich deutlich vom Schwarz abhob. Blass sah er aus. Ob er schon eingeschlafen war? Ins Koma gefallen? Kälteschock? Ich lehnte mich zu ihm rüber, um mir die Sache genauer anzusehen.

Er schlug die Augen auf und lächelte. Mir stockte der Atem. Er kam ein ganz winziges Stück näher, dunkle Wimpern zuckten, als er die Augen schloss, und genau da klopfte der Coach heftig ans Fenster.

»Nun macht schon, ihr beiden Spaßvögel. Seht zu, dass ihr weg kommt. Das ist kein Autokino hier.«

Danach schwiegen wir. Ich fuhr vom Parkplatz, dann durch die Stadt und folgte Cass' hingemurmelten Anweisungen. Er reckte sich, wackelte mit den Fingern und trommelte dann auf dem Armaturenbrett herum.

Ich bemühte mich um eine zügige Fahrweise, konnte aber nicht widerstehen, den einen oder anderen verstohlenen Blick zu riskieren.

Und zwar immer, wenn er das auch tat.

Total seltsam. Wie ein Tanz. Einer, den ich noch nie getanzt hatte.

»Da oben die erste links«, sagte er. Ich bog in eine dieser ruhigen, von Bäumen gesäumten Straßen mit breiten gepflasterten Gehwegen und großzügig bemessenen Häusern mit weiten Rasenflächen ein. So anders als die struppigen, knotigen Kiefernbüsche, die Auffahrten aus zerdrückten Muschelschalen und die dicht an dicht gebauten Holzhäuser auf meiner Seite von Seashell.

»Jetzt diese Straße runter.« Er zeigte auf eine Abzweigung nach links, die laut Straßenschild Shore Road hieß.

Ich schnappte nach Luft, als ich das Haus sah. Ich konnte nicht anders. So was hatte ich noch nie gesehen … Modern, aber irgendwie klassisch, in Anlehnung an die Konturen eines Segelschiffs gebaut, eines Schoners, Teeclippers … etwas Majestätisches jedenfalls, das geeignet war, die Meere zu erobern. Die eine Seite des Hauses wölbte sich nach außen und eine schmale Reling führte ganz um den ersten Stock herum, hoch und stolz. Sie lief spitz zu wie der Bug eines Schiffes.

»Wow.«

Cass sah mich mit schräg gelegtem Kopf an. »Hat mein Onkel entworfen. Das war's, was meine Eltern gebaut haben – in jenem Sommer.«

»Faszinierend. Hierher bist du also gezogen. Als du uns verlassen hast?« Dann war mir das unangenehm, denn die Somers waren eine Saison lang auf der Insel gewesen. Und sie hatten uns nicht im Stich gelassen. Oder mich nicht. Aber Cass zuckte nicht mit der Wimper.

»Ja. Meine Brüder machen mich immer fertig, weil ich hier aufwachsen konnte, sie waren da schon weg, im College. Hier unten …«, er zeigte den kleinen Hügel runter, der sanft zum Meer hin abfiel, wo Gras in Seegras überging, »… ist ein gutes Stück Strand. Für uns allein. Es ist so schön. Das würde ich dir gern zeigen. Aber jetzt nicht. Wir würden beide erfrieren.«

Eine Villa. Anders konnte man das nicht nennen. Ein Haus war das nicht. Ein Anwesen. Es erinnerte mich ein wenig an Mark Twains Haus, das wir mal auf einem Schulausflug besucht hatten. Aber das war so gebaut worden, dass es aussah wie ein Mississippi-Dampfschiff, und dieses Haus hier konnte nur ein Segelschiff sein. Im Garten standen all diese großen Bäume, unter der Weide eine Bank aus Schmiedeeisen, sogar einen Springbrunnen gab es. Es sah aus wie was aus einer Lifestyle-Zeitschrift.

Eine Villa und ein Privatstrand.

Hier gehörte ich nicht her.

»Ich bin froh, dass du nicht ertrunken bist«, sagte ich im selben Moment, in dem er sagte: »Danke, dass du hinter mir her gewatet bist.«

»Nicht der Rede wert«, erwiderte ich, gerade als er sagte: »Gwen ...«

Wir verstummten beide. Die Farbe seiner Augen war das dunkelste, reinste Blau. Das Meer im Winter.

»Hör mal ... Meine Eltern fahren morgen für eine Woche weg. Ich dachte, ich lasse das Highschool-Klischee wahr werden und mach Party. Kommst du?« Irgendwie war er wieder näher gekommen – und er roch wie das Beste an der Küste, nach Salzwasser und frischer Luft.

Unbeabsichtigt, ohne einen klaren Gedanken im Kopf, lehnte ich mich zu ihm rüber und er beugte sich vor und küsste mich. So ein guter, süßer Kuss – erst nur die Lippen, bis ich sie dann öffnete, mehr wollte, und er bereit war. Nichts mit drängelnden Zungen oder aneinander schlagenden Zähnen. Nur ein herrlich sanftes Gleiten und dann ein Rhythmus, der mein Inneres so in Aufruhr versetzte, dass ich mich nach Luft schnappend an ihn schmiegte und dann nach mehr verlangte. Wir küssten lange – sehr lange – und er ließ es dabei, strich nur mit den Händen über meine Haare und streifte meinen Hals mit den Daumen.

»Kommst du?«, wiederholte er.

Ich schaute zu seinem Haus, diesem riesigen Haus. Ich hatte noch nie gehört, dass Cass eine Party machte. Wer würde da sein? Spence Channing. Die Leute, mit denen Cass in der Schule abhing. Jimmy Pieretti, Trevor Sharpe. Thorpe Minot. Die Hügel Typen – Jungs von Hayden Hill, dem Reichenviertel von Stony Bay. Die kannte ich alle nicht besonders gut. Eine ... eine Party.

Und Cass.

Ich schluckte. »Um welche Uhrzeit?«

Er langte in die Tasche von seinem Parka und holte einen blauen Edding raus. Mit den Zähnen zog er die Kappe ab, nahm meine Hand, wobei sein Daumen ganz leicht über der Innenseite meines Handgelenks tanzte, und zog meine Handfläche näher zu sich heran. »Wie weit ist das noch mal von deinem Haus bis zum Restaurant deines Dads?«

»Drei Meilen«, sagte ich mit schwacher Stimme, sämtliche Haare an meinem Arm standen senkrecht.

Er malte ein X unten auf mein Handgelenk, dann eine Linie hoch zum Zeigefinger, auf den er ein weiteres X malte, und dann rutschte seine Hand runter zu meiner Handfläche, wo er drei x unter den Daumen machte. »Nicht maßstabgerecht, nur so ungefähr«, sagte er. Dann schrieb er »Gwen« neben das erste x, Castle neben das nächste und Shore Road neben die drei x. Und: »Acht Uhr, Samstagabd.«

»Ha!« Mein Cousin lacht. Er packt mein Handgelenk und taucht mich unter, ehe er mich wieder an die Wasseroberfläche zieht.

Prustend wische ich mir die Haare aus dem Gesicht. »Nic! Was soll das!«

»Hab ich mir doch gedacht, dass ich dich hier finde. Was machst du denn, du Irre? Du hast geradewegs auf Seal Rock zugehalten. Mit dem Kopf zuerst.«

Aus Versehen habe ich einen Mundvoll Brackwasser geschluckt und würgte. »Ich …«

Er klopft mir kräftig auf den Rücken, was einen Hustenanfall auslöst. Ich tauche noch mal unter, beim Hochkommen werfe ich die Haare zurück, da fällt mir auf, dass er mit großen weißen Farbflecken gesprenkelt ist. Jackson Pollock Nic.

»Was denn?«, fragt er, als ich ihn mustere.

Mit zuckendem Finger zeige ich vom bespritzten Gesicht auf die gefleckten Schultern. Er guckt an sich runter. »Ach. Ja. Wir haben die Garagendecke vom alten Gillespie gemalt. Dann wollte ich die Sache mit diesem Inseljob abchecken. Hatte keine Zeit, mich sauber zu machen.« Er fährt sich mit der Hand durch das volle sandfarbene Haar, das auch reichlich Farbe abbekommen hat. »Hätte ich das lieber machen sollen?«, fragt er. »Oder wirkt das vielleicht extra professionell, wenn man so zu einem Bewerbungsgespräch auftaucht?«

Ich trete Wasser und versuche mich nicht von der Strömung des reißenden Flusses davon zerren zu lassen.

»Wie ist es denn gelaufen?«

»Ach … du weißt schon.« Nic schöpft Wasser mit den Händen und klatscht es sich ins Gesicht. »Ich hab mit

Dingsda, diesem Inselpräsidenten gesprochen. In seinen mit Walen bestickten Shorts und dem saublöden rosa Hemd. Der tat so, als gäbe es da wahnsinns viel Konkurrenz. Aber ich weiß von Luca, dass keiner diesen Job will. Maler- und Reparaturarbeiten. Zu viel Stress. Fast so übel wie Gartenboy. Wir haben ihn in der Tasche. Hoop ist angepisst.«

»Du hast einen festen Job für den ganzen Sommer und Hoop ist sauer?«

Nic taucht unter und ploppt wieder hoch. »Er wollte nicht für *diese Sommersnobs* arbeiten. Als Maler hätten wir im ganzen Staat rumfahren können, vielleicht hätten wir draußen auf Block Island gezeltet oder so. Egal, jedenfalls wären wir mal von der Insel gekommen. Himmel. Hoop beruhigt sich schon wieder. Alles besser, als für Onkel Mike zu arbeiten.«

Ja. In den letzten paar Jahren hat Nic wirklich alles getan, um nicht für Dad arbeiten zu müssen. In letzter Zeit vermeidet er es sogar, mit ihm zu Abend zu essen.

Mein Cousin haut mir auf die Schulter und krault ans felsige Ufer. Früher hab ich Nic immer schlagen können, aber seit er im Schwimmteam ist – und besonders, seit er für die Akademie trainiert –, kann ich mich nicht mehr mit ihm messen. Bis ich am Ufer bin und mich in den Sand werfe, ist er fast schon trocken und schüttelt die letzten Tropfen aus seinen struppigen Haaren. Er schmeißt sich neben mich.

Eine Weile liegen wir da, sagen nichts und blinzeln in die Abendsonne, die durch die Bäume scheint. Schließlich steht er auf, reicht mir eine weiß gefleckte Hand und zieht mich hoch. Er sieht sich am Ufer um.

Ich weiß, was er sucht. Einen Hüpfstein für Vivie. Ich suche den Sand nach einem schmalen, flachen Stein ab, aber Nic hat das besser geschulte Auge, er macht das schon länger. Er findet einen – »Der ist was zum Mitnehmen« – und steckt ihn in die Tasche seiner nassen Shorts. Mit einer Kopfbewegung weist er auf die sandige Straße. »Hoop hat mir den Truck überlassen. Heute Abend ist Party am Strand. Wir lassen diesen Sommer mit einem Knall anfangen.«

Toll, Cass und dann noch eine Party am ersten echten Sommertag. Wenn das kein Kryptonit ist.

Kapitel sieben

Wir halten noch auf der Brücke, und nachdem ich meine Sachen geholt habe, fahren wir die High Road runter und an Field House vorbei, wo die Rasenmäher untergestellt werden und der Gartenboy direkt über der Garage seinen Sommersitz hat. Doch da wohnt Cass bestimmt nicht, er geht sicher heim in dieses segelschiffartige Haus. Für alle Fälle rutsche ich tiefer runter im Sitz, das rissige Vinyl zerkratzt mir die Schenkel.

Nic wirft mir einen Blick zu, sagt aber nichts. Ich rutsche noch ein Stück tiefer und gähne, damit es authentischer rüberkommt. Bald werde ich mich mit Perücke und Trench auf meiner eigenen Insel herumdrücken.

»Also, das Lagerfeuer heute Abend ist am Sandy Claw«, sagt Nic. »Bo Sanders, Manny und Pam und noch ein paar andere. Hoop ist auch dabei, aber er will nicht fahren, Viv holt uns ab.«

»Du kannst mich zu Hause absetzen.«

»Nix da, Cousinchen. Du kommst mit. Die Einsiedlernummer nervt langsam. Du weißt doch, dass du so was magst.«

Und das tue ich. Ich meine, früher immer. Nur …

»Du kommst mit«, wiederholt Nic streng.

»Ja, Sir. Meister Oberleutnantchef, Sir.« Ich salutiere.

»Admiral wolltest du wohl sagen, Fähnrich«, korrigiert er und stößt mir den Ellenbogen in die Seite. »Etwas mehr Respekt vor der Uniform, bitte, die ich noch nicht trage.«

Ich lache ihn aus.

Man kann wirklich nicht behaupten, dass Nic der Ehrgeiz fehlt. Seit dem Berufsberatungsabend im ersten Jahr auf der Highschool hat er einen großen Traum. Die Küstenschutzakademie in New London, Connecticut. Zu Hause an der Wand, in dem Zimmer, das er mit Grandpa Ben und Emory teilt, hat er Bilder hängen, vom Segelteam, der Ringermannschaft, und das Motto der Küstenwache: WER HIER LEBT, ACHTET DIE EHRE, EHRT DIE PFLICHT … hat er mit schwarzem Edding über sein Bett gekritzelt. Er absolviert das spezielle Workout wie ein Ritual, macht sich total verrückt wegen seines Notendurchschnitts … kurzum, der entspannte Nic von früher, der nie sein Heft mit den Hausaufgaben finden konnte und immer mit einem »Hä?« hochschreckte, wenn er in der Schule was gefragt wurde, hat eine hundertachtzig Grad Wende vollzogen. Das ist dasselbe wie mit Vivien, auf die er schon seit Kindertagen voll fokussiert ist. Man kann nur hoffen, dass ihn diese Disziplin eines Tages auch dazu bringen wird, seine schmutzige Wäsche aufzuheben und zu waschen.

»Im Ernst, Gwen. Und wenn ich dich hinschleifen muss. Ich stemme jetzt schon mein eigenes Körpergewicht.« Drohend lässt er die Knöchel knacken, dann wirft er mir einen herausfordernden Blick zu.

Ich verpasse ihm einen Rippenstoß. »Echt? Weiß der Coach das? Wie lange wird es noch dauern, bis du ihn stemmen kannst?«

»Nur eine Frage der Zeit«, sagt Nic selbstzufrieden.

Ich lache laut los. Der Coach ist massig. »Du musst wirklich mal an deinem Minderwertigkeitskomplex arbeiten, Nico.«

»Ich sag nur, wie es ist, Cousinchen.« Nic lächelt. Eine Weile ist es still. Dann wird er wieder ernster. »Ich will unbedingt Mannschaftskapitän werden, so sehr, dass ich es schon schmecken kann. Den Posten müssen sie mir geben, Gwen.«

»Und nicht Cass oder Spence, die immer kriegen, was sie wollen?«

Darauf reitet Nic viel herum. Er war der Star – mit Abstand –, bevor die beiden letzten September die Schule gewechselt haben.

Nic zuckt die Achseln.

Ich stoße ihn mit der Schulter an. »Die beiden hängst du doch jedes Mal ab, Admiral.«

Wir stellen Hoops Truck auf seiner von Kiefernnadeln bedeckten Auffahrt ab und kommen gerade zu Fuß zu Hause an, als Vivien im Toyota Corolla ihrer Mutter vorfährt. Sie hupt uns an und winkt Nic herüber. Er lehnt sich ins Fenster, küsst ihre Nase, dann ihre Lippen, dann zieht er sie näher heran. Ich gucke weg und drücke die Feuchtigkeit aus dem zerfransten Saum meiner Shorts.

Viv. Das erste ernsthafte Ziel von Nic Cruz, an das ich mich erinnern kann.

Wir waren elf und zwölf. Ich hatte seine krakelige Handschrift in dem Notizbuch entziffert, in dem er seine Ziele festhielt, er versteckte es unter seiner Matratze. Kein sicherer Ort, wenn sich die Cousine zu Erpressungszwecken auf die Jagd nach *Playboys* gemacht hat. Doch es stellte sich heraus, dass das Ziele-Notizbuch manchmal sogar viel nützlicher war als Porn.

Vivien küssen.

Ich vermutete, dass Hoop ihn dazu herausgefordert hatte. Trotz der Hochzeitszeremonie damals mit fünf waren die beiden in meinen Augen kein Paar. Wir waren *Wir drei*. Aber da stand es, in roter Tinte mitten zwischen seinen anderen Zielen: Der nächste Michael Phelps werden. Porschebesitzer. Everest besteigen. Die Wahrheit über Roswell rauskriegen. Eine Million verdienen. Beineke House für Tante Luce kaufen. Vivien küssen.

Aus irgendeinem Grund habe ich ihn damit nicht aufgezogen.

Dann, ein paar Monate später, saßen wir drei am Pier in Abenaki und genossen die Leere am Strand nach dem Labor Day. Nic langte in seine Tasche und brachte ein paar flache Steine zum Vorschein.

»Such mir einen Sieger raus«, sagte er zu Vivie. Sie sah ihn an, mit einer kleinen Falte zwischen den Augenbrauen, dann machte sie eine große Show daraus, den perfekten Hüpfer auszuwählen, den sie ihm dann mit überschwänglicher Geste präsentierte.

»Ein Kuss für jeden Hüpfer«, sagte er leise.

Der Stein flitzte übers Wasser und kam fünf Mal auf, und mein Cousin forderte seine Belohnung von meiner besten Freundin ein, während ich still und stumm wie ein Haufen Steine daneben hockte und dachte: *Na, dazu hat Hoop ihn wohl doch nicht herausgefordert.*

»Gwen versucht sich zu drücken, Vee.« Nics Stimme dringt in meine Gedanken ein.

Vivie schüttelt energisch den Kopf. »Das erste Lagerfeuer

der Saison verpassen?«, ruft sie durchs offene Fenster. »Geht gar nicht, los!« Sie langt hinter sich und hält eine Plastiktüte vom Supermarkt hoch. »Ich hab hier jede Menge gute Sachen!«

Nic ist schon auf den Beifahrersitz geklettert. Er beugt sich nach vorn und kippt ihn, damit ich hinten einsteigen kann. »Komm schon, Cousinchen.«

Ich seufze und sage ihnen, dass sie warten sollen, bis ich aus den nassen Klamotten raus bin. Mom hat das Telefon am Ohr, als ich rein komme, sie zieht die Stirn kraus. Mit einer Kopfbewegung und dem Finger auf den Lippen weist sie zur Couch. Grandpa schläft fest, sein Kopf ist nach hinten gekippt, der Mund steht offen. Emory liegt leise schnarchend auf seinem Schoß, gekrümmt wie eine Cashewnuss.

»Ja, ich verstehe. Ja. Hm. Großreinemachen. Ja. Von oben bis unten. Selbstverständlich. Bis um vier morgen? Oh, nun, es ist ein Samstag und … ah ja. Okay.« Mom seufzt und raschelt mit dem Buch auf ihrem Schoß. »Na gut.«

Als ich in einem ausgeleierten Shirt und einem uralten Paar Shorts wieder auftauche, ist Mom nicht mehr am Telefon, sondern wieder in ihren neuesten Schnulzenroman vertieft. Sie legt den Finger zwischen die Seiten.

»Gehst du weg?«

Ich zucke die Achseln. »An den Strand mit den anderen. Was war das eben? Macht dir jetzt schon einer die Hölle heiß?«

Mom seufzt noch mal. »Das sind diese Robinsons.«

Ich bin schon auf dem Weg zur Tür, aber jetzt bleibe ich stehen.

»Die sind wieder da?«

»Sie haben wieder das Haus von den Tuckers gemietet, für die nächsten zwei Wochen. Da ist irgendeine Hochzeit in der Stadt – bei ihren Verwandten. Sie wollen, dass das Haus auf Hochglanz gebracht wird. Bis morgen.« Sie reibt sich die Schläfen mit den Daumen. »Die sind nur alle paar Jahre für ein, zwei Wochen da, und ich schwöre, die machen mehr Ärger als die Hälfte der Stammkunden zusammen.«

»Schaffst du das denn? Bis morgen?«

Sie zuckt mit den Schultern. »Was bleibt mir anderes übrig. Ich krieg das schon hin.« Das ist Moms Erkennungsmelodie. Ihr Blick fällt wieder auf ihr Buch und sie lächelt mich boshaft an. »Daran denke ich später. Ich bin mir ziemlich sicher, dass dieser Navy Seal gleich dahinter kommt, dass die Terroristin, die er kalt stellen soll, seine Ex-Frau ist – und die ist schwanger mit seinen Drillingen … und mit seinem Bruder verheiratet.«

Als ich auf den Rücksitz des Autos rutsche, vergeht erst mal die unumgängliche Wartezeit, während der Nic und Vivien noch miteinander rumknutschen. Ich summe leise vor mich hin, versuche die Kussgeräusche und das Rascheln der Kleider zu ignorieren. Nach ein paar Minuten beuge ich mich vor, tippe ihnen auf die Schultern und flüstere: »Ich bin hier. Hinter euch.«

Nic guckt sich um, wischt sich dabei Viviens Lipgloss ab und zwinkert mir zu. Vivien lächelt nur mit leuchtenden Augen in den Rückspiegel. Dann sieht sie mein Gesicht. »Was ist los?«

»Die Robinsons kommen zurück«, sage ich ausdruckslos und wühle in der Tasche nach der Mascara, die ich mir im Bad geschnappt hab.

Sie stößt einen Schwall Luft aus, der die kleinen Strähnchen durcheinander bringt, die sich aus ihren Zöpfen gelöst haben. »Wann?«

»Morgen.«

»Scheiße.« Vivie dreht den Schlüssel im Zündschloss, schießt mit quietschenden Reifen zurück. Nic und ich machen uns auf was gefasst, er presst die Hand aufs Armaturenbrett, ich stemme die Füße gegen die Lehne des Fahrersitzes. Viv lässt das Auto vorwärts ruckeln und den Motor aufheulen wie beim Formel I Rennen. Drei Mal ist sie durch die Fahrprüfung gefallen.

»Ja, ja«, murmele ich.

Nic hat sich jetzt zurückgelehnt, sein Ellenbogen ruht im offenen Fenster. »Macht euch darum keine Sorgen«, sagt er.

Ich schlucke, zucke mit den Schultern und zerkratze den Mückenstich an meinem Bein. Vivien röhrt in die Auffahrt von Hoopers Haus, verfehlt den Briefkasten nur knapp und drückt so kräftig auf die Hupe, dass ich schon damit rechne, die Blätter von den Bäumen ringsum fetzen zu sehen. Ohne hinzugucken, langt Nic rüber, nimmt ihre Hand und küsst sie. »Ich glaube, du hast deinen Standpunkt deutlich gemacht.«

Hoop springt die Treppe runter, sein Haar steht in alle Richtungen vom Kopf ab. Wie üblich sieht er aus, als habe er sich im Dunkeln angezogen: kariertes Hemd, völlig fertige gestreifte Shorts. Er haut Nic auf den Rücken und rutscht dann neben mich, zu dicht neben mich. »Yo, Gwenners!« Er stupst mich mit spitzer Schulter an.

»Hey, Hoop. Mann, lässt du mir vielleicht auch noch Platz?«

»Klaro, klaro.« Er rutscht den Bruchteil eines Zentimeters

weiter, dann lächelt er mich dümmlich an. Wir kacheln den Hügel runter zu einem der weniger noblen Strände von Seashell. Die Sommergäste bleiben in Abernaki, da liegt der Strand vom offenen Meer geschützt, die Wellen sind sanfter und es ist nicht so steinig. Dort liegen ihre Boote vor Anker. Aber Sandy Claw ist der Ort, an dem sich die Leute treffen, die hier wohnen, der Ort für illegales Feuerwerk und laute Musik aus Autolautsprechern. Als wir näher kommen, ist die Musik so laut, dass Vivien brüllen muss, um sich verständlich zu machen. »Diese Cateringsache morgen? Die haben ein Schwarz-Weiß Motto. Mit unseren Uniformen liegen wir richtig, Gwen, aber Nico, du brauchst eine Smokingjacke.«

Nic stöhnt. »Sag's nicht. Bitte, kein Smoking, Vee. Ich werde die Hälfte von dem, was ich verdiene, an diesen verdammten Smokingverleih los.«

»Ich bin raus, wenn ich so ein Affenjäckchen tragen muss«, sagt Hoop. »Turnt die Ladies total ab.«

Im Rückspiegel sieht Vivien mich mit weit aufgerissenen Augen an, total komisch, so groß. Unser kleidungstechnisch verpeilter, eins sechzig Mann Hoop: der Frauenmagnet. Wenn er mal aufhören würde von *»Ladies«* zu reden, hätte er vielleicht Chancen.

Sandy Claw ist schon ziemlich voll, als wir kommen, Leute, mit denen wir aufgewachsen sind, wimmeln am Strand und ums Lagerfeuer herum.

Hoop springt aus dem Auto und stürzt sich gleich auf die Kühltasche, wo er Coladosen und Orangenlimo zur Seite schiebt und zielgerichtet nach dem Bier wühlt. Vivien zerrt eine karierte Picknickdecke aus dem Kofferraum. Die reicht sie Nic mit ihrem strahlenden, übermütigen Lächeln. Nachdem sie die Decke ausgebreitet haben, legen sie auch sofort los. Weil … weil Nic und Vivie irgendwie Nic und Vivie sind, zuckt keiner auch nur mit der Wimper, wenn sie wo auch immer übereinander herfallen. Sie legen sich hin und Nic ruft mir zu: »Holst du mir 'n Bier, Cousinchen?«

»Willst du's trinken oder soll ich es über dich rüber gießen?«, rufe ich zurück. Er ignoriert mich, ist total in Vivien verwickelt. Buchstäblich.

Pam D'Ofrio stellt sich neben mich. »Die haben wohl beschlossen, dass heute alles absolut jugendfrei bleibt, was?«, stellt sie trocken fest.

Manny Morales, Sohn des Chefs der Insel-Instandhaltungstruppe, gesellt sich zu uns.

Eine Weile reden wir über unsere Sommerjobs. Manny macht den Abwasch in einem Lokal namens *Breakfast Ahoi*, Pam arbeitet im *Esquidaro*, einem der Konkurrenten vom Castle.

»Besser als Babysitten«, sagt Pam. »Letztes Jahr hab ich auf die Carter-Zwillinge aufgepasst. Die waren vier und so durchgeknallt, dass ihre Mom drauf bestanden hat, dass ich sie an so eine Art Leine legte, wenn ich mit ihnen rausging. An meinem ersten Tag haben sie auf dem Weg zum Spielplatz ihre Leinen um einen Telefonmast gewickelt und mich festgesetzt wie eine Fliege im Spinnennetz. Und dann sind sie weggerannt. Hab zehn Minuten gebraucht, bis ich die Knoten aufgemacht hatte. Kleine Miststücke.«

»Hast du gekündigt?«, fragt Manny.

Pam schüttelt den Kopf. »Was ich dann gefunden hätte, wäre vielleicht noch schlimmer gewesen. Wer weiß das schon.«

»Ihr verpetzt mich doch nicht bei meinem Dad, wenn ich

mir ein Bier hole?«, fragt Manny. Er ist sechzehn und Marco ist streng.

Wir schütteln den Kopf.

Er kommt wieder und lässt sich neben uns auf den mit Wasser vollgesaugten Baumstamm fallen, der schon ewig hier am Strand liegt. Nic und Vivien machen weiter als wären sie unsere ganz private Peepshow.

»Muss schön sein«, sagt Pam. »Wenn es einem gar nichts ausmacht, so was zu tun. In der Öffentlichkeit.« Sie schüttelt den Kopf. »Kann ich mir nicht vorstellen.« Pam ist schon seit der achten Klasse mit ihrer Freundin Shaunee zusammen.

Manny leert die halbe Flasche, mit dem Handrücken wischt er sich die Lippen ab. »Jedenfalls besiegeln sie's mit einem Ring«, sagt er und hebt den Ellenbogen Richtung Nic und Vivien.

»WAS?«

»Die verloben sich doch, oder?«

Ich rutsche in den Sand und starre ihn an. »Was?«, sage ich noch mal. Dann lache ich. »Kann nicht sein. Wie kommst du denn darauf?«

»Mein Bruder Angelo arbeitet beim Juwelier Starelli im Einkaufszentrum. Letztes Wochenende sind Nic und Vivien dagewesen und haben sich Verlobungsringe angeguckt.« Manny kratzt sich den Nacken, ihm ist nicht so ganz wohl in seiner Haut, so als hätte er zuviel gesagt.

Ich schiele rüber zu Vivien und Nic. Er streicht gerade ihr Haar zurück und arbeitet sich mit vielen nibbelnden kleinen Küssen an ihrem Kinn entlang.

Das kann nicht wahr sein. Vivien ist nicht in der Lage irgendwas für sich zu behalten, was mit Nic zu tun hat (ich weiß viel mehr als mir lieb ist über meinen Vetter). Und Nic, der erzählt mir zwar nicht alles … aber etwas so Großes würde er mir nicht vorenthalten. Nie.

Manny wühlt mit den Füßen im Sand und vermeidet den Blickkontakt mit mir. Und ich kapiere, dass ich eigentlich irgendwas hätte erwidern sollen, aber ich finde einfach keine Worte.

Heiraten?

Das ist verrückt.

Also, ich kann mir schon vorstellen, dass sie das wahrscheinlich irgendwann mal machen. Irgendwann. Vivien ist siebzehn. Nic ist letzten Monat achtzehn geworden …

Mom und Dad waren siebzehn und achtzehn, als sie geheiratet haben. Aber man kann ja sehen, was daraus geworden ist. Und das ist Jahre her. Das war eine ganz andere Zeit. Nic und Viv … jetzt?

»So verrückt nun auch wieder nicht. Es kommt vor.« Ist Pams ruhiger Kommentar. Mir war gar nicht klar, dass ich es laut gesagt hatte. »Dom hat Stace noch auf der Highschool geheiratet.«

Ja, und Stacy hat ihr einjähriges Baby genommen und ist vor zwei Jahren nach Florida gezogen.

Und was wird aus dem Abschlussjahr? Und aus der Küstenwache?

Ist Vivien etwa schwanger? Nein, unmöglich, sie nimmt die Pille und Nic ist total verantwortungsbewusst.

Den Arm über den Augen lege ich mich zurück und lausche dem allgemeinen Gemurmel der Unterhaltungen. Es ist immer noch warm, aber die Sonne steht tief. Der Tag geht zu Ende. Wenn ich an meinem Arm vorbeischaue, sehe ich Vivien, die sich vorübergehend losgemacht hat und einen

Marshmallow röstet, vorsichtig dreht sie ihn, damit er sich auf beiden Seiten perfekt gebräunt aufbläht. So wie Nic ihn mag. Wenn wir diesen Sommer grillen, weiß ich jetzt schon, dass er ihren Hotdog fast verkohlen lassen wird – Viv mag ihn im Brikettstil – und eine Menge Ketchup, Senf, Mayo und Relish drauf häufen wird. Nach der Parade am 4. Juli, wenn alle auf Seashell Hoodsie-Becher löffeln, wird sie zwei holen, von jedem aber nur den Schokoladenteil essen, um dann mit Nic zu tauschen, damit der beide Teile Vanille kriegt.

Jetzt beobachtet er sie träge, sucht im Sand neben ihr herum, vermutlich nach einem weiteren flachen Stein.

Aber … ein Verlobungsring?

Hooper versucht das Interesse von Ginny Rodriguez zu erwecken, indem er sie dazu auffordert, mit ihm drum zu wetten, dass er fünf Bier hintereinander weg trinken kann, ohne zu kotzen.

Manny kratzt sich wieder den Nacken, mit rotem Gesicht und großem Unbehagen. Die Röte könnte vom Bier herrühren, aber er scheint zu wissen, dass er ins Fettnäpfchen getreten ist. »Gwenners«, sagt er, dann schaut er hoch und springt auf. »Kumpel. Du bist gekommen.«

Ich kneife die Augen zusammen, weil mich das Licht blendet, und schaue zu dem Neuankömmling.

Na klasse.

Also, mal ehrlich. Drei Mal an einem Tag!

»Aber klar«, sagt Cass entspannt und hebt die Hand, um Pam zu begrüßen. Er wirft mir einen schnellen Blick zu und schaut runter, die Wimpern schirmen seine Augen ab. »Ich bin doch jetzt ein Inselmann.«

»Bist du nicht.« Ich knurre praktisch.

Manny zuckt zusammen. Pams Augenbrauen gehen hoch und sie guckt zwischen uns hin und her.

»Klar ist er das, Gwenners. Er arbeitet für meinen Vater. Er ist ein ehrenwerter José, stimmt's? Hol dir was aus der Kühltasche und mach's dir bequem. Die ersten Tage killen einen.«

»Ach, das wird schon«, sagt Cass, »wenn ich erst dieses ganze horizontale Ding drauf habe.«

Das reicht. Plötzlich bin ich total erschöpft. Cass, Nic, Viv, Verlobungsring. Die Robinsons. Die Hummer. Ich rappele mich hoch, hab das Gefühl ungefähr eine Tonne zu wiegen – und, mal ehrlich, wahrscheinlich sehe ich auch genauso aus in meinen weiten Wahnsinnsklamotten. Ich geh rüber zu Nic und Viv, stupse Nic alles andere als sanft mit dem Zeh an und zeige mit dem Daumen zum Pier rüber. »Kommt, wir ziehen weiter.«

Wie Pam und Manny ist Nic irritiert von meinem Ton, er guckt Vivien an, ob die das übersetzen kann. Sie wirft einen kurzen Blick rüber zu Cass, rümpft die Nase, steht auf und zieht Nic mit hoch. Wir gehen bis zum Ende des Piers und lassen die Beine baumeln. Na ja, Nic und ich machen das, Vivien lässt ihre Beine über die von Nic gleiten und verflicht ihre Finger mit seinen. Ich hab den Mund schon auf und will fragen, dann denke ich: *Wenn sie es mir nicht erzählt haben, wollen sie nicht, dass ich es weiß* und klappe ihn wieder zu.

»Guckt euch das an«, sagt Vivien mit gedämpfter Stimme. Sie zeigt aufs Wasser. Es ist Ebbe, Streifen geriffelten Sandes lugen aus dem glasgrünen Wasser, uralt aussehende graubraune Felsen, die Sonne glüht blass orange über dem Horizont. »Das ist der schönste Ort auf der Welt, findet ihr nicht?

Ich will hier nie weg. Alles, was ich liebe, hab ich hier.« Sie legt den Kopf auf Nics Schulter.

Ich schaue unsere nebeneinander aufgereihten Beine an. Vivs sind dünn und schon braun. Nics ziemlich muskulös und kräftig und meine lang und stark.

Nic durchwühlt seine Hosentasche nach den Hüpfsteinen von vorhin, gibt mir einen und weist mit einem Nicken aufs Meer. Ich kneife die Augen zusammen, halte den Stein schräg, im idealen Winkel wie mir scheint, und schleudere ihn weg. Eins. Zwei. Drei … Vier geht schon irgendwie unter. Nic schiebt Vivien von seinem Schoß, neigt den Kopf zur Seite und wirft.

Sechs.

»Immer noch der Champion.« Er zieht Vivien hoch und reißt sie an sich – für sechs Küsse.

»Also Gwen und du seid wohl kaum hinter derselben Sache her«, stellt Vivien klar, ein wenig atemlos nach Kuss Nummer vier.

Nein, sind wir nicht. Aber … Gott, zum tausendsten Mal wünsche ich mir, ich könnte so sein wie sie und Nic, sie sind sich dessen so sicher, was sie haben und was sie wollen. Wenn ich mich doch nicht immer so flatterig und ruhelos fühlen würde, so scharf drauf, mich von der Brücke zu stürzen und von der Strömung davon tragen zu lassen. Ich werfe einen Blick über die Schulter zu der blonden Gestalt in der Ferne, die am Lagerfeuer steht.

Besonders heute Abend.

Kapitel acht

Die Dunkelheit verglüht gerade im Morgengrauen, als ich mit dem Rad zum Strand runter fahre. Die Gestalt am Ende des Piers, die mit den Händen auf den Hüften das Wasser betrachtet, kann ich kaum erkennen. Allein die vertraute Haltung verrät mir, dass es Dad ist. Beim Näherkommen sehe ich, dass sein Angelkasten aufgeklappt ist, daneben steht ein großer Eimer gefrorener Tintenfische. Er hat gestern Abend angerufen, weil ich mich früh mit ihm in Sandy Claw treffen sollte.

Ich hatte damit gerechnet, dass er mich drankriegen würde, weil ich ihn diesen Sommer im Castle alleinlasse. Aber als ich am Telefon sagte: »Hey, Dad, tut mir leid …«, hat er mir das Wort abgeschnitten.

»Du tust, was du tun musst, Gwen. Eben weil ich dich nicht jeden Tag sehen werde, will ich, dass wir uns treffen. Ich hab was für dich.« Jetzt schaut er von dem Haken auf, den er gerade mit Köder bestückt, als ich über die Felsen klettere. Er bemerkt die Kühltasche, die ich dabei habe und schenkt mir ein ganz kleines Lächeln.

»Was hast du mir mitgebracht, Guinevere?«

Mit einem zufriedenen Grunzen nimmt er den Laib Zucchinibrot entgegen und zeigt auf die Thermoskanne. Ich soll

Kaffee einschenken. Ich war lange auf letzte Nacht, habe die Anweisungen in Vovós fleckigem alten Kochbuch befolgt und diesen Verlobungsring im Kopf hin und her gewendet. Wenn Vivien besorgt ist, macht sie sich Pediküren und Gesichtsmasken, Nic stemmt Gewichte, ich backe. Vivien wird also immer schöner und Nick fitter. Und ich werde einfach nur fett.

»Verdammt gute Sache, dass du kochen kannst. Nicht wie deine Mom. Eine Frau, die nicht kochen kann, ist …« Er beendet den Satz nicht, offenbar fällt ihm kein Vergleich ein, der schrecklich genug wäre.

»Wie ein Fisch ohne Fahrrad.« Letztes Jahr war ich im Debattierclub, dieses Zitat von Gloria Steinem war eins unserer Themen.

»Was soll das denn heißen?«, fragt Dad, nicht so ganz bei der Sache. Er wischt sich die Lippen mit dem Handrücken. Ich glaube, man könnte sagen, dass er gut aussieht. Nicht zum Umfallen hinreißend, aber doch so gut, dass ich, wenn ich die Augen zusammenkneife und ihn ansehe, nachvollziehen kann, was Mom sich gedacht hat. Mit Ende dreißig ist er immer noch fit und muskulös und er hat volles Haar. An Dad ist nichts Weiches. Er trägt Flanellhemden, das ganze Jahr, mit aufgekrempelten Ärmeln, sodass die zähen Armmuskeln zu sehen sind. Er hat hohe Wangenknochen und volle Lippen, die Emory und ich von ihm geerbt haben. »Hast du Frischkäse dabei?«, fragt er.

»Nein, hab ich nicht, weil Frischkäse auf Zucchinibrot widerlich ist.« Ich reiche ihm die Butter und ein Plastikmesser.

»Sorry, in letzter Zeit hab ich dich nicht viel gesehen, Mädchen. Ich musste mich um den Alltagskram kümmern und alles für den Sommeransturm fertig kriegen. Die Lastwagen von Sysco kommen und gehen mit der Ware wie es ihnen passt, die sagen einem nie, wann sie liefern. Den ganzen verdammten Tag lassen die einen warten. Und dann muss ich die neue Sommercrew anlernen. Du weißt ja, wie das ist.«

Obwohl es fünfundzwanzig Jahre her ist, seit Dad von Massachusetts hierher gezogen ist, hört man immer noch, wo er herkommt. Eigentlich wird sein Akzent jedes Jahr stärker.

Ich fülle die Kaffeetasse auf, die er schon halb geleert hat und gieße mir auch eine ein.

»Fang mal an, den Köder zurecht zu schneiden«, sagt er mit vollem Mund und drückt mir ein Teppichmesser in die Hand. Mit dem Kinn weist er auf den Eimer mit den Tintenfischen.

Es ist erst Anfang Juni und morgens ist es noch nicht warm. Ich hab das Gefühl, meine Finger frieren an den glitschigen Tintenfischen fest, während ich versuche, sie in Scheiben zu schneiden. Auf den Steinen ist das schwerer als auf einer glatten Fläche. Es ist Flut, die Luft ist also noch nicht so salzig, eine frische Brise weht von See her und die Wellen plätschern an die Felsen. Der dunkelblaue Himmel über uns wird nach Osten hin blasser.

»Guter Kaffee.«

»Danke.«

»Gwen.«

»Ja?«

»Du machst die Stücke zu groß. Die Fische hauen dann einfach mit dem Haken ab.«

»Sorry, Dad.«

Schweigen. Er verdrückt indessen den halben Laib Zucchinibrot und ich hab mit den eiskalten, schleimigen Ködern zu tun.

»Dad«, sage ich schließlich. »Du warst achtzehn, als du und Mom geheiratet habt, oder?«

»Gerade mal«, sagt er. »Hier, lass mich den Köder auf deinen Haken stecken.«

»Was würdest du sagen ... war das zu jung?«

Er wirft mir einen scharfen Blick zu. »Ganz unverschämt jung. Heiraten war eigentlich total daneben. Aber ... na ja ...« Er räuspert sich. »Du warst unterwegs und ..., warum fragst du? Du bist doch nicht in Schwierigkeiten, oder?«

»Nein! Natürlich nicht. Mann. Ich nehme die Pille.«

Er zuckt zusammen und mir wird klar, ich hätte lieber sagen sollen, dass ich noch nie im Leben mit einem Jungen Händchen gehalten habe – und kein Wort über effiziente Empfängnisverhütung. Ups.

»Aus medizinischen Gründen. Wegen meiner Haut und weil meine Periode so ...«

Dad hält eine Hand hoch und zieht mit schmerzverzerrtem Gesicht die Schultern bis an die Ohren. »Hör auf! Also, Luce und ich, wir waren Kinder. Wir hatten keinen verdammten Schimmer, worauf wir uns da einließen.« Er hält seine Kaffeetasse hoch. »Ist noch was da?«

Ich gebe einen Schwall heißer schwarzer Flüssigkeit in seine Tasse, den Deckel der Thermoskanne, dann frage ich ihn etwas, das mich schon immer beschäftigt hat: »Bereust du es? Dass du Mom geheiratet hast? Ich meine, würdest du es noch mal machen, wenn du ganz von vorne anfangen könntest?«

Dad nimmt einen Schluck Kaffee, macht ein Gesicht, als

hätte er sich die Zunge verbrüht und pustet. »Ich bin nicht gut mit solchem Mist. Kann mir nicht vorstellen, was dabei rausgekommen wäre. Ist Zeitverschwendung. Das ist was für deine Ma mit ihren albernen Büchern. Wenn du wissen willst, ob ich bereue, dich gekriegt zu haben: nein.« Er reicht mir meine Angel, langt in seine Hosentasche und holt ein Bündel Geldscheine raus. »Das schulde ich dir noch.«

Ich nehme das Geld, zähle es, und gebe ihm die Hälfte wieder. Unser Ritual. Er steckt es ein und bringt es zur Bank, wo er es auf mein College-Konto buchen lässt, wenn er die Einnahmen vom Castle einzahlt. Dad hält es für ziemlich wichtig, dass ich das Geld vorher zu sehen kriege, bevor die Hälfte davon wieder verschwindet. Vom Rest gebe ich das meiste Mom.

»Du darfst als Erste auswerfen.«

Ich hebe die Angel über die Schulter und lasse sie nach vorn schnellen, beobachte, wie die feine durchsichtige Schnur in der Luft schimmert und der Köder in die Wellen taucht.

»Anständig«, sagt Dad. »Ein bisschen mehr Arm nächstes Mal.«

Er grinst mich an. Für einen Augenblick spüre ich eine Welle der Zuneigung für ihn und genau wie bei Mom gestern bin ich versucht ihm die ganze Geschichte zu erzählen, … von den Jungs und Nic und Vivien und dem Ring und …

Aber so haben wir nie miteinander geredet. Stattdessen hole ich also meine Leine ein, voller Hoffnung für den kurzen Moment, in dem sie jäh Widerstand leistet, bis ich dann merke, dass nur ein Klumpen Seetang dranhängt.

»He, hör mal.« Dad räuspert sich und starrt mit zusammengekniffenen Augen auf den Horizont. »Ich gebe dir was, was meine Leute mir nicht gegeben habe, als ich in deinem Alter war.«

Kein Auto. Keinen Treuhandfonds. Dads Eltern waren, um es mit Moms Worten zu sagen: »nicht mal in der Lage Haustiere zu versorgen, von Kindern ganz zu schweigen«.

»Was denn, Dad?«

»Steck den Köder auf diesen Haken und reich mir meine Rute. Was ich dir gebe, Gwen, ist die Wahrheit.«

An dieser Stelle würde sich in einem von Moms Büchern oder in einem der Filme, die Grandpa Ben so gern mag, herausstellen, dass Dad eigentlich von Adel ist, seiner Familie jedoch entfremdet. Und dass ich folglich die Erbin von … An dieser Stelle versagt mein Vorstellungsvermögen aufgrund der schieren Sinnlosigkeit.

Dad wirft aus, ein perfekter Bogen, die glimmernde Leine sinkt weit draußen ins Meer. »Worauf wartest du, Gwen? Tu mal was!«

Ich schiebe also schleimigen Tintenfisch auf einen weiteren Haken und werfe selber aus. Ich weiß, dass ich das gut mache. Komisch, etwas gut zu können, das einem überhaupt nichts bedeutet. Aber für Dad war das immer wichtig gewesen. Die Zeiten, die wir beim Angeln verbringen, sind immer unsere besten, friedlichsten gewesen. Wenn er auf dem Wasser ist, verliert Dad seine scharfen Kanten, er ist wie Strandgut.

»Du hast den Verstand deiner Mutter mitbekommen und ihr Aussehen. Süße Mutter Gottes, sie war eine Schönheit. Das Herz blieb einem stehen, wenn man sie ansah.« Er reibt sich die Brust und schaut raus aufs Wasser, dann fährt er fort: »Das hast du mitbekommen und meinen Mut. Du kannst schwer arbeiten und du jammerst nicht wegen jeder Kleinigkeit rum.« Er macht eine Pause und wischt sich die Finger an seinen verwaschenen Shorts ab. »Aber die einzige Chance, die du hast, daraus irgendwas zu machen, ist, so schnell wie möglich von dieser Insel abzuhauen.«

»Ich liebe Seashell«, sage ich automatisch. Das ist wahr – und auch wieder nicht. Ich halte mein Gesicht den ersten Sonnenstrahlen entgegen, die sich wie Finger übers Wasser recken. Meine Füße in den ausgetretenen Flipflops sind kalt, die Kälte der Felsen dringt durch die dünnen Gummisohlen.

»Ja, *Liebe*«, sagt Dad. »Damit kommst du so schnell nirgendwo hin. Hör zu. Ich sitze nicht hier und jammere über die Fehler, die ich gemacht habe. Was geschehen ist, ist geschehen. Aber du hast noch Zeit. Chancen. Du kannst …« Er redet nicht weiter, ein Segelboot in der Ferne lenkt ihn ab. So wie die Jungs in der Schule sich Dekolletés angucken, guckt Dad sich Segelboote immer genau an – große, schöne, wie diese Herreshoff, die vorübergleitet, die elfenbeinfarbenen Segel sich im Wind blähend.

»Was kann ich, Dad?«

Er kippt einen Schluck Kaffee und verzerrt wieder das Gesicht. »Mehr haben.«

Ich bin mir nicht sicher, worauf das jetzt hinauslaufen soll. Dad ist eigentlich nicht der Typ für Selbstbetrachtungen. Mit angespanntem Kiefer wirft er die Leine aus.

Ein paar Minuten später spricht er weiter. »Hier auf Seashell wird sich nichts ändern, die gegen uns, das wird immer so bleiben, und – machen wir uns nichts vor – am Ende sind *die* die Sieger, denn *die* bestimmen, was aus *uns* wird. Geh weg von der Insel, Gwen. Finde deinen Platz in der Welt. Du hältst die Fahrkarte schon in der Hand, mit der alten Dame, die schon nicht mehr alle Tassen im Schrank hat.«

Meine Angelschnur zuckt, schickt Spinnennetzfäden übers Wasser. Dad packt meinen Ellenbogen, dann – mit der warmen, schwieligen Hand auf meiner – holt er meine Leine ein. »Sie hat echt zu viel von allem und ist kurz vorm Durchdrehen. Du wirst jeden Tag bei ihr sein. Ihre Familie nicht. Mach was draus.«

»Was redest du da eigentlich?«

»Sie macht diesen Sommer ein neues Testament. Ich hab gehört, wie ihre Krankenschwester, Joy, das am Telefon gesagt hat, im Castle. Ihr Sohn will die Generalvollmacht, also regelt sie die rechtlichen Angelegenheiten ...«

»Dad, das geht mich nichts an.« Was will er damit eigentlich sagen ... das kann doch wohl nicht sein. Mir ist zum Kotzen zu Mute, und das liegt nicht an der Kombi von gefrorenem Tintenfisch und einem leeren Magen. Ungläubig schaue ich auf Dads gesenkten Kopf.

»So ein Mist, der verdammte Fisch hat den Köder einfach vom Haken genommen und ich hab rein gar nichts davon mitgekriegt. Mistvieh. Steck noch was drauf, Mädchen. Was ich damit sagen will: Du kannst weit kommen, du hast das Zeug dazu. Tu's für mich. Tu es für deine Ma. Sei einfach schlau, mehr will ich gar nicht sagen. Verwöhn diese alte Dame nach Strich und Faden. Ihre Familie ist drüben in der Stadt, sie ist ganz allein. Ist doch besser, du kriegst ein schönes Stück vom Kuchen ab. Was sollen die damit. So seh ich das.«

»Dad ... meinst du etwa ...«

»Ich sag dir nur, du sollst die Augen aufhalten und deine

Chancen nutzen. Mrs E. hat die Sachen in ihrem Haus nicht mehr so im Auge wie früher – und sie hat nie zu den Leuten gehört, die ganz genau wissen, wie viele silberne Krebszangen sie eigentlich hat. Die ist nicht so wie diese Bekloppten, für die deine Ma putzt.«

Ich schließe die Augen und stelle mir die Veranda von Mrs Ellington vor, das gravierte Silber des Teeservice, die blank polierten Antiquitäten, die in Leder gebundenen Bücher mit Goldprägung in den Regalen. Ihr Familienerbe.

Und das hier ist mein Erbe? Glaubt Dad wirklich, dass ich nur zu etwas kommen kann, wenn ich es anderen klaue? Was ist denn aus all seinen Vorträgen über harte Arbeit geworden? Hat er nicht immer gepredigt, dass aus den Leuten, die die Klappe halten und hart arbeiten etwas wird und …

»Dad?«

Aber mehr fällt mir irgendwie nicht ein. Er schaut aufs Wasser, zum fernen Horizont, mit ernster Miene. Ich schneide weiter Köder klein und bestücke Haken damit, hole Schwung, werfe die Leine aus. Ich erinnere mich, wie Mrs Ellington während unseres Bewerbungsgespräches auf diese Trennlinie zwischen Meer und Himmel geschaut hat. Nic, Viv und ich haben das auch gemacht gestern Abend – und zum ersten Mal wird mir klar, dass keiner von uns dasselbe sieht. Dass all unsere Horizonte an verschiedenen Stellen enden.

»Übrigens, ich brauch dich heute um die Mittagszeit. Das wird nicht zur Gewohnheit. Aber ich musste diesen Bengel feuern, war ein zu großer Idiot, kam immer zu spät und dann auch noch high. Bin etwas knapp mit Personal heute Nachmittag. Es wird gerammelt voll. Kannst du einspringen? Ich bezahl dich auch wie für Überstunden, obwohl kein Feiertag ist. Komm schon.«

»Heute Abend hab ich ein Probeessen mit Vivien für Almeida. Außerdem muss ich den ganzen Tag Em hüten. Und bei Mrs Ellington fange ich Montag an. Ich kann nicht immerzu arbeiten.« Über die Visionen vom sommerlichen Herumfaulenzen senkt sich ein schwarzer Schleier.

»Wenn du schlau bist, wie ich gesagt habe, dann musst du das auch nicht.« Er bürstet sich die Krümel von seinen ausgeblichenen olivgrünen Shorts, knüllt die mittlerweile leere Alufolie zusammen und legt sie in die Kühltasche zurück. »Aber heute brauche ich dich. In den ersten paar Wochen muss ich erst rauskriegen, wer die faulen Eier sind. Und du bist mein gutes.«

»Dad. Was du da gesagt hast, wegen Mrs Ellington …«

»Denk einfach mal drüber nach, Guinevere, ein guter Rat von deinem alten Herrn.« Dad nimmt mir die Angelrute ab und sichert den Haken. »Stick es dir auf ein Kissen. Sprüh es dir an die Wand. Aber vergiss nie: Sei nicht blöd. Scheiß sie an, ehe sie dich anscheißen können.«

Kapitel neun

Zu Hause begrüßen mich die vertrauten Begleitgeräusche von Nics Küstenschutz-Fitnessprogramm schon, als ich die Fliegentür aufstoße: der kleine Grunzer, den er immer macht, wenn er ein Gewicht anhebt, das Poltern und Pusten, wenn er eins ablegt. Ich hatte mich kaum zum Aufstehen überwinden können, um mich mit Dad zu treffen, aber hier ist Nico, der, wie ich zufällig weiß, bis heute Morgen um drei mit Vivien unterwegs war, und kümmert sich um seine körperliche Fitness.

»Du bist kein normaler Teenager«, sage ich beim Betreten des Wohnzimmers, das duftet wie ein nasser Mammutturnschuh. Em hat sich mit Hideout dem Einsiedlerkrebs im Arm in eine Decke gewickelt und auf dem Sofa zusammengerollt, Fabio sabbert ihm aufs Bein, mit einem Auge guckt er ein Elmo-Video, mit dem anderen beobachtet er Nic beim Schwitzen.

»Nein.« Keuchend wälzt Nic sich auf die Seite und lässt die Gewichte, die er gedrückt hat, auf den Boden krachen. »Ich bin besser, stärker, schneller.«

»Übelriechender«, sage ich. »Wo ist Mom?«

»Robinsons«, grunzt er und nimmt sein Gewicht wieder auf, die feuchten, sandfarbenen Haare kleben ihm an der Stirn.

Ach, stimmt ja. Sie bringt ihr Haus auf Hochglanz. An einem Samstag. Mein Gott, Mom, Ärzte haben Rufbereitschaft, du doch nicht.

Ich setze mich neben Emory und wuschele ihm durchs Haar. Er riecht klebrig und süß, zweifellos liegt das an der Schüssel Cap'n Crunch auf seinem Schoß. Er kuschelt den Kopf an meine Schulter und rammt mir Hideout unter die Nase.

»Sag Hideout guten Morgen.«

»Morgen, Hideout.« Ein leichter Geruch nach Spaghettisauce steigt mir in die Nase, Emory steckt ihm beim Essen Bissen zu.

Ein paar Minuten schauen Em und ich Nic zu, als säßen wir im Theater, währenddessen spiele ich im Kopf diverse Varianten durch, wie ich total lässig und subtil die Sache mit dem Ring ansprechen kann. Ich hole Luft, beiße mir auf die Lippe, stoße heftig den einen oder anderen Atemzug aus. Nic konzentriert sich zu sehr aufs Stemmen, er merkt nicht, dass ich aussehe wie dieser Blaubarsch, den Dad zwischen den Felsen gefangen hat.

Wie soll das überhaupt funktionieren? Sollte das eine lange Verlobungszeit werden? Wollen sie etwa heiraten, wenn er mit der Küstenschutzakademie fertig ist? Oder haben sie vor, es jetzt gleich zu machen? Ich stelle mir vor, wie Viv mit in das Zimmer zieht, das Nic sich mit Grandpa Ben und Emory teilt. Oder wie Mom und ich aus dem Zimmer ausziehen, das wir uns teilen, und zusammen auf Myrtle schlafen, damit die beiden ein wenig Privatsphäre haben können. Obwohl das auf ihrer Liste der Bedürfnisse ja nie so ganz weit oben gestanden hat. Oder dass Nic und Vivien als Liebesnest das schäbige alte Zelt wieder aufschlagen, das wir früher immer den ganzen Sommer lang im Garten stehen hatten. Ich kann mir nicht vorstellen, dass sie bei Vivs Mutter und ihrem Stiefvater Al einziehen. Al guckt Nic immer so finster an wie einer aus dem Alten Testament, und Mrs Almeida muss die beiden nur beim Händchenhalten erwischen, dann kriegt sie schon einen Anfall.

Im hellen Tageslicht kommt mir die Sache nur aberwitzig unwahrscheinlich vor. Man muss sich das bloß ansehen, Nics finstere Konzentration beim Drücken, im Wechsel mit der qualvollen Entspannung, wenn er die Gewichte absetzt, sein verwaschenes, löchriges »Glücksshirt« in Camouflage-Grün mit den abgerissenen Ärmeln – einfach alles. Da hat doch Mannys Bier umnebeltes Hirn gesprochen.

»Findest du, dass ich zugenommen habe?«, fragt Nic plötzlich.

Ist wohl endlich zu ihm durchgedrungen, dass ich ihn mit gerunzelter Stirn anstarre.

»Ja. In diesen Shorts sieht dein Arsch riesig aus.«

Er quittiert das mit einem strengen Blick. »Ich meine das ernst. Seit die Ferien angefangen haben, esse ich andauernd bei Viv – und die Desserts ihrer Mutter … Wenn ich zu viel zulege, wird meine Zeit beim Schwimmen schlechter und das Team sieht dann seinen Schnitt und …«

»Nico, mit dir ist alles bestens.«

Er stößt die Luft aus, setzt das Gewicht auf dem Boden ab und keucht.

»Kannst du meine Knöchel festhalten, während ich Sit-ups mache?«

Ich lasse mich auf den Boden rutschen und umklammere seine verschwitzten, haarigen Knöchel. Das mache ich schon seit Jahren für ihn, und weil mir das so vertraut ist, werde ich wieder mutig.

»Nico, Manny sagt ... Du und Vivien, wollt ihr ...«

»Soll ich mir die Beine rasieren? Was meinst du?«, unterbricht er keuchend.

»Zum Abschlussball?«

»Zum schneller werden.«

»Glaub nicht, dass dein Pelz dich groß hemmt. Macht doch sonst keiner in der Mannschaft.«

Es klopft militärisch scharf an der Tür. Ich stehe auf, öffne – und Coach Reilly steht verlegen vor mir, mit einer Plastiktüte in der Hand. Er kommt mir hier so deplatziert vor, dass ich blinzele. Ich hab ihn noch nie auf der Insel gesehen. Erst Cass, dann der Coach. Das ist die Invasion aus Stony Bay. Er drückt mir die Tüte in die Arme, als ob eine Bombe mit tickendem Zeitzünder drin wäre, dann schaut er sich im Zimmer um und dabei bewegen seine Brauen sich aufeinander zu. »Ist deine Ma da?«

Ich werfe einen Blick in die Tüte und muss feststellen, dass sie voller Liebesromane ist, mit Titeln wie *Der heißblütige Herzog* und *Der scharfe Scheich*. Dass der Coach das Zeug liest, will ich mir ja so was von gar nicht vorstellen.

»Meine Nachbarin wollte sie wegschmeißen. Ich weiß, dass Lucia auf diese Dinger steht. Na denn ... sie ist nicht zu Hause?«

Ich schüttele den Kopf, versuche ihn nicht anzublinzeln. Dad nennt Mom »Luce«, Lucia ist sie nur, wenn sie sich streiten. Aber so wie der Coach ihren Namen ausspricht klingt das ... anders. Ich wäre nie drauf gekommen, dass sie für ihn »Lucia« sein könnte – oder irgendwas anders als meine Mom, Nics Tante. So langsam hab ich den Eindruck, dass ich absolut nichts darüber weiß, was hier bei wem los ist.

»Kommen Sie doch rein.« Ich mache die Tür weiter auf.

Er schiebt sich in den Raum. »Hey, Nic the Brick.« Nic, der wieder beim Stemmen ist, grunzt ein Hallo.

Emory winkt Coach Reilly zerstreut zu. Der Coach wuschelt ihm durchs Haar und fragt: »Und wann steigst du bei mir als Schnellläufer ein, Big Blue?«

Em streckt die Arme aus und sagt: »Wuuusch, schneller als eine Lokomotive. So schnell.«

»Genau was wir brauchen an unserer Schule, mein Junge«, sagt der Coach und lässt sich auf einem der Küchenhocker nieder. Den Reißverschluss seiner SBH-Jacke macht er auf. Sein Gesicht ist noch röter als sonst.

»Soll ich Ihnen ein Glas Wasser holen?« Oder einen Defibrillator?

»Nee, Gwen, ich will gleich zur Sache kommen. Ich hab da einen Jungen im Schwimmteam, der in der Klemme ist. Hat in Englisch versagt und ist durch die große Abschlussprüfung gerauscht. Zwei-Drittel seiner Gesamtnote sind den Bach runter. Der Lehrer lässt ihn am Ende der Sommerferien eine Nachprüfung machen. Aber er braucht einen Tutor. Ich weiß, du hast Pieretti letzten Herbst in Literatur den Allerwertesten gerettet. Wenn Cass keinen guten Durchschnitt schafft, ist er raus aus dem Team. Wir brauchen ihn. Und weil er diesen Sommer sowieso hier auf der Insel ist, dachte ich, so schwer wird das doch nicht sein, ihr beiden findet doch bestimmt Zeit dafür.«

Natürlich wusste ich sofort, dass es um Cass ging. Nicht, weil ich ihn für einen besonders schlechten Schüler halte, aber irgendwie war mir das schon klar, als der Coach

Schwimmteam gesagt hatte. Cass wird gerade so was wie dieser eine Stein am Strand, an dem man sich jedes Mal den Zeh stößt.

»Ich glaube, ich bin nicht die beste Hilfe für ihn«, sage ich. »Pam D'Ofrio gibt Nachhilfe. Und sie ist auch auf der Insel.«

Ich hör ein Geräusch, das so klingt, als würde eine Katze Haare rauswürgen. Das ist Nic, der sich räuspert.

»Alles klar mit dir, Nic?«, fragt der Coach.

Nic hustet wieder auf dieselbe unglaublich künstliche Art, dann keucht er: »Ich brauche einen Hustenbonbon. (Hust, hust). Gwen … kannst du mir zeigen, wo die sind?«

Mit große Augen und flehendem Blick deutet er mit dem Kopf auf Moms und mein Zimmer. Verwundert und leicht genervt folge ich ihm.

Sobald wir die Tür geschlossen haben, packt er mich am Arm. »Mach es. Reiß dich zusammen und tu's.«

Ich lehne mich mit dem Rücken gegen die Tür. »Warum? Wenn Cass rausfliegt, dann hast du deinen Kapitänsposten im Kasten.«

Nic verzieht das Gesicht. »Auf keinen Fall will ich auf die Art gewinnen. Das soll mir doch nicht auf 'nem Tablett präsentiert werden. Abgesehen davon ist Somers ein Ansporn für mich. Ich geb mein Bestes, wenn ich versuche jemanden auszustechen. Ich brauche die Herausforderung.« Bis jetzt hat er mich bohrend angeguckt, jetzt fällt sein Blick auf Moms gerüschten Bettüberwurf.

»Hör mal. Ich weiß, die Dinge sind vielleicht ein bisschen …«, er reibt sich das verschwitzte Kinn, ohne mich anzusehen, »na egal. Mit dir und Somers. Also, gestern Abend wurde das ja verdammt klar, was auch immer es war.

Aber tu das. Für uns. Ich brauch eine Empfehlung vom Coach für die Akademie. Er war da auch. Das ist wichtig. Ich brauch das.«

»Meinst du echt, er schreibt dir keine Empfehlung, wenn ich Cassidy nicht Nachhilfe gebe? Du bist schon seit dem ersten Highschooljahr in seinem Team. Cass und Spence sind erst letztes Jahr gekommen.«

»Wahrscheinlich schon. Aber sicher bin ich nicht. Und ich muss sicher sein können. Die Küstenschutzakademie hat mit die härtesten Aufnahmebedingungen. Jeder Pluspunkt zählt«, sagt Nic und streckt die Arme über den Kopf. Diese Behaarung könnte ihn beim Schwimmen tatsächlich um Minuten zurückwerfen. »Gib dir einen Ruck, Cousinchen.«

Ich fixiere ihn mit einem meiner einschüchternden Blicke. »Dafür stehst du bis in alle Ewigkeit in meiner Schuld. Deine Seele gehört mir.«

»Mein Arsch vielleicht. Aber nicht meine Seele. Himmel, das ist bloß Nachhilfe, Gwen. Ich verlang ja nicht von dir, mit dem Typen in die Kiste zu steigen.«

Mein Gesicht muss die Farbe gewechselt haben, denn Nic fängt an zu stottern. »Ich habe nicht gemeint … ich meine … ich wollte nicht … Das hörte sich jetzt vielleicht so an …«

Ich richte den ausgestreckten Finger auf ihn. »Deine Seele«, wiederhole ich. »Deinen armen Arsch kann Vivien haben.«

»Abgemacht«, sagt Nic schnell. »Meine arme Seele gehört ganz dir.«

Der Coach hat sich neben Emory gesetzt und schaut sich die Bilder in dem Supermann-Comic an, den Em durchblättert, als wir wiederkommen. Er hat den Arm um Ems Schultern gelegt. Ich muss schlucken, keine Ahnung, wie lange es her ist, dass ich Dad das habe tun sehen.

Ich unternehme noch einen letzten Versuch, mich aus der Affäre zu ziehen und frage ganz beiläufig: »Haben Sie Cassidy von diesem Plan erzählt? Denn vielleicht ist er nicht damit einverstanden.« Ich höre, dass Nic wieder eins seiner Gewichte stemmt und frage mich, ob er mir das Ding auf den Kopf hauen würde.

Der Coach breitet die Arme aus. »Ihm wird alles recht sein, was nötig ist. Das ist wahnsinnig wichtig. Wir haben Chancen, an den Landesmeisterschaften teilzunehmen, aber nur wenn Somers dabei ist. Und du stehst auch nicht schlechter da, das kommt verdammt gut an bei den Colleges, wenn du angibst, den Sommer über Nachhilfeunterricht erteilt zu haben. Und du weißt, dass Somers es sich leisten kann, richtig gut dafür zu bezahlen.«

Familie, Geld, gut dastehen bei der Bewerbung fürs College. Meine Achillesfersen. Wenn man denn drei davon haben kann.

»Hilf mir aus, Gwen. Tu's fürs Team.«

Auch ohne Druck von Nic wäre es nahezu unmöglich, dem Coach das abzuschlagen. Er ist ein guter Kerl. Alle wissen, dass er verrückt nach seiner Frau war. Sie hat das Team bei jedem Wettbewerb angefeuert, die Jungs im Bus immer mit Kakao versorgt und letzten Herbst ist sie gestorben.

Ich hole tief Luft. Wie schlimm kann es denn werden? Nach den Begegnungen gestern war doch schon klar, dass ich diesen Sommer mehr von Cass sehen werde, als ich will. Das ist rein professionell. Schließlich habe ich nach den Vorfällen im März auch nicht aufgehört, die Zeit für das Schwimmteam zu stoppen. Ich habe es nur geschafft, irgendwelche persönlichen Gespräche zu umgehen. Dies hier kann ich genauso machen. »Ich bin dabei.«

Der Coach schlägt mir so heftig auf den Rücken, dass mir die Luft wegbleibt, und sagt, er würde das mit Cass besprechen. »Ihr beide könnt was vereinbaren, wenn ihr euch nächstes Mal über den Weg lauft.« Er rammt seine Hand in die Jackentasche und klimpert mit Kleingeld. »Gwen? Mach keinen Wind darum. Müssen nicht alle wissen, dass er es schwer hat. Ein, zwei Mal die Woche sollten reichen. Er ist ein schlauer Junge. Er wird tun, was nötig ist, um dahin zu kommen, wo er hin will.«

Ja, *das* weiß ich.

Obwohl ich gedacht hatte, ich wäre entkommen, stehe ich mal wieder im Castle und versuche mich davor zu drücken, den kleinen Hut mit dem Krönchen aufzusetzen.

»Was sagst du zu unserer Wochenkarte?« Dad nickt Richtung Tafel.

Ich habe Emory an einem Picknicktisch im Schatten geparkt und ihm Fingerfarben hingestellt. Die Lage kann jetzt jeden Moment kritisch werden.

»Gefüllte Paprika«, lese ich laut vor. »In Ahornsirup sautierter Blaubarsch?«

»Na?« Dad wippt auf den Hacken und blinzelt zur Tafel. »Ich dachte, zwei neue Tagesgerichte – täglich oder alle paar Tage wechselnd –, nur damit wir im Gespräch bleiben.«

»Dad … Die Leute kommen zum Castle, weil sie … Strandessen wollen … Sommeressen. Burger. Hotdogs. Hummerbrötchen. Die kehren doch nicht hier ein nach einem Tag am Strand, um in Ahornsirup sautierten Blaubarsch zu bestellen. Niemals. Wie kommst du eigentlich da drauf?«

»Internet«, sagt er zerstreut und reibt sich das Kinn. »Wir müssen was machen. Letztes Mal, als ich an diesem verfluchten *Doann* vorbeigefahren bin, ging die Schlange bis zum Pier runter.«

»Die verkaufen Eis und Bonbons. Da steht immer eine Schlange. Ich glaube nicht, dass das die Zielgruppe für in Ahorn sautierten Blaubarsch ist.«

Emory zerrt mit einer Hand an mir, die andere hält er hoch, sie ist rot wie die von Lady Macbeth. Ich zieh ihn rüber zu dem kleinen Becken draußen hinterm Haus und spüle ihn ab – und mich. Dad kommt hinterher. »Nee, denk mal drüber nach. Es ist Saison, wir haben die Leute vom College hier, die Leute, die Häuser gemietet haben – und ihre Kinder. Die rauchen Marihuana. Das macht Heißhunger. Dann kommen sie her – und sehen die Tageskarte. Und wir machen unser Geschäft.«

»Dad, wenn da einer Heißhunger kriegt, will er Käsefritten oder Brownies. Keinen in Ahornsirup sautierten Blaubarsch.« Kein Mensch will in Ahornsirup sautierten Blaubarsch. So'n Quatsch.

Er mustert mich mit scharfem Blick. »Woher weißt du das, Guinevere Angelina Castle?«

Öh … ich bin Teenager? Ich gehe auf die Highschool? »Gesundheitserziehung.«

Dad schüttelt den Kopf. »Setz bloß keinen Fuß in diese Sackgasse, mach dir nicht das Hirn kaputt.«

»Keine Sorge, Dad. Ich bleib bei Kokain.«

Er guckt finster. »Na, lass das. Das Zeug ist wahnsinnig teuer. Und zieh dein Hemd hoch – da.« Mit einer Kopfbewegung weist er auf meinen Ausschnitt. Der ist nicht mal tief. Ich zieh ihn trotzdem hoch. Dad wirft mir meine lila Schürze zu, ein noch besserer Schutz, und schickt mich an die Arbeit. »Setz deinen Hut auf.«

Innerhalb von zehn Minuten stecken wir bis über die Ohren in Arbeit. Nedda, die Geduld wie eine Heilige haben muss, weil sie schon seit drei Jahren hier arbeitet, schuftet am Grill. Eine Busladung Touristen auf dem Weg nach Foxwoods beansprucht zwei Drittel unseres Parkplatzes und drei Viertel unserer Burgervorräte. Ein magerer neuer Typ namens Harold bedient lustlos die Fritteuse. Emory habe ich jetzt hinten an einen Tisch gesetzt, mit einem Käsetoast.

»Gwen, Tisch sechs, schnell. Wir sind im Rückstand«, blafft Dad. »Ich kümmere mich um die Bestellungen, du bringst sie raus. Wir kriegen mehr Trinkgeld, wenn ein hübsches Mädchen serviert.«

Dad verteilt selten Komplimente, es ist also immer ein Schock, wenn er's macht. Ich werde ein bisschen rot, als ich das Tablett mit Burgern und Root Beer nehme und mich zu Tisch sechs aufmache. An dem ... selbstverständlich ... Cass sitzt. Und jemand, der ihm ziemlich ähnlich sieht. Aber sein Dad ist das nicht. Dunkle Haare, aber genauso schlank und muskulös und dieselben knallblauen Augen.

Cass hat mir den Rücken zugewandt, seine Hände liegen gefaltet auf dem Tisch. »Das haben wir jetzt schon tausend Mal durchgekaut, Billy. Was willst du denn noch von mir?«

»Irgendein Zeichen, dass du auf deinen eigenen Verstand hörst, nicht auf Channing. Wir wissen alle, was dir das Tolles gebracht hat an der Hodges, Wichtel.«

Ich muss mein Lächeln unterdrücken, als ich den Spitznamen höre.

»Das ist ein Jahr her, Bill. Und das war nur ein Scherz. Die nehmen sich da viel zu ernst.«

»Ein Scherz, der zu deinem Rausschmiss geführt hat. Und für Jake war das verdammt peinlich, der arbeitet da nämlich. Spences Dad mag es ja gelungen sein, die Sache so hinzudrehen, dass in Spences Akte nichts von Schulverweis steht, aber du hast es drin, kleiner Bruder. Und das bleibt.«

Cass puhlt jetzt mit einem Daumennagel im Holz des Picknicktisches. Seine Ohren sind rot angelaufen. Ich steh mit dem Essen da und lausche ganz offensichtlich. Ich hab mich schon immer gefragt, warum er und Spence letztes Jahr im Herbst auf die SBH rüber kamen. Wenn Geld keine Rolle spielt, gehen die Kids von Stony Bay normalerweise auf die Hodges, eine Privatschule.

»Sieh mal, so dumm kannst du doch nicht sein, Wicht. Ich würde ja nicht drauf rumhacken, wenn ich das Gefühl hätte, dass du deine Lektion gelernt hast. Doch das hast du nicht. Dieser Müll hier mit deinen Zensuren sieht doch aus, als ob du immer so weitermachen willst. Ich mag Spence, aber der kommt immer ungeschoren davon. Du nicht.«

»Du bist mein Bruder, Bill, nicht …«

»Dad und Mom würden nichts anderes zu dir sagen.«

»Haben sie schon. Andauernd. Du weißt ja wie Mom ist, sie neigt dazu, zu tief zu graben. Also, ich zahl meine Schuld doch ab. Ich arbeite auf der Insel, mähe Rasen in der Größe von Fußballplätzen. Okay, ich hab was Blödes getan, und noch ein paar schlechte Zensuren gekriegt. Aber können wir das nicht endlich mal hinter uns lassen, verdammt?« Cass steht plötzlich auf. »Müsste das Essen nicht längst hier sein?«

Er wirbelt herum und stößt mit mir zusammen. Eins der Getränke ergießt sich tsunamiartig über den Teller mit den Fritten und meine Schürze.

»Ich … wollte euch das gerade bringen.« Ich wische an den Fritten herum, aber vergeblich. Dann betupfe ich völlig von der Rolle mein Hemd. »Ich hole euch andere. Kein Problem. Dauert nur eine Minute.«

»Ist das für uns?«, ruft sein Bruder rüber.

»Ich nehm das«, sagt Cass und greift nach dem Tablett. »Du musst mich nicht bedienen.«

»Das ist mein Job«, sage ich. Er hat die Hände auf dem Tablett und ich meine auch, es ist wie ein Flashback zu unserem Ringen um die Hummer. Und meine Jacke letzten Frühling. Ich lasse die Arme sinken, wische mir die Handflächen ab und stopfe die nassen Servietten in die Schürzentasche.

Und er steht da, balanciert das Tablett in einer Hand und guckt verkniffen auf die Kuhweide direkt hinter dem Castle.

»Du hast das alles mitgehört, oder?«

Ich zucke mit den Schultern. »Ist schon in Ordnung. Also, geht mich ja nichts an.«

Er schaut mir prüfend ins Gesicht, dann grinst er. »Red keinen Scheiß. Du bist neugierig.«

»Ha. Bilde dir bloß nichts ein. Mir ist total egal, was du gemacht hast – damals.« Jetzt bin ich dran mit dem Kühe beobachten, Zen und die Kunst des Wiederkäuens. »Oder jetzt.«

Er stellt das Tablett ab und lehnt sich mit der Hüfte an den Tisch. Sein Bruder ist aufgestanden, er steuert die Durchreiche an, todsicher will er sich über das Dummchen beschweren, das seine Fritten verdorben hat.

»Bist du schon mal da drinnen gewesen – in der Hodges? Abgesehen von der Schwimmhalle, meine ich?«

»Nur in der Mädchenumkleide, sonst nicht.«

»Irre aufgeblasen für so eine Kleinstadt in Connecticut.« Er zuckt mit den Schultern. »Ganz zu schweigen davon, dass man die Lehrer *Master* und *Mistress* Dingenskirchen nennen musste. Unfassbar.« Er zerrt an seinem Kragen, so als würde ihm die Erinnerung daran schon die Luft abdrücken.

Ich lächele, obwohl ich fest entschlossen gewesen war, absolute Gleichgültigkeit an den Tag zu legen.

Cass sieht mich mit schräg gelegtem Kopf an. Er verschränkt die Arme. »Ach, was soll's. Warum erzähl ich dir das eigentlich? Ist dir doch egal.«

»Ach halt die Klappe. Jetzt erzähl schon.«

Er wippt auf den Zehen und lächelt. »Vorsicht, Guinevere. Sonst vergisst du noch, dass du mich hasst.«

»Ich …«

Ich guck, ob Dad mein Trödeln bemerkt hat, aber offensichtlich bahnt sich gerade eine Auseinandersetzung mit einem Lieferanten an, der mit einem riesigen Pappfass Eiskrem im Arm dasteht. Automatisch geht mein Blick zu dem Tisch, an dem Emory eben noch gemalt hat, aber er ist nicht mehr da. Oh Gott.

Der Parkplatz.

Die Straße.

Ich wirbele herum.

Dann streift mich etwas und mein kleiner Bruder stellt sich vor Cass, er legt den Kopf in den Nacken. Wie klein er ist, dabei ist er schon acht. Er muss sich anstrengen, um bis zu Cass' Brust hoch zu langen. Er berührt sie sacht und lässt seine Finger langsam in einer Schlangenlinie drüber wandern. Keine Ahnung, was er da macht.

»Supermann«, sagt er stolz, als ob er Cass' Verkleidung durchschaut hätte. Er zeichnet die Form noch einmal nach – es ist ein S, wird mir klar – und strahlt uns beide an.

Cass schaut runter, zu allem bereit, aber nicht verschreckt. Hoffe ich.

»Hi, Supermann«, wiederholt Emory und zeichnet unsichtbar das Schild um das S herum.

Warum macht er das bloß? Cass hat weder dunkle Haare noch ein im Wind wehendes Cape. Vielleicht ist es sein blaues Hemd oder seine Haltung, so wie der da steht mit gestrafften Schultern und erhobenem Kinn.

Jetzt guckt Dad rüber. »Sorry«, ruft er Cass und seinem Bruder zu, der mit einer frischen Portion Fritten zurückkommt. Und dann: »Gwen, sorg dafür, dass dein kleiner Bruder die Kundschaft nicht belästigt.«

»Alles gut!«, ruft Cass. Sein Bruder stellt die Fritten auf den Tisch und Em greift sofort zu.

»Supermann«, wiederholt er, steckt sich eine in den Mund und kaut mit vollen Wangen.

»Em, nein!« Wie üblich, wenn Leute meinem Bruder zum ersten Mal begegnen, weiß ich nicht recht, ob ich ihnen was erklären oder Em einfach Em sein lassen soll.

»Mein Bruder ist …«

Cass unterbricht mich. »Wir sind uns gestern am Strand begegnet. Er war mit deinem Großvater unterwegs. Ich hab sie ein Stück mitgenommen, den Hügel hoch. Sie schienen müde zu sein.«

Ich blinzele. »Vor oder nach dem Rettungseinsatz mit den Hummern?«

»Vorher.« Cass zwinkert Emory zu, der noch eine Fritte isst.

»Supermann rastet nie. Oder vielleicht gilt das auch für José den Gartenboy. Mir geraten meine alter egos durcheinander.«

»Hallo«, sein Bruder winkt mir kurz zu. »Bill Somers.«

»Das ist Gwen Castle, Billy. Ich hab dir von ihr erzählt.

Sie ist es, die mir für diese Englischprüfung Nachhilfe geben soll.«

Moment mal. Das war seine Idee? Nicht die vom Coach?

»Schön, dich kennen zu lernen. Und … schone diesen Wicht nicht. Was anderes hat er nicht verdient.«

Cass kriegt rote Ohren. Er feuert einen Darth Vader-Blick auf Bill ab.

»Gwen!«, ruft Dad. »Bring deinen kleinen Bruder wieder da rüber. Du hast keine Zeit zum Rumtrödeln.«

Bill sagt, es sei ihm ein Vergnügen gewesen, Cass guckt wieder völlig neutral, und Emory hat bei den Fritten ordentlich zugelangt. Ich stottere eine Entschuldung, greife nach Ems fettiger Hand und drehe mich um, stoße aber sofort mit Dad zusammen. Er hat einen weiteren Teller Fritten dabei, denn ihm ist nichts entgangen.

»Tut mir leid. Die gehen auch aufs Haus«, sagt er. Dann, streng, an mich gewandt: »Sieh zu, dass du dahin zurück kommst, wo ich dich im Auge behalten kann, Mädchen. Emory sollte doch derjenige sein, der hier den Babysitter braucht, oder hab ich da was falsch verstanden?«

Mein Gott, Dad. Mein Gesicht glüht. Aber Cass guckt zu Boden, nicht zu mir, und schubst unbeteiligt Steinchen mit der Schuhspitze hin und her. Dad ist kratzbürstig, Bill leicht belustigt. Nur Emory ist völlig entspannt. Er stellt sich neben Cass und malt ihm noch ein unsichtbares S auf die Brust. »Supermann«, sagte er.

»Wenn's doch so wäre«, murmelt Cass.

Kapitel zehn

Das Erste, was ich sehe, als ich limoklebrig und frittenfettig nach Hause komme, sind Nics nackte große Füße, die über den Rand von Myrtle ragen, und Vivien in dunkellila Bikinihosen und einem tief ausgeschnittenen schwarzen Tanktop, die sich über sie beugt.

Guter Gott. Es ist vier Uhr nachmittags und sie sind in unserem Wohnzimmer. Auf dem Sofa unter dem Hochzeitsbild von meiner zweifellos jungfräulichen Großmutter. Wohl kaum die rechte Zeit oder der rechte Ort für … Fußfetischismus? Bitte, mach, dass mein Cousin angezogen ist. Ich räuspere mich.

Vivie schaut auf, lächelt, absolut nicht peinlich berührt, dann beugt sie sich wieder über Nics Zehen.

Und pustet drauf.

»Äh, ihr da?«, sage ich. »Könntet ihr das vielleicht … woanders machen. Ich bin am Ende.«

Nic setzt sich auf – zum Glück bekleidet. »Ich tue Buße«, erklärt er. »Das ist tätige Reue für meine Sünden.«

Ich werfe einen schnellen Blick rüber zum Kruzifix und dem süßen, ernsthaften Gesicht meiner Großmutter.

»Aha …« Ich steh noch immer in der Tür. Viv geht in die Hocke und mustert Nics Fuß mit zusammengekniffenen

Augen, dann nimmt sie eine Flasche mit … (*Mein Gott, ihr Irren, also wirklich!,* brülle ich innerlich.) … farblosem Nagellack, den sie auf Nics anderen Fuß aufträgt.

Nic guckt mir ins Gesicht und prustet los. »Wie du aussiehst. Total geschockt!« Dann fängt er wieder an zu lachen.

»Nico, halt still!« Vivie klatscht ihm mit der Hand aufs Bein.

»Gwen, Gwen, hör dir das an. Viv und ich schleppen da eine Ladung Fischsuppe zum Seniorentreff von St. Anselms und Speedy Gonzales hier zieht ihr übliches Ding ab …«

»Ich bin nur fünfzig gefahren.«

»In der Dreißigerzone, Vee.« Er stupst ihr die Zehen in den Bauch, dreht sich dann aber wieder zu mir um, etwas ernster, aber immer noch lächelnd. »Sie ist total kribbelig, weil wir spät dran sind und sie nicht will, dass Al ihr ein Ohr abkaut … aber ich höre die Suppe schwappen, und wenn mein kleiner Schwerverbrecher hier noch mehr Strafzettel kriegt, wird er sich vor Gericht verantworten müssen, also zum Teufel mit Al.«

Viv zieht die Nase kraus und steckt ihm die Zunge raus. »Du übertreibst immer total, so schlecht fahre ich nicht.«

»Aha, nein, tu ich nicht. Du bist eine Wahnsinnige. Und ich möchte dich gern weiterhin in einem Stück. Sie rast also die Piste entlang, und als wir an diese Ampel kommen, die gerade grün wird, fährt der Truck vor uns nicht an. Und da lehnt Vee sich aus dem Fenster und sagt: ›Worauf wartest du denn, Arschloch?‹, und zeigt dem Fahrer den Mittelfinger.«

»Mensch, Viv«, unterbreche ich ihn. »Das darfst du nicht machen. Haben wir dir das nicht tausend Mal gesagt? Du weißt doch nicht, ob du es nicht vielleicht mit einem Psychopathen zu tun kriegst.«

»Genau. Dieser Typ steigt nämlich aus, und er ist so 2 Meter groß und bringt bestimmt 150 Kilo auf die Waage. Tatoos, Lederweste, Ketten – und er ist scheißwütend. Er kommt zum Fenster rüber, baut sich vor Viv auf und sagt: »Wiederholst du das noch mal?«

»Und ich löse mich in Tränen auf«, sagt Viv. »Ich stelle mir vor, wie er Nic umbringt und dann Gott weiß was mit mir anstellt. Mein Leben zieht vor meinem inneren Auge vorbei.«

»Und ich weiß, dass ich diesen Typ mit Worten beruhigen muss, denn mit Muskelkraft schaffe ich das nicht.«

»Aber *wie* du das gemacht hast, Nic! Das war ungeheuerlich! Er wird nämlich total kumpelhaft und vertraulich mit diesem Scheißkerl.« Vivs Stimme wird tiefer: »Total sorry, Mann. Meine Süße ist heute ein bisschen empfindlich. Normalerweise ist sie Zucker, aber ein Mal im Monat liegen die Nerven irgendwie blank, wenn du weißt, was ich meine?« Und dann klopft dieser Neandertaler Nico auf den Rücken, so total von Mann zu Mann und sagt, ja, er hat eine Frau und vier Töchter und hat schon überlegt, ob er sich nicht einen Wohnwagen anschaffen soll, den er in die Auffahrt stellen kann, denn die haben alle denselben Zyklus und so weiter und so fort …«

Jetzt lache ich und Nic lacht auch wieder. »Na, er hat dich doch gerettet«, sage ich.

»Ja, aber dann haben sie zehn Minuten damit verbracht, sich Geschichten darüber zu erzählen, wie verrückt Frauen doch sind, und die von Nic waren total erfunden, das kann ich dir sagen. Er erzählt diesem Typen, dass ich mal eine Pizza nach ihm geworfen hätte, weil er den falschen Belag bestellt hat. Und dass ich sein Baseballcap in den Häcksler geworfen habe, weil mir nicht gepasst hat, dass er so viel Zeit damit verbringt, sich die Spiele der Sox anzusehen.«

»Aber noch mal: ich habe dich gerettet«, sagt Nic und greift nach ihrer Hand.

»Indem du mich hingestellt hast, als wäre ich eine total durchgeknallte hormongesteuerte Zicke«, sagt Viv. »Deshalb muss er jetzt eine Pediküre über sich ergehen lassen. Als Buße dafür, dass er sich aufgeführt hat wie Captain Macho. Und deshalb wird er nächste Woche auch Flipflops tragen, damit Hooper und Marco seine hübschen Zehlein bewundern können.«

»Die sehen einfach traumhaft aus, Nico«, sage ich. »Übrigens, wenn sie wirklich sauer auf dich wäre, hätte sie zu Pink gegriffen.«

Vivie zwinkert mir zu – und dann holt sie ein Fläschchen Day-Glo Nagellack aus ihrer Handtasche ... in Fuchsia. »Das war doch nur der Unterlack.«

»Och.« Nic wuschelt ihr durchs Haar. »Du bist so süß, wenn du dich aufregst, Zuckerschnute.«

»Pass bloß auf, sonst kriegst du auch noch eine Maniküre.«

Er küsst sie ... und küsst sie ... und küsst sie. Und so geht das ewig weiter.

Nun denn, es ist gut zu wissen, dass es wahre Liebe gibt – in meiner Welt. Nicht nur in Moms Büchern.

In einem leisen, eindringlichen Ton lässt Al Almeida uns wissen, was er von seiner Catering Crew heute Abend erwartet, sein Blick wandert dabei von einem zum anderen. Vor dem Zelt mit den Türmchen, das für das Probeessen auf Hayden Hill errichtet worden ist, hat unsere Gruppe sich mit respektvollem Abstand im Kreis um ihn herum aufgebaut. Wir befinden uns hier auf der höchsten Erhebung von Stony Bay, windumweht, exklusiv, mit Blick aufs Wasser, aber von ganz weit weg. Ernsthaft lauschen wir ihm, alle angemessen in Schwarz-Weiß gekleidet, die Bauern vor den Toren des Palastes. Al hat was Einschüchterndes mit seinen buschigen Augenbrauen und dem militärisch kurzen Haarschnitt. »Also gut – hört her.« Er wirft einen Blick auf seine Armbanduhr. Eine seiner Armbanduhren. Er trägt an jedem Handgelenk eine – immer.

»In zehn Minuten ist Showtime. Sieben Uhr. Wir haben einen Zentner Venusmuscheln. Magerer sieht es aus mit Austern und Riesengarnelen, aber große sind noch in Reserve. Ihr«, er zeigt auf mich, Vivien, Melissa Rodriguez und Pam D'Ofrio, »sorgt dafür, dass am Buffet immer wieder nachgelegt wird. Leere Platten wirken billig, und billig ist hier nicht erwünscht.« Er hält inne, senkt seine Stimme noch etwas mehr und sagt: »Die Familie der Braut ist schwer reich und der Bräutigam macht viel Wind um seine Mayflower-Vorfahren. Wir müssen uns also ins Zeug legen.« Er funkelt Vivien an, die Nics Hand genommen hat und ihm verträumt die Handfläche küsst. »Und du, junge Dame, pass auf. Denn wenn es losgeht, hast du die Verantwortung.« Viv lässt Nics Hand fallen und nimmt Haltung an. Sie salutiert zum Scherz und wirft mir einen schnellen Blick zu, schleudert den Zopf auf den Rücken und schaut auf ihre linke Hand, deren Mittelfinger diskret ausgestreckt ist. Viv kommt mit Al aus, aber Mannomann, seine Vorträge hasst sie.

»Du«, Al zeigt auf Nic, »sorg dafür, dass die Wassergläser immer voll und die Aschenbecher leer sind. Dominc: du sorgst für volle Weingläser. Zwei Drittel. Nicht ganz voll.

Und getauscht wird nicht.« Er sieht Nic und Dom finster an. Dom ist Pams älterer Bruder. »Du bist einundzwanzig, Dominic. Und du bist minderjährig, Nic. Ärger mit dem Gesetz können wir nicht gebrauchen.«

Er wendet sich wieder Vivien, Pam und mir zu. »Geht rum mit Häppchen. Wir wollen, dass die rumgereichten Hors d'œuvres sie satt machen, bevor wir die Hummer auffahren. Kapiert?«

Wir nicken.

Al reckt zufrieden das Kinn. »Dann zeigt's ihnen, Leute!«

Das sagt er immer zum Schluss, so, als ob er sich plötzlich in Coach Reilly verwandelt hätte.

Seit Jahren helfe ich schon bei Almeida und in der ganzen Zeit ist mir auf den Veranstaltungen nie jemand begegnet, den ich richtig gut kenne. Stony Bay ist eine kleine Stadt, aber meine Leute, lassen ihre Veranstaltungen nicht von Cateringfirmen ausrichten. Es sei denn, man zählt den Lieferservice vom Castle dazu.

Heute Abend ist es vorbei mit meinem Glück.

Ich hab gerade den Knoblauchtoast mit Frischkäse und sonnengetrockneten Tomaten verteilt – nur ein einsames Stückchen ist noch übrig – und bin auf dem Weg, mir noch ein neues Tablett zu holen. Dabei halte ich nach Vivien Ausschau, damit ich mich über den Mann beschweren kann, der mir eben beim Leerfressen des Tabletts zehn Minuten lang in den Ausschnitt gestarrt hat, da stoße ich schon zum zweiten Mal heute mit jemandem zusammen. »Mist, ups«, sagt der Typ im selben Augenblick, in dem ich sage: »Tut mir leid, ich hab nicht geguckt …«

Dann bleibe ich wie angewurzelt stehen. Das ist nämlich Alex Robinson, groß, dunkel und elegant wie letzten Sommer. Obwohl die Sache nicht gut ausging, kriege ich Gänsehaut. Aber Alex … der guckt mich ohne das geringste Zeichen des Wiedererkennens an, etwa so als wäre ich eine Beilage, die er nicht bestellt hat und erwägt zurückgehen zu lassen. Kann es sein, dass er mich nicht erkennt? Mit wie vielen halb portugiesischen Mädchen hatte er denn was im letzten Sommer?

»Oh. Äh. Hi.« Alex tupft auf dem Fleck Eiswasser herum, den ich auf sein blau-weiß gestreiftes Seersucker-Jackett geschwappt habe. »Du bist doch – äh – Gwen, oder?«

Das ist jetzt echt bisschen viel. Ich bin versucht zu sagen: »Nein, Susanne.« Stattdessen reiße ich die Augen weit auf. »Kennen wir uns?«

Alex blinzelt, eine Privatschuleule. »Ähem …«

Ich bringe mich dazu, ihn mit geduldiger Verblüffung anzusehen.

Sein Blick flitzt in der Gegend herum und richtet sich schließlich wieder auf mich. Er räuspert sich. »Hör mal, ich weiß, du bist Gwen. Deine … deine Mutter hat heute unser Haus saubergemacht. Ich dachte, du würdest sie vielleicht begleiten.«

Ich reiße meine Augen noch weiter auf. »Wirklich? Du hast mich vermisst? Ach, ist das süß! Ich wäre ja mitgekommen, ehrlich, aber ich musste zu Hause bleiben mit dem kleinen Alex Junior. Er kann jetzt laufen und er geht einfach überall ran, der kleine Schlingel!« Ich imitiere meine Mom, damit mir dieser matte Ausdruck mütterlichen Stolzes auch gelingt.

Er erbleicht. »Aber … Moment mal … ich ….«

Ich genieße das, denn ich bin ein gemeiner, bösartiger Mensch.

»Warst du nicht auch so, Alex? Wie ähnlich dir unser kleiner Süßer doch ist.« Eine Hand lege ich auf den Bauch und dann lächele ich madonnenhaft.

Alex blinzelt, dann schüttelt er den Kopf. »HA-HA. Dein Sinn für Humor. Hatte ich ganz vergessen. Wenn … äh … das passiert wäre, dann wäre er ja gerade erst geboren.« Sein Blick flitzt zu meinem Ausschnitt. Zwei Mal darf man raten, woran er sich erinnert. »Und wie ist es dir denn in Wirklichkeit ergangen?«

Ich balanciere das Tablett auf der Hüfte, streiche mir eine Strähne aus dem Gesicht, die der Wind mir zwischen die Lippen geweht hat. »Gut. Und dir?«

»Großartig«, sagt er. »Toll. War ein gutes Jahr in Choate. Im Herbst geh ich nach Princeton. Mein Dad war da, das ist also alles … gut.« Wieder fällt sein Blick auf meine Brust, als ob die magnetische Anziehungskraft hätte.

»Hm.« Mehr fällt mir dazu nicht ein.

Nachdem Alex letzten Herbst Schluss gemacht hat, sah ich in meiner Vorstellung von unserem Wiedersehen immer fantastisch aus und er lag mir reumütig zu Füßen. Nie hatte ich da in meinem schlecht sitzenden Almeida-T-Shirt – inklusive Logo mit der ein Tablett voller Venusmuscheln darreichenden Meerjungfrau – schwitzend und mit nicht zu bändigendem Haar vor ihm gestanden. Ich hatte mir nicht vorgestellt, wie schwer es sein würde, irgendwas zu ihm zu sagen. Vielleicht hätte ich mich daran erinnern sollen, wie wenig wir tatsächlich miteinander geredet hatten.

»So.« Alex' Blick wandert wieder nach unten, dann Richtung Buffet. »Ich dachte, äh, ich geh mal und probier die … Shrimps.«

»Klar doch«, sage ich. »Warum auch nicht. Alles, was ich

zu bieten habe, hast du ja schon probiert.« Das geht zu weit. Ich weiß das, aber wie üblich kann ich nicht wieder aufhören, wenn ich erst mal angefangen habe zu reden. Und nach einem Jahr bin ich immer noch total angepisst wegen dieser SMS, mit der er Schluss gemacht hat.

»Also, sieh mal«, sagt Alex, »ich … ich …« Sein Blick schießt wieder durchs Zelt. »Ich muss … ich glaub, da ruft mich jemand.«

Er entfernt sich, geht ein Stück und sprintet dann praktisch davon.

»Das war aufschlussreich«, sagt mir jemand ins Ohr.

Ich drehe mich um und schaue in lachende meerblaue Augen. »Wäre es nicht effektiver gewesen, ihn zu kastrieren?«, fährt Cass fort und mopst sich das letzte Stück Toast.

»Hab ich in Erwägung gezogen.« Ich nehme das Buttermesser auf meinem Tablett in die Hand und fuchtele damit vor ihm herum. »Aber ich dachte, das Ding hier bringt es nicht.«

»Hört sich ganz so an, als ob Alex es auch nicht gebracht hat«, sagt Cass. »Vielleicht ist dir beim Kastrieren jemand zuvor gekommen.« Dann wird er rot, als ob ihm gerade aufgegangen wäre, dass wir über Alex Penis reden, den ich eindeutig kennen gelernt habe.

Wenn er so rot wird wie jetzt, wandert die Röte von den Ohren bis über die Wangenknochen – dann erinnert er mich wieder an den Cass von jenem Sommer auf der Insel. Sein Haar hat jetzt so viele verschiedene Blondtöne – golden und bernsteinfarben, hell- und dunkelblond an den Wurzeln – aber in der Saison, die er auf Seashell verbracht hat, war er ein Flachskopf mit einer hellen Haut – ohne Sommersprossen. Es war einer von diesen Sommern mit total verrücktem Wetter, tagelang hat es aus Eimern gegossen und war stürmisch. Anstelle der üblichen von den »Animateuren« angeleiteten Aktivitäten, die Seashell immer anbietet – Kayakkurse, Radrennen, Schatzsuchen – wurden im Clubhaus jeden Samstag Abend Kinderfilme gezeigt, damit alle unter fünfzehn etwas zu tun hatten und abgelenkt waren. Als ich Cass zum ersten Mal begegnet bin, hat er mir die Tür aufgehalten, als wir ins Clubhaus kamen. Dann war er knallrosa angelaufen.

»Diese Kastration wäre kein großer Verlust für irgendjemanden, glaub mir«, sage ich. Dann möchte ich mir am liebsten den Mund zuhalten. Cass mag ja auf Alex Ausstattung angespielt haben, aber musste ich da auch noch seine Leistung bewerten? Gott. Das ist bestimmt kein geeignetes Thema für uns.

»Ich kenne den Typ.« Mit zusammengekniffenen Augen starrt Cass auf Alex' entschwindenden Rücken. »Vor zwei Jahren waren wir zusammen im Tennis-Camp. Seine Vorhand ist beschissen. Da weiß man doch gleich Bescheid.«

Ich pruste laut los, und dann halte ich mir tatsächlich den Mund zu.

»Also … zum Nachhilfeunterricht«, sage ich und versuche wieder ein ernstes Gesicht zu machen. »Wie viele Kurse hast du eigentlich in den Sand gesetzt?«

Okay, das war jetzt ein bisschen ruppig. Ich bin nicht so ganz im Gleichgewicht. Cass riecht nach Zitronen … ich glaub, das ist ein Aftershave. Ich hab ihn noch nie in formeller Kleidung gesehen. Jetzt trägt er einen gut sitzenden blauen Blazer, ein himmelblaues Hemd, das seine Augen gut zur Geltung bringt, und einen cremefarbenen Schlips.

Vielleicht ist es die Dauerberieselung mit Grandpa Bens

Filmen, die in Zeiten spielen, in denen Kleider Leute machten, die mich so empfänglich dafür macht. Ich bin an Nics stinkige, knittrige Muskelshirts gewöhnt, Dads angejahrte karierte Flanellhemden, Hoopers zweifelhaften Mustermix. Dagegen wirkt Cass in diesem Aufzug wie ein Wesen von einem anderen Stern. Einen, den ich besiedeln möchte. *Ogottogott, nun hör bloß auf.*

Al Almeida geht mit einer Sevierplatte Hummer vorbei, von der Dampf aufsteigt, und ich kriege mich endlich ein.

Ich richte den Blick wieder auf Cass. »Die Krustentiere hier? Das haben wir im Griff«, sage ich, nur um etwas zu sagen. »Rettungsaktionen sind nicht nötig, José.«

»Keine Ursache, Maria. Ich bin sicher, dass du vorhattest, mir dafür zu danken.«

»Darf ich dich daran erinnern, dass ich nicht um deine Hilfe gebeten hatte?«

Cass' schelmisches Lächeln verblasst. »Ich weiß. Ich bitte dich aber um deine Hilfe. Dieser Nachhilfeunterricht ... der ist wichtig. Wahrscheinlich ist es so ungefähr das Letzte, was du machen möchtest ...«

Ich zucke mit den Schultern.

»Ich kann zahlen. Ich meine, das weißt du. Ich hab's verrissen diesen Frühling, hab mich einfach nicht konzentrieren können. Also hab ich Englische Literatur verhauen ... Spence kann sonst was machen und wird immer noch die nötigen Punkte einheimsen. Er hat gesagt, nur ein Vollidiot kann in Lit durchfallen.« Cass klappt den Mund so plötzlich zu, als hätte er zu viel gesagt.

Ich könnte ihn beschwichtigen, zu ihm sagen, das sei kein Problem. Oder dass er kein Vollidiot ist. Doch ich sage: »Warum tust du dir diesen Typen an?«

Cass presst die Kiefer zusammen, ein Muskel zuckt. »Er kann ein Arsch sein, aber er ist ein guter Freund.« Sein Ton hat etwas Herausforderndes, er hat einen Handschuh hingeworfen, den ich ganz bestimmt nicht aufheben werde. Als ich nichts sage, fügt er hinzu: »Also gut. Würdest du denn …?« Er bricht ab und zieht die Augenbrauen hoch.

Und jetzt geht Nic auf uns los, mit wütendem Blick. »Gwenners, Al macht Vee die Hölle heiß, er sagt, du tust nicht genug, und sie muss sich jetzt dieses ganze »Wie willst du den Laden am Laufen halten, wenn du dein Personal nicht im Griff hast«-Zeug anhören. Du musst wieder an die Arbeit gehen.«

Es ist schon seit langem abzusehen, dass Vivien Almeida irgendwann übernehmen wird, da ihr Stiefvater keine eigenen Kinder hat. Trotzdem habe ich mich eigentlich nie als »ihr Personal« gesehen. Mir läuft es eiskalt über den Rücken, wenn ich mir vorstelle, dass ich mein Venusmuschel-Shirt noch mit sechzig trage und dann längst nicht mehr auf Augenhöhe mit meiner besten Freundin bin.

»Meine Schuld«, wirft Cass ein. »Ich hab sie aufgehalten, weil ich sie nach Terminen gefragt hab. Für Nachhilfestunden.«

»Ach ja.« Nics Ton ist eisig, ein krasser Gegensatz zu der wütenden Hitze, die er aus welchen Gründen auch immer ausstrahlt. »Das wär mir gar nicht recht, wenn du das schleifen lassen würdest und aus der Mannschaft fliegst. Nicht, wo die Landesmeisterschaft zum Greifen nah ist, was, Somers?« Dann lässt er Cass in der Wolke von Testosteron stehen, die er verströmt hat, und wendet sich an mich: »Vee braucht dich.«

Cass lehnt sich ein wenig zurück und betrachtet Nics

Gesicht forschend. »Und wie sieht es bei dir aus? Findest du Zeit genug zum Schwimmen? Hab gehört, dass du auch für Seashell Services arbeitest. Kannst du das mit deinem Training vereinbaren?«

»Ich schaff das schon«, sagt Nic immer noch eisig. Er steht jetzt gerader, wie um seine fünf Zentimeter Größenvorteil zu betonen. »Immerhin hab ich das Meer vor der Tür, rund um die Uhr, sieben Tage die Woche.«

Cass schaut mit verträumtem Blick in die Ferne, als ob er das Wasser von hier sehen könnte. »Ich hab drüber nachgedacht. Wie wir diesen Sommer im Training bleiben können, wo doch jetzt dieses Trainingslager in Stony Bay nicht stattfindet. Wir könnten ein paar der Jungs rüber holen, damit der Mannschaftsgeist erhalten bleibt und uns den Herausforderungen von Wind und Wellen stellen.«

Im Hintergrund wedelt Al verzweifelt mit den Armen und zeigt auf das leer geräumte Buffet.

»Wir gehen jetzt lieber mal«, sage ich mit einem raschen Lächeln, das wie eine Grimasse wirken muss.

»Warte.« Cass berührt meine Schulter, als ich mich umdrehe. »Ruf mich an. Oder komm doch rüber nach Field House, damit wir uns auf Zeiten einigen können. Für die Nachhilfestunden, meine ich.«

Nic packt mich jetzt am anderen Ellenbogen und schleppt mich weg. »Du gehst nicht ins Field House zu diesem Typen«, zischt er. Dabei würgt er praktisch meinen Arm.

Ich mache mich los. »Was ist denn mit dir?« Plötzlich bin ich besorgt, Nic könnte Steroide genommen haben oder sonst was. »Du warst doch so scharf drauf, dass ich ihm Nachhilfe gebe!«

»Ja, schon, aber während ihr da drüben die Köpfe zusammengesteckt habt, hab ich am Tisch von seiner Familie Wasser eingeschenkt. Mr Somers wurde gerade von so einer Frau gefragt, ob Cass dieses Jahr Kapitän der Schwimmmannschaft wird, man würde sich nämlich erzählen, er sei ein sicherer Kandidat.«

Nic guckt fast schon bedrohlich.

»Na und? Du kriegst den Posten schon, Nico. Beruhig dich.«

»Nee, hör her«, fährt Nick fort. »Also … ist komisch für mich, dir das zu erzählen, aber … ich komm dann an den nächsten Tisch und da sind Spence Channing und Alex Robinson und machen einen auf beste Freunde. Und sie reden von dir. Alex meint, es hätte Spaß gemacht mir dir. Hallo? Dieses Arschgesicht. Spence lacht nur und sagt, im Schwimmteam wärst du so was wie ein Wanderpokal. Der ist in meiner verdammten Mannschaft und zieht über meine Cousine her? Also, ich sitz mit im Bus und ich höre, wie die über Mädchen reden – so à la *da würd ich ihn gern mal reinstecken* und *die ist total heiß, aber das Gesicht!* – doch hier geht's um dich, Gwen. Was glaubt der denn, wer zum Geier er ist? Und was glaubt er, wer du bist?«

Ich schlucke. Mein Gesicht wird heiß, friert ein und wird wieder heiß. Spence weiß, wer ich bin. Besser, als mir recht ist.

»Und ich kann ihm nicht die Fresse polieren, sondern muss sein verdammtes Wasserglas auffüllen …« Nic ballt die Hand zur Faust und schickt wütende Blicke durch den Raum, dann sieht er mich wieder an. »Ach, Cousinchen, sorry, ich hätte nichts sagen sollen. Ich hab nicht nachgedacht, war einfach zu sauer. Ich …«

»Macht nichts, Nico. Ich bin noch weit davon entfernt,

ein Wanderpokal zu werden. Und Hank Klein wird es mir nicht leicht machen, es sei denn, er trennt sich von Scott Varga. Aber du kennst mich ja, ich liebe Herausforderungen.«

»Nicht, Gwen«, sagt Nic leise. »Bei mir nicht.«

Ich bin still, als wir durch den halb aus Plastik, halb aus Stoff bestehenden Vorhang gehen, der das Festzelt von der provisorischen Küche abtrennt.

»Das wurde aber auch Zeit, Guinevere!«, sagt Al und drückt mir ein neues Tablett mit Shrimps und Cocktailsauce in die Hand. Ich nehme es, ziehe den Vorhang ein Stück zurück und suche das Zelt nach den blauen Streifen von Alex' Seersucker-Jackett ab.

Das ist wie »Wo ist Walter« spielen, denn es gibt jede Menge blau-weiß gestreifte Jacketts. Schließlich orte ich ihn, er sitzt immer noch neben Spence. Aber jetzt redet er mit irgendeiner rothaarigen Tusse zu seiner Linken und Spence hat seine halb belustigte, halb gelangweilte Miene aufgesetzt. Ein Mann, der weiß, worum es geht, ein der Welt überdrüssiger Aristokrat. Er wirkt nur glücklich, wenn er schwimmt, trainiert oder mit Cass und dem Rest seiner Truppe abhängt.

Doch er lebt auf, als ich an seiner Seite auftauche. »Castle. Bin ich froh, dich zu sehen. Tu mir einen Gefallen, ja? Der Barkeeper ist etwas unaufmerksam. Hol uns doch mal eine Flasche Champagner her.«

Er streicht sich eine Strähne glänzendes, sehr glattes dunkles Haar aus den Augen und schenkt mir sein routiniertes Verführerlächeln, mit dem er mich auf die für ihn typische Weise von Kopf bis Fuß mustert. Spence sieht gut aus, ungelogen. Aber irgendwie ist da etwas Scharfes. Man könnte sich an ihm schneiden und er würde es nicht mal bemerken.

Ich hole tief Luft und klammere mich fester an mein Tablett. »Nicht mein Job, Channing. Ich bin nur fürs Buffet zuständig und reiche das Essen herum. Außerdem bist du noch nicht alt genug.«

»Das ist das Probeessen für eine Hochzeit. Da sind die Regeln aufgehoben. Sämtliche. Ich hab gerade meinen Onkel Red mit einer der Brautjungfern auf dem Rücksitz seines Autos gesehen.« Er senkt die Stimme und sagt in einem lauten Flüsterton: »Erzähl Tante Claire nichts davon.«

Da ich keinen Schimmer habe, wer Tante Claire und Onkel Red sind, ist das unwahrscheinlich. Aber er bringt mich eine Sekunde lang aus dem Konzept, bevor ich sage: »Ich bin nicht hier, um dich zu bedienen. Ich wollte dich darauf aufmerksam machen, dass deine Wortwahl unzutreffend ist.«

Und nun zeigt sich auf seinem Gesicht tatsächlich so etwas wie eine Gefühlsregung, nämlich Verwirrung. »Wie war das?«

»Wenn ich der Wanderpokal der Schwimmmannschaft wäre, Spencer, dann hätte sich das mit mir ja wiederholt.«

Noch ein Gefühl: ein kurzes Aufflackern von Peinlichkeit. »Ich hab nicht gewollt, dass du das hörst.«

»Vielleicht solltest du beim nächsten Mal etwas besser darauf achten, wer dir dein Eiswasser einschenkt. Hast du wirklich gedacht, Nic würde mir das nicht weitererzählen? Ihr mögt ja Mannschaftskameraden sein, aber er ist mein Cousin. Blut ist dicker als Chlor.«

Alex hat mitgekriegt, dass ich die Stimme erhoben habe, lugt rüber, macht sich ein Bild von der Lage, wendet sich ab und distanziert sich ganz offensichtlich von jeder etwaigen »Szene«. Er hasst Szenen, wahrscheinlich hat er deshalb per SMS mit mir Schluss gemacht.

»Ich glaube, das Wort, das du suchtest war: Maskottchen. Du solltest an deinem Wortschatz arbeiten, sonst wirst du am Aufnahmetest für die Uni scheitern.«

Spencers erschrecktes Lachen begleitet meinen Abgang.

Vivie und Nic setzen mich vor unserem Haus ab, ich hebe die Hand zum Abschied, steige zwei Stufen hoch und setzte mich müde auf die Veranda. Der eine Schuh scheuert Löcher in meine Hacke.

Der Himmel in dieser dunstigen Sommernacht ist wunderschön, der Mond hebt sich scharf von seinem schwarzblauen Hintergrund ab, aber die Sterne sind nur winzige Punkte. Der Wind dreht, weht durch die Wälder, übers Wasser, bringt den schlickig, sandigen Geruch nach Ebbe mit sich.

Ich schau die High Road entlang. Der Quarz im Asphalt glitzert im Mondschein. Auf Seashell gibt es keine Straßenbeleuchtung. So spät nachts brennt kaum noch Licht in einem der vielen Häuser an der Straße. Field House liegt fünf Häuser von unserem entfernt die Straße runter. Ob Cass wohl lange auf der Party geblieben ist? Als wir den Lieferwagen beladen haben und abgefahren sind, habe ich ihn nicht gesehen. Das mag auch daran gelegen haben, dass ich mich bemüht habe, nicht nach ihm Ausschau zu halten. Verbringt er die Nacht in der Stadt in seinem Segelschiff-Haus oder hier auf Seashell? Ich reibe mir die Arme, auf einmal ist mir kalt im Nachtwind und ich frage mich, warum ich plötzlich so viel an Cass Somers denke. Verdammt. Teil der Übung diesen Sommer war doch, ihn zu vergessen.

Ich geh durch die klapperige Verandatür mit dem kaputten Riegel – den Nic immer beteuert reparieren zu wollen. Im Haus ist es still, friedlich, völlig anders als in all dem Lärm und Drama des Festzelts.

Mom ist auf dem Sofa eingeschlafen, mit Falten auf der Stirn, sie hält immer noch eins der bunten Taschenbücher umklammert. Ich beuge mich über sie und ziehe es ihr weg, knicke die Ecke der Seite um, auf der sie ist (die, wie ich nicht umhin kann zu bemerken, mit den Worten beginnt: »Begorah, du Hexe. Ich hab nicht übel Lust, dich übers Knie zu legen«), dann breite ich die Decke über sie. Eigentlich müsste ich sie wecken und ihr gut zureden, doch lieber in ihrem eigenen Bett zu schlafen als in Myrtles müden orange karierten Armen. Aber heute Nacht brauche ich ein Zimmer nur für mich und meine Gedanken.

Ich höre das leise Schnarchen von Grandpa Ben aus dem Zimmer kommen, das er sich mit Nic und Emory teilt. Ich wünschte, ich könnte den ganzen Abend und die letzte Nacht abstreifen wie meine verschwitzten Klamotten und unter der Gartendusche abspülen wie den Geruch nach Zigarettenrauch und Shrimps..

Kapitel elf

»Ich hatte gehofft, wir wären nur zu zweit«, murmelt Viv, nachdem sich Grandpa Ben zum zweiten Mal zwischen den Vordersitzen durchgequetscht hat, um das Radio auf den Oldiesender einzustellen.

Grandpa trommelt mit den Fingern ans Fenster und singt laut »The Way You Look Tonight« mit, Emory stimmt begeistert ein. »The way your smile just BEAMS … The way you haunt my DREAMS.« Sie strahlen selber alle beide von einem Ohr zum anderen. Ich versuche dieses schuldbeladene Gefühl der Verstimmung darüber loszuwerden, dass sie mitgekommen sind.

Gestern war der längste Tag der Geschichte. Ich brauche Mädchen-Zeit mit Viv. Also habe ich heute in aller Frühe mit diesem einen Ziel im Auge Brownies gebacken. Mein Plan war, sie am Strand von Abenaki mit Süßigkeiten gefügig zu machen, um dann der Sache mit dem Ring auf den Grund zu gehen. Viv wird es ausplaudern, ich muss sie nur allein erwischen.

Aber gerade als sie den Motor vom Auto ihrer Mutter aufheulen lassen wollte, kam Grandpa mit Emory an der Hand und einer großen Kühltasche (wie ich aus bitterer Erfahrung weiß, sicherlich voller höchst eigentümlicher Grandpa Ben-

Sachen) die Treppe runter gehüpft, einen so gut wie neuen Metalldetektor lässig über der Schulter.

»Heute hab ich Glück, das spüre ich!«, verkündet er jetzt, als wir den Hügel runter auf Abenaki zuschießen. Es erschüttert ihn nicht, dass Vivien heftig zur Seite ausschert, um einem verlassenen Tretroller auszuweichen, der mitten auf der Straße liegt wie von der Flut angespült. »Heute machen wir ein Vermögen!« Er hält den Detektor aus dem Fenster.

Vivie und ich sitzen auf dem kurzen silbrigen Holzpier und schauen aufs Meer hinaus. Es wimmelt von Segelbooten, die Spinnaker blähen sich im Wind. Grandpa Ben sucht auf dem breiten Sandstrand nach Schätzen. Em hockt im Schneidersitz mit einem Eimer Wasser und einer Schaufel da und hat für nichts anderes Augen. Das liebe ich an ihm. Wenn er sich auf eine Sache konzentriert, verschwindet der Rest der Welt.

Wie immer trägt er die von der Küstenwache empfohlene Schwimmweste. Trotzdem halte ich ihn immer, wenn er sich zu weit vorbeugt oder versucht über den Rand des Piers zu gucken, hinten an seinem T-Shirt fest oder am Bund seiner Shorts. Ich habe schon so viele Albträume gehabt, in denen sein Kopf in den schäumenden Wellen versinkt. Der Himmel ist unheilvoll grau und das Wasser entsprechend dunkel. Nicht die besten Voraussetzungen fürs Sonnenbaden, deshalb sitzen wir auch lieber auf dem warmen Holz als im kalten Sand. Gelegentlich schießt mal ein warmer Sonnenstrahl hinter den Wolken hervor, aber der Wind weht scharf vom Wasser her.

Emory kippt mir eine Schaufel voll eisiges Wasser aufs Bein, ich keuche. »Em, nein!«

Er lächelt mich an und legt noch mal nach.

Viv reckt sich schläfrig, ihre Haut hat schon einen leichten Goldton, der sich vom grauen Holz des Piers abhebt, und ihre Sommersprossen sehen aus, als hätte jemand einen Pinsel über ihrer Nase ausgeschüttelt. Nic spricht immer von ihrer »Konstellation« und tut gern so, als würde er ständig neue Formierungen entdecken, die er dann mit dem Finger nachzeichnet.

»Nic war so verspannt nach dem Catering. Ich musste mit ihm ins Vogelschutzgebiet raus fahren, um ihn … zu beruhigen.« Sie streckt ihre Zehen und reckt sich noch ein bisschen, dann legt sie die Hand um den Fuß und streckt ihn mit balletöser Eleganz.

»Aha. Mein Cousin, der Ornithologe. Ich bin sicher, die Ferngläser waren im Dauereinsatz.«

»Nun ja … es ist ziemlich einsam da.« Ihr leicht frivoles Grinsen gewinnt die Oberhand über das süße Unschuldslächeln, das sie sonst nach außen trägt.

»Nur Nic, ich und dieses Absperrband, mit dem die uns da draußen daran hindern, die Balz des Gelbfuß-Regenpfeifers zu stören.«

»Du, Nic und die Regenpfeifer beim Tanz, der so alt ist wie die Zeit.« Ich kichere. Sie lässt ihren Fuß los und gibt mir einen kleinen Stups gegen die Hüfte.

»Wir können schließlich nicht in das Zimmer schleichen, das Nic sich mit Grandpa Ben und Emory teilt.« Sie schaut runter ins aufgewühlte grau-grüne Wasser und nagt an ihrer Unterlippe, auf der eine Schicht Labello mit Kirschgeschmack glänzt. Das Einzige, worüber Nic sich je beklagt, ist Vivs Abhängigkeit von Labello und klebrigem Lipgloss mit Geschmack. »Wahrscheinlich war ich gestresster als Nic.«

»Und gab es dafür einen Grund?« Ohne sie anzuschauen, tunke ich den Finger in Ems Eimer, male einen Kreis aufs Holz und presse den Daumen in die diamantähnliche Form. Eine subtile Andeutung.

Sie holt tief Luft, macht den Mund auf, als wollte sie etwas sagen – und klappt ihn wieder zu. »Nichts Großes«, sagt sie schließlich. »Nur … du weißt schon … Al, der mich anranzt, weil ich vergessen hab nachzuschauen, ob auch alle Wassergläser voll sind und so weiter.«

Da fällt mir Spences bescheuerter Spruch von wegen Wanderpokal wieder ein. »Hat Nic dir erzählt …«

»Nic sagt immer, ich soll das einfach an mir ablaufen lassen«, sagt Viv. »Und er hat Recht. Al bläst sich doch nur auf. Das muss ich ja nicht mitmachen. Obwohl ich den Laden übernehme, wenn Al und Mom sich zur Ruhe setzen.«

»Ja, wo wir gerade beim Thema sind«, sage ich. »Du bist weder Bedienstete auf Lebenszeit noch musst du unbedingt Almeidas Thronerbin werden.« Wieder tauche ich meinen Finger in den Eimer. Mit schnörkeligen Buchstaben schreibe ich meinen Namen. Emory beobachtet mich, dann malt er selber Kringel und Schlaufen, aber ein Wort ergibt das nicht.

Viv schüttelt den Kopf, ihre Stirn glättet sich wieder. »Ach, Gwenners, du kennst mich. Ich bin nicht so eine Intelligenzbestie wie du. Das College ist mir total egal. Ist doch pure Zeitverschwendung für jemanden mit meinen Zensuren. Da ist es doch besser zu wissen, wo ich hin kann, als durch die Gegend zu flattern und mir einen Platz in der Welt zu suchen. Ich hab Glück.« Es hört sich so an, als ob die Aussicht den Rest ihres Lebens damit zu verbringen, Dockside Delight-Picknickkörbe zusammenzustellen und

Muschelessen auszurichten, sie glücklich machen würde. So ist das mit Viv, wann immer Nic und ich vor halb leeren Gläsern sitzen, schubst sie uns mit einem kleinen Rippenstoß wieder vor halb volle – und überzeugt uns davon, dass der Kellner sie gleich bis zum Rand füllen wird. »Dazu kommt: ich habe organisatorisches Talent. Nic ist der lebende Beweis dafür.«

»Ja, den hast du ja so was von in Form gebracht. In mindestens zehn Prozent aller Fälle kommt er pünktlich. Manchmal hat er sogar ein sauberes Hemd an.«

»Mir gefällt er ohne Hemd«, sagt Viv.

»Behalte deine perversen Fantasien bitte für dich.«

Sie lacht, setzt sich auf, zieht die Kühltasche heran und klappt den Deckel auf. »Ach tu bloß nicht so, als ob du kein Wässerchen trüben könntest, Babe. Ich hab dich beobachtet beim Training, und was du sonst auch über Cassidy Somers sagen magst, du wirst nicht leugnen können, dass er nicht übel ausgestattet ist. Der Junge ist nicht von schlechten Eltern.«

Ich werde rot. Viv zeigt sofort Reue. »Sorry, ich weiß, du willst nicht über ihn reden. An ihn denken. Oder sonst was.«

»Nur weil du dich mit meinem Cousin fürs Leben fest verbandelt hast, muss das ja nicht heißen, dass ich es genauso mache.«

Viv zieht die Augenbrauen hoch. »Ich rede doch nur davon, dass mir auffällt, wenn jemand süß ist. Du bist diejenige, die bei *ohne Hemd* sofort an *ohne Hose* denkt. Wie interessant.«

»Hör auf. Und bilde dir bloß nicht ein, Cass und ich wären sowas wie du und Nic. Das ist eindeutig nicht der Fall.«

»Und was haben wir denn da …?« Sie wühlt in der Kühltasche und verzieht das Gesicht. »Ziegenkäse? Keine Lust. Kann man Lust auf Ziegenkäse haben?«

Ich ziehe ihr die Kühltasche weg, krame darin herum und suche nach den in Folie gewickelten Brownies, die ich ihr reiche. Sie legt die Hand aufs Herz und seufzt übertrieben erleichtert.

»Vielleicht gehöre ich einfach nicht zu den Mädchen, die …«

Viv schüttelt den Kopf. »Scheiße. Hör auf. Ich hasse es, wenn du das machst. Du bist schließlich nicht wie Spencer Channing der gleich mit fünf Mädels in den Whirlpool hüpft.«

»Ist an dieser Geschichte eigentlich was Wahres dran? Wenn man sich das nämlich mal überlegt, dann klingt das doch nach einem Haufen Arbeit. Man muss ihnen zu essen geben, mit ihnen reden und die wartenden Mädchen irgendwie unterhalten, während man mit ein oder zwei der anderen zu tun hat.«

»Genau … damit sie nicht abhauen oder aus lauter Langeweile den Poolboy belästigen«, fährt Vivie lächelnd fort.

»Ja, das ist sicher anstrengend …«

»Ist mehr Stress, als man so denkt.« Sie seufzt und wischt sich Schokolade von den Fingern.

»Als Gerücht ist es ja klasse …«, sage ich. »Aber in der Praxis kein Spaß.«

Sie schaut auf ihre Hände und ihr Gesicht wird ernst. »Apropos in der Praxis … Gwen … meinst du, Nic will wirklich zum Küstenschutz? Oder ist das nur so eine Fluchtfantasie? Wie den Sommer über im Land herum zu reisen und Häuser anzumalen, wenn er eigentlich besser fahren würde mit einem festen Job hier auf der Insel. Hast du gesehen, was die für Sachen machen beim Küstenschutz? Die sind wie die verdammten Navy Seals. Wenn er in die Akademie aufgenommen wird, dann wird das sein Alltag sein … all dieses Zeug mit Hubschraubern und Schlepptauen. Warum kann er denn keinen vernünftigen Job annehmen, bei Almeida zum Beispiel?«

Ich versuche mir vorzustellen, wie Nic ins Cateringgeschäft einsteigt und sich auf Blumenschmuck spezialisiert. Es ist tausend Mal leichter, ihn sich zehn Meter über dem tosenden Meer an einem Seil baumelnd vorzustellen. Im Hurrikan.

Etwas weit draußen auf See lenkt mich ab. Es bewegt sich. Taucht auf, taucht ab. Ein Seehund?

Hier draußen kriegen wir nicht oft welche zu sehen. Das Wasser ist zu unruhig, kalt und unberechenbar, sogar mitten im Sommer. Und genug Felsen sind hier auch nicht. Ich richte mich auf und blinzele stärker, verfolge die Bewegung. Was es auch sein mag, es verschwindet mit einem Wellenschlag unter Wasser. Ein Kormoran? Nein, kein langer Hals.

Ich stoße Vivien an, die den Kopf auf die Knie gelegt und die Augen geschlossen hat. »Was ist das?«

»Oh Gott, doch wohl kein Hai!«

Vor drei Jahren ist im Sommer ein großer weißer Hai vor der Küste von Seashell gesehen worden, und Vivie, die seit der »Haiwoche« im Kinderfernsehen ein Trauma hat, befürchtet seither, sie könnte selber der Star der nächsten Folge von »Zerfleischt« werden.

Was immer es ist, taucht wieder auf.

»Keine Rückenflosse«, melde ich. »Abgesehen davon, bewegt es sich auf und ab, ansatt bedrohlich heranzugleiten, um dann auf den Pier zu springen und dich zum Abendessen zu vertilgen.«

»Damit scherzt man nicht.« Vivien schirmt die Augen mit der Hand ab. »Kein Hai. Nur ein armer Irrer, der nichts dagegen hat, Haiköder zu sein.«

Schweigend beobachten wir, wie sich der Kopf an der Mole vorbei in unsere Richtung bewegt. Jetzt kann ich die braunen Schultern in der Sonne glänzen sehen, die Arme bewegen sich rhythmisch auf und ab. Ein Mann. Oder ein Junge.

»Heute haben Nic und ich unser fünfmonatiges Jubiläum«, sagt Vivie zerstreut, sie starrt immer noch aufs Wasser.

»Fünf Monate? Wie wär's denn mit zwölf Jahre. Ich habe dich selbst getraut, als du fünf warst.«

Ein Blick auf Vivie, die die Augen gesenkt hat, während ein kleines Lächeln ihre Lippen umspielt, und ich kapiere. Stimmt. Sie machen es seit fünf Monaten.

»Nic geht mit mir ins White House Restaurant. Was meinst du, was soll ich anziehen?« Vivien beantwortet ihre Frage selbst. »Mein blaues Sommerkleid. Ich weiß, dass Nic es mag. Letztes Mal, als ich es anhatte, konnte er die Finger nicht von mir lassen.«

Der Schwimmer hat den Pier erreicht und entzieht sich meinem Blick, während er die Leiter hochklettert, oben angekommen, setzt er die Hände flach auf die Bohlen, schwingt die Beine zur Seite so wie ein Olympiaturner auf dem Seitpferd. Dann steht er auf und schüttelt sich die Haare aus dem Gesicht.

»Hey, mal wieder, Gwen. Hi, Vivien. Was läuft, Emory?« Cass guckt auf Em runter, dann zu mir.

Emory lächelt ihn an, bevor er sich wieder seinem Wassereimer widmet, der jetzt so gut wie leer ist. Er beugt sich runter zur Wasseroberfläche und ich packe ihn an der Schwimmweste.

Vivien zieht die Knie an die Brust. Erst mustert sie Cass' Gesicht, dann meins.

»Muss der nicht vollgemacht werden?« Cass langt nach dem Eimer, greift aber noch nicht zu, weil er auf Emorys Entscheidung wartet.

Em legt den Kopf schräg und dann schiebt er den Eimer über die Planken zu Cass. Ich schaue zum Horizont, eine Schar Kormorane trocknet die Flügel auf den Molen. Als der Eimer wieder gefüllt ist, stellt Cass sich neben mich, kleine Wassertropfen glitzern auf seiner Brust, dann perlen sie aus seinen Haaren und seiner Badehose auf mich. Er zeigt auf Emorys Rettungsweste. »Hat er noch nicht Schwimmen gelernt?«

»Er hat keine Ahnung, wie man das macht. Überhaupt keine«, sage ich kurz.

»Hat er nie Unterricht gehabt?«

»Als er noch ganz klein war, hat er eine Art Wassertherapie gehabt – beim CVJM – er hatte Todesangst. Nic und ich haben beide versucht, es ihm hier beizubringen, aber es hat nie geklappt. Ich …« Ich höre auf, ehe ich ihm noch Emorys ganze Lebensgeschichte erzähle.

»Ich wette, ich kann das. Ihn unterrichten«, sagt Cass ganz entspannt. »Letztes Jahr hab ich als Helfer in einem Camp gearbeitet, *Die helfende Hand* nannte sich das. Und das war meine Aufgabe, den …«, er malt Anführungsstriche in die Luft, »*zögerlichen Schwimmern* zu helfen.«

Mit zusammengekniffenen Augen sehe ich ihn an. »Glaubst du, du hast Zeit dafür? Der Gartenboy wird hier bei uns ganz schön auf Trab gehalten. Schon die alte Mrs Partridge ist ein Vollzeitjob.«

Cass grinst, die Grübchen werden tief. Ich unterdrücke einen seltsamen Drang, sie mit der Fingerspitze zu berühren. »Sie hat mich Freitag am Ende des Tages zu sich gerufen und mir gesagt, dass ich ihren Rasen völlig verkehrt gemäht habe. Schon wieder. Ich sollte es *verti*kal machen. Aber du warst dabei, oder? Das hat sie doch nicht gesagt.«

»Die Richtung ändert sich jedes Mal. Das macht Mrs Partridge immer so, egal, wer gerade der aktuelle José ist. Du wirst dich dran gewöhnen.«

»Der aktuelle José.« Cass überlegt. »Ich weiß nicht, ob ich mich mit »aktueller José« identifizieren kann. Hat was von »Spezialität der Saison«. Er schleudert wieder die nassen Haare aus dem Gesicht und die Tropfen verteilen sich auf mir, dann senkt er die Stimme: »Ich hab erst zwei Tage gearbeitet und muss meinen Rhythmus noch finden, lernen, wie es läuft … du weißt schon. Aber hier geht es inzwischen irgendwie … ein bisschen verrückt zu, oder?«

»War nie anders, Cass.« Ich schirme meine Augen ab und schaue ihn zwischen den Fingern hindurch an.

»So habe ich das nicht in Erinnerung. Also, klar, Leute wie Mrs Partridge hat es vermutlich immer gegeben, die uns angebrüllt haben, weil wir auf ihren Rasen getreten sind oder Fahrradakrobatik auf den Bodenschwellen gemacht haben.«

»Nicht Leute wie sie. Sie. Auf Seashell hat sie schon jeden Mal …« Ich schlucke. »Sie ist schon ewig hier.«

»Echt? Ich erinnere mich überhaupt nicht an sie. Sie scheint mich auch nicht zu kennen.«

Ich hingegen habe Cass ganz deutlich vor Augen, wie er

mit acht an unzähligen Sommernachmittagen unter einem grauen Himmel wie heute von genau diesem Pier gesprungen ist – magere Schulterblätter, schlaksige Beine, weiche fliegende Haare, aufgeschürfte Ellenbogen, verschorfte Knie. Nicht ganz das, was hier vor mir steht. Mit so viel gebräunter Haut.

»Du hast dich ein bisschen verändert.«

Emory wählt diesen Augenblick, um mir noch mehr kaltes Wasser über den Badeanzug zu gießen.

Cass' Lippen zucken, es sieht aus, als wolle er was sagen, es sich aber doch aus dem Kopf schlagen. »Nein, mal ehrlich … Zu meiner Arbeit gehört, dass ich den Strand harke. Jeden zweiten Tag. Bei Ebbe soll ich die Steine und den Seetang wegschaffen. Bescheuert, das kommt doch mit der Flut alles wieder.«

»Oh, ich weiß«, sage ich. »Verrückt, was? Ich frag mich, wie das wohl sein mag, wenn man so reich ist, dass man von der Natur Entgegenkommen erwartet. Wie man einfach jemanden anstellen kann, der so was in Ordnung bringt.«

Ich komm mir blöd vor, sobald ich das ausgesprochen habe. Denk dran, mit wem du redest, Gwen. Das ist der Kronprinz von *Somer Sails*.

»Hör mal, wir können es doch mit einer Probestunde versuchen? Um mal zu sehen, ob das überhaupt funktioniert?«

Emory kipppt Cass Wasser aufs Bein. Es rinnt an seinen Wadenmuskeln herunter. Ich schließe die Augen, und als ich sie wieder aufmache, betrachtet Cass mein Gesicht eingehend.

»Du meinst, als Gegenleistung für die Nachhilfestunden?«, frage ich schnell.

»Nein«, sagt er. »Das wäre ein ganz anderer Deal.«

»Was für Nachhilfestunden?«, wirft Vivien ein und feuert einen Davon-hast-du-mir-kein-Wort-erzählt-Blick auf mich ab. Den ich seelenruhig an mir abperlen lasse. In meinem Fall geht es um ein paar Sommerabende. In ihrem um eine Bindung fürs Leben.

»Gwen hat sich bereit erklärt, mir in Englisch wieder auf die Spur zu helfen.« Cass nimmt Emorys leeren Eimer und klettert die Stufen runter, um ihn aufzufüllen. Das heißt, seine Stimme ist nicht so ganz deutlich zu verstehen, als er hinzufügt: »Du kannst es nicht ewig hinausschieben, Gwen. Wir müssen die Details klären.«

Er kommt wieder hoch, reicht meinem Bruder den Eimer, dann bleibt er eine Sekunde lang stehen und sieht mich an. »So was wie: Gehen wir zu mir oder zu dir?«

Auf dem Parkplatz drückt jemand auf die Hupe. Viviens Augenbrauen schießen in die Höhe.

»Muss los. Sag mir, wo. Okay?« Er gleitet an mir vorbei und schnappt sich ein rotes Handtuch von einem Poller, das mir vorher gar nicht aufgefallen war. Das schlägt er im Wind aus und wickelt es sich um die Hüfte. Dann ruft er über die Schulter: »Überleg dir das mit dem Schwimmunterricht. In Lit 2 bin ich vielleicht kein Genie, aber das kann ich.«

Okay. Ich *schaue* ihm hinterher. Den ganze Pier entlang bis zum Parkplatz, wo Spence Channings Cabrio mit laufendem Motor steht. Wie ein silberner Hai. Wie lange ist der denn schon da?

Ein leiser Pfiff und Vivien fächelt erst sich Luft ins Gesicht, dann mir. »Pu. Ist das heiß hier. Oder empfinde ich das nur so?«

»Und das wird die ganze Saison so weitergehen.« Ich

klappe die Kühltasche auf, gucke rein und fische einen Müsliriegel für Emory raus, statt … einer Dose Sardinen oder einer Honigmelone. »Was zum Teufel soll ich nur machen?«

»Wegen des Plans, ihm um jeden Preis aus dem Weg zu gehen? Ich bin mir nicht sicher, dass er den auch gefasst hat.« Vivien starrt zum Parkplatz rüber, wo das Auto zurücksetzt und davonschießt. Selbstverständlich zu schnell, denn das ist Spence und für ihn gelten keine Regeln. »Vielleicht solltest du ihm eine zweite Chance geben?«

»Du warst es doch, die mir gesagt hat, ich müsse aufpassen.«

»Ich weiß.« Sie zieht die Schultern hoch und zittert ein bisschen, als wieder ein kalter Wind übers Wasser weht. »Es ist nur so … vielleicht hast du auf die falschen Sachen aufgepasst.«

Kapitel zwölf

Montagmorgen auf dem Weg zur Tür stürzt Mom sich auf Nic und mich. »Hat Mrs E. gesagt, wie oft sie zahlen wird, Gwen? Es würde mir sehr helfen, wenn ich wüsste, ob es wöchentlich oder alle vierzehn Tage ist. Und wie ist das mit dir, Nico? Zahlen Marco und Tony immer noch pro Auftrag? Und habt ihr am Ende des Abends von Almeida Geld gekriegt oder …«

Nic und ich gucken uns an. Ein Haufen Geldfragen früh am Morgen, das kann nichts Gutes bedeuten.

»Wie immer, Tante Luce. Sie stellen Rechnungen und die Hausbesitzer schicken die Schecks. Aber Almeida hat gezahlt.« Er läuft zurück in sein Zimmer und kommt mit einer Rolle Geldscheine wieder, die ordentlich von einem Gummiband zusammengehalten wird. »Deins ist auch dabei, Gwenners.«

Ich strecke die Hand aus, aber Mom ist schneller. Sie zählt die Scheine durch, ihre Lippen bewegen sich stumm dabei. Schließlich nickt sie zufrieden, teilt das Geld sorgfältig durch drei, gibt Nic etwas zurück, gibt mir was und steckt den Rest in ihre Handtasche.

»Ist was, Mom?«

Sie blinzelt schnell, was sie verraten würde, wenn sie eine Pokerspielerin wäre. »Nichts«, sagt sie.

»Ganz sicher, Tante Luce?« Nic tippt sich erst auf die eine, dann auf die andere Schulter. »Breite Schultern. Und ein Ohr für dich. Als der Mann im Haus und so weiter.«

Mom zaust ihm das Haar. »Mach dir keine Sorgen, Nico.«

Sobald sie aus der Tür ist, brauchen Nic und ich uns nur anzusehen. »Verdammt, was jetzt?«, sagt er.

Ich schüttele den Kopf. »Wenn sie anfängt, Wäsche anzunehmen, wissen wir, dass was im Busch ist.«

Das hatten wir nämlich im letzten Winter, als der Boiler kaputt ging, der Bronco wegen der Bremsen in die Werkstatt musste und Emory eine spezielle Einlage für einen seiner Schuhe brauchte, weil ein Bein ein kleines bisschen kürzer ist als das andere. Grandpa Ben hat damals auch viel Zeit beim Bingo verbracht und seine Falschspielertricks vervollkommnet.

»Scheiße.« Nic reibt sich die Stirn. »Darüber will ich nicht nachdenken. Ich will nur an Essen, Sex und Schwimmen denken und Sex und Gewichtheben und Sex.«

»Deine Interessen sind so vielfältig.« Ich haue ihm mit der Schachtel Cheerios auf die Schulter.

»Was anderes darf man von mir nicht erwarten«, sagt er mit dem Mund voller Nudeln von gestern. »Von dir auch nicht. Und, Cousinchen, du kannst mir nicht weismachen, dass du nicht dran denkst.«

»Ich denke nicht dran«, antworte ich energisch und konzentriere mich unheimlich drauf, Milch auf meine Frühstücksflocken zu gießen.

Nic schnaubt.

Wir schauen auf, als die Fliegentür quietscht und Dad im Raum steht. Er sieht angepisst aus und ganz kurz fürchte ich schon, er könnte unser Gespräch mitgehört haben. Das muss er echt nicht wissen.

Aber dann lässt er seine alte khakifarbene Wäschetasche neben der Tür fallen und schiebt sie mit einem Fuß an die Wand. »Die Verandatür ist immer noch kaputt«, murmelt er finster dreinblickend.

Nic fixiert Dad mit einem Blick, dann gilt seine Aufmerksamkeit wieder den regelmäßigen Bewegungen seiner Gabel.

»Die oberste Stufe der Verandatreppe verrottet auch«, sagt Dad. »Reparier das, Nicolas. Hab ich dir schon letztes Mal gesagt. Ben könnte mit dem Fuß einbrechen. Oder Emory. Bei dem Zustand. Ein Mann sorgt für seine Familie.«

»Oder er lässt einfach alle im Stich«, murmelt Nic, ohne von seinem Handy aufzuschauen, auf dem er gerade eine SMS tippt. Grandpa Ben kommt frisch geduscht aus dem Garten, mit einem Lavendelzweig in der Hand, den er in die Vase unter Vovós Bild steckt. Er guckt Nic warnend an und schüttelt den Kopf. Dad ist auf dem einen Ohr etwas taub, aber der Tonfall entgeht ihm nicht.

»Was war das eben?«, fragt er und steckt sich den Zeigefinger ins Ohr. »Was hast du eben zu mir gesagt?«

»Ich sagte, ich mach das schon, Onkel Mike.« Nic spießt die letzten Nudeln auf die Gabel.

»Das hab ich dir letzten Monat schon gesagt, Nico.« Dad nimmt die Tasche und kippt seine schmutzige Wäsche auf dem Küchenfußboden aus, vor der Waschmaschine im Wandschrank. »Ein Mann kümmert sich um seine Angelegenheiten.«

Mein Cousin schiebt seinen Stuhl zurück, lockert die Schultern, streckt sich und lässt den Teller scheppernd in die Spüle fallen. »Ich geh jetzt arbeiten. Dann zu Vee. Bin erst spät zurück.« Dabei sieht er nur mich und Grandpa an.

»Nicht so hart mit dem Jungen, Mike«, sagt Grandpa in die Stille, die auf das Zuschlagen der Fliegentür folgt.

»Er ist kein Junge mehr. Sein erster Gedanke sollte sein, wie er seinen Anteil stemmt und nicht die da.« Er zeigt auf Nics Hanteln.«Wo ist Luce?«

»Wo sie immer ist?« Obwohl er in ein Handtuch gewickelt ist, gelingt es Grandpa immer noch, Würde auszustrahlen. Er geht zum Kühlschrank, holt eine Pampelmuse heraus und legt sie auf das Schneidebrett. »Bei der Arbeit.«

Dad zieht die Augenbrauen zusammen und mustert ihn scharf, aber Bens Gesicht ist so unschuldig wie das der kleinen Engelchen an der Kirchendecke.

Dad sagt: »Hol mir einen Hammer und Holzleim. Ich reparier diese Tür jetzt gleich.«

»Warum machst du mir nicht die Hölle heiß, sie heil zu machen, Dad? Die Fähigkeit, einen Nagel einzuschlagen, sitzt nicht auf dem Y-Chromosom.«

»Wie ich schon sagte, das muss der Mann im Haus machen.«

Grandpa richtet sich kerzengerade auf, er räuspert sich.

»Der junge Mann im Haus. Du hast reichlich Türen repariert, Ben. Das wird dir keiner nehmen.« Dad greift nach dem Hammer, den ich aus der Werkzeugkiste im Küchenschrank geholt habe.

Innerhalb von zwanzig Sekunden hat er die Tür repariert, damit er sie um so kräftiger zuknallen kann, als er ein paar Minuten später wieder geht.

Was sollte das eigentlich? Ich weiß nicht mal, wer jetzt wen mehr provoziert hat. Grandpa Ben tätschelt mir die Schulter.

»*Seja gentil*, Guinevere. Als Mike in Nicos Alter war, gehörte ihm schon ein Betrieb und er war dabei, Vater zu werden, *pai*.«

Seine dunklen braunen Augen sehen alt aus und wässrig, voll von zu viel Kummer. »Dann, mit zwei kleinen Babys, konnte er sich nicht mehr groß austoben.«

Ich weiß, jedes Kind geschiedener Eltern hofft angeblich insgeheim, dass die Eltern sich noch mal ineinander verlieben und wieder zusammen kommen. Aber bei mir war das nie so. Nachdem Dad ausgezogen war, verschwand diese sirrende Spannung aus dem Haus, die was von einer freiliegenden elektrischen Leitung hatte. Die war meistens total harmlos, konnte einem aber trotzdem einen gehörigen Schlag verpassen, wenn man zu dicht drankam. Grandpa Ben, Mom, Nic, ich, Em … wir haben es friedlich miteinander. *È fácil ser gentil.* Da ist es leicht, freundlich zu sein.

Das Ellingtonhaus ist unheimlich still, als ich ankomme. Ich klopfe an die Tür, rufe zaghaft: »Hallo!« Aber darauf folgt nur Schweigen. Soll ich einfach reingehen?

Nach ein paar Minuten Klopfen schlüpfe ich aus den Schuhen und gehe zur Küche. Auf dem Herd pfeift der Teekessel, Frühstücksgeschirr steht auf dem Tisch und ein Stuhl ist zurückgeschoben worden. Aber keine Spur von Mrs E..

Auf der Veranda ist sie nicht. Auch nicht im Wohnzimmer oder in einem der Räume unten. Jetzt gerate ich langsam in Panik. Das ist mein erster Tag und schon habe ich meine Arbeitgeberin verloren. Ob sie allein an den Strand gegangen ist? Ich bin ganz pünktlich … hatte sie mich denn nicht erwartet?

Dann höre ich von oben einen Knall, gefolgt von einem Stöhnen.

Ich nehme zwei Stufen auf einmal, die Panik kommt so schnell hoch wie ich, und ich rufe Mrs E.s Namen.

»Hier bin ich, meine Liebe«, ruft sie aus einem Zimmer in der hintersten Ecke des Hauses, danach folgt etwas, das klingt wie unterdrücktes Fluchen.

Ich stürze in den Raum. Sie liegt alle viere von sich gestreckt auf dem Boden vor einer riesigen offenen Schranktür, unter Kleidern, Röcken und Blusen. Als sie mich sieht, hebt sie grüßend die Hand und zuckt peinlich berührt die Achseln.

»Guinevere, ich muss sagen, diese körperlichen Einschränkungen behagen mir gar nicht! Ich wollte mir mit dem Stock meinen Strandhut runterholen, geriet aus dem Gleichgewicht und habe dabei den halben Schrank mit zu Boden gerissen. Nur, weil ich an einen Hut kommen wollte. Wie ich es anstellen soll, mir meinen Badeanzug anzuziehen, kann ich mir gar nicht vorstellen. Und die Damen können jede Minute kommen.«

Ich nehme ihre Hand und versuche sie auf die Füße zu ziehen, aber das funktioniert nicht, denn sie ist zu wacklig. Schließlich muss ich ihr eine Hand unter jeden Arm legen und sie hochhieven.

»Du liebe Güte«, murmelt sie schwankend, »ist das ärgerlich. Es tut mir wirklich leid, liebe Gwen. Wie würdelos!«

Ich versichere ihr, dass alles bestens ist, und humpelnd legt sie den Weg zu einem grün-weißen Sofa in der Ecke des Raumes zurück. Ich gehe hinter ihr, was ein bisschen unangenehm ist, denn sie bleibt immer wieder stehen und auf der kurzen Strecke stoße ich drei Mal mit ihr zusammen. Zum Glück lacht sie nur leise und wird nicht böse oder fällt wieder hin und bricht sich das Becken. Als sie das Sofa erreicht, setzt sie sich erschöpft, zieht eine Grimasse und lässt ihren Knöchel kreisen, dabei schubst sie eine große grüne Lederkassette zur Seite. Die steht aufgeklappt da und scheint so was wie eine Kreuzung aus unserer Krimskramsschublade zu Hause und einer Truhe aus *Piraten der Karibik* zu sein. Ein wildes Durcheinander aus Brillantringen, Perlenketten, Goldcolliers, Silberarmbändern, Korallenbroschen und einer Smaragdhalskette. Ein riesiger Diamant sticht mir einfach ins Auge, ich kann nichts dagegen machen. Er ist groß, quatratisch und von einer funkelnden Klarheit, dass er mich an einen Eiswürfel erinnert. An diesem Ding könnte ein Pony ersticken. Ich hätte schon Angst, ihn nur zu berühren. Wie das wohl ist, wenn kostbare Dinge so was Normales sind, dass man sie nicht behutsam auf Samt bettet, sondern einfach in eine Kiste schmeißt wie wir die kaputten Kugelschreiber, Imbissbroschüren, Taschenlampen, Grandpa Bens alte Pfeifen und Emorys versehrte Actionfiguren?

Mrs E. stöhnt wieder und reibt sich mit verzerrtem Gesicht den Knöchel.

»Soll ich Eis holen … für Ihren Knöchel? Oder möchten Sie ihn hochlegen? Fehlt Ihnen auch nichts?«

Sie tätschelt mir die Wange. »Meine Würde ist etwas strapaziert, aber ich werde mich erholen. Mein Schrank hat Hilfe nötiger als ich …« Sie stößt den Stock in Richtung Kleiderhaufen. »Wärst du bitte so freundlich?«

Die Kleider wieder in den Schrank zu hängen ist wie eine Reise durch die Zeit, es gibt paillettenbestickte Roben und wilde Muster aus den Siebzigerjahren, Etuikleider wie sie Audrey Hepburn zu einem Besuch bei Tiffany's hätte tragen können, und welche mit weiten Röcken und schmalen Taillen, sowie Hosen mit Schlag. Mrs E. hat sich offensichtlich nie in ihrem Leben von einem einzigen Outfit getrennt. Die Vorstellung, wie sie vor dem Spiegel Kleider anprobiert wie ein alterndes kleines Mädchen, das Verkleiden spielt, taucht blitzartig vor meinem inneren Auge auf. Als ich endlich die letzten Kleider aufgehängt habe, drehe ich mich um und sie steht völlig nackt vor mir.

Ehe ich mich zurückhalten kann, ist mir schon ein kleines Kreischen entfahren. Mrs E., die sich gerade bückt und was vom Fußboden aufhebt, schwankt und fällt fast um. Ich eile auf sie zu, um ihr Halt zu geben, und dann weiß ich nicht, wo ich hinfassen soll. Zum Glück kann sie sich auf die Sofalehne stützen, während ich sinnlos mit den Händen hinter ihr rumfuchtele.

»Gwen, meine Liebe«, sagt sie heiter, wobei sie mir das Handgelenk hinstreckt, an dem ein schwarzer Badeanzug baumelt. »Ich fürchte, hier ist deine Unterstützung nötig.«

So hatte ich mir meinen ersten Arbeitstag nicht vorgestellt. Burger wenden, Eisbecher verzieren und Shrimps braten, finde ich plötzlich ganz reizvoll. Oder Unkraut jäten. Oder einfach einen dieser Rasenmäher kapern und dann nichts wie weg von dieser Insel.

»Mach die Augen zu, meine Liebe«, sagt Mrs E. brüsk, vermutlich sieht sie mir an, wie ich mich zusammenreiße. Ihre eigenen Augen sehen traurig aus.

Ich kneife sie zu, aber dann wird mir gleich klar, dass ich sehen muss, was ich tue, wenn ich eine reife Achtzigjährige mit Stock und gebrochenem Fuß in schwarzes Spandex kriegen soll.

Also, okay, ich hab kein besonders entspanntes Verhältnis zu meinem eigenen Körper. Ist ja auch kein Wunder, wo meine beste Freundin doch Cheerleaderin Vivie ist und ich in der Schule immer die Zeit stoppe für durchtrainierte Jungs in knappen Badehosen. Und auch noch eine Mutter habe, die Ereignisse zeitlich einordnet, indem sie Sachen sagt wie: »Das war, bevor ich so ein Fettsack wurde.«

Aber dies hier ist Körperbewusstsein in einer völlig anderen Dimension.

Ich bücke mich und ziehe den Badeanzug über ihre weichen, blau geäderten Waden. Sie gibt ein kleines Geräusch von sich.

»Tu ich Ihnen weh?« Oh Gott. Wäre ich doch bei Castle geblieben, wäre ich doch mit Mom Klos schrubben gegangen, ich hätte …

»Nein, nein, mein liebes Mädchen. Es ist nur so, dass man sich kaum noch wiedererkennt, wenn man über ein bestimmtes Alter hinaus ist. Das gilt besonders in unbekleidetem Zustand. Der Vergleich mit dem Bildnis des Dorian Gray drängt sich auf, wenn er denn weiblichen Geschlechts gewesen wäre und einen Badeanzug getragen hätte.«

»Huhu!«, ruft jemand von unten.

»Das werden die Damen sein«, sagt Mrs Ellington ein wenig atemlos, als ich ihr den Badeanzug über die Hüften zerre. »Geh, lass sie herein. Ich glaube, jetzt schaffe ich es allein.«

Ich öffne die Haustür und vor mir stehen die große Mrs McCloud, wie sie auf Seashell genannt wird (ihre Schwiegertochter ist die kleine Mrs McCloud), Avis King, Mrs Cole, die wie immer ihren winzigen Terrier Phelps wie ein Handtäschchen an sich drückt, und erstaunlicherweise Beth McHenry, die mit Mom als Putzfrau gearbeitet hat, bevor sie sich zur Ruhe setzte. Alle tragen sie Strohhüte, Sonnenbrillen und Badeanzüge. Keine der Damen hat etwas darübergezogen, keine einen Sarong, sie tragen alle nur ihre bunt geblümten Badeanzüge mit Schößchen, sommersprossige Haut, die schon viel Sonne gesehen hat, Falten und – wie Mom sagen würde – *schwabbelige Teile*. Ich hätte nie gedacht, dass ich an meinem ersten Arbeitstag mit so vielen über Achtzigjährigen in Badekleidung zusammenkommen würde, aber irgendwie ist es schön zu sehen, wie sie sich alle so stolz zur Schau stellen. Ich wickele mir normalerweise ein Handtuch um die Hüften, wenn ich öffentlich einen Badeanzug trage. Avis King, die die Statur eines Eisbergs hat: kleiner Kopf, nach unten hin stetig weiter auseinanderlaufender Rumpf, marschiert als erste durch die Tür.

»Wo ist Rose?«, knurrt sie und klingt wie Fred Feuerstein mit Bronchitis. »Sag nicht, sie schläft noch! Es ist gerade Flut und bestes Wetter.« Sie mustert mich kritisch von Kopf bis Fuß. »Lucias Mädchen, oder? Du bist hier diesen Sommer als Aufpasserin angestellt. Lächerliche Geldverschwendung muss ich sagen.«

Aufpasserin?

»Hallo, Gwen!«, sagt Beth McHenry, sie lächelt mich an und sieht Avis King mit gerunzelter Stirn an. »Himmel, Avis. Rose hatte erst vor einer Woche eine Gehirnerschütterung. Henry ist doch nur vorsichtig.«

»Unsinn. Nur weil Rose ein paar Gedächtnislücken hat und einen dicken Fuß! Mrs McCloud ist empört. »In der letzten Woche habe ich zwei Mal meine Lesebrille gesucht, die ich auf den Kopf geschoben hatte, und meine Autoschlüssel habe ich in die Schachtel mit den Salzstangen gelegt. Und für mich heuert niemand einen Wachhund an.«

»Würd gern mal sehen, wie's einer versucht«, murmelt Mrs Cole mit ihrer süßen Stimme.

»Ist aber typisch für Henry Ellington. Genau wie sein

Vater. Herkommen und sich selbst um die Angelegenheit kümmern will er nicht, da heuert er andere Leute an, die das erledigen.« Avis King schüttelt den Kopf. »Woher soll man denn wissen, ob man eine gute Kraft einstellt, wenn man ihr nicht selber in die Augen schaut und das Bewerbungsgespräch persönlich führt? Jeder Dummkopf weiß das.«

Kraft? Meine Shorts und das graue T-Shirt verwandeln sich in eins dieser schwarzen Kleidchen mit weißer Rüschenschürze, die Dienstboten in Grandpa Bens Filmen tragen. Ich widerstehe dem Drang zu knicksen.

Dann höre ich wie Mrs Ellington schleppend die Treppe runterhumpelt und mache mich schleunigst zu ihr auf, aber da steht sie auch schon in der Tür und lächelt ihre Freundinnen an: »Wollen wir aufbrechen, Mädchen, ehe das Wasser wieder abläuft? Komm, Gwen!«

Nach dem Strand gehen die Damen ihrer Wege, Mrs E. isst zu Mittag und macht ein Nickerchen. Dann bittet sie mich, ihr etwas vorzulesen und reicht mir – und ich schwöre bei Gott, es ist wahr – ein Buch mit dem Titel *Der scharfe Scheich*.

Tja. Wie auch immer die Arbeit im Ellington-Haushalt sein mag, ruhig, geordnet, lukrativ … vor den protzigen Muskelbergen und halbnackten Leibern, die bei uns zu Hause die meisten Bücher zieren, bin ich auch hier nicht sicher.

Aber wenigstens muss ich Mom diese Dinger nicht vorlesen.

»Dann nahm er sie, wie ein Mann nur eine Frau nehmen kann nach der er sich mit jeder Faser seines Herzens sehnt, nach der er sich verzehrt und die es ihn drängt zu besitzen«, lese ich leise.

»Lauter, meine Liebe, ich kann ja kein Wort verstehen.«

Oh Gott. Ich brülle die Worte jetzt schon fast – schließlich muss ich das Dröhnen des Rasenmähers im Vorgarten übertönen. Und Cass könnte jeden Moment um die Ecke kommen und mich bei all meinem verzehrenden Drängen erwischen.

Den nächsten Satz lese ich mit etwas lauterer Stimme, dann zögere ich wieder, weil der Rasenmäher abgewürgt wird.

Mrs Ellington wedelt ungeduldig mit der Hand. »Meine Güte! Weiter, hör jetzt nicht auf!«

Erschreckend, das klingt wie eine Zeile aus dem Buch. Verbissen fahre ich fort: »Mit jeder Bewegung seiner geschickten Hände nahm er sie näher, heißer, heftiger …«

»Nur mit den Händen?« Mrs E. grübelt. »Ich hatte den Eindruck, dass daran mehr beteiligt war. Lies doch weiter.«

War da nicht die Tür vom Carport auf- und zugegangen? Nein, so langsam werde ich paranoid.

»Wellen der Verzückung, wie Arabella sie nie erträumt hatte, erfassten ihren geschändeten Körper, während das drängenden Treiben des Scheichs, der ihre üppigen Kurven mit seinen kundigen …«

Jemand räusperte sich laut.

Mrs E. schaut mit erwartungsvollem Lächeln zur Verandatür und ihr Lächeln wird noch herzlicher, als sie sieht, wer da steht. »Mein lieber Junge! Ich habe dich gar nicht erwartet!«

»Nein«, sagt eine männliche Stimme, »offensichtlich nicht.«

Kapitel dreizehn

Ich habe die Augen geschlossen und hoffe darauf, jetzt vor Peinlichkeit zu sterben. Aber die tiefe, grollende Stimme ist nicht die von Cass, sondern die eines Mannes mittleren Alters in einem blassblauen Kaschmirpullover mit V-Ausschnitt und zerknitterten Khakihosen. Er geht mit souveräner Lockerheit über die Veranda. Muss ich ihm erklären, was ich hier vorgelesen habe, oder tu ich einfach so, als sei alles in Butter?

Ich weiß nicht mal, wer das ist, bis er mich mit den wachen braunen Augen von Mrs Ellington ansieht.

Das ist Henry Ellington, an den ich mich kaum erinnere und der mich gerade dabei erwischt hat, wie ich seiner gebrechlichen Mutter Pornographisches vorgelesen habe. Na klasse.

Er beugt sich zu Mrs E. herunter und umarmt sie. »Ich hatte einen Termin in Hartford heute Morgen. Ich hab auch nur ein paar Minuten Zeit, dann muss ich wieder zurück in die Stadt zur nächsten Besprechung, aber ich wollte nach dir sehen.«

»Armer Junge, du arbeitest zu schwer.« Sie tätschelt ihm die Wange. »Sogar wenn du hier Urlaub machst. Ich kann mir gar nicht vorstellen, wie man an Zahlen und Bilanzen und die Börse denken kann, wenn das Meer nur ein paar Meter entfernt ist.«

»Möglicherweise mache ich deshalb kaum Urlaub.«

Ich stehe auf, schiebe »Der scharfe Scheich« diskret mit dem Titelbild nach unten auf den Tisch neben dem Sessel und rücke in Richtung Fliegentür ab. »Mrs Ellington, ich lasse Sie jetzt mal … in Ruhe Neuigkeiten austauschen. Ich bin dann …«

Sofort nimmt Henry Haltung an und streckt die Hand aus. »Guinevere?«

»Einfach nur Gwen.«

»Dann, Gwen.« Sein Arm schwenkt zu einem der Korbstühle. »Bitte, setz dich, mach es dir bequem. Du bist deiner Mutter wie aus dem Gesicht geschnitten … das hörst du bestimmt ständig. Eine gute Frau.«

Ich streiche meine Shorts glatt, die mir plötzlich ziemlich kurz vorkommen, ganz besonders als sein Blick meine Beine streift, bevor er schnell wieder wegguckt.

»Mutter«, sagt er plötzlich. »Wärst du wohl so freundlich, mich einen Moment mit Gwen allein zu lassen?«

Ich blinzele, aber Mrs Ellington wirkt nicht im Geringsten überrascht. »Aber sicher, mein Herz«, sagt sie und greift nach ihrem Stock. »Ich bin im Salon.«

Als ich dem langsamen Scharren und Gehumple ihres Rückzugs lausche, spüre ich, dass sich gerade eine Verbündete entfernt. Mit gesenkten Brauen sieht Henry mich finster an.

»Äh … das Buch … Ihre Mutter hat es ausgesucht. Ich selber hätte es nicht gewählt, ich lese so was nicht. Naja, jedenfalls nicht oft. Also, manchmal braucht man einfach … ist ja so … Nicht, dass an solchen Büchern was auszusetzen wäre, also die geben Frauen ja irgendwie schon das Gefühl, einen gewissen Einfluss zu haben und …«

Er unterbricht mich mit einer Handbewegung und dem Anflug eines Lächelns. »Ich bin mir der literarischen Vorlieben meiner Mutter wohl bewusst, das kannst du mir glauben. Das muss nicht deine Sorge sein.«

Sein Ton ist total neutral. Ich versuche seinen letzten Satz zu interpretieren. Worüber muss ich mir dann Sorgen machen?

Er lehnt sich im Sessel zurück und schaut raus zum Whale Rock. Legt eine Hand an die Stirn, lässt sie zur Nase gleiten, kneift die Nasenwurzel mit Daumen und Zeigefinger.

»Wir sind alle dankbar – meine Söhne und ich –, dass du frei warst und jetzt auf sie achten kannst. Sie war immer sehr tüchtig. Es ist schwer für sie zu akzeptieren, dass die Dinge sich ändern. Das ist für uns alle schwer.«

Ich weiß nicht recht, ob er einfach nur seine Gedanken ausspricht oder irgendwelche Antworten von mir erwartet. »Ich helfe gern«, ist alles, was mir einfällt.

Ich warte darauf, dass er weiterspricht, doch das tut er nicht. Stattdessen schaut er auf die Wellen, die Whale Rock umspülen, auf dem ein Kormoran seine dunklen Flügel trocknen lässt.

Schließlich schau ich auch raus auf den Rasen, der bis runter zu den wilden Pflaumenbüschen geht, zwischen denen eine schmale sandige Schneise zum Wasser führt. Und da ist Cass, kniend reißt er Unkraut von dem abschüssigen Pfad, keine zehn Meter von der Veranda entfernt. Jetzt trägt er ein – ist das wirklich rosa? – Hemd, das ihm in der Hitze am Rücken klebt. Ich beobachte das Spiel seiner Rückenmuskulatur.

Nach ein paar Minuten unbehaglichen Schweigens scheint

Henry aus weiter Ferne zurückzukommen, jedenfalls räuspert er sich. »Nun, äh, Gwen, erzähl mir etwas über dich.«

Siedend heiß fällt mir mein Bewerbungsgespräch mit Mrs E. wieder ein und mich überkommt so ein kribbeliges Gefühl, so als müsste ich gleich niesen, nur noch schlimmer … Plötzlich packt mich die Angst, meine Reaktionen nicht unter Kontrolle zu haben. Wie in der Kirche, wenn es unglaublich still ist, und der Magen anfängt laut zu knurren, oder wenn man ein Rülpsen einfach nicht unterdrücken kann. Ich bohre die Fingernägel in die Handfläche und schaue Henry in die Augen, versuche verzweifelt, angemessene Antworten auf belanglose Fragen nach Schule, Berufsplanung und sportlichen Aktivitäten zu beantworten, ohne zu erwähnen, dass meine bislang bemerkenswerteste Leistung offenbar mein Status als Wanderpokal der Schwimmmannschaft zu sein scheint.

Allmählich verstummen die Fragen. Henry guckt mir wieder auf die Beine und dann aufs Wasser. Drüben bei den Büschen wischt Cass sich mit dem Unterarm über die Stirn, dann reibt er die Handfläche an der Hose, wo ein Dreckfleck zurückbleibt. Ich zähle ein, zwei, drei Wellen, die über Whale Rock hinwegspülen.

Dann lehnt Henry sich vor, und berührt ziemlich ruppig meine Schulter. »Nun hör mal gut zu«, sagt er. Bis jetzt ist er auf dem Sessel rumgerutscht, irgendwie verlegen und voller Unbehagen. Aber jetzt durchbohrt mich sein Blick, total konzentriert. »Das ist wichtig. Mutter braucht einen ganz regelmäßigen Tagesablauf. Immer. Ich möchte mich darauf verlassen können, dass du ihr jeden Tag zur selben Zeit Frühstück bereitest, dafür sorgst, dass sie an die frische Luft kommt, gut isst und mittags schläft. Es war Abend, als sie gestürzt ist, und sie hatte sich den ganzen Tag nicht ausgeruht. Sie hat es geschafft, ans Telefon zu kommen, aber sie war sehr verwirrt. Wenn nicht eine der Nachbarinnen vorbeigekommen wäre …« Er reibt sich das Kinn. »Mutter macht einfach keine Pausen. Ich muss mich darauf verlassen können, dass sie regelmäßig mittags schläft, von eins bis drei.«

»Darauf werde ich achten, Mr Ellington. Äh … Sir.« Eigentlich ist das auch nicht viel anders als mit Em …, der macht auch immer weiter, bis er nicht mehr kann, und dann ist er übermüdet und ihm wird alles zu viel. Obwohl ich irgendwie nicht glaube, dass mich »Ein Männlein steht im Walde« und das Lied von Pu-dem-Bären bei Mrs E. weit bringen werden.

Das Lächeln seiner Mutter zuckt über sein Gesicht, es passt gar nicht zu ihm, der so aussieht als wäre er von Geburt an ernst. »Du scheinst ein vernünftiges Mädchen zu sein. Ich kann mir vorstellen, dass die Umstände dafür gesorgt haben, dass du mit beiden Beinen im Leben stehst.«

Keine Ahnung, was er damit meint, deshalb weiß ich auch nicht, wie ich darauf reagieren soll. Mrs E.s Stock tapert heran, sie steht vor der Fliegentür. »Darf ich wieder rauskommen, mein lieber Junge?«

»Ein paar Minuten noch. Wir sind fast fertig«, ruft Henry. Das Tapern wird wieder leiser. Als er meine hochgezogenen Augenbrauen bemerkt, sagt er: »Ich wollte nicht in Mutters Beisein über ihre Gebrechlichkeit sprechen. Das wäre ihr peinlich … und sie würde ungehalten reagieren.«

Noch immer mit dem Rücken zu uns steht Cass jetzt auf, streckt sich und lässt einen Streifen gebräunter Haut an der Hüfte sehen. Sein Hemd (definitiv blassrosa) klebt an ihm. Er schirmt die Augen gegen die Sonne ab und schaut einen Moment aufs Wasser. Ob er davon träumt hineinzutauchen und ganz weit rauszuschwimmen – vorbei am Whale Rock? Ich tu das öfter. Dann fällt er wieder auf die Knie und jätet weiter.

»Eines musst du wissen.« Henry hat den Kopf gesenkt, er nestelt an dem Siegelring, den er am kleinen Finger trägt. »Es gibt eine Aufstellung über alle Sachen im Haus.«

Zuerst wirkt das wie eine beiläufige Bemerkung.

So was in der Art wie: »Wir haben Dads Bild schätzen lassen.«

Irgend so ein Reiche-Leute-Ding, das für mich keine Bedeutung hat.

Dann kapiere ich es.

Steck dir bloß nichts in die Tasche, wir haben nämlich eine Liste unserer Familienschätze.

»Jeder Löffel, jeder Serviettenring, jede Hummerzange. Nur, damit du das weißt«, fährt er fort. »Ich fand, darüber solltest du informiert sein.«

Cass richtet sich auf, schleudert das Haar aus der Stirn … diese Schwimmergeste … dann kniet er sich wieder hin.

Hitze rast durch meinen Körper, meine Muskeln verkrampfen sich.

Tief durchatmen, Gwen.

Anscheinend wartet er darauf, dass ich etwas sage.

Jawoll, Sir, uns armen Leuten kann man ja nicht trauen mit all dem Glitzerzeugs.

Ich schließe die Augen. Das ist keine große Sache. Das ist nichts. Vergiss es. Daran müsste ich mich doch wirklich langsam gewöhnt haben. So ist das auf Seashell. Als ich Mom vor ein paar Sommern beim Putzen von Mrs Partridges Haus geholfen habe, hat Mrs Partridge mich beiseite genommen. »Maria, nur damit du es weißt, ich werde auf den Füllstand sämtlicher Spirituosenflaschen achten.« Aber Henry sollte es besser wissen. Mom ist so ehrlich, dass sie jedes Mal einen Zettel schreibt, wenn sie Kleingeld auf einem Schreibtisch oder einer Kommode findet, das sie in die Hand nehmen und wieder hinlegen muss, damit sie Staub wischen kann. Und sie hält den Betrag immer genau fest. Auch wenn es nur vier Pennys sind.

Es ist nur ein Job. Du weißt, wo dein Platz ist, nimmst das Geld und hältst die Klappe. Die Geschichten anderer Leute, ihre Probleme, ihre Macken … haben nichts mit dir zu tun.

Aber egal, wie sehr ich mich auch bemühe, es zu unterdrücken, glühend heiße Scham und Wut lodern in meiner Brust. Zu gern würde ich ihm sagen, wo er sich seine Hummerzange hinstecken kann. Aber dann höre ich aus der Küche das dumpfe Geräusch von Mrs E.s Stock, das zögernde Tapen und Schleifen ihres verletzten Fußes. Das leise Klappern, mit dem sie das Porzellan aus dem Schrank holt, immer noch fest entschlossen, unabhängig zu bleiben. Ich lecke mir die plötzlich trockenen Lippen. »Ich verstehe.«

Henry lächelt mich verlegen an. »Ich bin froh, dass du das begriffen hast. Wir sind dir alle dankbar für deine Hilfe.« Er streckt die Hand aus und nach kurzem Zögern schüttele ich sie. Dann gibt er mir eine Karte mit Telefonnummern und erklärt mir, die erste sei sein Büroanschluss. Ich müsse seiner Sekretärin nur mitteilen, es betreffe die Belange seiner Mutter, sollte es irgendein Problem geben. »Die zweite ist meine private Handynummer. Die benutzt du nur im äußersten Notfall.«

Ich verspreche ihm, ihn nicht zum Plaudern anzurufen (nicht ganz mit diesen Worten). Er reibt seine Hände, so als habe er und nicht Cass im Dreck gewühlt und müsse ihn loswerden. Dann wirft er noch einen letzten Blick aufs Wasser. »Es ist schön hier«, sagt er leise. »Manchmal glaube ich, ich bringe es nur fertig, hier wieder wegzugehen, wenn ich das vergesse.«

Sobald die Fliegentür hinter ihm zuklappt, lasse ich mich in den Sessel fallen und beobachte die Möwen, die sich ins Wasser stürzen, dann schließe ich die Augen und atme ein, versuche mich vom vertrauten Rauschen der Brandung beruhigen und wieder ins Lot bringen zu lassen.

»Was zum Teufel war das denn? Himmel! Gwen!« Die Hand auf die Verandasäule gestützt steht Cass da, sein Kiefer wirkt verkrampft.

Ich setze mich auf, gleite mühelos von einem peinlichen Augenblick in den nächsten. Meine Wangen werden heiß. Muss dieser Typ denn bei jeder Erniedrigung zugegen sein? Schlimmer noch, muss er daran beteiligt sein? Er hat gelauscht. Genau wie er gelauscht hat, als es um Alex ging … und er wusste, was mit Spence gelaufen war. Ganz zu schweigen von dem, was mit ihm selbst gelaufen war. Ich schlucke. »Ich brauche den Job.« Das sage ich zu mir ebenso wie zu ihm. Mit zittriger Stimme. Cass zieht die Augenbrauen zusammen.

»Er hat dich behandelt wie einen Dienstboten. Einen unehrlichen Dienstboten. So dringend kann man einen Job nicht brauchen.«

Er sieht immer noch total *gut* aus, obwohl er so schwer gearbeitet hat, dass seine Haare schweißnass sind, Gras an seinen Knien klebt und er Dreck auf der Stirn hat. Die ganze Wut, die ich Henry nicht zeigen konnte, wallt auf einmal siedend heiß in mir auf.

»Da irrst du, Cass. Ich schon. Ich brauche den Job – und

so geht es fast allen, die hier auf Seashell arbeiten. Inklusive dem Inseljungen, der deinen Job als Gartenboy nicht gekriegt hat, weil dein Daddy ihn dir erkauft hat, damit du mal das Leben kennenlernst.«

Er guckt mich wütend an. »Meinen Vater wollen wir mal rauslassen. Hier geht es um dich. Ich kann nicht fassen, dass du einfach so dagesessen und seinen Scheiß geschluckt hast.«

»Du bist ja auch noch nicht so lange auf der Insel. Du kennst deinen Platz noch nicht. Scheiß schlucken, genau das ist es, was wir hier machen, José.«

Er verdreht die Augen. »Ja, ja. Jede Menge alter Vorrechte. Schon verstanden. Aber so was machst du doch nicht mit. Ich kann nicht behaupten, dich zu kennen«, er zögert und hat den Anstand rot zu werden, bevor er weiterredet, »aber ich weiß, dass du dir solchen Mist nicht bieten lässt. Das war einfach zum Kotzen.«

»Vielleicht solltest du jetzt Pause machen und dich ein wenig hinlegen. Um dich davon zu erholen.«

»Verdammt noch mal, Gwen!«, fängt Cass mich an. Aber dann ist Mrs Ellington an der Fliegentür und tappt langsam mit ihrem Stock auf die Veranda. Tapp, Pause, tapp, tapp. Sie hat die Augenbrauen hochgezogen.

»Gibt es ein Problem, mein Junge? Du wirkst erhitzt.«

Cass streicht sich das Haar aus dem Gesicht, jetzt hat er noch mehr Dreck auf der Stirn, und seufzt. »Es ist nichts.« Pause. »Ma'am.«

Mit einem ganz kleinen Lächeln im Gesicht betrachtet Mrs E. uns. Aber dann sagt sie nur: »Henry meinte es wirklich so, als er gesagt hat, er könne nur ein paar Minuten bleiben. Er ist schon wieder davongeeilt. Der Arme. Ich hätte zu gern etwas Eistee, Gwen. Hol doch bitte auch welchen für …« Sie hält inne.

»José«, sage ich im selben Augenblick, in dem Cass sie an seinen richtigen Namen erinnern will.

»Vielleicht sollte José sich eine Wasserflasche zur Arbeit mitbringen«, sage ich, »wie seine Kollegen. Dann müsste er nicht bedient werden.«

»José hat sich das Wasser aus seiner Flasche vor zwei Stunden über den Kopf gegossen … wir haben heute 35 Grad und es weht kein Wind von der See, falls du das nicht bemerkt hast, Maria.«

Mrs E. hat sich auf dem Sessel niedergelassen, auf dem vor wenigen Minuten noch Henry gesessen hat, sie sieht uns mit leicht geneigtem Kopf an und lächelt jetzt noch mehr. Ihre Augen leuchten interessiert. Meine Nerven haben sich noch immer nicht beruhigt. Wegen Henry – obwohl er nur auf seine Mutter aufpasst. Wegen Mrs E., die uns betrachtet wie Gestalten aus einer Seifenoper. Wegen Cass mit dem rosa Hemd und seiner Einstellung. Wegen diesem Typen, der auf seinem Jet-Ski vorbeiflitzt und wie mit der Kreissäge das seichte Wasser durchschneidet. Und wenn ich schon mal dabei bin, wegen Nic, der gestern Abend die letzten Cap'n Crunch gegessen hat, was zur Folge hatte, dass Emory in aller Frühe aus der Fassung geriet und nur von *Dora* beruhigt werden konnte, der wohl nervigsten Comicfigur des Universums.

»Alle Männer müssen bedient werden.« Mrs Ellington dringt in meine Gedanken ein. »Hilflose Wesen sind das, alle miteinander.«

»Ach, wir haben schon unseren Nutzen«, sagt Cass. Alles Hitzige in seinem Ton verdampft, wenn er mit ihr spricht. »Wenn es ums Spinnen töten geht, Gläser aufschrauben …«

Ich schwanke zwischen Lachen und dem Drang ihm eine runterzuhauen und richte den Blick gen Himmel. Wie der den Charme aufdreht! Ich hasse es. Und er weiß verdammt gut, wie effektiv das ist.

»... unnötige Kriege anzetteln und solche Sachen.«

Sie lacht aus dem Bauch heraus. »Und uns nachts das Bett wärmen. Das fehlt mir. Der Kapitän war wie ein Hochofen.«

Cass Augen werden ein bisschen größer, aber er sagt nur: »Ich kann den Eistee holen, wenn Ihnen das recht ist, Ma'am.«

»Kommt gar nicht in Frage. Gwen, bitte hol ihm Tee – und uns beiden selbstverständlich auch.«

Ich stapfe in die Küche und pfeffere Eiswürfel in Gläser, als würde ich Granaten werfen. Das erinnert mich an Dad, der im Castle die Töpfe scheppern lässt, wenn er sauer ist. Ein Gedanke, der mich nur noch wütender macht, weil ich mich mit meinem Ärger genau auf der gleichen Autobahn ohne Ausfahrt zu befinden scheine.

»Sie hat gesagt, ich soll dir beim Zitronenschneiden helfen.«

Cass steht in der Tür, einen Ellenbogen an den Rahmen gelehnt. Wenn man bedenkt, wie sauer er eben noch war, dann wirkt er jetzt wirklich viel zu ruhig und selbstsicher.

»Oh? Ist das auch eine von diesen nützlichen Männerfähigkeiten? Gläser aufschrauben, Hummer morden, Zitronen in Scheiben schneiden. Na, da danken wir Gott doch für das Y-Chromosom, denn ohne euch würden wir hilfloses Weibervolk ganz bestimmt zu Grunde gehen.«

Cass' Mundwinkel zuckt. »Strenggenommen, ja, das würdet ihr. Das steht im Zusammenhang mit diesem Bettwärmding, glaube ich.

Wirklich das Letzte, was ich in diesem Augenblick im Kopf oder vor Augen haben möchte ist irgendein Bild von Cass' Bett. Und das heißt natürlich, dass sofort eins da ist, wie ein Foto. Sein Bett, breit, ins dunkle Holz der vier Pfosten geschnitzte Delfine, die Kopf- und Seitenteile des Bettes bilden – diese altmodischen Delfine, die mehr Ähnlichkeit mit Wasserspeiern haben als mit Flipper und lächelnd auf den Wellen reiten.

Die Hitze der Wut geht in ein völlig anderes Gefühl über. Ich werde rot und versuche das durch schiere Willenskraft zum Verschwinden zu bringen, schaue aus dem Fenster über der Spüle, hoch zu dem Wasserfleck über dem Kühlschrank, der aussieht wie ein Beagle … und sonstwo hin, nur um ihn nicht anzugucken.

Diese blauen Augen, die auf mein Gesicht gerichtet sind. Dieser schwache Duft nach warmer Erde, Gras und Salz und seinem klebrigen Hemd.

»Warum rosa?«

»Hä?« Er blinzelt.

»Dein Hemd. Warum ist das rosa? Ist das ein Statement? Willst du damit ausdrücken, dass du ein ganz entspanntes Verhältnis zu deiner weiblichen Seite hast? Denn wenn du einer von der Insel wärst, könnte dir das Prügel einbringen.«

»Ist kein Statement. Höchstens das Statement, dass man ein rotes Handtuch nicht mit den weißen Hemden und Boxershorts zusammen waschen soll – und Bleiche bringt's auch nicht.«Cass' Blick gleitet zu meinen Lippen und wandert dann völlig losgelöst im Raum herum, über den Boden, zum Fenster hinaus zu Marco, der mit klappernden Mülltonnen auf der Ladefläche vorbeirast, zu dem laminierten

Blatt mit den Anweisungen zum Verhalten bei Stürmen, das am Kühlschrank klebt.

Und dann wieder zu meinen Lippen zurück.

Jetzt erwidere ich seinen Blick einfach und die Luft in der Küche ist stickig. 35 Grad und kein Hauch. Und die Luftfeuchtigkeit muss hoch sein heute, denn ich spüre, wie der Schweiß zwischen meinen Schulterblättern runterrieselt, am Rückgrat entlang … und frage mich, ob nicht vielleicht doch ein Gewitter aufzieht, denn es liegt so eine ungeheure Spannung in der Luft und *was soll das eigentlich? Bin ich etwa Meteorologe?*

Meine Finger zucken, ich möchte ihm den Dreck und diesen einsamen Grashalm von der Stirn wischen. Ich kann seine heiße, feuchte Haut förmlich spüren. Seinen Gesichtsausdruck oder seinen Blick kann ich nicht deuten, versuche jedoch, ihn zu ergründen. Cass atmet tief durch, wischt sich die Oberlippe mit dem Handrücken und guckt mich immer noch an.

»Ich bin im Begriff zu verdorren!«, ruft Mrs Ellington. »Wenn ich nicht bald meinen Tee trinke, werdet ihr nur noch meine staubtrockenen Knochen hier draußen vorfinden.«

»Und dann wäre Henry Ellington total stinksauer.« Schleunigst gehe ich an den Kühlschrank, hole eine Zitrone raus, die ich Cass zuwerfe, der sie auffängt, ohne auch nur hinzugucken, weil sein Blick immer noch auf mich gerichtet ist. Undurchdringlich, aber intensiv.

Kapitel vierzehn

Ich liege auf meinem Bett und beobachte den Ventilator an der Decke, der jede Menge laute, klappernde Geräusche von sich gibt, für die Temperatur aber nichts tut. Mom und ich nennen ihn den *Placebo-Ventilator*.

Auch meine Gedanken kreisen.

Will ich diesen Job wirklich? Mit Henry, dem Badeanzug und dem Scheich?

Denk nicht drüber nach. Du brauchst diesen Job.

Und Cass. Diesen Blick.

Ich drehe mich um, versuche eine kühle Stelle in meinem schmalen Bett zu finden.

Spence. Alex. Wanderpokal der Schwimmmannschaft.

Mom, die Geld zählt, und Grandpa, der ein bisschen krummer geworden ist, und Emory …

Und was läuft da zwischen Dad und Nic?

Viv und Nic.

Ich bin ganz kribbelig und hab es satt die wechselnden Zahlen auf dem Wecker zu beobachten. Egal, wie spät es ist, ich kann hier einfach nicht länger liegen.

»Hungrig, Gwen?«, fragt Mom, als ich ins Wohnzimmer komme. Sie hat sich auf Myrtle zusammengerollt und liest ein Buch, auf dessen Cover ein unnatürlich muskulöser Mann im Kilt und sonst nicht viel mehr als einem interessierten Gesichtsausdruck abgebildet ist.

»Ich mach dir was warm«, sagt sie.

»Kann nicht schlafen«, sage ich. »Lass dich nicht stören.«

»Jetzt wird es richtig gut. Lachlan McGregor und sein Erzfeind McTavish haben gerade festgestellt, dass Lachlans Stallbursche ein Mädchen ist, das sich die Brüste eingeschnürt hat ...« Mom hat das Buch schon wieder in der Hand und versinkt vor meinen Augen darin.

»Und jetzt sind sie alle in Therapie«, sage ich. Fabio beendet seine Toter Hund-Darbietung vor dem Ofen, rappelt sich hoch und wankt zum Sofa, wo er sich anschickt auf Moms Bauch zu springen. Das misslingt, er guckt mit einem Das-war-Absicht-so-Ausdruck in die Gegend und kriecht dann unters Sofa.

Zu meiner Überraschung liegt Nic, den ich bei Vivien und den Regenpfeifern vermutet hatte, auf der Veranda und schaut in den Himmel. Einen Arm hat er unter den Kopf geschoben, so wie früher als Kind, wenn wir nachts draußen lagen und zuguckten, wie am Nationalfeiertag das Feuerwerk aus der Stadt über Seashell explodierte. Dann bemerke ich die Zigarette, die er in der anderen Hand hält.

Ich schnappe sie ihm weg – »Was soll das, Nic?« – und werfe sie auf den Kies, wo sie ein paar Sekunden lang hell wie ein Glühwürmchen weiterglimmt. Vivs leiblicher Vater ist mit sechsunddreißig an Lungenkrebs gestorben.

Er seufzt. »Reg dich ab! Du weißt, ich rauche nicht. Ich hab mir nur eine von Hoop geschnorrt, weil er sagt, Zigaretten helfen ihm, sich zu konzentrieren.«

»Hoop ist ein Idiot. Das weißt du.« Ich setze mich neben ihn und schlinge die Arme um meine Beine.

Unvermittelt steht er auf. »Komm, wir springen ins Wasser. Ich hab ein Bier getrunken und bin scheißmüde und will nicht denken. Und du scheinst auch ziemlich aufgedreht zu sein. Brücke oder Pier?«

Ein kleiner Adrenalinschub, der aber schnell von schlechtem Gewissen abgelöst wird.

»Wo ist Viv?«, frage ich. Nic und ich verbergen vor ihr, wie oft wir solche Sachen machen. Es ist ihr ein Rätsel. »Was? Ist das Leben denn nicht furchteinflößend und gefährlich genug?«, sagt sie. Und ehrlich gesagt, ich frage mich auch, warum genau wir diesen Rausch eigentlich so brauchen. Vivie glaubt, ich flirte mit der Gefahr. Doch das ist nicht so. Ich mach nur ab und zu mal ein bisschen mit ihr rum.

»Sie bastelt eine Wagenladung Cupcakes für so eine Babyparty. Erdbeere auf Erdbeere. Viel zu pink für mich.« Er schüttelt sich. »Hol deinen Badeanzug, Cousinchen.«

»Ist Onkel Mike zum Frühstück geblieben?«, fragt Nic auf der Fahrt zur Brücke. Wir haben Moms Bronco genommen. »Oder ist er nur vorbeigekommen, um seiner Ex-Frau seine schmutzige Wäsche zu bringen und seinem Neffen das Gefühl zu geben, ein Stück Scheiße zu sein.«

»Nic …« Ich seufze.

Er schüttelt den Kopf. »Warum muss er so viel auf mir rumhacken?«

Ich reibe mir die Stirn, das kribbelige, angespannte Gefühl nimmt zu. Nic zieht meinen Kopf zu sich heran und zaust mir das Haar. »Vergiss es. Ist nicht dein Problem. Ich hab ja gesagt, dass ich nicht grübeln mag und was tu ich jetzt? Lass uns einfach nur springen.«

Aber ein paar Minuten später fährt er fort: »Heute hab ich von meiner Mom gehört«, sagt er, als wir auf die breiten Holzplanken klettern, ausgetreten und silbrig vom Alter. Wir haben das so oft gemacht, dass wir wissen, über welche losen Bohlen wir springen müssen und auf welche starken wir uns verlassen können, während wir uns auf allen vieren über die mit Kupfernieten gespickten Bretter tasten.

»Gibt's was Neues?«

Gibt's nicht, das weiß ich. Meine Tante Gulia ist in einer endlosen Schleife aus schlechten Männern, schlechten Jobs und schlechten Entscheidungen gefangen. Ihr ganzes Leben ist wie mein letzter März.

Er zuckt die Achseln, holt tief Luft, schreit und stürzt sich hinaus in die Luft über dem rauschenden Wasser. Ich warte, dass sein Kopf wieder auftaucht.

»Was zögerst du?«, ruft Nic zu mir hoch. »Wirst du zum Weichei?«

Das ist ein Rausch, dieser Augenblick, in dem man in der Luft schwebt und dann tief ins kalte Wasser eintaucht. Als ich wieder an die Oberfläche schieße, rast das Adrenalin durch mich hindurch, das ist belebender als das Wasser. Ich lache beim Auftauchen und Nic auch.

»Tante Gulia und Dad als Miesmacher an einem Tag. Kein Wunder, dass du verspannt bist.«

»Hey, wenigstens hat sie dieses Mal kein Geld haben wollen. Und Miesmacher? Ich würde sagen, Onkel Mike war eher ein Blödmann. Aber was soll's, ich auch.« Er lächelt mir zwinkernd zu. »Vee weiß zum Glück, was man gegen Verspannungen machen kann.«

Ich halte mir die Ohren zu. »La-la- la-la!«

»Komisch, wie prüde du bist, wo du doch ...« Nic spricht nicht weiter, er verstummt so plötzlich wie Cass' Rasenmäher heute Nachmittag.

Plötzlich ist das Wasser irgendwie kälter. »Wo ich doch was?«

»Gwen ...«, fängt er an, dann taucht er den Kopf ins Wasser, wie um ihn klar zu bekommen. Ich bin bereit, als er wieder auftaucht.

»Sag's nur, Nic.«

»Spence Channing? Echt? Was hast du dir dabei gedacht? Ich dachte, er erzählt bloß Geschichten und da wäre nichts dran. So wie an diesem Gerücht, dass er fünf Mädchen auf einmal hatte, in einem Whirlpool. Also. Hallo? Wer macht denn so was? Hochnäsiger Sack. Aber ich hätte nie gedacht ...« Er schüttelt das nasse Haar aus der Stirn. »Dieser Alex, okay. Typisch Arsch, dass der dich im Schnee vernascht hat. Aber *Channing*?«

»Nur nicht so selbstgerecht, Nico.«

»Gwen ... das war nicht so gemeint. Du weißt, dass ich nicht urteile.«

»Dann war das gerade ein kleiner Ausrutscher.«

Er seufzt. »Ich weiß. Es ist nur ... Komm, wir gehen raus.«

Wir schwimmen ans Ufer, klettern wieder hoch zum Bronco und holen die Handtücher aus dem Kofferraum. Dann dreht Nic sich zu mir um. Er kneift Daumen und Zeigefinger zusammen. »Wir sind so dicht davor, alles zu versauen und hängen zu bleiben, Gwen. Weißt du das? Mir macht das Sorgen, dass ich irgendwann so abgenervt bin, nicht nachdenke und was tue, das alles kaputt macht. Um dich will ich mir nicht auch noch dieselben Sorgen machen. Du … du bist zu schlau dafür. Aber ein kleiner Ausrutscher … und dann sitzt du da … hängst hier fest mit einem Baby oder 'ner Geschlechtskrankheit oder 'nem versauten Ruf. Ich will nicht …«

»Den versauten Ruf hab ich schon, Nic.« *Und du guckst dir mit achtzehn Verlobungsringe an und erzählst mir nichts davon.* Aber dieser Vorwurf bleibt mir wie ein Kloß im Hals stecken. Ich kann nicht fragen. Nicht heute, wo er sowohl mit seiner Mom als auch meinem Dad fertigwerden musste.

»Eigentlich nicht, hab nämlich nie ein Wort gehört, bis Hoop davon anfing. Er dachte, ich wüsste das schon.«

»Tja, ich dachte, so gut wie alle hätten es mitgekriegt.« Meine Stimme versagt bei »alle«.

Nic guckt mich an. Ich guck weg.

»Nun, ich nicht«, sagt er. »Wahrscheinlich wissen es nicht viele. Und ich werde es bestimmt nicht weiterquatschen. Ich kapier nur nicht, wo du deinen Kopf hattest. Ich hab dir doch gesagt, du sollst nicht zu dieser Party gehen.«

»Ich bin das Maskottchen der Schwimmmannschaft, das weißt du doch. Ich mach gern Party.«

Er flucht leise und kreist mit dem Schultern, als müsste er etwas abschütteln. Nic macht dicht.

Ich lasse mich wieder ins Wasser gleiten, schließe meine Augen, entferne mich von ihm in Richtung Seal Rock. Er fühlt sich unter meinen Händen stark und vertraut an. Ein Hauch der Sonnenwärme ist darin noch spürbar. Ich klettere hinauf, lege meine Wange auf die angezogenen Knie und schaue hinaus, weit hinaus, bis zum Rand des Ozeans.

Er hat recht. Ich hätte nie zu Spences Party gehen sollen.

Wenn der Gastgeber berüchtigt für seine Whirlpoolorgien ist, kann man sich ja ausrechnen, was einen erwartet. Aber ich wollte mich nicht verstecken nach der Sache mit Cass. Die Jungs vom Hügel sollten nicht glauben, dass ich gut genug dazu war, ihre Zeit im Becken zu stoppen – und gut genug für einen One-Night-Stand –, aber längst nicht gut genug, um darüber hinaus mit mir Kontakt zu haben. Nic und Viv waren im White House Inn, dem einzigen Hotel auf Seashell. Und Nic hatte ewig sparen müssen, damit er sich das leisten konnte. Ich hatte den Nachmittag mit Viv bei Victoria's Secret Unterwäsche ausgesucht, nachdem ich Nic geholfen hatte, Blumen und einen Geschenkkorb in ihre Suite liefern zu lassen. In ungewohnt hochhackigen Schuhen wackelte ich neben Hoop den kopfsteingepflasterten Weg hoch, er ließ die Knöchel knacken, als würde er erwarten, schon an der Tür in einen Boxkampf verwickelt zu werden. Als wir einen Moment stehen blieben, rauschte Emma Christianson an uns vorbei – groß, blond, knochig, hohe Wangenknochen –, ein Abbild von Geld und Haltung, und ich verlor die Nerven.

»Sind wir eigentlich eingeladen? Wir kommen doch wohl nicht irgendwo hin, wo uns ein Rausschmeißer erwartet oder so?«

Hoop verdrehte die Augen. »Maaann, Gwenners. Du weißt doch, wie diese Partys sind. Spence hat so gut wie alle aus der Schule eingeladen, irgendwie muss er ja das Gesicht wahren, nachdem Cass echt gepunktet hat. Die stehen irre in Konkurrenz. Total bescheuert. Komm schon, ich will ein Bier und echte Action. Mach dir keinen Kopf, du siehst *klasse* aus.«

Ich hatte mir ein Kleid von Viv geborgt, die wesentlich

kleiner ist als ich, überall. Deshalb war es super eng. Und rot. Und total tief ausgeschnitten.

Auf den Partys, die ich kannte, gab es entweder nur ein Bierfass oder ein paar Six-Packs, die in einer schäbigen Wanne in schmelzendem Eis dümpelten. Hier gab es eine ganze Bar – schwarz-weiß und mit Spiegeln, die irgendwie schwindelig machten – mit vier Riesenkrügen mit Margaritas und irgendeinem rosa Getränk. Spence, in schwarzem T-Shirt mit lila Blumenkette, kippte gerade Rum in einen der Krüge. Er sah uns reinkommen und schenkte mir sein perfektes Lächeln, das, bei dem seine Augen nur selten mitlächeln. Aber jetzt taten sie es. »Woah, die Prinzessin vom Castle. Na so was. Hätte nicht gedacht, dass du hier auftauchst, Gwen.«

Er goss ein Glas von dem rosa Zeug ein, steckte ein Schirmchen rein und drückte es mir in die Hand.

»Ich wollte mir eigentlich nur eine Cola holen. Ich bin nicht so eine große Trinkerin«, sagte ich.

»Ja, es haut sie gleich aus den Socken«, bestätigte Hoop. Dann tätschelte er mich freundlich … auf den Hintern – und machte sich geschmeidig davon. Seine Schultern wippten zur Musik.

»Und doch bist du hier.« Spence zog die Augenbrauen hoch.

Was ich gesagt hatte, war wahr. Trotzdem nahm ich sofort nervös einen Schluck von diesem Getränk, was immer es auch war, und verschluckte mich fast an einem Stück Eis. Spence saß einfach nur da, während ich hustete, prustete und mich irgendwann wieder in den Griff kriegte. Ich stellte mein Glas ab und zog meinen Ausschnitt höher. Er lächelte noch breiter und sein Blick musterte mich routiniert von

Fuß bis Kopf, als ob er der aufsteigenden Röte folgte, die ich spüren konnte.

Es muss da so einen geheimen Kurs für Typen vom Hayden Hill geben: *Wie man Mädchen aus dem Gleichgewicht bringt I* oder so. Na, zur Hölle damit. Ich drehte mich auf dem Absatz um und ging auf die Tür zu, durch die Hoop verschwunden war. Höchste Zeit, zu meinen eigenen Leuten zu stoßen.

Hoop fläzte auf dem Sofa und erzählte gerade lebhaft einem Mädchen, das ich nicht kannte, wie er einmal vor der Insel einen Marlin an der Angel gehabt hatte. Die Geschichte kannte ich. Das war Nics Marlin gewesen.

Ich ging von Raum zu Raum und versuchte auszusehen, als würde ich das Haus kennen und wüsste genau, wo ich hingehe. Ich kam in einen Flur mit einer Reihe von Marmorbüsten, einem riesigen ovalen Spiegel und ein paar großen, glänzenden schwarzen Bodenvasen mit wächsernen weißen Lilien. Dann in einen Raum, der eingerichtet war wie ein Garten, obwohl es drinnen war, in dem Kakadus in Käfigen saßen. Es roch, als ob das Zeitungspapier darin schon länger nicht mehr gewechselt worden sei. Einer der Kakadus hüpfte auf und ab, als ich eintrat, und kreischte: »Fette Beute! Fette Beute!« Ich drehte den goldenen Griff der Glastür und ging raus auf die Terrasse. Sogar Spences Vögel fand ich befremdlich.

Die Terrasse war riesig, wie eine Openair-Version des ganzen Hauses. Ich konnte vage eine Gestalt am anderen Ende ausmachen, die über ganz Stony Bay blickte. An seinen Haaren und an der Art, wie er sich auf die Ellenbogen stützte, konnte ich gleich sehen, wer das war. Ich wollte so unheimlich gern zu ihm gehen, dass mein rechter Fuß schon beinahe kribbelte. Und plötzlich hatte ich Angst, dass er übernehmen und mich irgendwo hin führen würde, wo ich lieber nicht landen sollte. Wie in aller Welt konnte ich immer noch so empfinden? *Gute Arbeit, Sundance.* Ein Wirbel aus Schmerz, Scham, Verlust und Verwirrung ballte sich in meinem Magen. Ich stolperte wieder zurück in den terrassenartigen Raum und wurde vom Kakadu begrüßt, der diesmal kreischte: »Da liegt Gold zwischen den Hügeln!« Ich kippte den Rest meines Drinks, der inzwischen warm war und auf dem Erdbeersamen schwammen.

»Du hast die Tür nicht ganz zugemacht.« Spence lehnte an der Wand daneben. Er deutete auf die Terrassentür hinter mir. »Die Vögel brauchen eine bestimmte Temperatur, darauf muss man achten. Das ist meiner Mutter sehr wichtig. Aber, was soll's, sie ist gerade in Marbella und was sie nicht weiß, macht sie nicht heiß. Also, Gwen Castle, was suchst du hier, so ganz allein. Es muss doch einen Grund dafür geben, dass du zu dieser Party gekommen bist.«

Seine Augen waren so total seltsam gold-grün und hatten auch in der Form was von Katzenaugen. Bis jetzt war ich immer von ihm übersehen worden, schien mir, aber nun fixierte er mein Gesicht mit seinem Blick. Als ich nicht antwortete – schließlich hatte ich keine richtige Antwort –, führte er den Daumen langsam an die Lippen und nagte am Nagel – und das war ihm offenbar gar nicht bewusst. Aber als ich genauer hinschaute, fiel mir auf, dass sämtliche Nägel völlig abgekaut waren. Dann nickte er, so als habe er eine Entscheidung getroffen.

»Du brauchst noch einen Erdbeerdaiquiri.« Er legte mir den Arm um die Taille, die Finger ganz leicht auf meiner Hüfte, und lotste mich zur Tür raus.

»Ich brauch wirklich keinen …«

»Komm schon, Gwen Castle. Das war nicht genug. Noch nicht. Davon mal abgesehen, ich fand schon immer, dass du ein Mädchen bist, dass von ziemlich viel *nicht genug* abbekommt. Heute Abend wird das nicht passieren.«

Wir nahmen einen anderen Weg zur Bar als den, den ich gekommen war: einen langen Flur entlang mit beflockter Tapete in Rot und Gold, auf der dunkle Ölgemälde von Kapitänen zur See hingen, die alle irgendwie höhnisch guckten, und verklemmten rundgesichtigen Frauen, die offenbar ihre Gattinnen gewesen waren.

»Deine Vorfahren?«, fragte ich Spence und suchte in ihren Gesichtern nach seinem selbstgefälligen Grinsen.

»Auf Auktionen ersteigert. Alles nur Show, Castle, klar? Kommt nur drauf an, wie's aussieht.«

Eine Tür ging auf und ein älterer Mann kam raus, in einem Paisley-Morgenmantel, der aus einem von Grandpa Bens Filmen hätte stammen können. Sein schütteres Haar stand um die rosa Ohren herum zu Berge und er rieb sich das Auge wie Emory, wenn er müde ist.

»Was ist das für ein Lärm?«, fragte er Spence.

»Party, Dad. Weißt du doch.«

Das war Spences Dad? Der war ja … achtzig oder so. Das musste sein Opa sein.

Der Mann runzelte die Stirn. »Damit war ich einverstanden?«, fragte er zerstreut.

»Du hast den Alk gekauft«, sagte Spence darauf.

Der Mann nickte matt und verschwand wieder durch die Tür, durch die er gekommen war. Er machte sie nicht ganz zu und Spence gab ihr noch einen Schubs mit der flachen Hand, bis es hörbar klickte.

Dann richtete er den Blick auf mich, als ob er drauf warten würde, dass ich was sagte.

»Dein Vater hat nichts dagegen, dass du feierst?«

»Dad? Nee. Ist ihm egal. Obwohl, streng genommen, war das nur seine Kreditkarte, mit der das Zeug gekauft wurde, er hatte nichts damit zu tun.« Er zuckte die Achseln und lachte auf. »Was? Guck mich nicht so an, Castle.«

Keine Ahnung, wie ich ihn angeguckt hatte, obwohl ich den Verdacht hatte, dass es mitleidig gewesen war. Unser Haus würde in die Diele von diesem passen, aber so trist und leer fühlte es sich nie an. Nicht mal die Partygeräusche in der Ferne brachten Leben rein. »Ich ...«

»Sicher habt ihr bei euch zu Hause auch verrückte Verwandte auf dem Dachboden eingesperrt. Welche Familie ist denn nicht gestört? Komm, wir holen dir, was du brauchst.«

Er schenkte mir noch einen Daiquiri ein und sich selbst auch, dann ging er wieder den Flur entlang. Und ich folgte ihm. Das ist Fakt: Ich tüffelte hinter ihm her in dieses große Zimmer, wo er mich mit einer Handbewegung in Richtung der weichen Riesencouch zum Sitzen aufforderte. Ein Wirbelmuster aus gestickten Blumen auf weißem Leinengrund, dann sank er in einen ebenso weichen Sessel gegenüber und betrachtete mich über den Rand seines Glases hinweg. »Du bist wirklich verdammt hübsch, Castle. Siehst viel heißer aus, wenn du nicht die weiten Klamotten trägst. Mach dir nur keinen Stress wegen der Sache mit Sundance. Er konnte doch nicht anders. Abgesehen davon, es ist ja nur Sex. Keine große Sache.«

Genau so hatte es sich nicht angefühlt. Nicht *einfach nur Sex*. Nicht *keine große Sache*. Überhaupt nicht. Für mich nicht.

Aber das würde ich Spencer bestimmt nicht auf die Nase binden. Ich schluckte meinen Daiquiri, schüttelte den Kopf, lachte, wie ich hoffte, unbeschwert und wegwerfend. »Die Sache hatte ich schon vergessen. Regen von gestern.« Stimmte das? Regen? Schnee? Ich sollte dieses Glas jetzt lieber abstellen.

Er stieß einen Pfiff aus. »Sag das bloß nicht Cassidy. Nicht mit diesen Worten jedenfalls. Wir Jungs sind empfindlich. Ist aber gut zu wissen, dass du nichts nachträgst.«

»Ich glaube kaum, dass Cassidy und ich uns das Herz ausschütten werden. Ich hab jedenfalls nichts in der Art geplant.«

»Ach, Gwen. Er ist ein guter Typ. Sei nicht sauer auf ihn.« Er betrachtete mein Gesicht noch eingehender, dann pfiff er noch mal, dieses Mal länger, tiefer. »Oho! Du bist nicht sauer. Du bist verletzt. Verdammt, tut mir leid.« Das klang, als ob er es ernst meinte und zu meinem Entsetzen stiegen mir Tränen in die Augen.

»Oh Mann, ich hätte nicht gedacht … Du wirkst immer so … Lass das mal, okay?« Spence stellte sein Glas auf den Tisch und nahm mir meins im selben geschmeidigen Zug aus den Händen. Dann tat er das, was ich am wenigsten erwartet hätte. Er beugte sich vor und küsste mir die Tränen weg, strich mir die Haare aus dem Gesicht und flüsterte an meiner Wange: »Schluchzende Mädchen sind meine Schwäche. Die machen mich fertig, jedes Mal. Psst. Ist ein Geheimnis. Wenn das rauskommt, weiß jedes Mädchen in der Schule, wie sie bei mir ankommen kann.«

»Und dann läuft nix mehr mit den fünf Elsen im Whirlpool«, sagte ich zittrig.

»Sechs«, murmelte er und strich mir übers Haar. Meine

Mascara hatte einen schwarzen Fleck auf seiner Unterlippe hinterlassen. »Aber wer zählt schon mit? Deine Augen sind traumhaft, hast du das gewusst?«

»Hast du diesen lahmen Spruch bei allen sechsen losgelassen?«

»Nee. War nicht nötig. Die waren alle nicht auf der Suche nach einer tiefer gehenden Beziehung. Ich natürlich auch nicht. Und ich wette, dir geht es heute Abend genauso. Hab ich recht?«

Er hatte recht. Tat ich nicht. Nicht an diesem Abend. Viv und Nick und das Hotel, Cass, sie alle flitzten mir durch den Kopf und verschwanden in dem Augenblick, als Spence sich über mich beugte.

Auf der Heimfahrt guckt Nic immer wieder zu mir rüber, seine Schultern sind verkrampft.

»Hör mal«, sagt er schließlich, »ich hätte es nicht ansprechen sollen. Ich hab nur ... ich mein, du bist hübsch, du bist cool, du gehst nicht oft mit Jungs aus und ...« Er trommelt auf dem Lenkrad herum, mit offenem Mund, so als würde er hoffen, dass ihm die richtigen Worte durch Zauberkraft in den Mund flattern. Schließlich sagt er: »Hat dieses Arschloch Alex dir das Herz gebrochen?«

»Ich bitte dich. Alex ist nicht mal in die Nähe meines Herzens gekommen. Damals dachte ich das, aber ich war einfach nur verletzt. Dieser Depp.«

»Und Channing, hat der ...« Er spricht nicht weiter, denn diese Vorstellung findet er offenbar total unmöglich.

Ich lehne mich zurück und stemme die Füße gegen das Handschuhfach.

»Komm schon, Gwen. Sag's mir«

Ich schüttele den Kopf. »Nein, danke.«

Nic langt rüber und will meinen Kopf an seine Schulter ziehen, aber ich mache mich steif, dränge ihn weg. »Alles in Ordnung«, sage ich. »Lass uns einfach nur fahren.«

Kapitel fünfzehn

Doch *nur fahren* ist fast noch schlimmer, als meinem Cousin diese Party zu erklären, denn ich muss wieder an den schlimmsten, schmerzlichsten Teil dieser Nacht denken. Und das will ich nicht. Aber ich kann es nicht verhindern.

Als ich aufwachte, hatte ich keinen Schimmer, wo ich war – aber alles fühlte sich schlecht an. Ich befand mich in einer unangenehmen Position an eine Wand gedrückt, mein Kleid bis an die Schulterblätter hochgeschoben und verdreht. Ich hatte einen klebrig-süßen Geschmack im Mund und mein Kopf fühlte sich schwer und benebelt an

Ich lag da und machte eine Bestandsaufnahme: 1) Ich war nicht zu Hause. 2) Wo ich war, gefiel mir nicht. 3) Ich war nicht allein. Das leise Schnarchgeräusch neben mir und das lange Bein, das um meins geschlungen war, dann der unverkennbare Geruch nach teurem Rasierwasser, der eklig-süße Erdbeergeschmack – die einzelnen Teile fügten sich zu einem Bild zusammen.

Ich war auf Spence Channings Party. In einem Bett mit Spence Channing. Und ja. Ich hatte mich für all das selbst entschieden.

Ich zog meinen Fuß unter seinem raus und rückte langsam, gaaanz langsam bis zum Fußende des Bettes runter und dann registrierte ich blinzelnd den Fußboden, eine nach oben führende Leiter und dort oben eine weitere Matratze.

Das hier war ein Etagenbett.

Spence nuschelte was und grapschte nach meiner Taille, aber dann wälzte er sich auf den Bauch und schnarchte lauter.

Ich lag in einem Bett mit einem Jungen, der Erdbeerdaiquiris trank. Aus irgendeinem Grund, wahrscheinlich weil ich immer noch ein bisschen benebelt war, empfand ich das als besonders surreal. Ich war in einem Etagenbett, dessen Bettwäsche nautische Flaggen zierten. Mit einem Jungen, der irgendwann in der Nacht aufgestanden sein musste, um sich eine Pyjamahose mit Paisleymuster überzuziehen. Während auf der anderen Seite der Stadt meine besten Freunde die Nacht in einem wahrscheinlich nach Rosen duftenden Hotelzimmer verbrachten …

Nur nicht dran denken.

Ich musste raus aus diesem Zimmer.

Nachdem ich mir den Kopf an der harten Kante eines Schreibtisches gestoßen hatte, erreichte ich die Tür, ging raus und plierte in den Flur. Das Licht war gedämpft, tat meinen Augen aber trotzdem weh. Da war ein Typ, Chris Markos?, der in halb sitzender, halb liegender Stellung an der Wand lehnte. Bewusstlos.

Nach den Leuten zu urteilen, die ringsum auf Sofas, Sesseln und dem Boden rumhingen – alle total fertig –, war das eine dieser Partys gewesen, die als *legendär* in die Geschichte eingehen würden. Da lag Matt Salnitas mit Kym Woo auf dem Sofa, die, soviel ich wusste, mit seinem Bruder zusammen war. Vielleicht liefen hier ja genug Dramen und keiner würde meins mitbekommen. Nicht so wie bei der letzten Party, auf der ich gewesen war. *Nicht dran denken. Hoop finden und nichts wie weg hier.* Ich guckte aus dem Fenster die Auffahrt runter, wo er seinen Truck geparkt hatte und meine Stimmung ging endgültig auf Talfahrt. Kein Truck.

»Nu mach schon, Mann ... fahr mich hin«, sagte jemand in der Küche. »Is doch nich ma'n Umweg für dich.«

»Jimbo. Das hatten wir doch schon.« Die andere Stimme klang müde. »Ich behalte deinen Arsch und deine Schlüssel hier – bis morgen früh.«

Als ich in die grell erleuchtete Küche kam, musste ich mir dir Hände vor die Augen halten. Auf Hockern am Küchentresen saßen Jimmy Pieretti und Cass. Jimmy hatte eine große Schüssel ungeschälte Erdnüsse vor sich und fuchtelte mit einer Nuss vor Cass rum, um seinen Worten Nachdruck zu verleihen.

»Ich muss was tun, Sundance. Ich muss das Mädel beeindrucken.«

»Glaub mir. Ihr um drei Uhr morgens im Garten ein Ständchen zu bringen, wird rein gar nichts reißen. Hi, Gwen.«

In der Helligkeit dieses Raums – und benebelt wie ich war, wirkte Cass wie das Idealbild eines jungen Mannes aus der besseren Gesellschaft. Weißes T-Shirt, ausgeblichene Baumwollhosen und wuschelige blonde Haare. Fehlten nur noch der Golden Retriever zu seinen Füßen und der Großvater, der ihm die goldene Taschenuhr, das Familienerbstück, überreichte, dann wäre das Bild vollständig gewesen.

Jimmy dagegen sah aus, wie ich mich fühlte – ein bisschen schmuddelig und abgenutzt. »Gwen! Hi, Gwen! Jetzt wollen wir Gwen mal um Rat fragen. Sie kann mich bei meinen Liebesangelegenheiten beraten.«

Cass' und mein Blick trafen sich ganz kurz. Obwohl seiner ausdruckslos wirkte, konnte ich seine Gedanken unmissverständlich vernehmen: *Ja, weil Gwen ihre eigenen ja auch so clever angeht.*

Aber woher sollte er das wissen? Er war draußen gewesen, als Spence mich den Flur entlang zu seinem Zimmer geführt hatte, von dem weichen Polstersofa zum Etagenbett.

Aber er wusste es. Ich konnte es in seinen Augen sehen und an der Art, wie er sich an den Tresen klammerte, sodass die Fingerknöchel weiß wurden.

»Alex Kincaid, Gwen … Mann, ich hab das Gefühl, die sieht mich gar nicht, ich muss ihre Aufmerksamkeit erregen. Wir sind nämlich Seelenverwandte, Gwen Castle, und das muss sie einfach kapieren. Deshalb sing ich ihr was vor, dachte ich. Vor ihrem Fenster. Eine Ballade oder so. Mädchen stehen ja auf so was, stimmt's? Das und dann diese Sache, wo man durch den Flughafen rennt und sie aufhält, bevor sie in den Flieger steigt, aber sie reist ja nicht ab, das funktioniert also nicht. Folglich: Singen. Was sagst du dazu, Gwen?«

»Ich sag, ich fahr dich nicht zu Alexis' Haus, damit ihr Dad dich wieder von der Polizei abholen lässt.« Cass rutschte von seinem Hocker, goss zwei Gläser Wasser ein und gab Eiswürfel dazu. »Hier, trink!« Er ließ sie mit Schwung über die Marmorfläche gleiten, ein Glas landete direkt vor mir, das nächste vor Jimmy.

Mein Kopf war wie in Watte gepackt, durch die sich langsam die scharfen Spitzen der Selbstverachtung bohrten. Aber Cass sollte ganz gewiss nicht derjenige sein, der mein Ego vom Boden aufklaubte.

Ich setzte mich neben Jimmy auf einen Hocker und legte das Gesicht in die Hände.

»Nun mach schon, Gwen. Sag Sundance, dass er mich zu Alexis fahren soll. Diese Party ist für mich gelaufen. Ehrlich gesagt, ist gar nichts gelaufen, weil meine Traumfrau gar nicht aufgetaucht ist. Bitte, Gwen.«

Ich nahm die Hände von den Wangen und hatte schwarze Streifen Maskara an den Fingern. Statt ein Plädoyer für Jimmy zu halten, sagte ich: »Bringst du mich nach Hause, Cass?«

Er presste die Lippen zusammen und guckte zur Decke, als ob er so Spences Zimmer sehen könnte. Doch er sagte nur: »Klar, und unterwegs retten wir Jimmy vor sich selbst.«

Jungs brauchen nie Zeit, um loszukommen. Mom muss ihr Portemonnaie suchen und noch mal nachgucken, ob sie ihre Autoschlüssel auch ganz bestimmt eingesteckt hat und genug Diätlimo in der Kühlung liegt. Vivi muss noch mal ins Haus zurück, um eine letzte Schicht Lipgloss aufzutragen, noch mal Hand an die Frisur zu legen und prüfend in den Spiegel zu schauen. Cass holte nur die Autoschlüssel aus der Tasche und klimperte damit, dann schnappte er sich seinen Parka, Jimmy nahm einen Schluck Wasser und es konnte losgehen.

Ich trödelte hinter den beiden her zu Cass' Auto – einem roten BMW, wie sich herausstellte. Allerdings uralt – er hatte diese typisch eckige Form alter Autos, und der Lack hatte seinen Glanz verloren und ein Campbell's Tomatensuppen Orange angenommen. Jimmy zwängte sich stöhnend auf den Rücksitz, obwohl ich ihm das ausreden wollte.

»Nein. Nein. Gwen Castle. Ich bin ein Gentleman. Bitte

sag Alexis Kincaid das, wenn du sie das nächste Mal siehst. Nun komm schon, Cass, nur mal vorbeifahren. Was ist da schon Schlimmes bei?«

»So was nennt man Stalken.« Cass' Handrücken streifte meine nackte Wade beim Einlegen des Rückwärtsgangs. Und – *Gott im Himmel* – ich spürte ein Kribbeln. Einen verdammten Wonneschauer, obwohl ich doch immer noch mittendrin im Prozess reuiger Selbstzerfleischung war. Zum zweiten Mal in diesem Monat. Nach zwei verschiedenen Typen. Verdammt, was war bloß los mit mir?

»So was nennt man Liebe«, hielt Jimmy dagegen.

»Nee, nee, Jimbo. – Der ist wie ein Hund mit einem Knochen, wenn er ein paar intus hat«, sagte Cass leise zu mir. »Sonst ist er meistens total normal.«

Cass schaute nach vorne, nicht das kleinste Bisschen in meine Richtung. Im Licht des entgegenkommenden Verkehrs konnte ich sein Profil sehen, gerade Nase, starkes Kinn, die Haare schimmerten silbrig im Mondschein. Ich zog die Beine an und rutschte auf dem Sitz herum, starrte auf den Streifen Klebeband auf seinem Mantel, fragte mich, warum er nicht einfach einen neuen kaufte. Mom, Nic, Dad, Grandpa, ich … wir mussten unsere Sachen über ihre Lebensdauer hinaus nutzen, so viel Nutzen wie möglich aus ihnen herausholen. Aber die Jungs vom Hügel doch nicht. Die konnten sich doch einfach alles nehmen, benutzen, austauschen. Oder? Wir kamen an die Main Street, fuhren in den Kreisverkehr ein und hielten dann auf den ältesten Teil der Stadt zu, glitten vorbei an all den Häusern, die sauber und ordentlich in geraden kleinen Reihen dastanden. All diese Häuser sahen aus, als wären sie voll von ordentlichen, sauberen Leuten, die immer gute Entscheidungen trafen.

Die Scham bohrte stärker, sie drang ein bisschen tiefer in meine Brust ein.

Cass bog in eine hufeisenförmige Auffahrt und Jimmy kletterte aus dem Auto, dabei murmelte er: »Ich bereue jetzt schon alles, was ich letzte Nacht getan hab und das meiste, was ich gesagt hab. Hast du vielleicht manchmal Gedächtnisschwund, Gwen? Könntest du den nicht jetzt haben und diese Sache vergessen? Wenn ich ganz nett frage?«

»Mach ich, wenn du das auch machst, Jim.« Ich sah, dass Cass mir einen schnellen Blick zuwarf und die Stirn runzelte, aber Jimmy schaute sich nicht um.

Die Tür knallte hinter ihm zu und plötzlich schien die Luft aus dem Auto zu entweichen. Als ob sie aus dem Fenster gesaugt worden wäre. Weg. Cass war zu nah dran, es war zu eng hier, ich konnte den Arm nicht rühren, ohne ihn anzustoßen, oder mein Bein bewegen, ohne seins zu streifen, oder einen Gedanken fassen, der nichts mit ihm zu tun hatte. Aber so im Profil wirkte er irgendwie fern, distanziert, den Blick hatte er auf die Straße gerichtet, die Hände lagen auf dem Lenkrad, ganz so, wie man es in der Fahrschule lernt. Dann nahm er die eine Hand vom Lenkrad und ballte sie zur Faust, die er dann wieder entspannte. Ballen. Lösen.

Schweigen hüllte uns ein wie eine heiße nasse Wolldecke. Aber was sollte ich denn sagen?

»Der Vollmond fällt aufs Wasser. Wünsch dir was«, murmelte ich schließlich, nur um überhaupt was von mir zu geben. Mom sagte das immer, sie macht immer auf die schönen Dinge aufmerksam. Plötzlich wollte ich von meiner Mom in den Arm genommen werden, sie sollte alles wieder gut machen, so wie damals, als ich fünf war.

»Was?«

»Vollmond, auf dem Wasser. Wünsch dir was.«

Er schüttelte den Kopf ein wenig, zuckte die Achseln, immer noch angespannt. Ich schluckte und zog meinen Rock weiter runter. Dann knirschten wir über den Muschelschotter auf meiner Auffahrt. Das Castle-Anwesen, dachte ich finster.

»Willkommen daheim«, sagte er schließlich.

Schweigen. Ich rieb mir das Auge, wischte den Finger am Kleid ab und hinterließ einen schwarzen Streifen auf dem scharlachroten Stoff.

Cass langte rüber und klappte das Handschuhfach auf. Er gab mir einen Stapel brauner Servietten vom Dunkin Donuts, der zweiten Heimat der Schwimmmannschaft, die sich immer vor Tau und Tag zum Training traf. War doch klar, dass er die ordentlich gestapelt im Handschuhfach aufbewahrte und nicht so wahllos reinstopfte wie Nick und ich das im Bronco machten. Er legte die Hände wieder aufs Steuer und rieb mit den Daumen darauf herum. Dabei starrte er sie an, als hätten sie ein Eigenleben. »Bist du okay? Ist dir irgendwas … Schlimmes passiert?«

Nichts, was ich nicht selber herbeigeführt habe, dachte ich. Dann wurde mir klar, dass er wissen wollte, ob ich … gezwungen worden war oder so. Ich schüttelte den Kopf. »Nein, nicht so was. Nichts weiter als meine ganz gewöhnliche Begabung dafür, blödes Zeug mit den falschen Leuten zu machen.« Ich wischte mir die Augen und rammte die braunen Servietten in meine Manteltasche.

Cass zuckte zusammen. »Alles klar. Aber wenn du blödes Zeug machen willst, ist Spence die richtige Wahl. Das müsstest du doch wissen.«

»Er ist dein Freund.«

»Nun, ja, ist er. Weil ich nicht mit ihm ausgehen muss.«

»Ein Date war das nicht gerade.«

»Ja, was war es denn? Noch ein kleiner Tritt ins Herz?«

»Was geht dich mein Herz an, Cass?«

Er machte den Mund auf, klappte ihn aber gleich wieder zu, verschränkte die Arme und starrte versteinert aus dem Fenster. Total verkrampft. Ein wenig verächtlich. Wut regte sich unter meinem bohrenden Schamgefühl. Was gab ihm eigentlich das Recht dazu?

»Egal, keine große Sache, Cass. War nur Sex.« Ich schnippte mit den Fingern. »Mit dem Konzept bist du ja bestens vertraut. Danke, dass du mich nach Hause gebracht hast.« Ich tastete nach dem Griff und stieß die Tür auf, aber ehe ich mich versah, stand Cass draußen und reichte mir die Hand.

»Was machst du da?«

Er guckte mich an, als ob ich entweder total verrückt oder ein bisschen blöd wäre. »Ich bringe dich zur Tür.«

»Musst du nicht. Ich ... ich gehöre wirklich nicht zu den Mädchen, die zur Tür gebracht werden.«

»Himmel, Gwen!«, sagte er. Dann schüttelte er den Kopf und zog an meiner Hand. »Lass mich einfach dafür sorgen, dass du sicher ins Haus kommst.«

»Ich schaff das schon – von hier.«

»Ich bringe dich zur Tür«, ließ er mich wissen und geleitete mich die ausgetretenen Stufen hoch. »Ich werde nicht riskieren, dass du dich vom Pier stürzt oder so. Denn, verzeih mir, das anzumerken, du wirkst ein wenig impulsiv heute Nacht.«

»So kann man das auch nennen.«

»Gwen ... ich. Würdest du, ich meine ...« Er blieb auf unserer Fußmatte stehen, neben Nics Turnschuhen und einem Gummistiefel, den Grandpa Ben ausrangiert hatte. Offenbar waren ihm die Worte ausgegangen. »Ich würde gern …« Er schloss die Augen, als habe er Schmerzen.

Ich wartete, aber eine Sekunde später sagte er nur: »Na, egal. Zum Teufel damit.«

Dann drehte er sich um und knirschte über den Muschelschotter zurück zum Auto.

Hatte ich Spence benutzt? Hatte er mich benutzt? Ich wusste es nicht. Spielte es überhaupt eine Rolle? Wir waren nur Leiber gewesen. Arme, Beine, Gesichter, Atem. Nur Sex. Keine große Sache.

Trotzdem.

Diese Nacht würde ich niemals einfach so erklären können. Cass damals nicht. Nic heute auch nicht. Ich nicht einmal mir selbst.

Kapitel sechzehn

Am nächsten Tag auf dem Heimweg sehe ich Cass, der offenbar mit einem Busch kämpft. Er schwingt eine elektrische Heckenschere und attackiert heftig eins von Mrs Coles Immergrüns. Das ist jetzt total schief. Vor meinen Augen hält Cass inne, tritt ein paar Schritte zurück und beginnt die andere Seite zu verstümmeln. Der Busch, der früher o-förmig war, hat jetzt eher was von einer Acht. Nach weiteren missglückten Fassonschnitten sieht er aus wie ein B.

Ich kann nicht anders. Ich bleibe stehen, lege die Hände an den Mund und rufe: »Hör auf, bevor es zu spät ist. Du machst es nur schlimmer.«

Er schaltet die Heckenschere aus. »Was?«

Ich wiederhole es, lauter, denn Mrs Coles Terrier Phelps kläfft im Haus und kratzt dabei verzweifelt an der Fliegentür. Cass seufzt. »Ich weiß. Ich dachte, ich bügel das aus und … Ich will nicht, dass diese Frau rauskommt und einen Herzinfarkt kriegt. Sie wirkt ein wenig neurotisch. Hat aufgeschrien, als ich an die Tür geklopft habe und wissen wollte, wo die Außensteckdose ist.«

Ich beobachte ihn genau. Sein seltsames Verhalten von gestern, diese ganze Henry Ellington-Sache, hat er abgeschüttelt.

Wieder tritt er ein paar Schritte zurück, legt den Kopf schräg, kratzt sich am Hinterkopf. »Glaubst du, sie merkt was, wenn ich den hier ausgrabe und ersetze? Was anderes bleibt mir kaum übrig.«

»Hast du noch einen extra Lebensbaum, den du aus dem Ärmel ziehen kannst?« Heute hat er wenigstens Ärmel, beziehungsweise, er trägt ein Hemd. Gott sei Dank. Ich mache das Tor auf und betrete den Garten. »Wenn du das da oben ein bisschen zurückschneiden würdest und die andere Seite etwas begradigst …?«

Er schaltet die Heckenschere ein und beginnt die falsche Seite zu beschneiden. Ich fuchtele mit den Händen, damit er aufhört. Cass drückt den Kopf noch mal. »Was denn jetzt?«

»Doch nicht diese Seite! Du machst es nur schlimmer. Lass mich mal.«

»Nichts da. Das ist *mein* Job.«

»Ja, und Hummerkochen war mein Job. Du hattest kein Problem damit, dich da einzumischen.«

»Himmel noch mal. Können wir diese Hummer nicht endlich vergessen, Gwen? Ist das wirklich ein so großes Problem für dich, Hilfe anzunehmen?«

»Im Moment ist das Problem doch wohl eher, dass du keine Hilfe annehmen kannst. Gib mir einfach die Heckenschere.«

»Gut«, sagt Cass. »Viel Spaß.« Er reicht mir die Schere, zieht seine Hände ganz schnell zurück und steckt sie in die Taschen. Dann guckt er mich misstrauisch an. »Ehrlich gesagt, scheint dir das Spaß zu machen. Jede Menge. Du hast doch vor, damit auf den Busch loszugehen? Nicht auf mich?«

»Hmmm. Vielleicht keine schlechte Idde.« Ich lasse die

Heckenschere an und mustere ihn. Er bückt sich und zieht den Stecker.

»Hey! Ich wollte dir nur helfen.«

»Dein Gesichtsausdruck gefällt mir nicht. Er lässt mich um die Existenz meiner künftigen Kinder bangen. Ich hab dieses Buttermesser in deiner Hand damals nicht vergessen, das Alex Robinson zu einem Leben als Sopran hätte verdammen können.«

»Ich hätte nie gedacht, dass du dich so ungeschickt anstellen könntest. Hast du so was noch nie gemacht?«

»Hallo? Ich bin nicht ungeschickt. Ich bin nur noch nicht ... geschickt. Und um deine Neugier zu befriedigen: Nein. Meine gärtnerische Erfahrung beschränkt sich auf das Mähen unseres Rasens.«

»Wussten Marco und Tony das, als sie dich eingestellt haben? Warum haben sie dich eigentlich eingestellt?«

»Kein Ahnung. Mein Dad hat erst mit ihnen gesprochen, und als ich dann kam, haben sie mich nur gefragt, ob es okay für mich wäre, schwer zu arbeiten und den größten Teil des Tages draußen zu sein. Ich dachte, ich würde Rasen mähen. Punkt. Unkraut jäten vielleicht noch. Ich bin gar nicht drauf gekommen, dass ich pflanzen und stutzen und Büsche an Zäune binden müsste, und schon gar nicht, dass ich den Strand harken würde.«

Inzwischen habe ich die Heckenschere wieder betriebsbereit und fange an der Spitze des Immergrüns an. »Du kannst immer noch hinschmeißen«, brülle ich über den Motorlärm hinweg.

»Ich schmeiße nicht hin. Nie«, brüllt er zurück. »Ich finde, du machst es schlimmer.«

Ich kappe noch ein paar Zweige, dann lasse ich die Schere

tiefer gleiten und sorge dafür, dass die höckerige Seite so glatt wird wie die andere. Dann trete ich einen Schritt zurück.

Sieht eindeutig besser aus. Ich gehe zu dem Lebensbaum auf der anderen Seite der Treppe, den ich bearbeite, bis er genauso aussieht wie der andere.

»Nun gibt nicht so an«, ruft Cass. »Den Rest schaffe ich allein.«

»No way, José. Dir ist nicht zu trauen.«

Der Satz fällt zwischen uns wie ein Ziegelstein, der auf dem Pflaster zerspringt.

Wieder taucht seine weißer Ritter-Aktion von Spences Party blitzartig auf. Zugegeben, eines ziemlich angepissten weißen Ritters, aber immerhin …

Mit verkniffener Miene geht Cass zum Seashell Truck, holt eine Plastikwanne von der Ladefläche und beginnt die abgeschnittenen Zweige einzusammeln. Mit Gesurr glätte ich die Seiten des anderen Baumes.

»Da bist du ja, *garota bonita*!«, ruft Grandpa Ben. Mit seinem Netz voller zappelnder Krebse stapft er die Straße hoch. Er hält Emory an der Hand und schleift einen wenig begeisterten Fabio an der Leine hinterher. Em ist in Badehosen, hält einen sandigen Hideout umklammert und sieht müde aus. »Ich bringe dir deinen Bruder. Lucia arbeitet heute Abend und ich hab Bingo.«

»Supermann! Hallo, Supermann! Da, Supermann«, sagt Emory zu Grandpa und seine Miene hellt sich auf.

»Hallo, Superboy«, sagt Cass locker. Mein Bruder läuft zu ihm und schlingt Cass sofort die Arme um die Beine. Und er küsst ihn. Aufs Knie. Cass erstarrt für einen Moment, dann tätschelt er Em den knochigen kleinen Rücken.

»Hallo, mein Freund. Hallo, Mr Cruz.«

»Supermann«, wiederholt Emory. Mehr muss man nicht sagen, findet er offenbar. Er schenkt Cass sein strahlendstes Lächeln, dann lässt er sich ins Gras fallen und schmiegt Hideout an seinen Hals.

»Ich will nicht lügen, *querida*. Er ist quengelig. *Está com pouco de* Flöhe heute. Wir haben Eis gekauft, aber nein. Hat nicht geholfen.« Grandpa Ben holt seine Uhr aus der Hosentasche. Es ist keine Taschenuhr, aber dort bewahrt er sie auf, aus Gewohnheit. Als er noch Fischer war, musste er immer befürchten, damit irgendwo hängen zu bleiben. »Ich muss jetzt gehen. Komm ich zu spät, räumt Paco alles ab.«

»Wo ist Nic?« Die letzten vier Abende, die Mom gearbeitet hat, habe ich aufgepasst. Also ist Nic jetzt dran.

»Beim Schwimmen«, sagt Grandpa Ben. »Sei lieb bei deiner Schwester, *coelo*.«

Emory beachtet ihn nicht, er hat nur Augen für Cass, der das Verlängerungskabel aufwickelt.

»An welchem Strand?«, ruft Cass. »Ich bin hier fast fertig.«

»Sandy Claw.«

»Aha.« Cass ist fertig mit dem Wickeln und schlingt sich das Kabel um Schulter und Ellenbogen, was seinen Bizeps schön zur Geltung bringt. Ich glaube, er ist fitter denn je – jetzt schon. Das Gartenboy-Workout bringt's. »Vielleicht fahr ich runter und heiz ihm mal ein. Was meinst du, Gwen? Willst du mit und dir ansehen, wie gut ich in Form bin?«

Er lässt seine Grübchen blitzen.

Ach du lieber Gott.

Ich ziehe die Nase kraus und werfe das Haar zurück. »Deine Form ist mir total egal.«

»Genau«, sagt Cass. »Hab ich gemerkt.«

Ich mustere sein Gesicht eingehend, aber sein Ton ist völlig unschuldig.

Vielleicht ist es dieser scharfe Kontrast zwischen dem angespannten, verkniffenen Cass in jener Märznacht, dessen Miene ich nicht deuten konnte, und dem sonnigen, lächelnden Cass jetzt. Vielleicht ist mir auch nur schwindelig von der Hitze … Jedenfalls lächele ich ihm ein ganz klein wenig zu. Und kriege ein von einem Ohr zum anderen gehendes Grinsen zurück.

Zu Hause rede ich mir ein, dass es okay ist, Em schnell abzufüttern, und greife zu einem dieser ekligen Tiefkühlgerichte, auf die Mom schwört. Emory hat nichts dagegen, aber Grandpa und ich verabscheuen sie. Ich gebe runzlige Fritten aufs Backblech und Em kommt mit Ketchup als Gemüse davon. Ich rede mir ein, dass ich mich nicht hetze beim Duschen oder Em beim Baden – weil es ja dafür gar keinen Grund gibt.

Wäre Selbstbetrug, 'ne olympische Disziplin, Gold wäre mir sicher.

Dann *will* Em nicht an den Strand. Er ist müde, will rumhängen und kuscheln. Er macht es sich auf Myrtle bequem, mit dem völlig fertigen Fabio neben sich, der ihm heftig aufs Bein sabbert, und zeigt auf den Bildschirm. »Klick.«

»Frische Luft«, sage ich energisch.

»Klick. Pu-der-Bär. Dora.«

»Herzmuscheln. Pantoffelmuscheln. Einsiedlerkrebse«, halte ich dagegen.

Emory schiebt seine Unterlippe vor. »Hab ich gesehen heute«, sagt er.

»Supermann?«, sage ich schließlich lockend.

Kapitel siebzehn

Viel Hoffnung habe ich nicht, dass Nic und Cass noch da sind, als ich an den Strand komme. Em wollte nicht laufen, ich muss ihn also mit Hideout und Fabio in unseren alten Bollerwagen stecken und den Hügel runter ziehen. Na ja, ziehen eigentlich weniger, meistens muss ich vorausrennen, denn unterwegs wird der Wagen immer schneller. Dann erinnert Fabio sich an seine Welpenzeit, springt raus und beißt mir kläffend in die Hacken – und so geht das, bis wir unten sind.

Am Ende des Piers machen sich mein Cousin und Cass offensichtlich gerade noch einmal zum Sprung bereit. Viv sitzt auf einem der Holzpoller und zählt mit Nics Uhr in der Hand runter, als Em, Fabio und ich ankommen.

»Wieder bis zur Mole?«, fragt Cass keuchend. Die Hände hat er auf die gebeugten Knie gestützt.

»Diesmal bis zur letzten«, antwortet Nic. Er schüttelt den Kopf und die Wassertropfen fliegen. Dann kneift er die Augen zusammen und zeigt auf den zweiten Steinwall, der so gerade eben sichtbar schwarz-blau und zackig aus den Wellen ragt. Cass nickt knapp.

Mit der Hand über den Augen hält Viv offenbar nach Haien Ausschau.

»Soll ich runterzählen?«, rufe ich. »Auf fünf, vier …« Und Nic springt schon, ehe ich »drei« sage. Cass wirft mir einen Was-soll-das-denn-Blick zu, dann ist er drinnen. Wir beobachten Nics aufblitzende Arme. Viv ruft: »Los, Nico, los!« Fabio springt kläffend herum und freut sich dabei zu sein. Und ich spüre plötzlich diesen Drang, Cass anzufeuern. Gegen meinen Cousin? Blut mag ja dicker sein als Chlor, aber Hormone gleichen das Mischungsverhältnis anscheinend aus.

»Mach schon!«, brülle ich laut, ohne so richtig zu wissen, für wen. »Los!«, rufe ich noch mal und übertöne damit meine Gedanken. Und eine Erinnerung an den Sommer, den Cass auf Seashell verbracht hat. Damals waren wir gerade alt genug gewesen, um zum ersten Mal allein zur Mole rauszuschwimmen. Auf kleine Jungs Art mager hatte er auf den Felsen gestanden und seine Faust triumphierend geschüttelt, Nic auf den Rücken gehauen, mich abgeklatscht und dann rote Ohren gekriegt. Ihm hatten beide Schneidezähne gefehlt.

Nic liegt vorn, dank des unfairen Vorsprungs.

Und dann platscht es noch mal, Fabio bellt ein Mal scharf und ich wirbele herum. Em ist weg. Em ist weg – und ich habe ihm nicht seine Schwimmweste angezogen. Zum ersten Mal im Leben habe ich es vergessen. Ich habe ihn nicht an der Hand festgehalten oder am Bein oder Hemdzipfel, was ich sogar mache, wenn ich ihm die Schwimmweste angezogen habe. Sofort stürze ich mich vom Pier, Vivs Schreie gellen in meinen Ohren.

Es ist Flut.

Flut. Emory steckt in seinem Supermann-Pyjama, der dunkelblau ist wie das Wasser. Ich fuchtele mit den Armen herum, taste nach seinen Fingern, seinen Haaren, seinem großen Zeh, egal, was. Ich komme hoch, schnappe Luft, tauche wieder ab und paddele durch die kalte Tiefe. Dann berühre ich warme Haut, sein Bein, oh, Gott sei Dank, ich reiße ihn an mich, sein Kopf stößt an meine Schulter, ich bringe uns an die Oberfläche und hole Luft, es klingt wie ein Schluchzen. Er hustet ... er hustet, also atmet er, aber er fängt sofort an zu weinen. Ich schleppe ihn zu den Stufen, die aus dem tiefen Wasser zum Pier hochführen und keuche in sein Haar.

Dann spüre ich jemanden neben mir.

»Du hast ihn«, sagt Cass, seine warme Hand auf meiner Taille. »Er ist in Sicherheit. Du hast ihn. Atme. Atmet, alle beide.« Emory heult lauter und ich höre Viv »Ogottogott« jammern. Das ist meine Schuld. Ich hab zum falschen Zeitpunkt weggeguckt. Ich habe ihm keine Schwimmweste angezogen. Cass' Hand ist jetzt auf meinem Rücken, er bugsiert mich die Treppe hoch.

Viv wartet mit einem Handtuch, in das ich Em wickele, bevor ich ihn auf den Schoß nehme. »Em, rede!«, befehle ich. »Sag was.«

»Hideout!« Emory bricht noch heftiger in Tränen aus. »Mein Hideout. Er wollte Wasser sehen. Er ist ertrunkt.«

Cass sieht mich Rat suchend an.

»Plüschtier«, sage ich. Dann fahre ich Em mit den Fingern über den Kopf und taste nach Beulen. Er weint immer noch und schiebt meine Hand weg.

»Welche Farbe?« Cass guckt ins Wasser. »Braun? Schwarz? Blau?«

»Rot.«

»Gut.« Mit einem Kopfsprung, so sauber, dass es nicht

mal spritzt, taucht er wieder ab. Nic hat mittlerweile die Treppe erreicht und klettert schnell hoch, mit besorgtem Blick.

»Alles klar, Kleiner?«

»Hideout!«, jault Emory. Vivien, Nic und ich diskutieren, ob wir Em in die Notaufnahme bringen sollen, um ihn untersuchen zu lassen. Die weinerliche Vivien und ich sind dafür, Nic findet, dass wir überreagieren.

»Weißt du noch, wie du von Onkel Nics Boot gefallen bist? Da warst du vier. Dir fehlte gar nichts. Das hier ist genauso.«

»Aber das ist Emory«, sage ich. Em ist viel zu früh geboren worden, in der achtundzwanzigsten Woche, er wog gerade mal zwei Pfund. Mit vier Jahren hat er dann Hirnhautentzündung gehabt und hohes Fieber. Und im Winter wird bei ihm aus jeder Erkältung unweigerlich Bronchitis. Alles, was nur schief gehen kann, geht bei ihm schief. Ich halte ihn so fest umklammert, dass er aufhört zu schluchzen. »Au. Sei lieb«, sagt er.

»So, alles gut, Freund.« Cass ist über die Leiter auf den Pier geklettert und hält einen mitgenommenen, mit Wasser vollgesaugten Einsiedlerkrebs aus Plüsch hoch.

Ems Tränen versiegen umgehend, seine Lippen öffnen sich und dann lächelt er selig. »Gerettet. Supermann rettet Hideout.« Er schnappt Cass den Krebs aus der Hand und umarmt ihn. Eine Eimerladung Wasser quillt dabei raus. Dann tastet Em Hideouts Kopf nach Beulen ab, küsst ihn und rückt dann zu Cass rüber, dem er die Hand auf die Wange legt. Er tätschelt ihn so wie Mom immer ihn tätschelt.

Cass räuspert sich, steht auf und tritt auf den nassen

Bohlen des Piers von einem Fuß auf den anderen. »Kein Problem, Mann. Er braucht vielleicht ein bisschen Mund-zu-Mund-Beatmung und einen Trockner – aber er kommt durch.«

»Danke, Somers. Schnelle Reflexe.« Nic nickt ihm zu, mit erhobenem Kinn und verschränkten Armen.

»Nicht so schnell wie deine beim Start eben«, erwidert Cass kühl. Nics Züge werden angespannt.

»Ganz schön fies, Mann«, sagt Cass. »So gar nicht der Stil der Küstenwache.«

Nics Miene verfinstert sich. Er guckt schnell zu Viv, dann zu mir, dann runter auf den Pier.

»Drei Sekunden Vorsprung«, muffelt er schließlich, als ob er »Na und?« sagen wollte.

»Ja. Genau.« Cass schüttelt sich die Haare aus den Augen, deren Blau gerade etwas winterlicher wirkt als sonst.

»Meine Güte, Schluss mit dem Hickhack, das reicht«, sage ich. »Em muss jetzt nach Haus gebracht werden.« Nic nimmt ihn mir aus den Armen und guckt mich an, mit unbewegtem Gesicht. Ich schubse ihn ein bisschen Richtung Ufer, fast zu doll. Er nickt. Die Bewegung ist so klein, kaum wahrnehmbar, dann geht er weg. Vivien folgt ihm, sie wringt Hideout aus, ab und zu schaut sie sich zu uns um. Wir stehen so dicht voreinander, dass wir uns gegenseitig mit Wasser bekleckern. Viv wirft mir noch einen Blick zu, dann rennt sie hinter Nic und Em her.

Schnell berühre ich Cass' Arm. »Danke.«

»Keine Ursache.« Dann sieht er mich ernst an. »Aber, hallo, war das etwa ein Plüschkrebs?«

Ich lache und das ist so ein gutes Gefühl, denn die Spannung, die meinen Magen seit Tagen umklammert, löst sich.

»Ich weiß – man stellt sich gleich einen Haufen Spielzeugproduzenten bei einer Besprechung vor, die plötzlich mit den Fingern schnippen und sagen: *Das ist es! Eine Krustentierkollektion. Das ist es, was alle Kinder wollen.* Aber Em liebt ihn. Also, echt, danke.«

»Du hast die bedeutendere Rettung vollbracht, Gwen. Weiter so, und bald muss ich meinen Superheldenumhang an dich abtreten. Oder mit dem Coach über diese Auszeichnung zum Lebensretter des Jahres reden, die du dir im März verdient hast.«

Der Eisbärensprung.

Einen Herzschlag lang liegt das zwischen uns, wie ein hingeworfener Handschuh. Zack. Dann treffen sich unsere Blicke. Ich weiß nicht, was meine Augen sagen, aber einen Moment später guckt er weg, in den Himmel, dann wieder zu mir. Seine Lippen sind leicht geöffnet. Ich folge seinem Blick, der auf meine Brust gerichtet ist, an der natürlich mein zu enges Tanktop klebt. Und das ist weiß. So gut wie durchsichtig also.

Geht es jetzt darum?

Ich schnippe mit den Fingern. »Mein Gesicht ist hier oben.«

Cass greift nach seinem Handtuch, das eine sehr interessante rosa Färbung hat, und wickelt es sich fest um die Hüften. »Äh, sorry. Ist dir vielleicht kalt, Gwen?« Ein winzig kleines Lächeln, gerade genug, um ein Grübchen zum Vorschein zu bringen, zupft an seinem Mundwinkel.

Ich stöhne. »Du hast keine Ahnung, was für eine Plage die sind. Seit ich zwölf bin, geht das so. Als wäre ich Titten an einer Frau ohne Gesicht. Manchmal möchte ich sie am liebsten abschnallen, sie demjenigen in die Hand drücken, der sich nicht die Mühe macht, den Rest von mir anzugucken, und sagen: »Hier. Ich glaub, die hier sind es, auf die es dir eigentlich ankommt.«

Cass wirft die Haare zurück. »Und eben lief das noch so gut mit uns, eine Sekunde lang. Ich hatte nicht die Absicht, dich zum Objekt zu machen oder deine Persönlichkeit zu verletzen. Du siehst aus … wie du aussiehst. Dreh mir 'nen Strick draus, dass ich es bemerke.« Er schaut mir in die Augen. »Übrigens … lass mich deinem Bruder ein paar Schwimmstunden geben. Sonst kriegst du noch einen Herzinfarkt vor Schreck oder Magengeschwüre, weil du dir vorwirfst, nicht rund um die Uhr aufzupassen. Und lass uns mit diesem Nachhilfeunterricht anfangen. Du hast immerzu windige Ausreden. Und ich brauche ihn, klar? Ich muss in der Mannschaft bleiben.«

»Warum ist dir das so wichtig?«, frage ich. »Du bewirbst dich schließlich nicht beim Küstenschutz. Jedes College deiner Wahl wird dich annehmen.«

Er schüttelt den Kopf. Guckt mich an. »Du hast keine Ahnung, was ich will. Überhaupt keine.« Seine Stimme ist plötzlich hart geworden.

Ich hole tief Luft, mache die Augen zu, atme aus. »Du hast Recht. Das habe ich nicht. Ich weiß nicht, was du willst. Du hast was Gutes getan und ich bin scheiße zu dir.«

Ich bin erleichtert, als beide Grübchen auftauchen. »Whoa. Ist das tatsächlich eine Entschuldigung? Ich vergebe dir. Wenn du mir vergibst, dass mein Blick wandert, wenn ich vor einem Mädchen wie dir stehe. Meine Mom wäre so sauer auf mich.«

Ich habe nur die aller vageste Erinnerung an Cass' Mom, die ich damals in jenem Sommer zum letzten Mal gesehen habe. Erwachsene, die man nicht gut kennt, sehen ja alle gleich aus, wenn man klein ist. Das sind Große, die über Sachen reden, die man nicht versteht und die einen auch nicht interessieren. Ich weiß nicht mal mehr, ob sie groß war oder klein, blond oder dunkelhaarig. Oder ob sie nett war oder nicht. Hab ich sie auf Wettkämpfen gesehen? Ich glaube nicht. Ich hab nur Cass' Dad vor Augen, der ihn anfeuert.

»Sie ist Therapeutin« sagt er. »Spezialisiert darauf, Mädchen und Frauen eine Stimme zu geben. Sie hat ein Buch drüber geschrieben. *Wie das Patriarchat die weibliche Stimme zum Schweigen bringt.* Das war ihr Bestseller. Oh, und: *Männer – Warum geben wir uns mit ihnen ab?*«

»Autsch«, sage ich. »Echt jetzt?«

»Jup. Mom lässt nicht gern irgendwelche Gefühle unausgelotet.« Er zieht die Nase kraus und blinzelt. »Ist das überhaupt ein Wort?«

»Kommt schon hin«, sage ich und versuche noch angestrengter, mich an Cass' Mutter zu erinnern. Ich stelle sie mir in Hanfkleidern mit wallendem Haar vor. Dann mit streng zum Knoten zurück gebundenem Haar und Businessanzug. Keines von beidem erscheint mir wahrscheinlich.

»Gemeinsame Mahlzeiten zu Hause sind manchmal wie therapeutische Sitzungen. Dann hab ich immer das Gefühl, jeder von uns müsste eigentlich auf einer Couch liegen, damit meine Mom unsere Psyche bis an den Grund und noch tiefer ausloten kann. *Was macht das mit dir, diese Pizza zu essen, Cass? Ich glaube, wir sollten uns jetzt deinem Brokkoliproblem zuwenden, Bill.*«

Ich kaue immer noch an *Männer – Warum geben wir uns eigentlich mit ihnen ab.* Ich will nicht, dass Cass eine verklemmte, missbilligende Familie hat. Das passt nicht zu dem Bild, das ich mir in jenem Sommer von seinem Dad gemacht habe, und zu meinen Erinnerungen. Wie wohl ich mich gefühlt hatte, bei ihnen rein- und rauszulaufen, ohne immer erst die Schuhe vor der Tür ausziehen zu müssen … »Und sie hat drei Jungs an der Backe.«

»Jup. Ich war der letzte Versuch, doch noch ein Mädchen zu kriegen. Dann wäre ich Cassandra geworden … du weißt schon, nach diesem Mädel aus der Illias, auf die keiner gehört hat. Die gestorben ist.«

»Stattdessen trägst du den Namen eines coolen Typen aus einem Kinoklassiker.«

»Ja, nun, den hat's am Ende auch gerissen.«

»Na, meine Mutter hat mir den Namen der berühmtesten untreuen Frau der Welt gegeben.«

Cass zuckt zusammen und schaut aufs Meer. »Ich fahr dann mal nach Hause. Ich hab da … so ein Familiending heute Abend …und du musst dich jetzt abtrocknen. Ich stell ein Programm auf für Emory.«

Ohne sich umzuschauen, geht er mit großen Schritten den Pier entlang. Ich lasse den Blick über den Parkplatz schweifen und rechne schon fast damit, Spences Auto dort zu sehen, wie neulich. Aber es ist nicht da. Doch es hätte ebenso gut dort warten können, denn Spence stand eben direkt zwischen uns.

Mal wieder.

Und dabei lief es gerade so gut mit uns – etwa eine Sekunde lang.

Kapitel achtzehn

Mom lässt sich schwer aufs Sofa fallen, als Nic und ich ihr beschreiben, was mit Em passiert ist. Jeder will unbedingt den größten Teil der Schuld für sich – wie das letzte Stückchen Kuchen.

»Das war alles ganz allein meine Schuld, Tante Luce, ich hab nur an das Verkehrte gedacht und nicht mal mitgekriegt, dass er keine Rettungsweste anhatte …«

»Nein, Mom, ich bin Schuld. Ich war …«, *abgelenkt von Cass in seiner Badehose und diesem komischen Waffenstillstand, den wir nie lange halten,* »… nicht bei der Sache, als es nötig gewesen wäre …«

»Es sollte nicht immer alles an Gwen hängen bleiben, Tante Luce. Ich hab total versagt, weil ich …« Nics Gesicht wird rot.

»Ich war doch mit Emory auf dem Pier, ich habe ihn dahin mitgenommen. Ohne Schwimmweste.«

Als wir endlich fertig sind, seufzt Mom. Ihr Blick geht zu Em, der, Hideout immer noch fest umklammernd, gerade in der Sofaecke einnickt. Seine langen Wimpern flattern. Sie fährt mit der Hand unter ihren Augen entlang, zaust dann Nics Haar und nimmt mein Kinn mit beiden Händen. »Ich verlange zu viel von euch beiden, das weiß ich. Ich schau euch an, ihr seid gute Kinder, und ich möchte, dass ihr alles kriegt, was ich mir je gewünscht und nicht bekommen habe. Aber Emory darf dabei nicht auf der Strecke bleiben. Wir müssen gut auf ihn aufpassen. Das kann er nicht selber.«

Grandpa Ben, der sich die Pfeife stopft, die er nur in Phasen höchster Aufregung raucht, zeigt mit dem Pfeifenstiel auf mich, dann auf Nic. »Unser *coehlo* braucht den Schwimmunterricht. Wir nehmen den jungen Gartenboy. Er hat neulich mit mir darüber geredet.«

Nic geht sofort hoch. »Ich kann es ihm beibringen. Warum müssen wir Cassidy Somers da mit reinziehen?«

»Du hast es versucht, Nico.« Mom klopft ihm beschwichtigend aufs Knie. »Und Grandpa auch. Und Gwen. Manchmal läuft so was besser, wenn es einer macht, der nicht zur Familie gehört.«

»Ja, wisst ihr noch, wie Dad mir das Autofahren beibringen wollte?« Ein Schauder überläuft mich.

»Das wäre besser gelaufen, wenn du nicht gerade Mrs Partridges Zaun umgefahren hättest«, sagt Mom. »Jedes Mal, wenn ich bei ihr putze, bringt sie das wieder auf, die alte Fregatte.«

Grandpa hält das Feuerzeug an seine Pfeife und saugt in kleinen Zügen Luft ein. Schließlich steckt er sich die Pfeife in den Mundwinkel und sagt: »Wir reden mit dem Gartenboy. Du«, er zeigt auf mich, »du fragst ihn heute Abend. Er ist hier auf der Insel, ja?«

»Im Field House«, sagt Nic. »Ich sag's ihm.«

»Nein, ich brauch dich, du musst mich zur Messe fahren«, sagt Grandpa Ben. »Mein *coelho* ist heute dem Tod von der Schippe gesprungen. Dafür muss gedankt werden. Guinevere kann das mit dem Gartenboy regeln.« Er runzelt die Stirn. »Vielleicht können wir ihn mit Fisch bezahlen.«

Mir rollen sich die Zehennägel auf bei der Vorstellung Cass am Ende einer Stunde eine tote Makrele in die Arme zu klatschen. »Wir einigen uns schon«, sage ich. »Und, Leute, er heißt Cassidy. Nicht José. Auch nicht Gartenboy. Warum will sich das eigentlich keiner merken? Ist doch nicht so schwer. Außerdem ist er ja kein Kind mehr. Er ist in unserem Alter. Also, ich glaub, er ist nur ein bisschen älter als ich, aber doch nicht mehr zehn. Also, sieht man doch. Ist völlig klar. Und ihr müsstet euch eigentlich auch noch an ihn erinnern, denn er hat mal einen Sommer hier verbracht … diesen verrückten damals, mit dem Wetter und … und … wisst ihr noch? Außerdem ist er in Nics Schwimmmannschaft, verdammt noch mal.«

Grandpa, Nic und Mom starren mich an, als ob mir ein Extrakopf gewachsen wäre. Grün, mit rosa Tupfen.

»Ist das der, der so höflich ist? Der mit dem Waschbrettbauch?«, fragt Mom.

Und Grandpa sagt: »Du weißt, wie schwer es für uns ist, zu den Wettkämpfen zu kommen. Und alle Jungs sehen gleich aus mit diesen kleinen Mützen und diesen Badehosen *muito pequeno.*«

Gar nicht wahr.

Emory schläft immer noch, als ich gehe, deshalb schleife ich Fabio als nützliche Entschuldigung für einen kurzen Besuch mit. Cass wird unseren alten, pupsenden, überaufgeregten Hund nicht lange um sich haben wollen. Eine schnelle geschäftliche Transaktion, mehr muss das nicht werden.

Aber als ich an die Tür der Wohnung klopfe, öffnet nicht

Cass. Es ist Spence. Und der sieht aus wie eine Zahnpastareklame. Total. Dass er Tennisklamotten trägt, unterstreicht das nur.

»Hallooo«, schnurrt er, hält die Tür mit der Hacke auf und zieht die Nummer mit der Ganzkörpermusterung ab. Muss einfach ein Reflex sein. Denn nach allem, was ich gehört habe, wendet Spence seine Aufmerksamkeit nichts – und niemandem – zweimal zu. »Wer hätte das gedacht.«

Fabio leckt sein Bein, dann drückt er sich liebevoll an ihn und wartet, dass man ihm die Ohren krault. Spence bückt sich und kratzt ihn, Fabio wälzt sich sofort auf den Rücken. Verräter.

»Muss Cass was fragen. Ist er da?«

»Gibt das Dornröschen.« Spence zeigt mit dem Daumen auf eine geschlossene Tür. »Ich dachte, ich krieg ihn mit zu einem Match, aber er ist abgestürzt. Hat gesagt, er brauche einen Powernap, aber jetzt pennt er schon eine Stunde. Komm doch rein.«

Ich sag, ich würde ein anderes Mal wiederkommen. Spence macht sich nicht mal die Mühe, mich zu überreden, er ignoriert das einfach und hält die Tür noch weiter auf. »Ich beiß schon nicht. Es sei denn, du fragst ganz lieb. Komm endlich. Es nervt, dass er diesen Sommer so ein schuftender Zombie ist. Er ist immer müde und hat keine Lust, irgendwas Anständiges zu unternehmen. Oder, besser gesagt, was Unanständiges.«

»Der arme Junge«, sage ich sarkastisch. Dann stürzt Fabio sich auf einmal in den Raum und zerrt mich mit seinen ganzen fünfundachtzig Pfund hinterher, um in einem seiner schlecht getimten Ausbrüche jugendlichen Überschwangs aufs Sofa zu springen. Ich muss ihn – und mich – sofort hier rausschaffen. Fabio hat schon früher auf fremden Sofas sein Territorium markiert.

»Das ist ja mal ein Auftritt, Castle. Ja, ja, ist zum Kotzen, dass mein Junge in seinem Blaumann-Job gefangen ist.« Das klingt, als sei es total ernst gemeint. Spence bemerkt die Ironie darin gar nicht, dass er sich bei jemandem über die Übel eines Sommerjobs beklagt, der selber einen hat. »Ich würde so was nie machen. Jäten, mähen. Was für eine lausige Art, drei kurze goldene Monate schulfreier Zeit zu verbringen. Ich würde dem Alten schon sagen, wo er sich das hinstecken kann. Aber du kennst ja unseren Cass. *Er* tut, was man ihm sagt.«

Ja, besonders, wenn du es sagst.

»Er ist nicht *unser* Cass.« Ich schau mich im Raum um. Übel. Moosgrüne Haushaltsgeräte, abscheuliche grellgelbe Wände, Schränke, von denen das Kunststofffurnier in Kirschholzoptik abblättert, sodass das klebrige Sperrholz darunter zum Vorschein kommt. Rissiges PVC mit Ziegelmuster auf dem Fußboden, das sich in den Ecken nach oben wölbt. Die Tennisplätze auf Seashell kriegen jedes Jahr eine neue Decke und es wurde ein Vermögen für einen ehemaligen Profi ausgegeben, der den Golfplatz abchecken und dann Privatstunden geben soll. Die Wohnung des Gartenboys steht offenbar nicht auf dieser Liste der Imageprojekte.

»Wie immer Sie meinen, Prinzessin. Popcorn? Ich bin am Verhungern und Sundance hat nichts anderes da.« Er klappt die Tür der Mikrowelle auf, stopft die Tüte rein und knallt die Tür zu. »Der Job saugt ihm das Leben aus. Ist noch schlimmer als die verdammte Schule. Ich persönlich habe nicht die Absicht, in dieser Saison irgendetwas Nützliches zu tun. Die letzten zwei habe ich in der Middlebury

Sprachenschule beziehungsweise im Tenniscamp in Choate verbracht. Das ist jetzt mal eine Abwechslung. Mein Sommer, in dem ich braun, faul, fett und glücklich werden kann.«

Ich spiele mit dem Gedanken, eine ätzende Bemerkung über seinen mangelnden Ehrgeiz zu machen, aber, mal ehrlich, das hört sich doch alles perfekt an, wenn man es sich leisten kann. Nur das mit dem fett natürlich nicht.

»Ich bin nur ganz selten mal braun geworden«, fährt Spence über das Surren der Mikrowelle hinweg fort. »Kaum mal faul gewesen. Und nie fett.« Er holt die Tüte raus, pustet auf seine Fingern und flucht leise.

»Du hast glücklich vergessen.«

Er zuckt die Achseln, seine Miene verfinstert sich.

Fabio ist noch immer fasziniert vom Sofa, auf dem ein großer Haufen Wäsche liegt. Viel in Pink. Mir kommt in den Sinn, dass Spence und ich jetzt zum ersten Mal seit jener Party allein sind.

Irgendwas muss ich mit meinen Händen machen, ich nehme also ein T-Shirt und falte es zusammen, dann noch eins, picke mir ein Sockenpaar raus und rolle es zusammen.

Ich höre so eine Art Schnauben von Spence, und schaue auf. Er beobachtet mich. »Wie häuslich. Was du doch für eine feine, kleine Ehefrau abgeben wirst.«

Sofort lasse ich das zweite Paar Socken fallen. Was tue ich hier eigentlich? Verwandele ich mich in Mom? Ich werde rot, aber als ich Spence wieder ins Gesicht sehe, lächelt er mich nur an und hält mir die Tüte Popcorn hin.

»Was Kaltes dazu?«, bietet er an. »Ein Sixpack Heineken war mein Einzugsgeschenk für Cass. Man hat viel Spaß mit dir, wenn du einen im Tee hast.«

»Wanderpokal vom Schwimmteam, ja, ja, ich weiß, Spence«, sage ich. »Wie du schon sagtest.«

»Dafür hab ich mich entschuldigt, Castle. Hab mich benommen wie ein Arsch. Das kann ich am besten. Naja, am zweitbesten.« Er wackelt mit den Augenbrauen.

Ich widerstehe dem Drang, ihm die Zunge auszustrecken, und begnüge mich damit, den Kopf zu schütteln.

»Wie geht es deinem Bruder?«

Dass er danach fragt – was so gar nicht zu ihm passt –, muss ja heißen, dass Cass von Em gesprochen hat. Das haut mich um.

»Gut«, sage ich nur. »Deshalb bin ich hier. Ich wollte Cass' Angebot annehmen, ihm Schwimmunterricht zu geben. Das kannst du ihm ... ausrichten, und dann mach ich mich mal wieder auf den Weg und ...«

»Cass wäre fast ertrunken, als er acht war«, sagt Spence. »Starke Unterströmung am Strand. Wir waren mit meinem Dad da, und der ... Aber, egal, ich hab den Rettungsschwimmer geholt und hab ihn gerettet.« Er guckt auf die Uhr. »Scheiße, ist schon bald sieben und ich muss um acht im Club sein. Ich weck ihn jetzt.«

Er geht auf die geschlossene Tür zu. Ich renne hinterher. »Nein, lass das. Ich komme wieder.«

Aber Spence geht weiter und ich hinterher, mitten ins Schlafzimmer. Das ist im selben abscheulichen Gelb gehalten wie der Hauptraum, aber an den Wänden hängen überall handgezeichnete Karten, die sauber und sorgfältig signiert sind: CRS.

Cass liegt auf dem Bauch, die Arme hat er ums Kissen geschlungen, als würde er jemanden umarmen. Sein Haar ist total zerzaust und sein Mund steht ein wenig offen. Das

Laken reicht bis zur Hüfte, der Rücken ist nackt und ich kann nur inständig hoffen, dass er irgendwelche rosa Boxershorts trägt. Ich will rückwärts wieder zur Tür raus, aber da stürmt Fabio ins Zimmer und wirft sich aufs Bett und Cass' Hintern. So einen Satz hat er zu Hause schon seit vier Jahren nicht mehr geschafft.

Spence lacht laut los und Cass' Kopf zuckt in die Höhe, die Augen weit aufgerissen. Dann sieht er mich und Spence und seine Augen werden noch größer.

Es ist auch das erste Mal seit jener Party, dass wir alle drei so ganz dicht beieinander sind.

»Was ist hier los?«

»Mann, das ist total deine Farbe.« Spence zeigt auf den Kissenbezug, der auch rosa ist.

»Was ist hier los?«, wiederholt Cass und guckt zwischen Spence und mir hin und her. Er wickelt das Laken fester um sich und es schlägt keine Falten und knittert auch nicht, und ich glaube, außer Cass ist gar nichts drunter. Fabio leckt ihm die Schulter, so richtig peinlich konzentriert, wie Hunde das gern machen.

»Nichts. Ich wollte gerade gehen.« Ich schnappe mir das Ende der Leine und ziehe, aber Fabio stemmt die Beine in den Boden und beschlabbert Cass' Nacken. Spence lacht, geht zum Bett und schubst meinen Verräter-Hund auf den Boden zurück.

»Kein Grund zur Eile«, sagt er. »Chill mal, Castle. Wahrscheinlich könnten wir alle ein Bier vertragen. Ich hol mir jedenfalls eins.«

Er verlässt den Raum und lässt mich allein mit einem wahrscheinlich nackten Cass und Fabio, der diesen Moment wählt, um sein Territorium zu markieren.

Am Bettpfosten.

Als ob das ein Hydrant wäre.

Oder ein Laternenpfahl. Draußen. Weit weg. Wo ich jetzt am liebsten sein möchte.

Ich halte mir stöhnend die Augen zu, höre das Laken rascheln und Cass, der sagt: »Was zum … oh!«

»Ich hole einen Lappen. Ich kümmere mich drum. Kein Problem. Er pinkelt nur gern an, was er … interessant findet. Schlechte Gewohnheit. Er ist alt und hat keine Manieren. Oder, du weißt schon, keine Kontrolle über seine Blase. Tut mir echt leid. Kann ich jetzt gleich sterben?«

Meine letzten Worte gehen in Cass' Lachen unter.

»Tu's nicht«, sagt er einen Augenblick später. »Eine Leiche auf dem Fußboden ist viel schlimmer als das hier.«

Ich hab die Hände noch immer vorm Gesicht. »Tut mir leid, dass mein Hund sich nicht im Griff hat.«

»Na, wenn ich das machen würde, wäre es ein Zeichen schlechter Manieren. Aber für einen Hund ist das doch normal«, meint Cass. »Nimmst du die Hände noch mal wieder runter?«

»Muss ich wohl, wenn ich das aufwischen will.« Ich drehe mich um, ziehe an Fabio, der dankenswerterweise nachgibt und mir folgt, als ich den Türpfosten rempelnd rauswanke und die Tür hinter mir zuziehe.

»Hier«, sagt Spence und will mir ein Bier reichen.

»Das ist das Letzte, das ich jetzt brauche.« Ich schiebe die beschlagene Flasche weg und mache mich auf die Suche nach Küchenkrepp. Aber es gibt keins, denn Cass ist siebzehn. Nic würde auch nie welches besorgen. Geschirrhandtücher gibt es natürlich auch nicht. Was jetzt? In einem von Moms (oder Mrs E.s) Romanen würde die Heldin jetzt ihren

Rock lupfen und sich ein Stück vom Petticoat abreißen. Aber Moms Heldinnen würde so was gar nicht passieren, denn so Zeug passiert immer nur mir.

Spence kratzt sich am Kopf und nimmt einen Zug aus der Flasche. »Sag mal, sollt ihr nicht die wilden Kids von der Insel sein? Schießt sich hier denn keiner ab? Der olle Nic Cruz ist total der Pfadfinder. Und deine Freundin Vivien – die hab ich noch nie auf 'ner Party gesehen.«

»Sie und Nic haben mehr für ganz private Veranstaltungen übrig«, sage ich. »Ist ja auch nicht so, dass Cass und du ständig Fässer leert.«

Am Ende fällt meine Wahl auf Klopapier. Ich klopfe energisch an die Tür. Spence, der offenbar das Interesse am dramatischen Geschehen verloren hat, schaltet ein Basketballspiel auf dem kleinen Fernseher ein.

»Komm rein.«

Mit dem Rücken zu mir zieht Cass sich gerade abgewetzte Jeans über und knöpft den Schlitz zu. Ich sollte jetzt wirklich keinen Gedanken darauf verschwenden, wie gut sie sitzen. Und trotzdem. Mein Gott.

Ich wische auf und schrubbe noch eine Weile auf dem so gut wie trockenen Boden herum, weil ich so verlegen bin. Keine Ahnung, was ich sagen soll. Er ist auch still, ich kann sein Gesicht nicht sehen und das macht mich noch nervöser, deshalb posaune ich das Erste raus, das mir in den Sinn kommt.

»Hast du eben gar nichts drunter angehabt?«

Kapitel neunzehn

»Okay!«, ruft Viv. Sie hält am Straßenrand, als ich vom Ort meiner Demütigung heimwärts wandere. Die Sonne versinkt endlich im Meer. Sie lehnt sich rüber und stößt die Beifahrertür auf. »Das reicht jetzt. Steig ein.«

»Ist das Kidnapping?«

»Ja. Rein. Jetzt.«

Ich klimpere mit Fabios Leine. »Willst du das wirklich?« Vivie kennt Fabios schlechte Angewohnheiten nur zu gut.

»Ich glaube, Holz und Stoff markieren, das ist sein Ding. Mit Vinyl hat er es nicht. Und davon mal abgesehen, ich hab gerade zwanzig Pfund Muscheln in Knoblauchsud und Chorizo in diesem Auto ausgeliefert, nachdem ich vierzig Minuten lang im Stau vor der Brücke gestanden hab. Fabio kann den Gestank nicht noch schlimmer machen. Steig jetzt ein, bevor ich Gewalt anwenden muss.«

Ich rutsche rein und sehe sie von der Seite an. »Hast du eine Waffe?«

Die Bremsen quietschen, Viv setzt zurück, zu schnell, dann schießt sie davon, noch schneller. »Meine Fahrkünste sind meine Waffe, und das wissen wir beide. Ich werde jetzt so lange mit dir in der Gegend rumfahren, bis du mir erzählst, was zum Geier zwischen dir und Cassidy Somers läuft. Ich dachte unten am Pier schon, er wirft dich gleich da auf die Bohlen..«

»Da ist doch gar nichts. – Mann, Vivie, fahr langsamer.«

»Gwen, da ist wohl was. Der Typ guckt dich an, als ob er dich auf Toast streichen wollte.«

Ich lache los. »Toast? Was?«

Vivien schmunzelt. »Okay. War daneben. Ich arbeite in der Bewirtungsbranche – wir denken in Essenskategorien. Du weißt schon, was ich meine.«

Mit zusammengekniffenen Augen schielt sie zu mir rüber. »Denn du machst es mit ihm genauso, Baby.«

»Nun, er ist ins Meer gesprungen und hat ein Plüschtier gerettet. Die meisten Typen hätten nur die Achseln gezuckt. Ich war dankbar. Das war nett von ihm.« Ich lege meine Füße aufs Armaturenbrett und das defekte Schloss vom Handschuhfach springt auf. Mindestens acht überfällige Strafmandate für Geschwindigkeitsüberschreitung und Falschparken flattern auf den bereits vermüllten Boden vor dem Beifahrersitz.

Vivien schüttelt den Kopf, kurze, straff geflochtene Zöpfe peitschen ihre Wangen. »Nico sagt immer, er würde das in Ordnung bringen.«

»Ja, bring das mit den Knöllchen lieber mal in Ordnung.«

Sie fährt auf ihrem Sitz herum und starrt mich nieder. »Hey, hier wird nicht das Thema gewechselt. Nett? Erstens, das wäre nicht das erste Wort, das mir einfallen würde, wenn ich beschreiben sollte, wie ihr euch gegenseitig anguckt. Und wann hast du beschlossen, dass du ihn nicht mehr hasst? Wann ist das passiert?« Sie senkt die Stimme zu einem dramatischen Flüstern. »Und wie? Genau? Ich will Details, Gwenners. Du brichst den Freundinnenschwur.«

Das ist das Stichwort, auf das ich gewartet habe, und ich schlage zu. »Vielleicht solltest du mir den noch mal aufsagen.«

»Ich muss über alles – und jedes Ereignis – in deinem Leben umgehend informiert werden. Damit jedes einzelne davon zerlegt und umfassend analysiert werden kann. Das gilt besonders für dein Liebesleben. Wie sollte ich sonst wissen, wann ich mit einer Palette Ben und Jerry rüber kommen und wann ich mit dir Dessous shoppen gehen soll?«

»Igitt«, sage ich. »Ohne mich. Lieber stelle ich mich vor ein Erschießungskommando als vor diese Spiegel in Victoria's Secret.«

»Ich find es ätzend, wenn du dich so runtermachst, Gwen. Außerdem wechselst du bloß das Thema und kapierst gar nicht, worum es hier geht. Ich bin deine *beste* Freundin. Ich muss alles wissen. Alles.«

Ich verschränke die Arme. »Musst du das – aha.«

»Absolut.«

»Und beruht das auf Gegenseitigkeit?«

»Selbstverständlich. Hab ich dir nicht immer jede Kleinigkeit über Nic und mich erzählt? Er ist immer noch sauer, weil ich dir von dieser Sache erzählt hab, die er mit seinen Daumen macht.«

»Woah … mir wär echt nichts abgegangen, wenn ich *das* nie erfahren hätte. Himmel, Vivie …« Ich spiele mit einem losen Faden an meinen abgeschnittenen Jeans. »Ringkauf?«

Ihre Wangen laufen langsam rosa an, dann wird ihr Hals ganz rot. »Darüber wollte ich mit dir reden.«

»Na, und warum hast du es nicht getan? Ich bin hier! Wir sehen uns jeden Tag. Du hättest sagen können: *Hey, Gwen, gib mir noch einen Brownie und nur damit du's weißt, ich bin mit deinem Cousin verlobt.*«

Viv wechselt die Spur, ohne zu blinken, worauf das Auto hinter ihr hupt wie besessen. »Ich … dachte, du würdest es seltsam finden.«

»Na, es ist seltsam. Aber noch seltsamer ist, dass du nichts sagst. Und Nic auch nicht!«

»Und was ist mit dir? Hast du was gesagt? Wie lange weißt du das überhaupt schon?«

»Ewig. So ungefähr zwei Wochen.«

Viv fährt an den Straßenrand und dreht sich zu mir. »Hör mal. Tut mir leid. Nic und ich hatten beschlossen, es ganz geheim zu halten. Wenn Al davon erfährt, flippt der total aus. Meine Mutter auch. Ich wäre im Handumdrehen im … Kloster oder sonst was.«

»Du dachtest, ich könnte kein Geheimnis bewahren?«, frage ich etwas leiser.

Ihr Gesichtsausdruck ändert sich, wird irgendwie härter. »Nein. Ich weiß, dass du Geheimnisse für dich behalten kannst. Ehrlich gesagt, scheint das deine Spezialität zu sein.«

Was?

»Ich weiß doch selber nicht, was mit Cass läuft«, platze ich heraus. »Wie kann ich dir was erzählen, wenn ich nicht mal weiß, was *ich* davon halten soll?«

»Meine Rolle ist, dir dabei zu helfen, das rauszufinden«, sagt Viv. »Das gehört auch zum Freundinnenschwur. Aber ich rede nicht von Cass. Ich meinte …«, sie holt tief Luft und strafft die Schultern, »*Spencer Channing.* Wann wolltest du mir denn von Spence Channing erzählen, Gwen? *Nie?*«

Ich rutsche ganz weit im Sitz nach unten.. Nicht mal angucken kann ich meine beste Freundin auf der Welt. Irgendwie ist das noch schlimmer, als dass Nic es weiß. Ich lege die Handflächen auf die Wangen, um mir das Gesicht zu kühlen.

»Viv … du hast immer Nic gehabt. Immer. Ihr seid immer ganz fest zusammen gewesen. Immer. Nach dem, was mit Cass passiert ist …und ganz zu schweigen davon, dass ich was Blödes mit Alex gemacht hab und mein Dad uns gefunden hat, da dachte ich, du würdest …« Ich räuspere mich, kriege aber kein Wort mehr raus.

»Du dachtest, ich würde …?« Vivien zieht mir die Hände vom Gesicht und dreht mein Kinn zu sich, damit sie mir in die Augen schauen kann.

»Denken, dass ich eine Schlampe bin. Und wenn du das gedacht hättest …« Ich zupfe an einem Stück abblätterndem Vinyl. Vivien guckt mich weiter an, bis ich schließlich sage: »Dann wäre es vielleicht wirklich so.«

Sie lässt ihren Kopf zurück gegen die Kopfstütze fallen.

»Ist blöde, ich weiß, aber … was soll's«, sage ich.

»Gott, Gwen! Echt? Was soll das denn? So würde ich doch nie von dir denken. Ich hatte viel mehr Sex als du. Bin ich eine Schlampe?«

»Aber das ist ja nicht wie mit dir und Nic. Es ist keine *wahre Liebe*. Es ist … nur Sex.«

Sie schaut mich lange an, mit besorgtem Blick. Dann fragt sie: »Bist du sicher? Weiß Cass das? Hat Spence das gewusst?«

Über das mit Cass gehe ich hinweg. »Nur Sex, was anderes läuft nicht bei Spence. Sex, sonst nichts. Das war übrigens seine entzückende Formulierung.«

Sie zieht eine Grimasse. »Komisch. Hört sich an, als würde er Sex nicht mal mögen. Und dabei soll er doch der große Playboy sein. War er … gut?«

»*Was?* Keine Ahnung. Ich erinnere mich nicht so genau daran«, gestehe ich.

»Das klingt nach *nein*, finde ich. Und Cass?«

Ich zucke die Achseln. »Ich komme mir komisch vor, wenn ich darüber rede. Das ist so, als würde ich Punkte vergeben. *Und zehn Punkte gehen an* … während die anderen beiden durch die Wertung fallen.« Jetzt fühle ich mich wirklich wie eine Schlampe. »Und dann war da noch Jim Obermann, im ersten Jahr auf der Highschool.«

»Oh, hör auf.« Sie haut mir auf die Schulter. »Daran erinnert sich doch kein Mensch mehr. Außerdem hast du mit Jim nur ein bisschen rumgemacht. Und das auch nur, weil er gedrängelt hat. Das war doch ein Loser, der alles aufblasen musste, damit es sich nach was anhörte. Die Sache ist … ich hab nur Nic gehabt. Also keine Vergleichsmöglichkeiten. Ich frag mich manchmal … nur ein bisschen, meine ich. Ganz selten. Ach, du weißt schon.«

Mir klappt praktisch der Unterkiefer runter. Nie wäre mir in den Sinn gekommen, dass Vivien überhaupt jemand anderen als Nic wahrnehmen könnte. Und ich glaube, er sieht auch kein anderes Mädchen als sie. Ich hab ihn nie sagen hören, ein anderes Mädchen wäre hübsch oder so. Nur über mich sagt er so was, aber das zählt nicht.

»Geht es um einen bestimmten Typen?«, frage ich vorsichtig. Dann denke ich: *Oh Gott, was mache ich, wenn es Cass ist? Ich meine, wer denn sonst? Man muss ihn sich doch nur angucken.* Aber das wäre mehr als unangenehm.

»Nein!«, sagt sie eilig und wird rot. »Natürlich nicht. Wie kommst du bloß darauf?«

»Weil es schwer ist, sich über irgendeinen abstrakten Typen solche Gedanken zu machen. Es sei denn, es ist ein Promi oder so.«

»Na ja, ich würde eher behaupten, es ist völlig normal – sofern man noch einen Puls hat«, sagt Vivien. »Aber nein, keiner, den ich kenne. Nichts dergleichen. Vergiss, dass ich es erwähnt habe … Und, shit, erzähl es Nic nicht.« Plötzlich kriegt ihre Stimme so was Dringliches. »Versprich mir, dass du das nicht tust.« Sie packt mich am Ärmel. »Schwöre, Gwen. Lass Nic das niemals wissen.«

»Ich glaub nicht, dass er eifersüchtig wäre, Viv. Er weiß, dass ihm dein Herz gehört. So war das immer. So wird es immer sein.«

»Stimmt«, sagt sie energisch. »Absolut. Immer.« Aber da ist so ein kleines Zaudern in ihrer Stimme und sie schaut mir nicht in die Augen.

Kapitel zwanzig

Das könnte schlimm werden. Sehr schlimm.

Dads Haus liegt am Wasser. Besser gesagt: auf dem Wasser. Und zwar an der Marschseite, der dem offenen Meer zugewandten Seite von Seashell, nicht weit von der Brücke, von der Nic und ich immer springen. Man biegt von der Straße ab in ein Waldstück, dann geht es über dicke Bohlen zu seinem Haus, das auf Holzpfeilern steht. Die kleine Veranda und das baufällige rote Häuschen mit den baumelnden Boien liegen also gut zwei Meter über dem Marschboden und neben der Tür lehnen immer Angelruten.

»Hurrikanköder«, nennt Dad das Haus, aber irgendwie liebevoll. Er hat es billig gekriegt, von einem Insulaner, der nach Florida gezogen ist. Und gerade zur rechten Zeit, als er und Mom sich getrennt haben, im Jahr nach Emorys Geburt.

Heute Abend, als wir zu unserem allwöchentlichen Abendessen mit Dad gehen, ziehe ich Em seine Schwimmweste an, nur um diese drei Meter lange Strecke sonnengeflecktes Wasser zu überqueren. Sogar Emory findet das verrückt. Er zerrt an den Gurten und sagt: »Gwennie, ab.«

Ich bin mir ziemlich sicher, dass er findet, vom Pier zu fallen sei für Hideout viel schlimmer gewesen als für ihn.

Schon auf dem Weg kann ich Pfannkuchen riechen. Bei Dad gibt's immer Frühstück anstelle von Mittag- oder Abendessen, denn das kann er nicht mehr sehen, nachdem er es im Castle den ganzen Tag und Abend lang aufgetischt hat. Ich trage Emory, der sich zwar nicht vor dem Wasser zu fürchten scheint, jetzt aber offenbar was dagegen hat, die Füße auf den Boden zu setzen.

»Wie geht es der alten Dame?«, ruft Dad, als wir reinkommen. »Und was zum Teufel macht dein Bruder in diesem Ding?«

War ja klar.

Zerknirscht erkläre ich ihm, was passiert ist. Mom und Grandpa hatten mir keine Vorwürfe gemacht … aber das hier ist viel schlimmer, als eine kaputte Tür nicht zu reparieren. Und Dad ist nicht gerade ein Typ, der sich mit Kritik zurückhält.

Dad kniet sich hin und schnallt Em die Schwimmweste ab, dann gibt er ihm einen Teller Rührei mit Ketchupglasur.

»Hideout fällt rein. Supermann rettet ihn«, fasst Em fröhlich zusammen und setzt sich an den Kartentisch, an dem wir essen.

»Ja, gut.« Dad räuspert sich. Den Teil mit Cass hatte ich bei meiner Schilderung weggelassen, er glaubt also, das habe Em sich nur ausgedacht. »Guinevere.« Er richtet sich auf und schaut mich an. »Du hast Mist gemacht, aber du hast den Kopf nicht verloren. Trotzdem braucht der Junge an Land keine Schwimmweste. Das verunsichert ihn doch völlig.«

Dieses Mal erzähle ich ihm von Cass und dem Schwimmunterricht. »Somers …«, sagt Dad nachdenklich und reibt sich das stoppelige Kinn. »Wie Aidan Somers? Der Bootsbauer?«

»Sein Sohn.« Ich drehe mich zum Küchenschrank um und hole noch mehr Teller und den Sirup raus und bringe alles zum Tisch.

»Reicher Bengel«, sagt Dad ausdruckslos. »Ich weiß nicht recht. Abgesehen davon, warum übernimmt dein Cousin das nicht, der große Schwimmer?«

»Nico hat es schon versucht, Dad, und er wollte es noch mal versuchen. Grandpa war dagegen, er meinte, es sei leichter, von jemandem zu lernen, der nicht zur Familie gehört.«

Dad grunzt. »Blödsinn. Ich hab Nic beigebracht, wie man einen Reifen wechselt, ein Zelt aufbaut, Auto fährt. Er hat das alles gelernt, kein Problem.«

»Na ja«, sage ich. »Streng genommen bist du ja nicht mit Nic verwandt. Damit will ich sagen, er ist Moms Neffe, aber …«

»Streng genommen?« Dad klatscht mehr Rührei auf einen Teller und wirft die Pfanne in die Spüle, es zischt leise. »Ich hab den Jungen unter mein Dach geholt, als er einen Monat alt war, hab seine Windeln gewechselt, bin mit ihm in die Notaufnahme gefahren, als er seinen Arm gebrochen hat, hab für ihn bezahlt, sein Leben lang. In meinen Augen gehören wir zu einer Familie.«

Er reicht mir den großen Teller mit Pfannkuchen und Eiern und murmelt noch mal: »Streng genommen!« Dann setzt er sich an den Tisch und nimmt sofort seine Gabel in die Hand.

»Und welches Interesse hast du daran?«, fragt er und schiebt seinen Stuhl mit lautem Scharren zurück.

»Wa …?« Ich werde wieder rot, weil ich sofort Cass vor Augen habe, der auf dem Bauch schläft, die kräftigen Linien seiner Rückenmuskulatur … Wie er mich angesehen hat, als ich mit dieser Frage herausplatzte. Erst waren seine Augen ganz groß geworden und dann waren die Ohren hochrosa angelaufen. Der kleine Cass im Sommer, damals, mit geblähten Wangen, der eine Wimper weggepustet und sich etwas für mich gewünscht hatte, als ich ihm von Vovós Geheimnis erzählt hatte.

Ich staple Pfannkuchen auf Ems Teller, gebe Butter und Sirup dazu. Dann schneide ich sie ordentlich und präzise und probiere eine Gabel voll, prüfe, ob das Essen nicht zu heiß ist. Dabei vermeide ich, Dad in die Augen zu gucken.

»Wie gut kennst du diesen Jungen?«, fragt er schließlich in mein Schweigen hinein und haut auf den Boden der Ketchupflasche, damit auch der Rest noch rauskommt.

Besser als ich sollte. Überhaupt nicht. Ich kannte ihn in dem Sommer, als wir sieben waren. Wir gehen auf dieselbe Schule.

»Er ist mit Nic in der Schwimmmannschaft.«

Dad ist ungeduldig. »Wie gut kennst *du* ihn?«, wiederholt er.

Eine warme, salzige Brise weht über das Marschland heran, aber ich habe Gänsehaut. Weiß Dad was? Was weiß Dad? Uns ging's bestens, solange ich sein Kumpel war, früher, als Kind. In dem Jahr, als ich zwölf wurde und nicht mehr so richtig aussah wie das Kind, das ich noch war, hat er aufgehört, mich in den Arm zu nehmen. Danach hat er dann ab und zu meine Klamotten angeschaut und Sachen gesagt wie: »Zieh mal deinen Ausschnitt höher … da.« Und er zeigte auf meine Brust, ohne mich anzugucken. Dieses eine Mal mit Alex am Strand … da wusste er gar nicht, was er sagen sollte. Er fing an mit: »Anständige Mädchen …« und verstummte. Seitdem hat er es nicht wieder erwähnt.

Aber vergessen ist es nicht. Das kann ich in seinen Blicken lesen.

»Gwen?« Dads Stimme ist jetzt scharf.

»Sei nett zu Gwennie«, mahnt Emory. Er hat sich auf eine Faust gestützt und schiebt ein Stück Pfannkuchen durch einen Sirupsee. Er hat einen Milchbart.

»Hör mal, ich frag dich nicht nach dem Lebenslauf. Er ist der Gartenboy. Marco und Tony haben ihn sicher unter die Lupe genommen. Aber bevor ich ihm meinen Sohn im Wasser anvertraue, will ich wissen, ob man sich auf ihn verlassen kann.«

Nun, wenn er eine Heckenschere schwingt, dann bestimmt nicht. Und auch nicht, wenn … wenn … Mir fällt keine Antwort ein, die nicht völlig unangemessen wäre. In letzter Zeit scheint mein Leben zu einer endlosen Serie peinlicher Zwischenfälle geworden zu sein. Ich schiebe die Pfannkuchen auf meinem Teller herum.

»Einfache Frage, einfache Antwort.« Dad schnippt mit den Fingern. »Gwen! Du bist nicht bei der Sache. Wie deine Ma.«

»Man kann sich auf ihn verlassen«, sage ich und schaue auf.

»Mehr muss ich nicht wissen. Wenn du das sagst, dann ist er ein Guter. Iss deine Pfannkuchen auf. Ich hab einen ganzen Haufen gemacht, weil ich dachte, Nic würde mitkommen. Welche Entschuldigung hat er diesmal?«

Nic hat die letzten drei Abendessen ausfallen lassen. Heute war seine Begründung vage: »Sag Onkel Mike, dass ich was Wichtiges zu erledigen habe. Was echt Wichtiges.«

War ziemlich offensichtlich, warum er sich dieses Mal drücken wollte, aber normalerweise fallen Nic bessere Ausreden ein.

Noch ein bisschen Verlobungsringe angucken? Das Aufgebot bestellen? Eine Bluttuntersuchung? Ein Arzttermin?

Viv und ich haben das Eis gebrochen. Aber jedes Mal, wenn ich bei Nic den Mund aufmache, klappe ich ihn wieder zu, ohne ein Wort gesagt zu haben. Ich hab da so einen komischen Knoten im Bauch. Er ist praktisch mein Bruder und kann es mir trotzdem nicht sagen? Wie kommt es, dass er und Viv mir beide wegen Spence Vorhaltungen machen können – während ich es nicht schaffe, den Spieß umzudrehen?

Fingerschnippen. Wieder Dad. »Wo bist du heute Abend, Gwen?« Er mustert mich. »Was ist los? Was läuft da bei Nic?«

Ems Gabel voll Eier und Ketchup bleibt auf halbem Weg zum Mund in der Luft hängen. Er guckt mit großen, verschreckten Augen zwischen uns hin und her.

Ich spule Nics lahme Ausflucht ab und spüre wieder dieses Unbehagen. Am liebsten möchte ich sagen: *Ich weiß es nicht, ich weiß es nicht und ich weiß nicht, warum ich es nicht weiß. Rede doch einfach mit ihm, finde es raus und bring in Ordnung, was da nicht stimmt. Bitte, bring es einfach in Ordnung.* Aber alles, was mir über die Lippen kommt, ist: »Ja, was läuft da eigentlich zwischen dir und Nic, Dad? Warum bist du so arschig zu ihm?«

Schweigen. Dad runzelt die Stirn über seinem Teller, zerteilt laut kratzend seine Pfannkuchen in akkurate Quadrate.

»Arschig.« Emory lässt sich das Wort auf der Zunge zergehen, das *Sch* zieht er besonders in die Länge, das ist einer von den Lauten, mit denen er Schwierigkeiten hat.

»Na, wunderbar. Das hat er jetzt perfekt drauf. Gute Arbeit, Gwen.« Dad wirft mir noch ein paar Pfannkuchen auf den Teller.

»Und jetzt bist du zu mir genauso. Ich will es wirklich wissen. Was ist das mit euch beiden?«

»Dein Cousin muss erwachsen werden.«

»Er hat noch ein Jahr auf der Highschool vor sich, Dad.« Hoffe ich jedenfalls.

»Als ich in seinem Alter war …«, fängt Dad an.

»Ja, ja. Ich weiß. Für dich lief es Scheiße und …«

»Hör auf, so vor deinem Bruder zu reden«, donnert Dad. Em macht sich klein auf seinem Stuhl und streckt mir eine ahornsirupverschmierte Hand hin. Ich drücke sie. Dad grummelt, aber er brüllt nicht. Was ist hier los?

»Was ich meine ist: Was wünschst du dir für mich und Nic? Nur das, was du gehabt hast? Was ist mit all dem, was du neulich am Sandy Claw gesagt hast?«

»Iss deine Pfannkuchen«, schnauzt Dad und schiebt sich eine Gabelvoll in den Mund. »Wenigstens ist ohne deinen Cousin genug für alle da. Der Bengel isst, als ob es kein Morgen gäbe. Ehrlich, die Hälfte von dem Geld, das ich deiner Mutter gebe, wandert in seinen Schlund.«

»Bist du jetzt sauer auf ihn, weil er einen gesunden Appetit hat? Was in aller Welt soll das?«

Dad macht ein Pokerface, das Mom nie gelingen wird, aber ganz kurz kann ich so was wie Schuldgefühl darin sehen. »Das verstehst du nicht«, sagt er.

»Nein. Tu ich nicht. Hilf mir auf die Sprünge. Was habt ihr?«

Er greift nach der Milch und gießt mehr davon in sein Glas. »Es wird nicht besser, Mädchen. Rechnungen, Rechnungen, Rechnungen. Dein kleiner Bruder hat Asthma. Er kriegt Physiotherapie. Er geht zum Logopäden. Er hat Ergotherapie. Einiges davon deckt die Versicherung ab, aber die verdammten Rechnungen kommen unablässig.«

»Das weiß ich, Dad. Aber was hat das mit Nic zu tun? Er hat keine Schuld daran.«

Dad räuspert sich und schaut zu meinem kleinen Bruder rüber. Plötzlich steht er auf und schaltet den Fernseher an, legt eine DVD ein. Em guckt ihn einen Moment lang unsicher an, aber dann kuschelt er sich mit Hideout an der Wange in Dads großen Sessel und verleibt sich *Rudolf mit der roten Nase* ein. Für Emory kann jeden Tag Weihnachten sein. Dad setzt sich wieder an den Tisch, lehnt sich zu mir rüber und sagt leise: »Ich reiße mir den Arsch auf und jeder Dollar, der reinkommt, ist sofort weg, als ob ich ein Loch in der Tasche hätte. Ich spiele nicht Lotto, ich rauche nicht und geb auch nichts in der Bar aus. Ich halt das Geld zusammen, Gwen. Und es ist trotzdem nie was da.«

»Und Nic vor die Tür zu setzen wäre die Lösung?«

»Das würde ich nie tun. Das weißt du. Lass mich einfach in Ruhe. Ich sorge schon für meine Leute. Selbst für Em. Auch wenn der Junge so gar nichts von mir hat.«

Die Worte hängen in der Luft.

Dad schaufelt sich Essen in den Mund.

Mir wird schlecht.

Emory hat Dads braune Augen. Er hat seinen schiefen großen Zeh. Dads Lächeln, doch er setzt es viel öfter ein. Jeder, wirklich jeder erkennt auf den ersten Blick, dass die beiden Vater und Sohn sind. Aber Dad ist weggegangen. Er sieht unser tägliches Leben nicht, sieht nicht, wie Em seinen Kopf an Grandpa Bens Schulter lehnt und mit rauer Stimme Gershwin Texte mitsingt, wenn die beiden mal wieder einen Fred-und-Ginger-Film gucken. Er sieht nicht, wie Emory zum Kühlschrank rennt und Moms Lunchpaket holt, wenn sie morgens ihre Schuhe anzieht. Er sieht nicht, wie Em sorgfältig seine Finger sortiert, um Nic's High Fives zu erwidern, wie sein Gesicht strahlt vor Anbetung. Er hört, wie schwer Em das Sprechen fällt, wie langsam und schleppend er redet. Er sieht, dass sein Gesicht manchmal ganz leer ist, und dass dann nicht mal wir, die wir ihn am meisten lieben, erraten können, was in ihm vorgeht. Er sieht alles, was ihn von anderen unterscheidet, und nichts von dem, was ihn zu Emory macht. Mir ist schlecht, ja, aber er tut mir auch leid, so furchtbar leid ... mein Vater.

»Meine Familie ... wir sind nichts Besonderes, aber wir hatten sie doch immer alle ... Wenn du weißt, was ich meine.«

Ich glaub, ich kotz gleich. »Emory hat sie alle.«

»Hör auf, Gwen. Deine Tante Guila ist ziemlich durchgeknallt, aber sie ist nicht ...« Er hat ganz gerade gesessen, aber jetzt scheint er ein wenig zu schrumpfen. »Nicht wie dein Bruder. Keiner, den wir kennen, ist wie dein Bruder. Ich hab keine Ahnung, wie zum Teufel das passieren konnte.«

»Weißt du, wie viele Sachen richtig laufen müssen, um ein perfektes Baby zu kriegen, Dad?« Ich kralle meine Finger ineinander. »Es muss alles ...«

Er nimmt meine Hand, seine ist rau von der Arbeit, sommersprossig von der Sonne. »Nein, weiß ich nicht. Solche Sachen weiß ich nicht. Und ich will auch nicht, dass du so was weißt, verdammt noch mal. Halt dich einfach fern von solchen Sachen. Ich weiß nur, dass das mit deinem Bruder nie besser werden wird. Immer wird irgendwas sein. Ben wird alt. Deine Mutter achtet nicht auf ihre Gesundheit. Jedes Mal, wenn ich gucke, arbeitet Nic an seinem Körper oder macht mit Vivien herum – und verfolgt Pläne, die wer weiß wie weit in die Zukunft reichen. Also bleiben nur noch wir beide übrig, Mädchen.«

»Alle helfen mit Em«, sage ich, obwohl es in letzter Zeit hauptsächlich Grandpa und ich gewesen sind. Meine Stimme ist belegt, kaum wiederzuerkennen. »Was ist auf einmal anders?«

»Das Castle. Ich muss anfangen Frühstück anzubieten. Mehr in Außentische investieren. Kostet alles Geld. Ich hab nichts für überflüssige Ausgaben.«

Die Finger, mit denen ich meine Gabel umklammere, sind ganz weiß. »Für Nic? Oder für Emory?« Ich guck rüber zu meinem kleinen Bruder, dessen Haar vorne hochsteht, weil ein bisschen Sirup drin klebt. Er wippt mit dem Fuß zur Filmmusik.

Dad schiebt den Stuhl zurück und streichelt meinem Bruder den Nacken. Em schmiegt den Kopf in Dads Handfläche. Über seine Schulter hinweg starrt Dad mich an.

»Nein, er ist keine überflüssige Ausgabe. Ums Verrecken nicht.«

Kapitel einundzwanzig

Ich erfülle das totale Klischee.

Ich bin ein Mädchen im Einkaufszentrum.

Ich bin ein Mädchen im Einkaufszentrum, das Badeanzüge anprobiert.

Ich bin ein Mädchen im Einkaufszentrum, das Badeanzüge anprobiert, obwohl der vom letzten Jahr noch völlig in Ordnung ist und tadellos passt.

Und das Schlimmste kommt noch. Ich bin ein Mädchen im Einkaufszentrum, das Badeanzüge anprobiert, obwohl der vom letzten Jahr noch völlig in Ordnung ist und tadellos passt und findet, dass jeder dieser Badeanzüge total scheiße an ihm aussieht.

Und die Sache wird auch nicht gerade besser dadurch, dass ich gestern nach dem Essen bei Dad zwei Bleche Zuckerkekse und eine Ladung Kokosriegel zum Nachtisch gebacken habe. Ich versuche nicht daran zu denken, wie wenig davon heute Morgen noch übrig war. Da muss Nic sich doch welche reingehauen haben, als er spät nachts nach Hause kam, oder?

Diese Läden sollten doch eigentlich ein Interesse daran haben, uns gut aussehen zu lassen. Was soll das mit der Billigbeleuchtung, die jeden Makel betont und ihr Licht unbarmherzig auf welche wirft, von denen man noch gar nichts wusste?

Klischee Nr. 5: Ich bin ein Mädchen mit einem Körperkomplex.

Und in Badeanzügen verschärft sich der Komplex. (Nr.6)

Und das alles tue ich mir an wegen eines Jungen. (Nr. 7)

Nicht, weil er darum gebeten hätte. Für viel mehr als Knallrotwerden nach meinem »Hast du eben gar nichts drunter angehabt?«, ließ ich ihm keine Zeit, bevor ich fluchtartig seine Wohnung verließ. Aber Spence hatte den Grund für meinen bemerkenswert seltsamen Besuch im Field House offenbar weitergegeben, denn heute Morgen kam Grandpa Ben von seinem Morgenspaziergang zurück und verkündete: »Ich hab den jungen Gartenboy getroffen. Er hatte Schwierigkeiten, den Rasenmäher in Gang zu kriegen, also hab ich ihm die Tricks gezeigt. Er sagte, er gibt Emory heute Nachmittag um drei Schwimmunterricht.«

Hat er sonst noch was gesagt? Hat er mich erwähnt? Hat er … Ja, genau, völlig klar. Er hat das mit dem Schwimmunterricht klargemacht und dann hat er gesagt: »Übrigens, Mr Cruz, ich habe allen Grund zu der Annahme, dass Ihre Enkelin sich meinen Körper nackt vorgestellt hat. Das sollten Sie vielleicht wissen.«

Ich habe einen absolut zweckdienlichen Badeanzug, aber es ist ein Einteiler und er ist schwarz und der Strandbekleidung von Mrs E. nicht unähnlich. Ich glaube, es geht modisch nicht an, sich mit siebzehn genauso zu kleiden wie jemand in den Achtzigern … Am Strand. Mit einem hinreißenden Jungen.

Der meinem Bruder einfach nur Schwimmunterricht gibt.

Aus Herzensgüte.

Ich habe mir von Dad den Truck erbettelt und behauptet, ich würde ihn brauchen, um Em zum Logopäden zu bringen. Obwohl ich eigentlich fand, dass er mir ohnehin was schuldete nach dem trostlosen Vortrag gestern Abend, dessen so krasse wie klare Botschaft Dein Bruder = Deine Zukunft ich hatte schlucken müssen. Und deren Geschmack Zuckerkekse nicht so rasch beseitigen würden.

Und dann musste ich auch noch Grandpa mitnehmen, weil es samstags in Maplecrest immer irgendwelche privaten Flohmärkte gibt.

Und damit wären wir bei dem Teil angelangt, der kein Klischee ist.

»Guinevere! Dein Bruder verliert seine Geduld mit diesem Laden und ich meine mit ihm. Hast du, was du brauchst?«

Ja, mein Großvater steht direkt vor der Umkleidekabine. Und mein kleiner Bruder auch.

»Noch nicht!«, rufe ich.

Ich höre, wie Grandpa sich entfernt und mit irgendwem um den Preis einer gusseisernen Pfanne feilschen will. »So viel können Sie nicht dafür verlangen. Die ist ja brandneu. Die ist noch nicht eingebraten. Man muss Jahre in ihr braten und sie immer wieder mit Olivenöl ausreiben, bis sie den Preis wert ist, den Sie haben wollen.«

Dann höre ich ihn aufgeregt nach Emory rufen, der sicherlich seine Mir-ist-so-langweilig-in-diesem-Laden-Nummer abzieht und sich in der Mitte dieser kreisförmigen Kleiderständer versteckt, bis Grandpa seine Füße entdeckt.

Ich habe vier Tankinis anprobiert. In einer von Viviens Zeitschriften meine ich gelesen zu haben, dass so etwa neunzig Prozent der männlichen Weltbevölkerung Tankinis hassen. Das kann nicht korrekt sein. Mal ehrlich, Männern, die in Shimanovsk Ziegen hüten, ist das bestimmt egal. Und wenn die auch noch die Männer einbezogen haben, die bis auf die Augen jeden Teil der Frau bedeckt haben wollen, dann liegen die mit dieser Prozentzahl doch völlig …

Ich prüfe den Haufen noch einmal. Nein und nein und puh, bloß schnell vergessen, wie der da aussah.

»Bin gleich fertig!«, rufe ich schwach.

Was soll's. Ich trage einfach den schwarzen Einteiler. Ist ja kein Date. Ehrlich, mein *Großvater* hat mir die Nachricht übermittelt.

Wie lange es wohl gedauert hat, bis Cass mit dem Rotwerden fertig war? Als ich ging – und mich noch mal über die Schulter hinweg für Fabio entschuldigte, hab ich gehört, wie Spence ihn fragte: »Was ist denn mit deinem Gesicht?«

Draußen wird es unruhig, ein »Hier dürfen Sie nicht rein!«, ist zu hören und Grandpa Ben sagt: *»Acalme se«*, dann streckt er diesen Bikini durch den Vorhang.

Ein Bikini.

Vivien trägt Bikinis. Viv trägt sogar String-Bikinis. Sie sieht toll darin aus, denn sie hat den richtigen Körper dafür … so langbeinig und wie ein Fohlen und irgendwie jungenhaft und doch auch wieder nicht. Sie findet, sie sieht nicht gut aus, weil sie oben rum nicht genug hat, aber irgendwie muss sie schon wissen, dass ihr nichts fehlt, sonst würde sie sich an die Kollektion für die gut gekleidete Rentnerin halten wie ich.

»Apenas experimente, querida«, ruft Grandpa. »Probier das einfach an.«

Ich weiß nicht, ob es die Farbe ist, moosgrün, was eklig klingt, aber es ist ein frühlingshaftes Moosgrün, heller als olivgrün, und schön satt. Oder weil die Verkäuferin draußen immer aufgeregter wird und ich befürchten muss, dass sie den Sicherheitsdienst ruft. Oder weil … na ja, ich weiß auch nicht, warum. Aber ich probiere ihn an.

Er ist kein Stringbikini. Es ist kein winzigkleiner Bikini. Er ist irgendwie retro, aber nicht so dick aufgetragen.

Ich sehe darin auch nicht aus wie Vivien in ihren Bikinis oder wie eins dieser Badeanzugmodels, die knietief in der Karibik posieren und total geschockt gucken, als könnten sie sich gar nicht erklären, wie all das Wasser dahin gekommen ist. Ich sehe nicht »nett« aus. Ich sehe tatsächlich aus wie »The Other Woman« in einem von Grandpa Bens Filmen. Die, die zu den klagenden Klängen eines Tenorsaxofons in den Raum geschlendert kommt. Ich sehe aus wie eine Femme fatale.

Zum ersten Mal scheint mir das was ziemlich Gutes zu sein.

Das ist natürlich Stunden her und meinen Mut habe ich in der Umkleidekabine dieses Ladens liegen lassen.

Ich hab den Bikini gekauft.

Aber hier stehe ich nun am Strand, in einem von Moms langen T-Shirts (Moms! Wenigstens bin ich modisch eine Generationen aufgerückt, aber trotzdem!), während Cass meinem Bruder seine erste Stunde gibt.

Und mich eigentlich total ignoriert.

Was ganz okay ist. Er ist wegen Em hier.

Er hat mir zugenickt, als wir an den Strand kamen und ich Emory von meinem Rücken rutschen ließ.

Ein Nicken.

Ein Nicken ist ein Hinweis darauf, dass jemand noch Puls

hat. Es ist einen Tick besser als gar nichts. Jungs nicken Mädchen nicht zu, für die sie irgendwas empfinden.

Moment mal …

Will ich denn, dass Cass Gefühle für mich hat? Hallo? Wie könnte ich … nach allem, was passiert ist?

Er ist wegen Em hier.

Ich nicke zurück. *So, da hast du's, Cass. Ich nehme deine unpersönliche Begrüßung zur Kenntnis und erwidere sie. Aber fühl jetzt bloß nicht* meinen *Puls.*

Eigentlich sollte ich mich langsam an Cass auf der Insel gewöhnt haben, an Cass im Wasser, seine kohlschwarzen Wimpern, dieses lockende Lächeln, seine Grübchen und seinen Körper – aber …

Mein Gott.

Für eine Sekunde schließe ich die Augen, hole tief Luft.

Cass hockt sich neben meinen Bruder. »Also, Emory. Magst du Autos?«

Direkte Fragen sind noch nie was für Em gewesen, er ist einfach nur verwirrt und schaut mich eine Erklärung erwartend an. Cass langt in den Rucksack zu seinen Füßen und holt eine Handvoll Matchboxautos raus, die er Em hinhält.

»Autos«, sagt Em glücklich und streichelt vorsichtig mit einem Finger die Kühlerhaube des einen.

Cass gibt ihm ein Auto. »Die anderen gehen jetzt tauchen, im Wasser, es ist heute ja so warm. Und du musst mit reinkommen und mir helfen sie wiederzufinden.«

Die Stirn meines Bruders bekommt Falten und sein Blick wandert zu mir. Ich nicke. Cass greift nach seiner Hand. »Hier, ich zeige es dir.« Em lässt mich vergnügt los und lässt seine Hand in die von Cass gleiten.

»Was machst du?«, frage ich nervös. Ich habe da so eine

Vision von Cass, der die Autos vom Pier wirft und Emory die Anweisung gibt, hinterher zu springen.

»Ich mache ihn nur mit mir vertraut – und mit dem Wasser«, sagt er über die Schulter hinweg. »Alles gut. Das haben wir im Camp so gemacht. Ich kann das.« Em wirkt mager und blass neben Cass' breiten Schultern und seiner gebräunten Haut.

Unsicher folge ich ihm. Soll ich mich im Hintergrund halten und Cass seine Sache machen lassen oder auf Emory aufpassen? Am Ende siegt die Gewohnheit und ich bleibe in der Nähe.

Am Strand sind kaum Leute, ein paar von den Hoblitzells und welche, die ich nicht kenne, müssen Mieter sein. Wie üblich gucken einige zu Emory und dann schnell wieder weg. Mit diesem Mit-dem-stimmt-was-nicht-Blick. Passiert nicht soo oft … er ist ein kleiner Junge und meistens sind die Leute nett. Aber die Verkäuferin in dem Laden gestern hat immer mich oder Grandpa angesprochen, wenn Emory was angefasst hat. »Machen Sie ihm klar, dass er das nicht darf.« Ich hatte echt Lust, ihr eine zu knallen.

An der Flutlinie bleibt Cass stehen. Em macht es ihm nach und wühlt seine Zehen in den nassen Sand. Etwa fünf Minuten lang tut Cass gar nichts, sie lassen sich einfach das Wasser über die Füße spülen. Dann bückt Cass sich und stellt eins der Autos ein Stück weiter weg ins Wasser. »Kannst du hinkrabbeln und es holen?« Seine ganze Aufmerksamkeit gilt dem kleinen Jungen, er scheint ganz vergessen zu haben, dass ich da bin, und konzentriert sich völlig auf seine Aufgabe.

Vielleicht liegt es daran. Es ist nicht komisch zwischen uns. Er konzentriert sich.

Und das will ich ja. Schließlich soll Cass sich nicht auf mich konzentrieren, während Em in den Fluten versinkt. So wie das bei mir neulich war.

Ungefähr eine dreiviertel Stunde geht dieses Spiel so weiter. Jedes Auto steht ein Stückchen weiter draußen im Wasser. Cass legt sich auf den Bauch. »Kannst du das auch?«

Ohne zu fragen oder zu zögern macht Emory es ihm nach. Ich bin besorgt, weil die kleinen Wellen jetzt an sein Gesicht schwappen – und das hasst Em, er brüllt schon, wenn wir ihm in der Badewanne das Gesicht waschen.

»Okay, jetzt. Die letzte Rettung. Du machst das mit einer Hand. Halte dir die Nase zu, damit kein Wasser reinkommt, und dann greifst du ganz tief runter. Wenn du ein bisschen nass wirst, dann kneifst du deine Nase einfach noch fester zu und machst weiter. Aber mach die Augen zu, jetzt versenke ich das letzte Auto.«

Ems Wimpern flattern, die Lider werden geschlossen, die Finger kneifen die Nase zu. Cass lässt etwas zwanzig Zentimeter von ihm entfernt ins Wasser fallen, Emory reckt sich und *klatsch*, eine Welle schwappt meinem Bruder mitten ins Gesicht. Ich springe hoch, warte auf das entrüstete und verängstigte Gebrüll. Aber ich sehe nur etwas Rot-Blaues ganz fest in Emorys Hand, das er triumphierend hochhält – und das Lächeln in seinem Gesicht.

»Gut gemacht, Kumpel. Du hast Supermann gerettet.« Cass richtet sich auf und hebt die Hand zu einem High Five. Em kennt das von Nic, also drückt er seine Hand gegen die von Cass. Dann krabbelt er zu mir rüber und wedelt mit seinem Schatz.

Es ist eine dieser Actionfiguren aus Plastik, ein Supermann mit rotem Umhang und blauen Strumpfhosen, leicht ramponiert, von den männlich kantigen Zügen ist ein wenig Farbe abgerieben. Aber Em stört das nicht. Er zeichnet vorsichtig das S auf der Brust nach, mit ehrfürchtiger Miene, so als ob dies eine lebendige Miniaturausgabe seines Helden wäre.

»Wie wär's, probieren wir das in ein paar Tagen noch mal? Vielleicht könnten wir es zwei Mal die Woche machen. Es ist besser, wenn der Abstand zwischen den Stunden nicht zu groß ist«, sagt Cass zu mir. Er legt den Ellenbogen hinter den Kopf und dehnt sich, als ob er eine Verspannung lösen wollte.

Em hält Supermann in der ausgestreckten Hand und lässt ihn durch die Luft fliegen, er strahlt vor Freude.

»Das wäre toll! Fantastisch.«

Das klingt viel zu begeistert. »Ich wollte sagen … Gut. Das wäre gut. Emory würde das gefallen.«

Schließlich geht es nur um Emory.

Schweigen.

Noch mehr Schweigen.

Cass bückt sich und fängt an, Matchboxautos in seinen Rucksack zu sortieren, erst trocknet er sie mit dem (ja! rosa) Handtuch ab, das er sich um die Schultern geschlungen hat.

»Okay«, sage ich, »dann bringe ich ihn mal nach Hause. Wahrscheinlich ist er müde.«

Cass macht so ein *Hmmpf*-Geräusch.

»Danke für den Unterricht, Cass.«

»Kein Problem.«

»?«

»— —«

»Ist wirklich heiß heute.«

»Ja.« Reißverschluss wird zugezogen.

»Wie war das Wasser?«

»Frag Emory.«

»Ich frage dich.«

»Subjektive Erfahrung.« Cass steht auf, nimmt den Rucksack auf eine Schulter und wagt sich endlich an eine mehrsilbige Antwort. »Mom und Jake sind wie ich. Wir schwimmen in jedem Wasser, egal wie kalt. Bill und mein Vater sind Weicheier. Sie warten bis Anfang Juni oder so.« Das sagt er total angewidert.

»Kein Eisbärensprung für die, was?«

Mist, das hätte ich nicht sagen sollen. Aber ... Jackpot. Augenkontakt. Absolut undefinierbarer Augenkontakt, aber was soll's.

Ich kopiere seine Dehnübung von eben. Dieses Spielchen hab ich auch drauf. Aber Cass guckt mich nicht an, er pflügt mit dem Fuß durch den Sand.

Emory zieht an meinem Shirt. »Kekthe«, schlägt er vor. »Kekthe. Dann Dora. Dann baden. Dann Geschichte. Mehr Geschichte. Puh-Lied. Dann Bett.«

Ich glaub, damit ist mein Programm umrissen.

Seit die Ferien angefangen haben, war Nic kaum mal einen Abend zu Hause. Mom putzt jetzt zwei Abende die Woche ein Bürogebäude in der Stadt. Grandpa Ben hat Bingo und die Messe und den St. Anton von Padua Club.

Ich ziehe mein Shirt aus.

Cass schlägt nicht lang hin wie Danny Zuko, als Sandy am Ende von *Grease* in Spandex erscheint. Gott sei Dank, diese Szene hab ich nämlich immer gehasst. Tolle Botschaft: Wenn sonst nichts hilft, lass Haut sehen und die Jungs werden zu sabbernden, zitternden Häuflein.

Er scheint es nicht mal zu bemerken, steht einfach da,

ganz still, mit zusammengebissenen Zähnen und guckt aufs Wasser.

Okay, ich wollte ja nicht, dass es nur um meinen Körper geht oder auch nur hauptsächlich um meinen Körper, aber … hallo?

Ich lass mir die Haare ins Gesicht fallen und sage: »Okay, Em, wir machen uns auf den Weg.« Er darf auf meinen Rücken klettern, wo er mir mit seinem typischen Würgegriff die Luftröhre abdrückt. Was ganz gelegen kommt, denn das heißt, dass ich nicht noch mal »tschüss und danke« zum gleichgültigsten aller Knaben sagen muss. Oder mich fragen, warum meine Kehle sich plötzlich so wund anfühlt.

Emory ist besessen von *Peter Pan*. Ich dagegen schlage mich mit der Frage rum, was diese Sache mit Tinker Bell und ihren Eifersuchtsproblemen eigentlich soll. Zwischen denen hätte doch sowieso nie was laufen können. Sie ist zehn Zentimeter groß und er fest entschlossen, nie in die Pubertät zu kommen.

Wo wir gerade bei nie sind: Warum ist eigentlich bei uns nie was zu essen im Haus, nur *Protein-Diät-Pulver* (Das macht Muskeln!), Moms Fertiglasagne mit Gefrierbrand, Grandpas Fisch, Muscheln, Krustentiere und Marktgemüse und Ems Favoriten: Ketchup, Cap'n Crunch, Eier, Backofenfritten, Bananen, Nudeln und noch mehr Ketchup?

Warum sind meine Vorlieben im Vorrats- und Kühlschrank überhaupt nicht berücksichtigt? Nicht mal Zucker oder Mehl sind mehr da … und von meiner Backorgie ist kein Krümel geblieben.

Hauptsächlich, weil es mir ziemlich egal ist, muss ich zugeben. Ich liebe Essen, aber es einzukaufen, überlasse ich Mom, Grandpa und Nic.

Doch das heißt, es gibt nichts, womit ich meinen Kummer versüßen kann. Also, klar, ich mag Gemüse, aber wer sitzt denn schon im Bademantel auf dem Sofa und isst ein halbes Dutzend eingelegte Gurken und 'ne Tomate?

Grandpa schmunzelt über Emory, der völlig hingerissen Peter Pans Duell mit Captain Hook verfolgt. Er schabt seine Grapefruit sauber aus, damit er Weizenkleie mit Rosinen reinfüllen kann.

»Mädchen reden zu viel«, beklagt sich Peter auf dem Bildschirm.

»Findest du, Peter? Vielleicht, weil Jungs nie was erklären«, erwidere ich. »Wir müssen also reden, weil die Jungs voll damit beschäftigt sind, sich aufzuführen wie Idioten, die uns mit Schweigen strafen.«

Grandpa guckt mich belustigt an. Dann grinst er wie Mrs Ellington, als wollte auch er sagen:»Ach, diese jungen Leute und ihre albernen Eskapaden«.

Ich stapfe in mein Zimmer und werfe mich bäuchlings aufs Bett, das nicht für dieses Klischee gemacht ist und unter mir erzittert und quietscht. Als nächstes rutsche ich noch an der Wand der Dusche runter, während ich schluchzend deprimierende Popsongs in den Hals meiner Shampooflasche hauche.

Ich reibe mir mit den Händen übers Gesicht. Vielleicht liegt Spence Channing ja richtig. Vielleicht ist »nur Sex« ja das Sicherste. Denn diese ... Gefühle ... tun weh. Ich dachte – ich weiß auch nicht, was ich dachte, aber ich dachte, etwas hätte sich verändert. Cass und ich wären endlich drüber weg über … na, jedenfalls drüber weg. Ob das nun schlau wäre oder nicht.

Und wahrscheinlich wäre es nicht schlau.

Nein, ganz bestimmt nicht.

Nicht, wenn ich nicht mal weiß, welcher nun der wahre Cass ist.

Mein erster Fehler nach dem Eisbärensprung war, in Moms Bronco zu Cass' Party zu fahren. Der Bronco ist alt – nur etwa ein Jahr jünger als ich. Der Kofferraumdeckel hinten ist ziemlich ramponiert worden damals, als wir im tiefen Sand stecken geblieben sind und von einem Bulldozer rausgeschoben werden mussten. Irgendwas stimmt nicht mit dem Chassis, wenn man fährt klappert es nämlich, als ob wesentliche Teile abfallen wollten. Und als ich an jenem Abend in die Auffahrt der Somers einbog, standen da schon jede Menge hübscher kleiner Sportwagen. Der Bronco überragte sie, so wie ich die meisten Mädchen auf unserer Schule überrage.

Einige von ihnen waren gerade aus ihren süßen Autos gestiegen und tippelten zierlich über den Kies der Auffahrt. Und damit kommen wir zum zweiten Fehler.

Die Klamotten.

Denn ich hatte mein Outfit nicht entsprechend geplant. Wäre aber besser gewesen. Viv hatte immerzu was aus meinem Schrank gezogen, mir angehalten und mit gerunzelter Stirn Sachen gesagt wie: »Hast du das überhaupt anprobiert, bevor du es gekauft hast? Los, ins Einkaufszentrum!« Aber das fand ich so affig, das war ja, als würden wir uns total … inszenieren, keine Ahnung, warum, aber das konnte ich nicht ertragen. Deshalb war ich am Ende einfach in eine

Jeans und einen schwarzen Pulli mit V-Ausschnitt gestiegen. Okay, mit einem tiefen Ausschnitt.

Ich öffnete also die Tür vom Bronco, ohne vorher die Musik abzustellen, und weil ich den Kopf so voll gehabt hatte auf der Fahrt hierher, hatte ich Emorys CD nicht ausgeworfen und die kreischte jetzt: »Wer wohnt in 'ner Ananas …« Schnell drehte ich den Schlüssel im Zündschloss und stopfte ihn mir in die Tasche. Ein Stück weiter die Auffahrt entlang lachte jemand, wahrscheinlich hatte das nichts mit mir zu tun, aber ich wollte mich trotzdem am liebsten umdrehen und wegrennen.

Ich guckte auf mein Handgelenk, auf die ordentliche, eckige Jungshandschrift, die sorgfältig gezeichnete Karte. *Shore Road. Acht Uhr Samstagabd.*

Und ich ging rein.

Anders als bei den meisten Partys, auf denen ich gewesen war, hatte man die Musik nicht bis zum Anschlag aufgedreht. Es gab irgendein verstecktes Soundsystem, aber es war gedämpft, Hintergrundmusik.

Alles war so sauber. Und weiß. Cremefarbene Sofas, elfenbeinfarbene Wände, helle Sisalteppiche … makellos. Ich hoffte für Cass, dass sich das hier nicht zu einer Sauforgie entwickeln würde, denn es wäre unmöglich, diese Teppiche wieder sauber zu kriegen, wenn jemand draufkotzte oder gar Rotwein draufkleckerte, wenn es denn welchen gab und …

Ich dachte wie die Tochter einer Putzfrau.

Nur für heute Abend wollte ich das mal beiseite lassen. Ich wünschte, ich hätte mir was zum Anziehen gekauft. Ich wünschte, Viv und Nic wären mitgekommen, statt geheimnisvoll zu lachen und zu sagen, sie hätten »andere Pläne«.

Dann sah ich Cass, der an der Kücheninsel stand und den Leuten die Autoschlüssel abnahm und sie in ein Weidenkörbchen legte. Er trug locker über den Jeans ein vanillefarbenes Oberhemd. Als er mich sah, lächelte er das ungeübteste und offenste Lächeln, so eins, bei dem er tiefe Grübchen und kleine Falten um die blauen Augen kriegte. Er lehnte sich vor, die Ellenbogen auf den Tresen gestützt.

»Du bist gekommen. Das hätte ich nicht gedacht.«

Ich breitete die Arme aus wie die glamouröse Assistentin eines Showmasters und plötzlich fühlte ich mich wohler.

Er betrachtete mich von Kopf bis Fuß und sagte dann in einem milden Ton, der gar nicht zu seinem Blick passte: »Dir kann man vertrauen, oder? Ich muss dir nicht die Schlüssel abnehmen?«

»Absolut zuverlässig«, sagte ich und schaute mich um. Die meisten hier kannte ich – wenigstens von den Schulfluren und aus der Cafeteria. Aber in dieser eleganten Umgebung wirkten sie wie Alien-Besucher aus dem Promi-Universum. Jungs, die ich nur in Jeans und T-Shirts kannte, trugen schwarze oder dunkelblaue Oberhemden, und die Mädchen hatten alle was total Enges an, was aber trotzdem irgendwie edel wirkte. Ein Effekt, den ich noch nie erzielt hatte.

Ein Schauer überlief mich.

»Alles okay, Gwen? Dir ist doch wohl nicht immer noch kalt von deiner historischen Rettungsaktion?«

»Nein. Hab mich wieder erholt.« Ich warf die Haare über die Schulter und traf Tristan Ellis damit ins Gesicht.

»Hey, pass auf«, sagte er mit erhobenen Händen, als wäre ich mit der Machete hinter ihm her.

Ich verpasste mit innerlich eine Ohrfeige. »Das hier ist so … glamourös«, raunte ich Cass zu.

»Warte so etwa zwanzig Minuten, dann ist das verraucht. Komm, ich nehme dir deinen Mantel ab.«

Ich wollte meine abgewetzte dunkelblaue Kapitänsjacke nicht weggeben, an der, wie ich jetzt bemerkte, überall Fabios goldenes Fell haftete. Also wich ich Cass' ausgestreckter Hand aus und räusperte mich: »Ehrlich gesagt, mir war nicht klar, dass es so elegant werden würde. Vielleicht sollte ich lieber gehen.«

Seine Stimme war ja schon tief, nun kam noch so etwas Rauchiges dazu. »Gwen. Bleib. Du lässt dich doch nicht einschüchtern von …« Er schaute sich um und zeigte dann auf einen Jungen, der gerade jemandem Rasierschaum ins Gesicht schmierte, der nicht mehr so ganz bei sich war. »Von so was … oder?«

Der Typ mit dem Rasierschaum rief: »Bu!«, und der andere kam mit einem Ruck zu sich, seine Hände zuckten Richtung Gesicht. Und *Klick* wurde ein Handyfoto gemacht.

»Nein. Natürlich nicht!« Aber ich wich noch einen vorsichtigen Schritt zurück. Er griff nach meinem Ärmel, forderte mich auf, doch meinen Mantel aufzuknöpfen. Ich schüttelte den Kopf. Er zog wieder an meinem Ärmel, wir spielten so eine Art Kapitänsjacken-Tauziehen.

»Diese Jacke scheint dir sehr wichtig zu sein. Gibt es da etwas, das ich wissen sollte? Du trägst doch ein Shirt drunter, oder?«

»Tu ich«, sagte ich und knöpfte sie auf.

»Mist.«

Ich hasse es, wenn Typen von mir oben ohne reden. Sogar welche in Dads Alter tun das. Einmal auch einer von

Grandpas Freunden, der nicht wusste, dass ich etwas Portugiesisch konnte. Darauf sagte Grandpa Einiges zu ihm, was ich nicht verstehen konnte, und er entschuldigte sich etwa eine halbe Stunde lang. Aber die Sache ist die … als Cass Witze darüber machte, hatte ich nichts dagegen. Ich bekam keinen Würgreiz. Nur diese heiß-kalten Schauer überliefen mich. Und dann noch was, das ich besser kannte: Panik.

»Ich bin nicht diejenige, die ständig ohne Hemd rumläuft.«

Cass guckte demonstrativ auf sein Hemd.

»Jetzt ist doch alles okay mit mir. Ich erinnere mich auch nicht, je oben ohne zur Schule gekommen zu sein. Lässt mich mein Gedächtnis da im Stich? Oder redest du vom Schwimmen? Da kann ich dir nur sagen, als ich letztes Mal geguckt habe, hatten all die anderen Jungs im Team auch kein Hemd an. Warum bin ich denn der Einzige, der gegen die Gwen Castle-Kleiderordnung verstößt?«

Oh Gott. Warum borgte ich mir nicht gleich einen Edding und schrieb mir auf die Stirn: *Ich hab nur Augen für dich!* Ich brauchte definitiv einen Maulkorb. Oder was zu trinken. Nein, das hätte Anti-Maulkorb Wirkung. Außerdem bekommt mir das gar nicht, ich würde nur mit Rasierschaum im Gesicht aufwachen.

Keine Ahnung, warum ich mich mit ihm im Auto so wohlgefühlt hatte und jetzt derartig durchdrehte. Weil wir nicht allein waren vielleicht? Hätte allein sein mich nicht noch nervöser machen sollen? Müsste ich mir nicht wünschen, dass massenhaft Leute in die Küche strömten, damit ich ihn nicht packte, an den Gefrierschrank drückte und …

Auf der anderen Seite des Raumes entdeckte ich Pam D'Ofrio und winkte, als hätte ich sie fünfhundert Jahre nicht gesehen – und nicht fünf Stunden, dann drückte ich Cass meine Jacke in die Arme und machte mich davon.

Er ließ mich gehen, aber jedes Mal, wenn ich mich umdrehte, trafen sich unsere Blicke, so als ob er darauf gewartet habe, dass ich guckte. Nach zirka zwanzig Minuten kam er rüber und nahm meine Hand. »Ich zeige Gwen jetzt das Haus, Pam.«

Er führte mich eine lange geschwungene Treppe hinauf und einen holzvertäfelten Flur entlang, dabei wies er auf die Räume: »Jakes altes Zimmer. Das war Bills, aber er ist jetzt verheiratet und hat eine Tochter, er kommt also nur selten länger her. Meins ist da hinten.«

Ich hatte erwartet, dass er mich mit in sein Zimmer nahm. Natürlich hatte ich das. Ich war also nicht überrascht, als er die Tür aufmachte und das Licht anknipste. Das Erste, was mir auffiel, war, wie sauber es war. Das Bett war nicht gemacht, und vielleicht lagen ein, zwei nicht ganz trockene Handtücher rum, aber keine Haufen müffelnder Klamotten auf dem Boden. Und als nächstes fiel mir auf, wie perfekt es war: blassblaue Wände, dunklere Bettwäsche, eine dunkelblaue Tagesdecke mit dunkelgrünen Streifen, dazu passende Vorhänge. Es gab ein großes, gut bestücktes Aquarium, blaue Lichter flackerten.

An der Wand hing ein Spiegel, der aussah wie ein Bullauge. Das Bett war groß und aus Eiche mit altmodischen Delfin-Schnitzereien. Landkarten bedeckten die Wände. Einige waren gerahmt und sahen aus wie Kinderzeichnungen auf Bastelpapier, mit dem X, das den Piratenschatz markiert, andere waren auf großen weißen Blättern. Fast alle waren von Hand gezeichnet.

Cass, der geschwiegen hatte, während ich mich umsah,

sagte endlich was: »Nur damit du es weißt, ich hatte so gut wie nichts mit diesem Raum zu tun. Meine Mutter hat so einen Innenarchitekten angeheuert, als ich vor zwei Jahren im Camp war, und der hat sich mit seinem *nautischen Stil* im ganzen Haus ausgetobt … An der Wand hing sogar ein Blaubarsch und eine Skulptur von einem Kerl in gelbem Ölzeug mit Pfeife im Mund gab es auch noch. Die mussten weg, denn das war, als würde man im *Red Lobster* schlafen. Immer wenn ich aufgewacht bin, dachte ich, man würde mich fragen, ob ich Remoulade dazu wolle.« Cass redete ein bisschen zu schnell. Er holte tief Luft und warf mir einen Blick zu.

»Also behütet kein knurriger alter Seebär deinen Schlaf?«

»Eine vollbusige Meerjungfrau wäre mir lieber. Aber alte Seebären, nein danke.«

Mittlerweile war ich so nah an eine der Landkarten herangetreten, dass ich die Küstenlinie hier in der Nähe erkennen konnte, die Flussmündung und die Brücke nach Seashell. In einer Ecke waren die winzigen Initialen CRS.

»Das sind alles deine Arbeiten? *Du* hast die gezeichnet?«

»Die meisten. Ich mag Landkarten.« Cass zuckte mit den Schultern. Jetzt setzte er sich aufs Bett, die Ellenbogen auf die Knie gestützt, die Hände locker dazwischen herabhängend. Eine entspannte Haltung, aber er ballte und löste ständig die eine Hand.

Ich wartete jetzt darauf, dass er sich an mich heranmachte. Ich war nicht so erfahren, wie alle glaubten, aber mal ganz ehrlich: Ich war in seinem Zimmer. Er war auf dem Bett. Doch er saß einfach nur da und starrte auf seine Hand. Dann taten wir das beide. Guck, wie Cass' Hand zugeht. Guck, wie Cass' Hand aufgeht. Vielleicht hatte ich ihn ja total falsch eingeschätzt. Vielleicht war er schwul. Aber dann sah ich seinen Blick. Wach, eindringlich – und da war etwas, das mir den Atem nahm. Nee. Nicht schwul. Außerdem war da dieser Kuss …

Noch ein Blick in seine Augen und ich musste mich abwenden und versuchen, den Faden wieder aufzunehmen. Worüber hatten wir gleich noch geredet?

Das hier war doch lächerlich. Den größten Teil meiner Zeit verbrachte ich mit Kerls. Den Kerlen von der Insel. Dad, Nic, Emory, Grandpa. Die Schwimmmannschaft, dem hauptsächlich männlichen Personal vom Castle im Sommer. Ich war doch keine Jungfrau aus der Klosterschule, der beim Anblick von Gesichtsbehaarung die Sinne schwanden.

Ich räusperte mich, setzte mich neben ihn aufs Bett und warf noch mal die Haare zurück, dieses Mal ohne jemanden zu gefährden. »Also … was ist das mit den Landkarten? Ich meine … warum magst du sie?«

»Ach. Naja, ich kann das nicht gut in Worte fassen. Das hat mich, glaube ich, noch keiner gefragt.« Er zögerte, schaute an die Decke. Als ob da die Antwort stehen könnte. »Ich mag die Art, wie man ein Gelände mit Höhen und Tiefen auf einer flachen Oberfläche darstellen kann. Ich mag es, dass man verschiedene Richtungen einzeichnen kann, sodass alle Möglichkeiten sichtbar werden, aus jedem Blickwinkel. Ich steig gern ins Auto, such mir einfach ein Gebiet aus und probiere, ob ich eine Karte davon zeichnen kann …« Er schüttelte den Kopf und schaute nach unten. »Das ist 'ne Macke von mir, das mache ich, wenn ich nachdenken muss.«

Ich warf einen Blick auf die Karte auf meiner Hand. Cass auch.

»Du hast sie nicht abgewaschen?«, sagte er lächelnd.

»Das ist jetzt anderthalb Tage her. Und du hast einen Edding genommen. Ist nicht so, dass ich mir jetzt nie wieder die Hände waschen würde, als wenn du der Papst wärst oder so.«

»Der Papst bin ich bestimmt nicht«, sagte Cass. Jetzt hatte er sich auf dem Bett zurückgelehnt und schaute auf die Ellenbogen gestützt unter seinen langen Wimpern hervor zu mir hoch, ganz ruhig. Ich rückte etwas näher heran.

Er roch so gut, wie Strandlaken, ein Schwimmbecken in der Sonne. Blitzsauber.

Jetzt roch ich schon an ihm? Und ich hatte mich auch nicht besonders bemüht, mir den Edding von der Hand zu waschen. Was passierte hier mit mir?

Ehe ich noch etwas anderes Unheimliches oder Unerwartetes tun konnte, ging plötzlich die Tür auf und Trevor Sharpe steckte den Kopf ins Zimmer. Wir zuckten beide zurück. »Sundance, wo ist das zweite Fass? Bitte, sag mir, dass es ein zweites Fass gibt. Und Eis haben wir auch verdammt wenig. Sag mir, dass davon auch noch mehr da ist. Channing meint, wir müssen jetzt echt an der lahmen Musik drehen. Die killt die Stimmung, Mann.«

Cass schüttelte den Kopf und seufzte. »Das Fass ist in der Garage. Eis auch. Sag Spence, mit der Scheißmusik soll er machen, was er will.«

Trevor nuschelte was, das ich nicht verstehen konnte, worauf Cass aber mit einem erstaunlich wütenden »Halt's Maul« antwortete.

Als die Tür wieder zuging, ließ er sich aufs Bett zurückfallen und verschränkte die Hände hinter dem Kopf. »Ich hab das mit dieser Party nicht durchdacht. Ich war nicht so scharf auf mehrere Fässer, aber … Soll ich die Führung fortsetzen oder willst du mir erzählen, was du für Macken hast? Meine hab ich dir jetzt ja verraten.«

Er stockte, so als hätte er nicht damit gerechnet, *das* zu sagen.

Er zupfte an seinem Kragen und wippte mit dem Fuß.

»Naja, hm, zuerst müsste ich wohl sagen, dass ich wahnsinnig an meinem Mantel hänge. Wir haben ein sehr enges Verhältnis.«

»Gut zu wissen. War also eine große Sache, dass ich ihn dir abnehmen durfte.«

»Riesig. Ein Meilenstein.«

»Ist das so?« Seine Stimme wurde leiser, ich lehnte mich also zu ihm rüber, damit ich ihn besser verstehen konnte. Also, ist doch klar, dass das der Grund war. »Und abgesehen davon?«

Unten wurde plötzlich laut »*What shall we do with a drunken sailor*« gegrölt, dann hämmerte jemand an die Tür. »Sundance. Erste Verluste. Mitchell hat auf den Teppich in dem grauen Zimmer gekotzt.«

»Mach es weg«, rief er, ohne den Blick von mir abzuwenden.

»Geht gar nicht, Mann. Ist dein Haus.«

Ich hätte mich fast erboten sauberzumachen. Echt.

Dann klingelte Cass' Handy und er ging ran, sprach mit leiser Stimme und wandte sich dabei ein wenig von mir ab. »Ja. Ja. Ich hab es im Griff. Das passt gerade schlecht, aber alles ist unter Kontrolle.«

Wenn seine Freunde jetzt anfingen das Handy zur Kontaktaufnahme zu nutzen, würde es nicht mehr lange dauern, bis wieder jemand reinplatzte. Ich stand auf, drehte meine Haare zum Knoten, und ließ sie fallen.

»Noch was?«, drängte Cass. »Die Kapitänsjacke kann doch nicht alles sein.«

Mit einem Mal sah ich die Worte an der Wand des Mädchenklos wieder vor mir, nachdem Connie Blythe ihren Freund dabei erwischt hatte, wie er mich im ersten Highschooljahr gegen die Schließfächer gedrängt hatte, um mich zu küssen. Aber davon würde Cass nichts wissen, dies war sein erstes Jahr auf unserer Schule. »Ach, ich habe keine Geheimnisse. *Jeder* weiß über mich Bescheid.«

So hätte das nicht klingen sollen, es hörte sich erbärmlicher, beschämter an, als ich wollte, und Cass musterte mich scharf. Dann stand er schnell auf. »Hey … willst du mit an den Strand? Ein Stück spazieren gehen?«

Der Strand. Okay. Das war gut. Der Strand war mein Zuhause, der Ort, an dem ich mich sicher fühlte, da konnten wir uns auf Augenhöhe begegnen – und das brauchte ich, denn als wir wieder durchs Haus gingen, listete ich – so sinnlos es auch war – sämtliche Unterschiede zwischen dem Leben von Cass Somers und meinem auf. In unserem Haus haben wir blaue Plastikkisten aufgestapelt, in denen Moms Liebesromane und Nics Trainingshandbücher und Ems bunte Bilderbücher und meine … ach, egal stehen. In diesem Haus gibt es Schränke mit Glasfronten, gedämpfter Beleuchtung und Bücher mit Ledereinbänden. Bei uns blättert die Farbe und die Tapeten sind ausgeblichen und wellen sich. Hier hatten sie einen Innenausstatter und einen »Stil«.

Aber am Strand mit dem Sand und dem vertrauten Seufzen des Meeres gab es solche Unterschiede nicht.

Der Vollmond schien aufs Wasser. Es war eisig. Kaum Sterne. Cass stieß eine weiße Wolke aus und schmunzelte, als wir über Schneereste knirschten. Als ich mich umguckte, sah ich eine Reihe ineinander verschlungener Gestalten auf der Veranda stehen. Offenbar hatte die Musik die Stimmung nicht komplett kaputtgemacht.

Cass ging zielstrebig voran. Das brachte mich ins Wanken. Vielleicht gab es ja ein Gästehaus. Vielleicht hatte es von Anfang an schon dahin gehen sollen. Er schwieg, nur das Stapfen unserer Schritte war zu hören und das machte mich nervös. Jeder Schritt schien etwas anderes zu sagen, es war, als würde man einem Gänseblümchen die Blütenblätter raus zupfen. »Er liebt mich. Von Herzen. Mit Schmerzen. Gar nicht.«

»Weißt du eigentlich«, sagte er leise, »dass auf den ersten Karten der Himmel abgebildet war, nicht die Erde? Auf den Karten an den Höhlenwänden? Das fand ich immer cool.«

»Warum war das so?«, fragte ich. »Weißt du das?«

»Nicht genau. Ich hab mir als Erklärung dafür ausgedacht, dass sie damals vielleicht dachten, die Erde wäre zu groß für eine Karte, sich aber vorgestellt haben, sie könnten den ganzen Himmel sehen. Und sie ahnten nicht, dass es umgekehrt ist.«

Flachlegen will er mich nicht, dachte ich. Das kann nicht sein. Das ist keine Anmache. Das ist nicht wie was, das Alex sagen würde. Oder Jim Obermann.

»Tut mir leid, das eben. Wie ich schon sagte, ich hatte diese Partysache unterschätzt. Ich hab nur eine gemacht ... damit du kommst.«

Wie erstarrt blieb ich stehen. »Ist nicht wahr!«

Er zuckte die Achseln, lächelte, seine Ohren liefen rosa an. Aber das lag vielleicht an der Kälte.

»Hättest du mich dann nicht einfach zu einem Date einladen können?«

»Ich dachte, das wäre nicht dein Ding.«

Was sollte das denn heißen? Das war ja wohl ein krasser Fall von »er liebt mich nicht«. »Was denn? Denkst du, das kann man sich sparen bei mir? Ging es darum bei diesem Kuss im Auto?«

Cass wich einen Schritt zurück. »Nein. Ich wollte sagen, ja, ich mag dich, aber ich wollte nicht nur, also ... Ich hab drüber nachgedacht, ich meine, du ...«

Jetzt kam ich so schnell in Wallung, dass ich die Kälte gar nicht mehr spürte. »Ist dir überhaupt klar, was du da sagst? Mir nämlich nicht. Woran hast du gedacht?«

»Ach, Scheiße!«, sagte Cass und kickte ein Stück Eis mit dem Fuß weg. »Was soll ich denn sagen? An dich. Ich habe an dich gedacht.«

An mich. Oder an Sex mit mir? Oder beides? »Komm, wir gehen wieder zurück zur Party. Da Dates ja nicht mein Ding sind.«

Er schnaufte entnervt. Weiß in der dunklen Luft. »Denn was du auch glauben oder hören willst, ich mag dich wirklich. Dich. Komm, Gwen. Wir gehen noch ein Stück.« Er streckte die Hand aus, die Handfläche nach oben, hielt sie mir hin und ich konnte in seinen Augen sehen, wie ernst er es meinte.

Ich gab ihm meine Hand. Seine Finger umschlossen sie und er steckte unsere beiden Hände in seine Parkatasche. Schweigend gingen wir eine Weile. Nach ein paar Minuten sagte Cass: »Du zitterst wieder. Irgendwie führe ich dich von einer Unterkühlung zur nächsten.«

Zu diesem Zeitpunkt hatte ich absolut keine Ahnung mehr, wo wir waren, dazu waren die Gefühle zu intensiv. Doch als ich mich umschaute, stellte ich zu meinem Erstaunen fest, dass wir im Kreis um das Haus herum gelaufen waren und jetzt vor meinem Auto standen. Ob das ein Zeichen war? Sollte ich jetzt gehen?

»Gwen … ich möchte, dass alle gehen. Nur du nicht. Keine Ahnung, wie ich das für eine gute Idee halten konnte. Im Rudel fühlt man sich sicherer oder so. Können wir uns nicht einfach in dein Auto setzen und eine Weile rumfahren, bevor wir es wieder mit den Saufnasen aufnehmen? Was meinst du?«

Das schien eine einfach zu beantwortende Frage zu sein.

Das Haus dröhnte vor lauten Menschen und noch lauterer Musik. Die Nachtluft war still, eine leichte, salzige Brise wehte übers Meer, es war friedlich. Ich konnte Cass' Miene nicht deuten, aber ich wollte es. Ich wollte mit ihm draußen bleiben und so mit ihm reden, wie wir in seinem Zimmer geredet hatten. »Wir könnten uns nur mal ein bisschen aufwärmen«, sagte ich.

Er machte mir die Tür auf. Die Fahrertür vorne, nicht die zum Rücksitz. Und mit einer Handbewegung forderte er mich zum Einsteigen auf, total höflich. Dann ging er auf die Beifahrerseite rüber und rutschte selber auf den Vordersitz. Ich drehte den Schlüssel im Zündschloss und stellte die Heizung an, brachte aber schleunigst Spongebob zum Schweigen.

»Also …«, fing ich an, wusste aber nicht, wie es weitergehen sollte. Musste ich ihm jetzt etwas Geheimes und Persönliches erzählen, als Gegenleistung dafür, dass ich über seine Landkarten Bescheid wusste? Ich entschied mich für: »Bedeutet diese Fähigkeit Karten von Gegenden zu zeichnen, dass du immer weißt, wo du bist?«

»Nein«, sagte er bestimmt. »Jetzt zum Beispiel weiß ich

überhaupt nicht, wo ich bin. Ich weiß nicht, was du denkst. Über mich.«

Aber vielleicht wusste er das doch, denn sein Blick veränderte sich und er lehnte sich zu mir rüber, so langsam, dass ich gar nicht merkte, dass er sich bewegte. Oder bewegte ich mich?

Dann spürte ich seine Lippen auf meinen. Eine kalte Hand rieb meinen Nacken und die andere glitt langsam an meiner Seite entlang bis zum Bund meiner Jeans. Ich gab einen Ton von mir, der eigentlich Ausdruck von Schock oder Protest hätte sein müssen – nicht so ein genüssliches Gurren.

Aber genau das war es, denn Cass Somers war ein Virtuose des Küssens, ein Meister des Gebens und Nehmens. Wie beim letzten Mal überstürzte er nichts, erst nur ein sanfter fester Druck, dann küsste er meine Wange, kam zurück zum Mund, verharrte dort, bis ich mich ganz auf ihn einließ.

Denn das tat ich.

Ehe ich mir dessen bewusst wurde, streichelten meine Hände seinen Rücken überall und seine Fingerspitzen glitten unter meinen BH. Der hatte den Verschluss vorne und er fand ihn sofort, zielsicher. Dann ließ er die Hand aber sinken und murmelte: »Sorry … ich … ich. Oh, Gwen.«

»Mmf«, war meine logische Antwort darauf und ich zog ihn wieder an mich.

Nicht reden. Wenn er redete, würde ich denken und diese Finger aufhalten, die meine BH-Träger nach unten schoben, sanft an meinen Armen entlangglitten und dabei Gänsehaut hinterließen.

Cass hörte auf zu küssen. Seine Augen waren strahlend

blau wie das Meer, mit großen schwarzen Pupillen. Ich starrte ihn benommen an, langsam kehrte das Bewusstsein zurück, das musste er mir angesehen haben, denn er rückte etwas von mir ab und räusperte sich.

»Soll ich nicht weitermachen?«

Dass ich entschieden den Kopf schüttelte, war falsch. Ein Fehler. Ganz bestimmt. Die Mittelkonsole hochzuklappen auch. Denn das führte dazu, dass Cass mich direkt auf seinen Schoß zog.

Ich nahm die Hände aus seinen Haaren (warm an den Wurzeln, eiskalt an den Spitzen) und langte nach unten. Was machte ich da? Ich machte genau das, was Cass machte, und meine Finger umschlossen seine, als er den Hebel zog, um den Sitz in die Liegeposition zu stellen, und rums lag ich auf ihm und spürte seine Hände überall auf meinem Rücken, dann strich er mir das Haar zurück und seine Lippen glitten über meinen Hals.

Oh mein Gott. Cass Somers hatte blitzschnelle Reflexe und ein Zaubertrank kam aus jeder seiner Poren, der Selbstkontrolle, Vorsicht und Vernunft in nichts auflöste.

Ich war völlig weg und dachte nur, dass das hier wohl das Beste war, das ich je erlebt hatte.

Ich war diejenige, die ihm praktisch auf den Schoß kroch. Ich war diejenige, die zuerst die Hände unter sein Hemd gleiten ließ … und überall war diese weiche Haut. Nach einigen weiteren Minuten, war er derjenige, der meine Finger mit einer Berührung aufhielt. »Gwen. Warte.« Er schüttelte den Kopf, holte tief Luft. »Nicht so schnell … Wir sollten lieber …«

Er setzte sich auf und zog mich mit hoch. »Komm, wir gehen zurück ins Haus. Ich kann nicht mehr klar denken.«

An dieser Stelle hätte ich nicht sagen sollen: »Dann … lass es. Denk nicht klar.«

Aber ich habe genau das gesagt.

Verschreckt guckte er mich an, ein wenig verständnislos und ein wenig … was war das da in diesen blauen, blauen Augen? Ich nahm mir nicht die Zeit, es zu definieren, sondern zog mein Shirt aus, rückte weiter auf seinen Schoß und meine Hand ging zum Knopf seiner Jeans.

»Gwen …«

»Schsch…«

»Ich … kann doch nicht …«

»Aber ich kann.«

Und wir konnten.

Hinterher lagen wir ineinander verschlungen auf dem Beifahrersitz. Cass tastete mit ausgestrecktem Arm nach seinem Parka auf dem Boden herum, zog ihn mit einer Hand hoch und breitete ihn über uns. Ich legte die Wange auf seine Brust und lauschte seinem galoppierenden Herzen. In traumartiger Zeitlupe glitt sein Finger an meinem Schenkel hoch und runter. Ich fühlte mich nicht unbehaglich oder wollte schnell weg, so wie mit Alex. Zum ersten Mal ergaben all diese Phrasen wie »es fühlte sich richtig an« und »du weißt es einfach«, die ich so oft gehört, aber nie geglaubt hatte, einen Sinn.

Seine Hand strich langsam an meinem Rückgrat hoch, dabei lächelte er ein wenig, so als wäre jede Erhebung, jede Vertiefung ein Genuss für ihn. Noch einmal holte er tief Luft, dann küsste er mir die Stirn. »Danke.«

Ich fand das nicht seltsam, zu diesem Zeitpunkt. Ich schmolz nur noch mehr dahin. Es war so typisch für Cass, den stets Höflichen, sich so zu verhalten, als hätte ich ihm ein Geschenk gemacht – und nicht, als hätten wir beide zusammen eins ausgewickelt.

Ich zog sein Gesicht ganz nah heran und schmiegte meine Wange an seine.

»Du riechst immer nach Chlor, selbst wenn du schon ewig aus dem Becken raus bist«, flüsterte ich.

»Sitzt wahrscheinlich in den Poren. Ich schwimme jeden Tag.«

»Sogar wenn die Saison vorbei ist?«

»Jeden Tag.« Er wickelte sich eine meiner Locken um den Finger, ließ sie wieder los und wickelte sie noch mal auf. Auf seltsame Weise hatte das etwas genauso Intimes und Persönliches wie das, was wir gerade getan hatten. Dass er mich danach noch immer berühren wollte ... »Naja, wir haben ein Schwimmbecken im Haus ... also ...«

»Ich bin betrogen worden auf meiner Führung. Das Schwimmbecken wurde mir vorenthalten.«

»Wäre nicht so eine klasse Idee gewesen, es zu zeigen. Uns hätte ja jemand folgen können. Und ehe man sich versieht, liegt die halbe Schule drin – mit Klamotten oder ohne.«

Ich schaute an mir runter, zog den Parka ein Stück höher, weil mir plötzlich einfiel, wie wenig ich anhatte.

»Lass das«, flüsterte Cass. Er schob den Parka wieder runter und streichelte mir mit dem Zeigefinger über den Rücken.

Ich schmiegte mich an seinen Hals, atmete Chlor ein und einen salzigen Hauch Schweiß.

Dann, aus irgendeinem Grund, vielleicht war sein sauberer Geruch dran schuld, tauchte das Bild von diesem völlig fleckenlosen Haus in meinem Kopf auf, das der feiernden Menge überlassen gewesen war, während wir uns in dieser Seifenblase befanden.

»Werden deine Gäste dein Heim verwüsten und plündern, während ich mich hier draußen über den Gastgeber hermache?«

Unter mir bebte seine Brust. »Ein bisschen Verwüstung ist durchaus zu erwarten. Wahrscheinlich läuft gerade die große Schatzsuche nach Dads Barschrank. Und fürs Protokoll, ich hab mich über dich hergemacht.« Obwohl er scherzte, hörte sich das ein bisschen besorgt an, deshalb setzte ich mich auf.

»Am besten gehen wir rein.«

Einen mittelunangenehmen Moment lang suchte ich nach meinem BH und er zog sich mit gesenktem Kopf und zur Seite guckend die Jeans wieder hoch. Aber nicht schlimm verlegen, irgendwie nett verlegen, besonders als er mir meine Jacke zuknöpfte und den Gürtel um die Hüfte mit einem Knoten schloss. Dann nahm er meine Hand und machte die Tür auf.

»Nach dir.«

»Du bist so höflich, das ist schon bedenklich. Du solltest dir Hilfe suchen. Du bist siebzehn und männlich. Du musst mehr grunzen und mit Fingern zeigen.«

»Willst du die Wahrheit wissen? Irgendwie bin ich gerade sprachlos.«

Inzwischen knirschten wir auf dem eisigen Kies die Auffahrt hoch. Und dann geschah es. Wir hatten wohl den Bewegungsmelder ausgelöst, jedenfalls gingen Scheinwerfer an, hell wie der lichte Tag. Oder irgendjemand hatte einen Schalter umgelegt. Was es war, habe ich nie erfahren. Aber egal, plötzlich standen wir in blendend blau-weißes Licht getaucht da und Klatschen, Jubel und Gegröle schlug uns um die Ohren. »Gut gemacht, Sundance!«, rief jemand, dessen Stimme ich nicht identifizieren konnte, und es wurde gelacht.

Und dann konnte ich eine Stimme identifizieren, denn nach einem langen Pfiff rief Spence: »Hab ich dir nicht gesagt, wo du deine Unschuld verlieren kannst, Somers. Aber ich hätte nicht gedacht, dass du es so schnell über die Bühne bringen würdest. Gute Arbeit.«

Ich stolperte auf der vereisten Auffahrt, ein wackliger Absatz rutschte unter mir weg, und ich drehte mich ungläubig zu Cass, während ein Chor von *Ooohs* und *Warst du auch behutsam mit ihm, Gwen* im Hintergrund ertönte. Er wurde so flammend rot, dass seine Hitze mir das Gesicht versengte. Und auf ein Mal bekam sein *Danke* eine ganz neue Bedeutung. Ich entzog ihm meine Hand, schüttelte den Kopf, taumelte rückwärts und wartete darauf, dass er es abstritt. Doch stattdessen guckte er erst mich an und dann zu Boden, seine Schultern hingen. Ich sah es in seinen Augen.

Schuld.

Und alles, was sich so warm und gut und glücklich angefühlt hatte, zerfiel.

Ich ging davon. Was hätte ich sonst tun sollen?

Hinter mir hörte ich, wie Cass sagte: »Haltet die Klappe.« Aber ich ging einfach weiter.

Einfach gehen. Das sollte ich auch jetzt tun, einfach weggehen von Jungs, die mich verwirren. Soll der Seewind sie – ihn – aus meinem Kopf pusten. Ich schwinge mich aus meinem ramponierten Doppelbett. Nach Ems Schwimmunterricht hatte ich mir nicht die Mühe gemacht, mich umzuziehen. Ich bin immer noch im Bikini, also ziehe ich Moms Shirt über und ein Paar von Nics Workout-Shorts – eins von dem sauberen, gefalteten Stapel auf dem Sofa, nicht dem gammelnden Haufen in seiner Zimmerecke.

Grandpa trägt seinen karierten Morgenmantel. Das bedeutet, er bleibt zu Hause. Und das heißt, ich kann ohne Em losziehen. Endlich, ein freier Abend. Ich werde Vivie suchen. Ich gucke aus dem Fenster zu ihrer Auffahrt rüber. Da stehen das Auto ihrer Mutter und der Lieferwagen von Almeida. Sie muss zu Hause sein.

Ich pfeife nach Fabio und klimpere mit der Leine. Der alte Knabe hebt gerade mal so lange den Kopf vom Boden, dass er mir mit Blicken zu verstehen geben kann, ich würde ja wohl zu scherzen belieben, denn er liege hier gerade in den letzten Zügen, um dann wieder zusammenzusacken.

Ich klimpere noch mal mit der Leine. Dann bemerkt er die Wurst, die noch auf Emorys Teller liegt, und halleluja, ein Wunder geschieht. Er kaut immer noch, als ich auf die Veranda trete – und wie angewurzelt stehen bleibe.

Cass kommt gerade die Stufen hoch, die Hände tief in den Taschen seines dunklen Kapuzenshirts, mit wehendem blonden Haar.

Er bleibt stehen, als er mich sieht.

Ich bin wie erstarrt, die Tür ist halb offen.

Cass ist hier an meiner Tür.

Was macht er hier an meiner Tür?

Hab ich ihn etwa heraufbeschworen mit meinen Erinnerungen?

»Komm mit mir segeln«, sagt er unvermittelt. Dann fügt er hinzu: »Äh. Bitte.«

Hinter mir höre ich, wie Grandpa Ben Peter vor dem Krokodil warnt: *»Olhe pare o crocodilo, menino.«*

Emory piepst: *»Crocodilo menino!«*

Vielleicht kann ich auch kein Englisch mehr. »Zu was soll ich kommen? Womit?

Er zeigt aufs Wasser, das hinter den Baumwipfeln zu sehen ist, auf dem winzige weiße Dreiecke und ein paar breit gestreifte Spinnaker auszumachen sind, die in der Abendglut leuchten. Die Sonne sinkt, aber es wird noch eine Stunde dauern, bis sie richtig untergeht.

»Eins von diesen kleinen Dingern da draußen. Aber meins liegt am Pier«, sagt er und wedelt mit dem Zeigefinger zwischen uns hin und her.

»Du. Ich.« Fabio leckt Cass die nackten Zehen. Er bückt sich und krault Fab hinter den Ohren. »Du nicht, Junge. Nimm's nicht übel.«

»Weil auf seine Blase kein Verlass ist?« Endlich habe ich meine Stimme gefunden und einen folgerichtigen Gedanken.

»Weil ich nur zwei Rettungswesten habe.«

Kapitel zweiundzwanzig

Zum Glück für uns beide erweist sich Cass nicht als Bootstyrann, so nennen Nic, Viv und ich diese Typen, die nur den Fuß auf ein Boot egal welcher Größe setzen und umgehend anfangen Befehle zu blaffen, mit nautischen Begriffen um sich werfen und sich aufführen wie Captain Bligh persönlich.

Bis wir am Pier ankommen, sagt er nicht viel, nur: »Ist ein bisschen frisch da draußen. Hast du ein Sweatshirt?«, und auch danach geht es hauptsächlich um Praktisches. Er erklärt mir, wie ich das Focksegel setzen soll, was mir nach kurzer Einweisung auch gelingt.

Mit wem begebe ich mich da aufs Wasser? Mit dem schweigsamen Fremden oder mit dem bezaubernden Cass? Und warum bin ich überhaupt hier, wo er doch vorhin kaum mit mir reden mochte?

Drüben am Strand qualmt ein Grill. Dom und Pam und ein paar andere von der Insel treffen sich zu einem Strandabend. Ich könnte zu ihnen gehen, mich hinsetzen und dazugehören.

Aber die Inselclique bemerkt uns anscheinend gar nicht. Cass ignoriert sie auch. Er hat einen Sonnenbrand auf der Nase und ich verspüre diesen Drang, meinen Zeigefinger auf den sich pellenden Nasenrücken zu legen. Als er den Kopf senkt und sich am Hauptsegel zu schaffen macht, sehe ich, dass seine Haare weißblond geworden sind in der Sonne, fast so hell wie damals, als er acht war.

Er arbeitet schnell und effizient, immer noch, ohne ein Wort zu sagen.

Ich erwische ihn dabei, wie er ein paar Mal durch die Wimpern zu mir hoch linst, wobei er ein ganz kleines bisschen lächelt, und nun wirkt das Schweigen eher ruhig als angespannt. Ich sehe mich gezwungen, es trotzdem zu brechen.

»Dein Boot?«

»Hm.«

»Hast du es aus der Stadt rübergeholt?« Hatte er dazu Zeit gehabt? Hatte er geduscht? Diskret lehne ich mich zu ihm rüber und versuche das herauszufinden. Hätte ich duschen sollen? *Ich* hatte meine Zeit damit zugebracht, mich in Selbstmitleid zu suhlen, statt Körperpflege zu betreiben. Er sieht sehr sauber aus. Aber so sieht Cass ja immer aus.

Er schüttelte den Kopf und wirft mir eine Rettungsweste zu. Seine eigene legt er auch an. Dann blinzelt er in die Sonne und schaut aufs Wasser.

»Hast du einen Liegeplatz? Hier?« Die Vergabe der Liegeplätze auf Seashell wird streng überwacht und es hat tatsächlich schon Faustkämpfe darum gegeben, wer wo einen Platz kriegt. Oder ob man überhaupt einen Platz bekommt.

»Dad«, sagt Cass in einem neutralen Ton. »Bist du bereit?«

Ich hab den größten Teil meines Lebens in der Nähe von Booten verbracht. Aber hauptsächlich Motorboote, die ihre ganz eigenen Geräusche, Gerüche und Bewegungen haben. Man kriegt immer Gasolin in die Nase, wenn man zurücksetzt, bevor man rausfährt. Ein Streifen davon schillert dann auf dem Wasser und mit einem Satz prescht man voran – bam, bam, bam knallt der Bug aufs Wasser, wenn die See kabbelig ist. Als ich die Fock setze und Cass das Hauptsegel, wird es total laut, jede Menge Klimpern und hin und her schlagende Segel. Die werden vom Wind erfasst und blähen sich, der Rumpf hebt sich und wir gleiten davon, Gischt spritzt uns ins Gesicht und wir nehmen Kurs aufs offene Meer. Ich bin nicht auf die Stille und die Schönheit vorbereitet, die dann kommt. Kaum ein Geräusch ist zu hören, nur Möwen, die sich ins Wasser stürzen, und eine Propellermaschine ganz, ganz weit oben auf dem Weg zu den weiter draußen liegenden Inseln.

Cass fragt, ob ich auch weiß, dass ich den Kopf unter dem quer übers Boot schwenkendem Baum wegducken muss, wenn wir kreuzen, und das tu ich. Er macht mir vor, wie ich meine Schuhe einhaken und mich nach hinten lehnen muss, um das Boot zu stabilisieren.

Im Wasser wimmelt es von Booten aller Art, riesige protzige Motoryachten und schnittige Segler gleiten übers Wasser. Weiter draußen ist eine Art Fähre unterwegs nach sonst wo und am Horizont kann man einen Tanker ausmachen.

»Haben wir ein Ziel?«, frage ich.

»Hier«, sagt Cass, so als würden wir nicht übers Wasser flitzen, sondern hätten bereits angelegt. »Es sei denn, du willst irgendwo anders hin. In eine andere Richtung.«

Der Wind peitscht jetzt, weht mir die Haare in die Augen und über die Lippen. Ich nehme sie zurück, winde sie im Nacken zum Knoten. Cass beobachtet mich gefesselt, so als würde ich Kaninchen aus dem Hut ziehen. Aber er sagt nur: »Klar zum Halsen.« Eine Wende und wir fliegen erneut dahin. Ich komme mir vor wie einer von Nics Steinen, hüpfe übers Meer, ohne je lange genug aufzukommen, um versinken zu können. Hier draußen ist das Wasser flaschengrün, Schaum krönt die Wellenkämme, und ich möchte die Hand ausstrecken und sie berühren, eintauchen darin. Das hier ist besser als von der Brücke springen ... noch aufregender, noch atemberaubender, verschafft einem noch mehr Erleichterung, ist einfach – mehr.

Ich lächele, dass mir die Wangen schon wehtun. Ein prüfender Blick zu Cass. Er konzentriert sich aufs Wasser, die Pinne, hat Augen für nichts anderes. Ich muss mich zurücknehmen. Vorhin war er so seltsam. Und er redet immer noch nicht.

Aber dann räuspert er sich und sagt: »Danke. Dass du mitgekommen bist. Tut mir leid, dass ich vorhin an Land so ein Arsch war.«

»Ja«, sage ich, »was war das eigentlich?« Dann beeile ich mich hinzuzufügen: »Wenn es um den Schwimmunterricht geht, du musst ihn nicht geben. Wir würden das verstehen, damit will ich sagen, schon die eine Stunde war toll und wahrscheinlich wird es jetzt schon viel leichter gehen. Er musste nur die Angst überwinden.«

»Es dauert länger als eine Stunde, Angst zu überwinden. Aber darum geht es gar nicht. Ich hatte nur über Manches nachgedacht. Hatte nichts mit euch beiden zu tun. Ein Familiending.«

Ich erinnere mich, dass er genau diese Worte nach Hideouts großer Rettung benutzt hatte.

»Soll ich dich fragen, ob du drüber reden möchtest?«

Die Fock flattert ein bisschen und er strafft die Leine, nahezu unbewusst, er muss nicht mal hingucken, dann ballt er die Hand und löst sie wieder, schaut eine Sekunde nach unten, bevor seine Aufmerksamkeit sich wieder dem Gewimmel um uns herum zuwendet. »Dieses Gespräch mit meinem Bruder, das du …«

»Belauscht hast?«

Er lächelt mich an. »Ja, so wie ich den alten Alex beim Probedinner. Aber ja, diese Ansprache kriege ich zu Hause oft zu hören.«

»Den Eindruck hatte ich auch. Erzählst du mir jetzt, was dein großer Sündenfall war?«

Er bewegt die Pinne nach links und bringt uns aus der Schusslinie einer protzigen Motorjacht mit einem Haufen Mädchen in Bikinis an Bord. »Es gab tausende.«

»Meistens an der Seite von Spence?«, sage ich, bereue es dann und rechne mit der bissigen Bemerkung, dass wir die ja wohl gemeinsam haben, diese Sündenfälle mit Spence – oder dass er total dicht macht.

Doch er sagt: »Ja. Wir haben am selben Tag in Hodges im Kindergarten angefangen. Damals war es ja noch okay dort, aber je älter man wird, desto besch … schlimmer wird es. Also … diese Regeln und was die für wichtig halten und all diesen Sch … Müll. Er hasst das genauso wie ich und gibt sich keine große Mühe es zu verbergen. Wir fingen also an Zeugs zu machen …« Er zögert.

»Definiere *Zeugs machen.*«

Cass blitzt mir ein Lächeln zu. »Nein, so was doch nicht, ist wohl klar. Einfach so Sachen, wie … Es gibt da diese große Statue von dem Kerl, der Hodges gegründet hat – Marmor, in einer Toga mit Kranz …«

»Hodges wurde im alten Rom gegründet?«

»Bescheuert, nicht? Also, im 2. Oberstufenjahr haben

Spence und ich ihm immer mal einen BH angezogen oder ihm ein Bier in die Hand gedrückt oder irgendsowas. Das ging ein paar Wochen lang, dann haben sie uns erwischt.«

»Erzähl mir nicht, dass sie dich deswegen rausgeschmissen haben. In der SBH müsstest du dich schon etwas mehr anstrengen, um zu fliegen. Der Letzte, der der Schule verwiesen wurde, hatte alle Chorroben in Brand gesteckt, während er im Wandschrank heimlich eine rauchte.«

»Ja, ja, und nach allem, was ich darüber gehört habe, war er total hinüber und was er da geraucht hat, ist auch nicht gerade 'ne Marlboro gewesen. Bei dem Typ waren es drei auf einen Streich – und weg war er. Chan und ich, wir waren nicht so effizient. Tja, *mangelnder Respekt vor unserem verehrten Gründer*, er setzt die letzten Worte in Luftanführungszeichen. »Das war der erste Streich. Dann haben wir uns den Golfbuggy vom Gärtner ausgeliehen und ihn fast in den kleinen Teich auf dem Schulgelände gefahren.«

»Kleinvieh, Somers.« Ich lehne mich zurück und verschränke die Arme vor der Brust. Bis mir klar wird, wie blöde das vermutlich aussieht, wenn man eine Rettungsweste trägt. Und dass ich seine Geste kopiere. Ist Spiegeln im Tierreich nicht ein Signal der Paarungsbereitschaft? Nun werde ich mich bestimmt bald auf den Rücken wälzen und meinen weichen Bauch darbieten.

»Soll ich dich jetzt etwa damit beeindrucken, was für ein schlimmer Finger ich bin, Gwen? Muss das sein? Okay, der Speisesaal sieht aus wie …« Er zupft sich am Ohrläppchen, während er nach Worten sucht. »Hogwarts. Nein, schlimmer, wie was, wo Heinrich der Achte eine ganze Hirschkeule verspeisen würde oder so. Oder das Schloss von Nottingham. Spence und ich fanden, wir müssten diesem

Mittelalterding mehr Authentizität geben. Wir haben uns einen Schlüssel vom Hausmeister geliehen und haben uns nachts mit ein paar Ballen Heu und den großen Wolfshunden reingeschlichen, die Spences Dad hält. Und ein oder zwei Hühnern – und dann war da noch dieses Hängebauchschwein. Um es kurz zu machen: Der Rektor ist nicht so ein großer Fan von historischer Authentizität, wie man vermuten könnte. Und das war's. Dritter Streich.«

Ich lache. »Ich sag's ja nicht gern, aber du wirst dich deutlich mehr ins Zeug legen müssen, wenn du in die Hölle kommen willst – oder auch nur ins Gefängnis.«

Aber ihm entlockt das kein Lächeln, er ballt schon wieder die Faust so krampfig.

»Oh. Sorry. Aber ich finde das nicht so schlimm. Ehrlich, wenn die einen Sinn für Humor gehabt hätten … Also, deine Familie ist bestimmt sehr komisch, nicht im Sinne von verrückt-komisch, aber so …«

»Ich versteh schon, was du meinst. Und da hat schon jeder seinen Sinn für Humor, aber nicht, wenn es um einen Schulverweis geht – von einer Schule, auf die schon dein Vater, deine Brüder und deine Mutter und Großmutter gegangen sind. Und davon, dass mein Bruder Jake dort als Coach angestellt ist, will ich gar nicht erst anfangen. Ist echt nicht cool, wenn der Loser-Bruder rausgeschmissen wird.«

Loser? Cass?

»Autsch. Das tut mir leid.« Ich lege meine auf seine Hand, die an der Pinne, und lasse sie da eine Sekunde lang, spüre so ein Zittern – nach und nach fängt jedes Nervende an zu vibrieren –, das den ganzen Arm hinaufläuft. Schnell ziehe ich die Finger weg, beschäftige sie damit, die Haare wieder zum Knoten zu winden.

»Aber mir nicht. Mir tut es nicht leid.« Seine Stimme wird lauter, als ob er eine andere Stimme übertönen wollte, nicht nur die Wellen. »Das ist es ja. Da raus zu kommen war … richtig. Da gehöre ich nicht hin. Aber an die SBH schon, ich mag den Coach lieber, das Team ist besser, die Kurse sind gut … Ich bin froh, da zu sein, wo ich bin.«

»Ist deine Familie noch immer sauer? Das ist doch jetzt ewig her.«

Ich hab dieses Bild von Cass' Vater vor Augen, der uns alle – die Kinder der Sommergäste, die Inselkinder und wer sonst noch mitkommen wollte – im Motorboot mit raus aufs Wasser nahm. Er hat immer ein paar von uns zum Schnorcheln oder Wasserski laufen eingeladen, alles Dinge, die wir Inselkinder sonst nie machen konnten. Und die Ausflüge dauerten immer den ganzen Tag, damit auch jeder, der wollte, die Chance hatte dranzukommen. Er ließ uns abwechselnd im Bug sitzen, wo wir uns ganz festhalten mussten, während das Boot sich vorn hob und wieder runter krachte und wir mit Gischt bespritzt wurden. Und einmal, als ich auf dem Pier in einen Angelhaken getreten bin, hat er mich auf seinen Schultern bis zu dem Haus getragen, das sie gemietet hatten, damit er ihn mit der Zange kappen und vorsichtig rausziehen konnte. Dabei hat er mir völlig idiotische Kinderwitze erzählt, damit ich abgelenkt war.

»Sie sind nicht sauer«, sagt Cass. »Enttäuscht.«

In der universellen Elternsprache ist »enttäuscht« fast immer schlimmer als »sauer«.

»Nach einem Jahr?« Ich sollte das Thema wechseln. Cass Fingerknöchel sind weiß. Ballen. Lösen.

»Nach gestern. Meine Großmutter und meine Mutter hatten vor ein paar Tagen ein Gespräch mit dem Schulleiter. Er sagte, er würde meinen Rauswurf bedauern, weil er wisse, dass ich diese Sachen von allein nie getan hätte. Das sei alles nur Spences schlechter Einfluss gewesen. Was nicht wahr ist. Aber er sagte, wenn ich mich entschuldigen und zugeben würde, dass es nicht meine Ideen gewesen wären, könnte ich wieder zurückkommen. Und das wäre toll für meine Beurteilung und wahrscheinlich würde ich dann einen Platz in einem besseren College kriegen und … ach, du weißt ja, wie sowas läuft.«

Seine Stimme ist immer tiefer geworden, als ob er sich drüber lustig machen würde. Offensichtlich hat er sich diesen Sermon schon oft anhören müssen.

Und ich weiß Bescheid, ich weiß, wie es läuft. Ganz genau. Als mir das klar wird, ist das wie einen Schwall kalte Gischt ins Gesicht zu bekommen – ein Schock zunächst, aber dann ganz angenehm. Klar, von mir erwartet keiner, dass ich in einer Elite-Uni lande, aber dieses Gefühl, nicht zu wissen, was jetzt kommt, ist dasselbe. Ich schaue Cass an, sein Haar mit all diesen Blondtönen, sein Blick konzentriert, entschlossen – wie stur er den Mund zusammenpresst. Und es ist schwer und seltsam, nicht mehr das barfüßige Mädchen und der flachsblonde Junge zu sein, die über den Sand zum Wasser laufen, ganz Beine und Ellenbogen und völlig unbefangen. Plötzlich rückt man ans Ende seines zweiten Jahrzehnts heran – und zack. Es *spielt* eine Rolle, welche Wahl man trifft. Nicht die zwischen Schokolade und Vanille, Brücke oder Pier, Sandy Claw oder Abenaki. Es geht um das ganze Leben. Wie Nic schon sagte: Plötzlich sind wir sooo dicht dran, den falschen Zug zu machen. Oder den richtigen. Jetzt kommt es drauf an.

Seine blauen Augen wirken finster. Ich lasse meine Hand

auf seine gleiten, die schon wieder zur Faust geballt ist. Ruckartig wendet er den Kopf, kommt mir näher.

Dann fährt das Motorboot mit den Bikini-Mädchen einen weiten Bogen und zischt noch mal an uns vorbei. Eins der Mädchen lässt ein leuchtend oranges Oberteil im Wind flattern, auf ihrer nassen Haut glänzt die Sonne. Kein Sweatshirt für sie, auch keine Rettungsweste.

Die Wellen schwappen ins Boot, Gischt spritzt uns ins Gesicht und wir schaukeln wie verrückt hin und her.

»Deine Freunde, Cass?«

Mit einem Mal überkommt mich die schreckliche Angst, es könnte tatsächlich so sein. Ehemalige Klassenkameraden, Leute aus dem *Schwimm- und Tennisclub*, so was. Die Leute, bei denen er eigentlich sein sollte, zu denen er wirklich gehört.

»Nee. Deine?«

»Trotz meines Rufes als Inselgirl, nein. Normalerweise warten wir mit den Oben-ohne-Auftritten, bis wir an Land sind.«

»Dann segeln wir mal schleunigst zurück«, sagt Cass trocken. Ich verpasse ihm einen Schlag auf die Schulter, als ob er Nic wäre, und er grinst mich an – mit einem Gesichtsausdruck, der … na, mein Cousin sieht mich ganz bestimmt nicht so an … und mit einem Lächeln, das intensiver wird. Wieder spüre ich dieses elektrische Kribbeln auf meiner Haut und schaue ihm richtig in die Augen, so wie wir uns in Mrs Ellingtons Küche in die Augen geschaut haben. Und in jener Märznacht.

Er macht die Leine vom Hauptsegel fest, ohne den Blick von mir abzuwenden, und wartet darauf, dass ich wegschaue. Aber ich beobachte ihn weiter und in dem engen

Segelboot und der seltsamen Stille dieses Augenblicks fallen mir Dinge auf, die ich vorher nicht gesehen habe. Eine winzige Narbe, die sich durch seine dunkle linke Augenbraue zieht. Grüne Sprenkel im tiefen Blau seiner Augen. Das kleine Pochen des Pulses an seinem Hals. Ich weiß nicht, wie lange wir einfach gucken. Als ich mich schließlich abwende, ist auf dem Wasser noch alles wie vorher. Aber ich habe das Gefühl, dass sich etwas verändert hat.

Mit geschlossenen Augen halte ich mein Gesicht in Sonne und Wind, dann mache ich die Augen auf und stelle fest, dass kein Wind mehr weht und das Boot ruhig liegt, wenn man von dem leichten Schaukeln im Kielwasser eines riesigen Speedbootes absieht, das gerade vorübergerast ist, voll besetzt mit Typen, die Fliegersonnenbrillen trugen.

»Also, diese Inselgirl-Geschichte. Was hat es damit auf sich?«

»Komm schon, Cass. Stell dich nicht blöd.«

»Ich bin's Gwen, der Typ, der Nachhilfe im Englischkurs für Minderbegabte braucht – ich *bin* blöd.«

Ungläubig drehe ich mich zu ihm um. Er starrt zurück. Sein Blick scheint ganz tief in mich einzudringen – und irgendwas dabei rauszuziehen.

»Blöd ist nun wirklich das Letzte, was du bist, Cass. Denn hier auf der Insel, da sind wir … naja, du weißt ja, wie das ist in Stony Bay mit den Leuten aus der Stadt und denen, die nicht aus der Stadt sind?«

»Glaub schon«, sagt er vage, als ob er es eigentlich nicht wüsste.

»Also, mit den Inselkids ist das noch schlimmer. Das gilt besonders für die Mädchen. Wir sind so was wie Sommervergnügungen.«

»Was soll das denn jetzt heißen?« Cass stützt sich auf einen Ellenbogen.

»Dass wir wie Picknickkörbe sind. Nützlich, und es ist total klasse, so was dabei zu haben, wenn es heiß ist und man Hunger hat. Aber wer braucht schon ein Picknick, wenn der Sommer vorbei ist?«

Cass weiß offensichtlich nicht, was er dazu sagen soll. Oder wir befinden uns tatsächlich in einer brenzligen Wind-und-Wasser-Situation, die volle Konzentration erfordert. Angucken kann er mich jedenfalls nicht. Jede Menge Leine muss eingeholt und mir müssen ein paar Befehle in Seglersprache zugebellt werden, die ich nicht verstehe, die er mir aber übersetzt, als er mein stummes Unverständnis bemerkt.

»Du bist also doch ein Bootstyrann«, sage ich.

»Hä? Kannst du die Pinne mal einen Moment übernehmen – ja, so.« Seine warme Hand führt meine, die heiß wird. Dann lässt er los.

»Du gehörst zu den Typen, die auf dem Wasser total nautisch werden und rumkommandieren müssen.«

»Stimmt gar nicht. Ich weiß nur, was ich tue. Halt das so fest, ich bring uns schon wieder an den Wind.«

Da ich nicht segeln kann, habe ich keine Ahnung, ob dieses ganze Ziehen und Losmachen tatsächlich notwendig ist oder ob das nur eine Art ist sich rauszuziehen. Aber dann guckt er mich an, lächelt – und das Glitzern des Wassers spiegelt sich in seinen Augen. »Mach dir keine Sorgen.«

Und ich stelle fest, dass ich antworte: »Ich mach mir keine Sorgen.«

Und so ist es. Ich mache mir keine Sorgen. Ich bin nicht verlegen. Ich bin nicht befangen. Ich bin gar nichts – nur hier. Es kommt mir vor, als wäre es ewig her, seit ich das letzte Mal »hier« sein konnte, ohne »da« zu sein und »da auch noch« und »eventuell dort auch?«. Aber all das existiert nicht. Es gibt nur mich, Cass und das blaue Meer.

Er sagt was, aber das geht im Röhren eines enormen Speedboots unter, das eine Flutwelle schäumenden Kielwassers hinter sich lässt.

Wir werden eine Weile von einer Bootswand an die andere geschleudert, bis Cass die wahrscheinlich lebensrettende Entscheidung trifft, aus diesem merkwürdig dichten Verkehr auf hoher See rauszusteuern. Ich glaube, so viele Segel, Spinnaker und Bugwellen habe ich noch nie gesehen. Läuft hier irgendwo ein Rennen? Oder will heute nur keiner, dass die Zeit auf dem Wasser endet, so wie ich?

Schweigend segeln wir, bis der Sonnenuntergang Streifen in den Farben italienischen Speiseeises über den Himmel zieht: Himbeere, Zitrone, Mandarine – all das vor blauer Zuckerwatte. Dann machen wir uns auf den Rückweg und legen wieder an. Ich klettere von Bord und reiche ihm meine Rettungsweste.

»Ich würde dich gern nach Hause begleiten, aber ich muss das hier an den Liegeplatz bringen, bevor es dunkel ist.«

Ich sage, dass ich das verstehe. Obwohl ich eigentlich möchte, dass er mich auf dem Heimweg begleitet. Im Dunkeln.

»Morgen Abend um sechs«, sagt Cass.

»Was ist da?«

»Nachhilfe. Du kannst es nicht ewig aufschieben, Gwen.« Mit dem Rücken zu mir hebt er die Hand und zählt an den Fingern ab: »Du hast mir gesagt, wie die alte Mrs P. es gern haben will. Ich hab deine Hummer gekocht …«

»Ich dachte, wir hätten uns geeinigt, das nicht wieder zu erwähnen.«

»Ich mein ja nur«, sagt Cass. »Du hast mir mit dem Busch geholfen. Ich hab dich zum Segeln mitgenommen.« Das waren jetzt vier Finger.

»Du hast Emory Schwimmunterricht gegeben …«

»Das zählt nicht mit. Wir sind jetzt quitt. Ich weiß, dass du gern im Vorteil bist, Guinevere Castle. Wird also Zeit, dass du mir Nachhilfe gibst und dir ein Bild davon machst, wie blöd ich bin.«

»Ich hab nie gedacht, dass du …«

Er hält einen Finger hoch. »Ich muss jetzt wirklich los«, sagt er. »Morgen. Um sechs. Bei dir zu Hause.«

»Warum nicht im Field House?« Warum will ich denn jetzt unbedingt allein mit ihm sein?

»Abgesehen davon, dass es unordentlich und ekelhaft ist und nach Hundepisse riecht?«, fragt Cass. »Dein Großvater hat mir von dem Job erzählt, den er als Teenager hatte – als Messerschleifer. Ich kann kein portugiesisch, ich weiß also nicht so ganz genau, was er dann sagte … aber mir war so, als würde er mit ein paar richtig scharfen Dingern vorbeischauen, sollten wir uns allein in meiner Wohnung aufhalten. Um sechs. Bei dir.«

Kapitel dreiundzwanzig

Mein Bruder kann nicht aufhören, über den Schwimmunterricht zu reden. Als Grandpa ihn ins Bett bringt, erzählt er die Geschichte immer wieder: »Ich war tapfer. Ich war im Wasser. Supermann hat geholfen, aber ich war der Tapferste.« Am nächsten Morgen weckt er mich und hält mir gleich seine Badehose hin. Dann bückt er sich und zieht die Pyjamahose aus. »Mehr Unterricht heute.«

Ich stöhne. »Nein, Hasilein.«

Er starrt mich entnervt an. Dann drückt er mir Hideout auf den Bauch und sagt wütend: »Hideout beißt dich.«

Als ich mich umdrehe und mir das Kissen über den Kopf ziehe, zottelt er ab zu Mom, dann zu Nic, dann zu Grandpa Ben. Und als keiner ihm bestätigen will, dass heute ein Unterrichtstag ist, schlüpft er einfach in seine Badehose und setzt sich im Schneidersitz an die Tür, mit Hideout auf dem Schoß.

Ich mach mir deswegen Luft bei Vivien. »Das war nicht so eine tolle Idee. Er ist besessen von Cass.«

»Muss in der Familie liegen.« Sie mustert das Gänseblümchen, das sie mir gerade auf den großen Zeh gemalt hat.

»Wahnsinnig komisch! Ich meine das ernst, das könnte schlimm werden. Was passiert wohl, wenn es Cass langweilig wird und er was anderes machen will? Wo bleibt Em dann? Der wartet doch auf Supermann.«

Sie schnaubt. »Gib mir den anderen Fuß. Gott, Gwen, was machst du bloß mit deinen Fußsohlen? Die sind wie Leder und der Sommer hat gerade erst angefangen. Es ist noch viel zu früh für Sommerfüße.«

»Meine sind das ganze Jahr so. Ich hab Angst um Emory, Vivie. Hör mir doch zu.«

Sie wühlt in ihrer großen Werkzeugkiste aus Aluminium herum und sucht einen Bimsstein, zwei nimmt sie unter die Lupe und entscheidet sich für den raueren. »Ich weiß, dass du Angst hast. Ich höre dich. Du hast Angst, dass Cassidy Somers vor Emory angibt. Ihn beeindruckt. Und ihn dann fallen lässt. Hm, ich frage mich, wo diese Angst wohl herkommen mag.« Sie lässt den Bimsstein fallen, legt Handfläche auf Handfläche und tippt die Fingerspitzen aneinander, ganz wie eine Psychotherapeutin im Film.

»Danke, Dr. Freud. Aua. Reiß nicht die ganze Haut runter, Viv. Himmel. Das ist nicht weit hergeholt. Er hat mich hängenlassen. Warum sollte er es mit Em nicht genauso machen? Vielleicht ist Leute hängenlassen Cassidy Somers Ding.«

»Und zu erwarten, dass etwas Gutes schlecht ausgeht, ist wohl Gwen Castles Ding. Süße, das ist anders. Ihr beide seid fast erwachsen. Ihr hattet Sex, ohne euch zu kennen. So was geht nie gut aus …« Sie hält die Hand hoch, um meinen unvermeidlichen Kommentar vorwegzunehmen. »Ich weiß, ich weiß, was weiß ich schon? Aber ich weiß es. Mit mir und Nico mag ja alles felsenfest sein, aber das heißt nicht, dass ich taub und blind für die Dramen an der Schule bin. Ich weiß von Ben Montoys endloser Seifenoper mit

Katie Clark, die ihn nicht ranlässt, weshalb er mit Mädchen schläft, die ihn ranlassen, die er aber für Katie abserviert. Was alle, ihn eingeschlossen, unglücklich macht. Ich weiß von Thorpe, der in Chris Foss verliebt ist, der hetero ist und seine Liebe nie erwidern wird, weshalb er eine Affäre mit diesem Collegeknaben aus White Bay hatte, der sich total in ihn verknallt hat – und jetzt hat Thorpe totale Schuldgefühle und macht sich Vorwürfe.«

»Wow, dieser Klatsch ist mir total entgangen.«

»Oh ja und ziemlich dramatischer Klatsch: Angeblich hat der Collegeknabe Thorpe ein Ständchen unter seinem Fenster gebracht und dann musste Thorpe sich vor seinen Eltern outen, die offenbar als letzte Menschen auf der Welt erfuhren, wie das ist mit Thorpe.«

»Wo war ich denn, als das passiert ist?«

»In Agonie wegen Cassidy Somers. Oder vielleicht Spence Channing.« Vivien guckt in ihre Kiste und greift zum Fußbalsam.

»Gott. Spence doch nicht«, stöhne ich.

Über den Rand ihrer Brille hinweg guckt sie mich scharf an. (Vivien ist ziemlich weitsichtig und kann nur komplizierte Nagelkunst ausführen, wenn sie eine kleine Omabrille trägt.) In der nun folgenden Stille wird mir klar, wie viel ich durchs Auslassen preisgegeben habe. Ich reibe mir die Stirn.

»Die Sache ist die, Viv …«

»Was ich sagen will«, fährt sie geschmeidig fort, »ist, dass du mit Cass in einer Sex-Situation bist. Da wird's unklar. Mit Emory verhält sich das anders. Keine Hormone, kein Drama. Er ist nur ein kleiner Junge, der Hilfe braucht. Cass weiß, wie man ihm hilft. Warum sollte er das vermasseln?«

»*War.* Ich *war* in einer Sex-Situation mit Cass. Aber jetzt nicht mehr.«

»Ah, ja«, sagt Vivien. »Natürlich nicht. Denn wir treffen unsere Wahl ja alle ganz bewusst. Mit dem Hirn und nichts sonst. Du hast ja so Recht, Gwen.«

Kapitel vierundzwanzig

»Brauchst du auch bestimmt keine Erlaubnis für so was?«, fragt Mom, die zusieht, wie ich Bleistifte auf dem Küchentisch aufreihe.

»Mom, das ist keine Kinderbetreuung. Ich geb Nachhilfe.«

Sie guckt mich zweifelnd an, während ich einen Stapel Schreibblocks mit gelbem liniertem Papier aufreiße.

»Ist das der höfliche Junge mit dem Waschbrettbauch?«

»Das hatten wir schon. Ja. Der aus Nics Schwimmmannschaft, ich helfe ihm dabei, eine Prüfung in Englisch zu bestehen. Hat nichts mit Waschbrettbäuchen zu tun.«

Mom rührt sich nicht von der Stelle. So was tut sie sonst nicht. Sie muss doch wissen, was mit Nic und Vivien läuft, aber ich habe nie erlebt, dass sie das auch nur mit einem Wort oder einem Blick zeigt – nicht mal, wenn Nic im Morgengrauen von »Abendessen bei Viv« nach Hause kommt, nicht, wenn Vivie und Nic im Schlafzimmer verschwinden, wenn Grandpa Ben ausgegangen ist und ich mich um Em kümmere. Warum ernte ich jetzt die argwöhnischen Blicke?

Vermutlich, weil ich noch nie einen Jungen mit nach Hause gebracht habe. »Der aus Nics Schwimmmannschaft« klingt distanziert und offiziell, aber irgendwie doch wie gelogen. Nicht wie die wahre Geschichte. Wie ich Cass sonst definieren könnte. Mom, die mich sonst nie scharf anguckt, hört nicht auf, mir ins Gesicht zu sehen. Ich strenge mich an, nicht rot zu werden.

Sie rückt die Platzdecken auf dem Tisch zurecht. Nic, Grandpa, Em. Mom, ich, eins zwei drei vier fünf. Mom runzelt die Stirn und korrigiert Nummer fünf.

»Mom. Das ist Nachhilfeunterricht. Kein Date. Worüber machst du dir Sorgen?«

»Nichts, Gwen. Ich wollte es nur genau wissen.«

Nachdem er einige Mal energisch geklopft hat, wartet Cass vor der Tür. Er trägt dunkle Jeans und ein kobaltblaues Hemd. Sein Gesicht ist ganz leicht gerötet und frisch rasiert, am Kinn ist ein kleiner Schnitt zu sehen. Seine Haare sind noch feucht und offensichtlich frisch gekämmt. Im Wesentlichen kommt er als jemand rüber, der sich Mühe gegeben hat mit seinem Aussehen.

Nicht gut. Ich hab mich so etwa vier Mal umgezogen, aber das kann er nicht wissen. Seine Ordentlichkeit lässt sich nicht verbergen – er sieht aus wie jemand, der einen Blumenstrauß hinter dem Rücken versteckt.

»Du brauchtest dich nicht schön zu machen«, sage ich ihm sofort.

Er guckt auf sein Hemd. »Das war das Einzige, was sauber war. Und nicht rosa.«

»Oh. Na gut. Komm rein.«

Er tritt ein, schaut sich neugierig in unserem Küchenwohnspielundsportzimmer um. Sein Gesicht bleibt ausdruckslos. All die hohen Decken bei ihm zu Hause, die teure Beleuchtung und die Kunstgegenstände, all diese Räume – und dann das hier. Eine durchhängende Myrtle und wellige Tapete mit ein paar von Emorys Schöpfungen an der Wand neben dem Foto von Rita Hayworth, das Grandpa Ben viel zu gern hat, und einer Schautafel mit Nics Fitnessübungen. Und Vovòs Portrait und ein »Häng dem Esel den Schwanz an«-Spiel, das wir zu Ems Geburtstag aufgehängt und nicht wieder abgenommen haben, weil es seine Feinmotorik schult.

»Gefällt mir. Hat viel Persönlichkeit.«

»Sagt ihr Typen das nicht immer über hässliche Mädchen?«, gifte ich.

»Komme ich ungelegen oder bist du einfach so angepisst?« Er fährt sich mit der Hand durchs Haar und stellt verwuschelte Perfektion her.

»Ich bin nicht einfach so angepisst. Ich bin …«

Einfach angepisst.

Vor zwei Minuten war noch alles okay mit mir. Jetzt bin ich total verkrampft. *Kein Date. Nur Nachhilfe.*

Cass ist um mich rum zum Tisch gegangen, wo ich den gelb linierten Schreibblock und die Bleistifte zurechtgelegt habe, er macht den Rucksack auf, den er auch am Strand mit Emory dabeihatte. Das stimmt mich gleich milder. Er knallt ein Exemplar von *Tess von D'Urbervilles* auf den Tisch und schaut grinsend durch diese langen Wimpern zu mir hoch. Warum kriegen Jungs so was, wo doch angeblich Mädchen sie dringender brauchen?

»Sitzen wir hier?« Er zieht einen Stuhl raus, setzt sich, stützt die Ellbogen auf den Tisch und guckt wieder zu mir hoch.

»Äh, ja. Ist gut. Mein Zimmer ist ziemlich klein und …« *Es ist mein Schlafzimmer. Mit einem Bett.*

Genau da kommt Mom aus unserem Zimmer und bleibt wie angewurzelt stehen, so als hätte sie niemanden erwartet.

Cass springt auf und streckt ihr die Hand hin. »Hallo, Mrs Castle. Ich bin Cass, Cassidy Somers. Gwen hat sich einverstanden erklärt, mir etwas Nachhilfe in Lit 2 zu geben.«

Einen Augenblick lang starrt Mom auf seine Hand, als hätte sie keine Ahnung, was sie damit machen soll – fast so wie ich, wenn Cass auf super-höflich macht. Dann reicht sie ihm vorsichtig die Hand und Cass schüttelt sie. Mir steigt ein Hauch zitronig-würziger Duft in die Nase.

Rasierwasser?

Cass trägt Rasierwasser.

Ha. Er hat sich doch angestrengt. Na, das finde ich prickelnd, obwohl mich der Gedanke vor wenigen Sekunden noch sauer gemacht hat. Meine bipolare Störung wird mit jeder Minute schlimmer. Vielleicht liegt das daran, dass sein Aftershave mit dem Parfum konkurriert, das ich aufgetragen habe. Aus einer Flasche, die Vivien mir vor vier Jahren geschenkt hat, bei der die Haltbarkeit sicher längst überschritten ist, sodass toxische Dämpfe freigesetzt werden, die mir das Hirn vernebeln.

»Nun, ja, dann.« Mom nimmt ihre Hand wieder in Besitz. »Dann mach ich mal weiter ... Möchtet ihr etwas knabbern oder so ...?«

Was denn, Mom? Milch und Kekse. Oder ein tiefgefrorenes Diätgericht?

»Nein, danke, ich habe gerade gegessen«, sagt Cass. »Danke, dass wir das hier machen dürfen, Mrs Castle.«

Er ist wirklich irre höflich. Klingt wie ein Teenager aus einem Fünfziger-Jahre-Film. (»Wenn ich mir die Bemerkung erlauben darf, Mrs Castle, Sie sind knorke.«)

»Gern geschehen«, erwidert Mom, die der Situation gewachsen ist. »Fühl dich wie zu Hause, Cassidy. Ich mach mich jetzt mal wieder an die Arbeit. Ihr werdet gar nicht merken, dass ich da bin.«

Arbeit? Jetzt?

Sie geht an den Schrank in der Küche, holt den Staubsauger raus und setzt den Filter ein. Dann schaltet sie das Ding an und geht aufs Sofa los, das vermutlich mit einem Ausdruck gepolsterter Überraschung reagiert. Wir haben so gut wie alle Bemühungen eingestellt, Myrtle irgendwie in Schuss zu halten. Der Staubsauger röhrt durch den Raum wie ein Düsenjet.

Cass unterdrückt anscheinend ein Lächeln. Er tippt auf sein Exemplar von *Tess* und brüllt über das Dröhnen hinweg: »Ich glaub, wir sollten mal anfangen. Ich hab ein paar Fragen.«

»Schieß los«, brülle ich. Mom hat sich in einer Art wildem Wahn über die Polsterritzen hergemacht. Klappernde Geräusche verraten, dass Dinge, die nicht mal in die Nähe von Staubsaugern kommen sollten, nun unweigerlich aufgesaugt werden.

Das muss ihre Art sein, den Anstandswauwau zu spielen, aber, mal ehrlich, was glaubt sie denn, was hier abgeht? Dass wir in wilder Lust übereinander herfallen, nachdem wir über Thomas Hardy gesprochen haben – der ja das totale Aphrodisiakum ist –, Block und Bleistifte von der Platte fegen und es auf dem Tisch machen?

Jetzt erinnere ich mich daran, wie Cass die Stirn an meine gelegt hat, wie der Schweiß uns zusammengeklebt hat. Seine Hand an meinem Hals, meine auf seinem rasenden Herzen.

Ich räuspere mich und konzentriere mich auf seine Taschenbuchausgabe von *Tess*. Es ist nicht schwer zu erkennen, dass er kaum darin gelesen hat. Der Rücken ist ungebrochen, Notizen, markierte Seiten oder Unterstreichungen gibt es nicht.

»Ja«, brüllt Cass etwas lauter, als der Staubsauger an einem Fabio-Haarknäuel würgt. »Das ist das Buch, von dem ich nicht mal ein Drittel lesen konnte. Ich hab jede einzelne Figur darin gehasst.« Er beugt sich ein wenig vor, zupft an einem kleinen Riss an der Ecke vom Einband, der größer wird.

»So geht es allen«, sage ich. »Das ist der Klassiker, den keiner mag.«

»Ehrlich. Aber wir müssen den trotzdem lesen?«

»Genau.«

»Warum? Das sind doch nur Leute, die Fehler machen.«

»Leute, die Fehler machen … so ist das meistens in der Literatur, Cass.«

Er kneift die Augen zusammen und sieht mich an. »Ist wohl so. Wie im Leben. Vielleicht.«

»Vielleicht«, räume ich ein. *Wovon reden wir hier eigentlich?*

»Dieser Angel Clare-Heini ist der absolute Arsch.«

Mom macht jetzt mit dem Teppich weiter, wo sie etwas aufgesaugt hat, das wie wahnsinnig klappert. Reden ist, als würde man versuchen sich bei Orkan auf dem Pier verständlich zu machen.

Angel Wer? Ach, stimmt, Angel Clare. Der Held von Tess. Erst letzte Nacht hab ich den Roman nochmal gelesen, damit ich auch fit bin, obwohl er ganz oben auf der Liste der Bücher steht, die ich liebend gern vom Pier werfen würde. »Sagtest du nicht, du hättest das Buch nicht ganz gelesen?«

»Interpretationshilfen Englisch 2«, gibt er zu, wieder mit dieser verlegenen Miene.

»Macht doch nichts, haben wir alle gemacht. Nur als Ergänzung, versteht sich.«

Er zuckt die Achseln, mit einem Lächeln. Mom rammt ihm die Düse vom Staubsauger unter die Füße. Er hebt sie folgsam. Ich stecke den Kopf unter den Tisch.

»Mom, muss das jetzt sein?«

Sie stellt den ohrenbetäubenden Staubsauger ab und sagt leise. »Sorry. Du weißt ja, wie ich bin. Kann Unordnung nicht ertragen.«

»Versuch durchzuhalten, bis wir fertig sind«, flüstere ich.

»Sorry, Schatz«, antwortet sie so, dass Cass es mitkriegen muss. »Mir war nicht klar, dass ihr beiden allein sein wolltet.«

»Wir wollen nicht … Au!« Beim Versuch den Kopf zu heben, bin ich an die Unterseite der Tischplatte geknallt.

»Alles okay mit dir?« Cass berührt mein Haar und bringt es fertig, die Hand auf meine zu legen, während ich mir die Stelle reibe. Ein kurzer Druck, dann zieht er seine Hand wieder weg. »Soll ich Eis holen?«

»Nein. Nichts passiert.« Stimmt eigentlich nicht. Ich stelle mir vor, wie viele Schattierungen von Rot ich gerade durchlaufe und versuche mich zu erinnern, wie sie alle heißen. Kunstunterricht, letztes Jahr. Zinnoberrot, karmesinrot, kirschrot, scharlachrot, bordeaux … »Lass uns einfach weitermachen.«

Mom wickelt die Schnur vom Staubsauger auf, um Hand und Ellenbogen, und achtet sorgfältig darauf, nicht zu uns rüberzugucken. So als wären wir tatsächlich dabei, es auf dem Tisch zu tun.

Jetzt knallt die Küchentür. »Mommy!« Em rast durch den Raum auf sie zu. Ein verschwitzt aussehender Nic folgt ihm. Nach Rosen riecht er nicht.

»Nico! Du stinkst wie alte Turnschuhe!«, sagt Mom. »Zieh dein Hemd aus, draußen, bitte. Und sieh zu, dass du unter die Dusche kommst.«

Doch Nic hat Cass entdeckt. Sein Gesichtsausdruck verhärtet sich zu unnatürlicher Grimmigkeit. »Ich bin mit Em auf den Schultern Ocean Hill rauf gerannt«, sagt er. »Gutes Training. Jetzt stemme ich erst mal ein paar Gewichte, die Dusche wird warten müssen.«

Die Mischung von Cass' diskretem Rasierwasser und Nics widerlichen Ausdünstungen haut einen um. Ob Cass wohl gleich aus den Latschen kippt? Und Mund-zu-Mund Beatmung braucht? Dieser Überlegung sollte nichts Sehnsuchtsvolles anhaften.

Cass beißt sich jetzt auf die Unterlippe und guckt auf *Tess*. Ich kann ihm nicht ansehen, ob er belustigt oder total entsetzt ist von dem Affenzirkus, den meine Familie hier veranstaltet.

»Hi!« Emory strahlt. »Supermann. Hi!« Triumphierend zeigt er mit dem Finger auf Cass, *ta-dah*!

»Hallo, Superjunge«, sagt Cass freundlich. Mein Bruder läuft sofort zu ihm und schlingt ihm die Arme um den Hals. Und er küsst ihn. Auf den Hals.

Cass tätschelt Em den Rücken. »Hey, Kumpel.« Emorys Haare dämpfen seine Stimme.

»Supermann«, wiederholt Emory.

Cass rückt zur Seite, damit Emory auf seinem Stuhl Platz hat, aber Em will davon nichts wissen, er klettert ihm auf den Schoß. Diese Stellung wird er behaupten wie Fabio, wenn er sich auf mein Bett legt.

Es wird Zeit einzuschreiten.

»Em, du musst Supermann Platz lassen. Er muss …«

»Schon gut, Gwen«, unterbricht Cass mich. »Wollen wir

weitermachen? Du wolltest mir gerade erklären, warum Angel Clare kein Ar... äh Mistkerl ist. Ich bin ganz Ohr.«

»Also, natürlich ist er ein Mistkerl. Was denn sonst? Hallo? Sie erzählt ihm, dass sie vergewaltigt worden ist und er kann ihr nicht vergeben, weil sie *nicht die Frau ist, für die er sie gehalten hatte*, obwohl ich sicher bin, dass er auch schon dies und das laufen hatte. Und von der Szene, wo er hinterher schlafwandelt und sie zum Friedhof trägt und in einen Sarg legt, hab ich noch gar nicht geredet.«

»Genau deshalb lese ich Liebesromane.« Mom gibt auf, so zu tun, als würde sie nicht lauschen. »Solchen Blödsinn gibt es da nicht.«

Cass reibt sich die Nase. »Ernsthaft? Bis dahin bin ich nicht gekommen. Kam wohl nicht vor in der Interpretationshilfe.«

Entnervt wedele ich mit der Hand. »Das soll symbolisieren, dass die Person, die er geliebt hat, jetzt für ihn gestorben ist und ...«

»Aber eigentlich ist das doch verdreht«, unterbricht Cass. Die Tür von Nics Zimmer wird aufgerissen. Er trägt ein Muskelshirt, betritt mit drohenden Schritten den Raum und hebt die zwanzig Kilo Hantel. Mit angriffslustiger Miene macht er Bizepsübungen. Wie der Typ aus *Endstation Sehnsucht*, aber total. Hallo? Nic hatte mich doch bekniet, diese Nachhilfesache zu übernehmen!

Cass zieht eine Augenbraue hoch. »Hey, Cruz.«

»Bro«, erwidert Nic geradezu knurrend. Er wechselt zum anderen Arm. Und lässt weiter die Hantel kreisen. Und guckt finster. Cass Augenbrauen bleiben in hochgezogener Position. Wie macht er das nur?

»Glänzt.« Emory streicht Cass die Haare hinter die Ohren. Mir fällt auf, dass sie länger sind als sonst und sich ein wenig wellen. Sie glänzen wirklich. Ich muss mich praktisch auf meine Hand setzen, um nicht rüberzulangen und sie auf der anderen Seite zurückzustreichen.

Irgendwas muss ich machen, um die Spannung zu lösen. »Bist du sicher, dass du keinen Imbiss möchtest?«, frage ich und vergesse, wie lahm ich dieses Angebot fand, als Mom es gemacht hat.

»Nee. Alles gut. Trotzdem, danke.« Unsere Blicke treffen sich und es dauert eine Weile, bis wir wieder auf die Taschenbuchausgabe von *Tess* gucken, die ich mittlerweile noch mehr hasse als zuvor. *Sieh mich an. Was denkst du?*

Mom hat sich auf dem Sofa niedergelassen, mit einem Buch, auf dem selbstverständlich ein explizit aggressiv sexuelles Titelbild prangt. Die meisten ihrer Romane sind nicht ganz so schlimm, aber auf diesem ist ein Kerl ohne Hemd abgebildet, der einen Daumen in den Bund seiner weißen, knallengen, praktisch auf den Körper geschweißten Hose gehängt hat, sein Zeigefinger ist auf den Betrachter gerichtet. *Komm, und hol's dir, Baby.*

Nic setzt die erste Hantel mit einem Rums ab und greift zu einer noch größeren. Em hat den Kopf an Cass' Schulter gelegt, seine Lider werden schwer, gehen *pling* wieder hoch und sinken wieder nach unten. Gleich wird er einschlafen.

Es wird immer besser.

Ich fange an zu reden, obwohl ich keine Ahnung hab, was ich sagen soll, und herein kommt, was uns in dieser Situation noch gefehlt hat: Grandpa Ben mit einer großen Plastiktüte, in der ein riesiger toter Fisch steckt, das sieht man schon an der Schwanzflosse, die steif oben rausragt. Er hat noch eine andere Tüte voll Grünzeug und Wurzelgemüse dabei und grinst wie ein Honigkuchepferd von einem Ohr zum anderen.

»Seht, was Marco gefangen hat – direkt am Pier von Sandy Claw. Er hat noch drei erwischt, die größer waren als dieses Ungeheuer.« Er senkt die Stimme. »Schwerer als erlaubt, aber wer merkt das schon? Ist das zu glauben? Wir essen gut heute Abend!« Er hält inne, als er Cass bemerkt. »Ah, der junge Gartenboy. *Como vai, meu filho?*« Er lächelt noch entzückter, als er zwischen Cass und mir hin und her schaut. *»Você tem uma nomorada?«*

Cass hat gesagt, er kann kein portugiesisch. Lieber Gott, lass das wahr sein. Mein Großvater hat ihn nicht bloß gefragt, ob er eine Freundin hat. Wenn Cass das mitgekriegt hat, werde ich mich mit einer von Nics Hanteln bewusstlos schlagen. Das fünfzig Pfund Ding wird's schon bringen.

Aber seine blauen Augen sehen mich nur fragend an, ich soll übersetzen.

»Er will wissen, ob du … Fisch magst.«

»Mag ich«, sagt Cass, »Danke. Alles gut.«

Emory schläft jetzt fest und sabbert auf Cass' letztes sauberes Hemd.

»Du bleibst zum Essen!«, befiehlt Grandpa Ben mit ausgestrecktem Zeigefinger. Ganz portugiesischer Tyrann. *»Você vai jantar conosco!«* Er zieht einen Lavendelzweig aus der Gemüsetüte und steckt ihn in die Vase unter Vovós Bild, haucht ihr einen Kuss zu. Dann schreitet er majestätisch zum Küchentresen und ruft: »Ja? Ja?«, über die Schulter hinweg in den Raum.

»Sehr gern«, ruft Cass hinterher. »Ich bin am Verhungern!«

Dieses Mal ist das Lachen in seinen Augen unverkennbar,

genau wie dieser Blick, der meine Lippen streift, bevor er mir wieder unschuldig in die Augen schaut.

Ich gebe auf, vergrabe das Gesicht in den Händen.

»Ich amüsiere mich prächtig«, sagt Cass ganz leise, vielleicht sogar so leise, dass meine lauschende Mutter und mein neugieriger Cousin nichts hören. »Alles gut.«

Tatsächlich. Ich merke nur, dass ich – das hier – nicht verhindern oder auch nur bremsen kann. Ich weiß nicht mal genau, warum ich das will.

Folgendes trägt sich vor dem Essen zu: Nic lässt es endlich gut sein und geht duschen, drängelt sich unnötig dicht an Cass' Stuhl vorbei, mit einem Handtuch um die Hüften und geballten Muskeln. Das soll heißen: Meine sind größer als deine, du Zweitligaschwimmerbengel, und ich werd's dir zeigen, wenn nötig. Cass scheint das nicht einzuschüchtern.

Mom bittet Cass, Emory aufs Sofa zu legen. Auf dem Weg dahin wacht Em auf, vielleicht, weil Cass ihn sich etwas ungeschickt über die Schulter gelegt hat und sein Kopf nach unten baumelt. Er quengelt, bis Cass sich einverstanden erklärt, ihm sein aktuelles Lieblingsbuch vorzulesen, in dem eine »liebe klitzekleine Fee vorkommt, die unter einem Petunienblatt lebt«. Sieben Mal, bis Mom Mitleid mit Cass oder mir bekommt und Em davonscheucht, damit er ein Schaumbad nimmt.

Grandpa Ben, der den Macho der Alten Welt gibt und sich als Messerverkäufer inszeniert (hat er das wirklich mal gemacht? Darüber hatte ich bis heute noch nie eine einzige Geschichte gehört), beschließt, dass er dem Fisch mit einem einzigen Hieb den Kopf abhauen muss. Das ganze Gemüse hackt er mit einem riesigen Schlachtermesser. Cass und ich versuchen uns weiter durch Tess zu quälen, werden aber von dem lauten Geknall und den portugiesischen Flüchen am Küchentresen gestört.

Nic kommt wieder rein und er und Cass führen eine weitere männliche Unterhaltung, in der beide nur Einsilbiges ohne eigentliche Bedeutung äußern.

»Hey, Mann.«

»Alter.«

Als der Fisch im Topf ist, kommt Grandpa Ben an den Tisch und nimmt uns gegenüber Platz, wieder mit breitem Grinsen. Ich schließe die Augen und warte darauf, dass er anfängt Cass auf seine Tauglichkeit als Ehemann zu prüfen, aber stattdessen höre ich nur einen erschreckten, besorgten Ausruf.

»Coitadinho! Olhe para os seus dedos! Olhe a sua mão!« Und als ich die Augen aufmache, zieht er Cass gerade den Notizen machenden Bleistift aus den Fingern und ruft nach meiner Mutter. »Sieh dir das an, Lucia!«

Mom schlägt die Hände vor den Mund. »Ach, du meine Güte.«

»Was ist denn?«, frage ich etwas gestresst. Cass' Ohren werden rot, und die Farbe breitet sich schnell über die Wangenknochen aus.

»Deine armen Hände, Schatz. Wie lange sehen die schon so aus?«

»Das ist nichts«, sagt er und versucht seinen Arm wegzuziehen. »Das war schon viel schlimmer.«

»Womit machst du sie sauber?«, will Grandpa wissen. Cass hat beide Hände zu Fäusten geballt, die er unter dem Tisch versteckt.

»Äh. Wasserstoffperoxid. Bitte. Das ist nichts.«

Grandpa Ben klatscht sich theatralisch die Hand auf die Stirn. »Nein, nein, nein! Das schließt die Entzündung ein, *na infecçao*. So kriegt man die Blutvergiftung.«

»Was ist denn los?«, frage ich, greife nach Cass' rechter Hand und erwarte aus jeder Pore Blut quellen zu sehen. Beim Schwimmunterricht war mir nichts aufgefallen. Auf dem Boot auch nicht.

»Nichts«, murmelt er. »Keine große Sache. Blasen, Gwen. Ich bin es nicht gewohnt, mehr als einen Rasen pro Woche zu mähen.«

Ich drehe seine Hand um, öffne sie sanft – und schnappe nach Luft. Seine Handfläche besteht nur aus Blasen, alten und neuen, offenen und geschlossenen, einige sind Blutblasen. Schon das Angucken tut weh.

Grandpa Ben blafft Mom etwas Portugiesisches zu.

»Mach dir keine Sorgen deswegen«, sagt Cass. »Ich steche sie einfach auf und warte, bis sie abheilen. Keine große Sache. Die andere Hand ist längst nicht so schlimm.«

»Nein!«, dröhnt Grandpa Ben, als Mom mit einer Schale dampfendem Seifenwasser aus der Küche kommt. »Genau das darfst du nicht tun. Du lässt sie von selber aufplatzen, lass sie unter den Handschuhen heilen. Sonst kriegst du die *infecçao*. Trägst du die Handschuhe?«

Cass zuckt zusammen, entweder weil Grandpa sich anschickt, seine Hände ins heiße Wasser zu stecken oder weil ihm so viel Aufmerksamkeit unangenehm ist. Oder beides. »Öh. Nein.«

»Zieht dein Vater einen Idioten groß?«, donnert Grandpa Ben.

Reizend, Grandpa.

»Willst du etwa, dass dein Junge krank von hohem Fieber wird?« Grandpa Ben hört nicht mit dem Rumschrubben auf.

»Natürlich nicht«, sage ich schnell und reagiere gar nicht erst auf das »dein Junge«.

»Tut es sehr weh?«

»Nur wenn ich lache. Geht schon.« Cass klingt deutlich fröhlicher als vor wenigen Augenblicken.

Grandpa Ben hört endlich mit seiner Behandlung auf und blafft meiner Mutter einen weiteren Befehl zu. Kurz darauf bringt sie ein sauberes Handtuch und betupft Cass' Hände.

»Wir wickeln sie erst mal ein«, sagt sie. »Nur bis sie trocken sind. Dann lässt du sie über Nacht unbedeckt, mit antibiotischer Salbe drauf. Morgens wäschst du sie mit Seife, lässt sie an der Luft trocknen und verbindest sie gut. Zieh Arbeitshandschuhe an, die aus Baumwolle.«

»Er hat keine Arbeitshandschuhe«, knurrt Ben. »Idiot. Morgen früh gehe ich zu Garretts Eisenwarenladen und besorge ihm ein Paar ordentliche.«

Nach so viel Drama im Vorfeld ist das Abendessen selbst fast ein bisschen enttäuschend. Jede Menge Löffelgeklapper und Bitten, irgendwas zu reichen. Ich widerstehe dem Drang, Cass das Essen kleinzuschneiden, obwohl er mit seinen verbundenen Händen was von einer Mumie oder einem Brandopfer hat.

»Begleite ihn zurück nach Field House, du! Er wird den Schlüssel nicht im Schloss umdrehen können!«, gebietet Grandpa Ben.

Soll ich jetzt etwa allein mit zu Cass' Wohnung gehen? Wo ist denn der Messerverkäufer abgeblieben?

»Genau, Schatz. Deine Hände tun bestimmt ziemlich

weh. Ich weiß gar nicht, wie du überhaupt etwas damit machen konntest. Du musst ein zäher Bursche sein.«

Cass zuckt mit den Schultern, offensichtlich verlegen.

Zäher Bursche, Mom? Echt?

All ihre Wachsamkeit und Vorsicht sind dahin, seit sie Cass' Hände gesehen hat. Mom liebt Opfer. Auch solche, die sich den Schaden selber zugefügt haben.

Vielleicht sind es aber gar nicht seine Hände, sondern es ist sein Charme. Denn der kann bei jedem die Vorsicht schmelzen lassen.

Meine ganz bestimmt.

Die Nacht ist wolkig und mondlos, auf der unbeleuchteten High Road kann man kaum was sehen. Ich stolpere. Cass' Hand ist sofort unter meinem Ellenbogen und fängt mich ab.

»Au.«

»Lass das«, sage ich. »Deine Hände tun weh.« Ich reiße meinen Ellenbogen weg.

»Blasen, kein Schrapnell. Ist auch nicht schlimmer als vorher. Echt. Es ist …«

»Wenn du noch mal sagst, es wäre keine große Sache, dann hau ich dich.«

Cass fängt an zu lachen und das steigert sich, bis er schließlich auf der dunklen Straße stehen bleiben muss. Ich kann seine Augen und Zähne noch blitzen sehen, viel mehr aber nicht. »Du sendest mehr widersprüchliche Signale aus als jedes andere Mädchen auf diesem verdammten Planeten«, sagt er, als er endlich wieder zu Atem kommt. »Für dich braucht man ein YouTube Gebrauchsanleitungsvideo.«

»Gar nicht wahr. Ich bin sehr eindeutig.«

Noch mehr Gelächter. Jetzt keucht er förmlich. Es ist

schwer, jemanden so lachen zu hören und dabei ernst zu bleiben. »Ich hab dir nie widersprüchliche Signale gesendet. Die Botschaften haben sich nur verändert. Das ist alles.«

»Und dann haben sie sich wieder verändert – und noch mal und noch mal.«

»Das stimmt nicht.« Meine Stimme ist belegt. Bin ich wirklich so verwirrend wie eine von diesen albernen Erbinnen in Grandpa Bens Filmen? So eine, in die man gern ein bisschen Vernunft reinprügeln würde? Bin ich nicht. Oder?

»Pass auf, da steht der Rasenmäher«, sagt er und schwingt mich mit einer Armbewegung gekonnt drum herum. Wie beim Tanzen. Dann stehen wir vor seiner Wohnungstür und er öffnet sie. Ohne Schlüssel.

»Du hast nicht abgeschlossen.«

»Natürlich nicht. Was gibt's hier denn zu stehlen? Die alte Mrs Partridge schleicht sich hier bestimmt nicht rein, um meine Sportshorts und eine Dose Thunfisch zu klauen.«

»Aber ich hab dich doch nur nach Hause gebracht, damit du nicht mit dem Schlüssel rumfummeln musst! Das war der einzige Grund.«

»Diese Ausrede kam nicht von mir«, erinnert er mich, »aber es wäre doch schön blöde, dieses Angebot auszuschlagen.« Er langt nach dem Schalter drinnen und das Licht fällt schräg in die Nacht, hüllt ihn in Schatten, glänzt auf seinem Haar, blendet meine Augen.

»Nacht, Gwen.«

Als ich auf der untersten Stufe angekommen bin, ruft er. »Der *einzige* Grund?«

Kapitel fünfundzwanzig

Dad klopft mit der Faust an die Fliegentür. »Los, Gwen. Du auch, Nico. Dieses Mal hast du keine Wahl. Ich brauche euch.«

Nic rollt sich vom Sofa, lässt seine *Men's Health* Fitnesszeitschrift mit einem nachdrücklichen Plumps fallen, guckt mich an, zuckt die Achseln.

Seit Jahren machen wir beide das schon mit. Seit er gegangen ist. Dad taucht auf, sagt, er braucht Hilfe und wir kötern hinter ihm her, ohne überhaupt zu wissen, was wir letztlich machen müssen – Seepocken vom Bootsboden kratzen, bei Walmart Vorräte fürs Castle holen, weil die Lieferung von Sysco sich verspätet hat … Minigolf spielen bei *Smacks and Snacks* in Stony Bay.

Aber diesen Sommer gab es noch nicht einen dieser geheimnisvollen Trips, und ich frage mich plötzlich, ob das an dieser Distanz zwischen Dad und Nic liegt.

Wir rutschen auf den Fahrersitz von Dads Truck, ich in die Mitte, Nic legt die großen Füße aufs Handschuhfach und lümmelt sich tief in den Sitz. Dad runzelt die Stirn, als der Motor vorm Anspringen kurz stottert. Ungeduldig kurvt er um einen Haufen jugendlicher Sommergäste rum, die sich an den Toren von Seashell versammelt haben, dann braust er die Straße entlang.

»Gibst du uns einen Anhaltspunkt, wo's hingehen soll?«, fragt Nic nach einer Weile.

»Muschelsammeln«, sagt Dad. »Gefüllte Venusmuscheln sind diese Woche auf der Spezialitäten-Karte, und du weißt ja, dass die frisch besser schmecken als aufgetaut. Esquidero hat auch gerade Venusmuschelwoche, diese Mistkerle, eher verrecke ich, als dass ich mir von denen mein Spezialgericht abjagen lasse.«

»Sonst nichts?« Nics Ton hat eine gewisse Schärfe.

»Brauch ich einen Grund, um euch zu sehen?«, fragt Dad, der vor dem Stoppschild kaum abbremst. »Ihr beide arbeitet in diesem Sommer nicht im Castle. Du lässt die Abendessen bei mir ausfallen, Nico. In letzter Zeit jedes.«

Nic trommelt mit dem Daumen auf seinem Knie herum, wechselt den Radiosender von einem sich in Rage redenden Talkshowgast zu Kuschelrock.

Dad schaltet wieder zurück

Irgendwie geht es hier um mehr als Muscheln. Bin ich als Puffer dabei? Oder als Verbündete?

»Wie läuft's denn zur Zeit mit dir und dem Almeida-Mädchen?«, fragt Dad Nic unvermittelt, als wir vor dem Damm am Straßenrand halten. Hier ist die beste Stelle zum Muschelnsammeln, weil das Wasser seichter ist als an den anderen Stränden der Insel.

Überrascht zuckt Nics Kopf hoch. Von Beziehungsdiskussionen lässt Dad sonst immer die Finger, das ist Moms Gebiet. »Was meinst du damit?«

»Was ich gesagt habe. Seid ihr beiden noch …«

»Ja«, unterbricht Nic ihn. »Warum?«

»Willst du frech werden?« Man hört es immer deutlich, wenn Dad wütend ist oder wenn ihm was nicht behagt.

»Wieso, Onkel Mike?«

Dad guckt ihn finster an. Nic funkelt kurz zurück. Ich hab Lust, ihre Köpfe gegeneinander zu schlagen.

Nic lenkt ein. »Ja. Immer. Wir beide. Warum?«

»Ist meine Aufgabe zu fragen.«

»Seit wann?« Nic scheint zu wissen, wie angriffslustig das klingt. Er räuspert sich und fügt hinzu: »Uns geht es gut. Du brauchst dir um Großnichten und -neffen vorläufig keine Sorgen zu machen.«

Dad grunzt. Eine identische Rötung breitet sich bei beiden über den Nacken aus. »Dann ist ja gut.«

»Können wir uns jetzt alle in die Arme fallen?«, frage ich. »Das ist ja so süß. Jetzt, wo ihr eure Herzen ausgeschüttet habt, fühle ich mich euch so viel näher.«

Nic rammt mir den Ellenbogen zwischen die Rippen, aber er lächelt dabei ein bisschen. Dad sieht aus, als würde er erwägen zu grinsen, dann entscheidet er sich aber dagegen. »Holt die Harken von der Ladefläche.«

Mit den Harken auf den Schultern und Eimern in den Händen waten wir hinaus ins Wasser.

Nic stößt mir die Harke an die Wade. »Was sollte das denn werden?«, fragt er leise. »Ein Mach's-niemals-ohne-Gespräch mit Onkel Mike?«

Ich zucke mit den Schultern

»Darüber hat er noch nie mit mir geredet, niemals, nicht ein einziges Mal. Schon gar nicht, als ich es hätte gebrauchen können«, fährt Nic fort. »Warum jetzt?«

»Er findet vielleicht, dass es allmählich Zeit wird.«

Aber wenn Dad sich das als Familienbande stärkende Maßnahme gedacht hat, wird er an seiner Technik noch feilen müssen.

Wir verteilen uns im Wasser, jeder arbeitet für sich, ohne dabei zu reden.

Jeder, der vom Muschelsammeln Ahnung hat, weiß, was das für eine schmutzige, harte Knochenarbeit ist. Wenn es kalt ist, frieren einem die Finger fast ab, während man im groben Sand nach Venusmuscheln herumtastet. Im Sommer kriegt man einen Sonnenbrand im Nacken, weil man stundenlang gebückt arbeitet. Man kommt nicht raus aufs offene Meer wie beim Fischen und es ist auch nicht so aufregend, wie auf dem Pier die Angel auszuwerfen und zu erleben, wie es an der Leine ruckt.

Trotzdem habe ich Muschelsammeln immer geliebt. Als ich klein war, mochte ich die Schlammschlachten mit Nic, die Wettbewerbe, bei denen Grandpa Ben Preisrichter war: wer die meisten Muscheln hatte, die größten, die kleinste, die, mit der seltsamsten Form. Ich mochte das Essen immer so gern, das Grandpa Ben hinterher zubereitete, Muschelragout mit frischem Mais und Tomaten dazu oder Spaghetti und Muschelsoße mit viel Petersilie und Knoblauch. Das mag ich noch immer, aber es hat auch was, einfach im Wasser rumzupanschen und sich auf das zu konzentrieren, was man finden und ertasten kann, während einem alles Mögliche durch den Kopf geht.

Heute funktioniert das aber irgendwie nicht.

Der einzige Grund?

Meine Finger sortieren automatisch. Ich vertreibe eine Bremse von meinem Arm. Ich hole noch eine fette Venusmuschel hoch, die fast so groß ist wie meine gespreizte Hand, werfe sie in den Drahtkorb, hole tief Luft und lege mir die matschige Hand auf die Brust, aus Versehen hinterlässt das einen Abdruck auf meinem weißen Tanktop.

Der Korb ist fast voll.

Ich quatsche durch den Schlamm zum Ufer, wische mir über die Stirn und hinterlasse zweifellos noch mehr Sandschmierer. Meine Haare kleben am Nacken, sandig und steif vom Salzwasser.

»Was ist eigentlich mit diesem Jungen?«, sagt Dad hinter mir. Ich hatte gar nicht gehört, dass er näher gekommen war. »Mit dem Sohn von Aidan Somers?«

»Er bringt Em das Schwimmen bei. Er heißt Cass, Dad. Er ist nicht bloß der Sohn seines Vaters.« Ich sehe ein Loch im Sand, nur ein winziges Luftloch, stecke die Hand rein und meine Finger schließen sich um die harte Muschelschale.

»Die ist zu klein. Gleiche Größe, Mädchen, das weißt du.« Er sieht mich mit zusammengekniffenen Augen an. »Ich kannte ihn. Aidan Somers. Ist lange her. Der Junge sieht ihm ähnlich.«

»Kann sein«, sage ich vorsichtig. Worauf will er hinaus?

»Hab auf der Werft bei Somer Sails gearbeitet. In dem Sommer, als ich achtzehn war.«

Ich richte mich auf, wische mir die Hand an den Shorts ab. Mir ist neu, dass Dad mal einen anderen Job als den im Castle gehabt hatte, wo sein eigener Vater auch arbeitete. Und endete.

Nic taucht an meiner Seite auf, guckt Dad an und wirft mir dann einen schnellen, erstaunten Blick zu.

»Der beste Sommer meines Lebens«, sagt Dad. »Diese Boote. Gott.« Er legt den Kopf in den Nacken, schließt die Augen. Sein Gesicht wird weicher. »Mein Job war, die Boote zu den Leuten zu schippern, die dicke Kohle dafür hingelegt hatten.«

»Ich wusste nicht mal, dass du segeln kannst«, wirft Nic im selben Moment ein, in dem ich sage: »Warum hast du nicht selber ein Segelboot, Dad?«

Er lehnt sich zurück. »Die Boote, die ich mir leisten könnte, so eine kleine Jolle vielleicht – und die bei Somers? Kein Vergleich. Ich hab eine Rennjacht mit Aidan Somers runter nach Charleston gesegelt. Das ist ein Boot ...« Er hat so etwas Träumerisches im Blick. Mein Dad, der sonst kein Träumer ist. »Ein Gefühl, als würde es das Wasser gar nicht berühren. Ich war dem Himmel nie näher. Das passte alles zusammen. Mir ging es gut, und ich war auch gut. Somers, Aidan, bot mir einen Job an.«

Nic und ich haben beide aufgehört im Sand rumzuwühlen. Wir stehen da und hören zu, als würde er ein Märchen erzählen. Mom und Grandpa Ben sind Geschichtenerzähler. Dad nicht. Der guckt immer nur geradeaus und nie zurück.

»Und?«, fragt Nic.

»Dein Eimer ist nicht mal halb voll, Nic«, sagt Dad. »Macht weiter, alle beide. Und? Und nichts. Pop starb, Luce wurde schwanger, Gulia kam mit ihrem Kind nicht klar. Da konnte ich doch nicht zum Segeln weg. Ende der Geschichte.«

Ich atme aus, merke nicht mal, dass ich die Luft angehalten hatte.

Dad und Nic fahren mit Dads Boot rüber in den Hafen von Stony Bay, wo sie die Muscheln waschen und auf Eis legen. Als Trostpreis schickt Dad mich mit einem Eimer voll Muscheln nach Hause. Ich trage ein Paar von Nics kurzen Sporthosen, weil ich meine eigenen nicht einsauen wollte (und seine sind sowieso nicht mehr zu retten). Meine Füße schleppen sich den Hügel hoch. Dass ich immer langsamer werde, liegt nicht nur daran, dass die Muscheln sich offenbar im Eimer vermehren und er immer schwerer wird, nein, ich schwöre, das Gewicht meiner Füße nimmt auch zu.

Bis ich oben angekommen bin und die Abzweigung am Field House passiere, rieselt mir der Schweiß in Bächen den Rücken runter. Cass' tomatensupperoter BMW parkt vorm Field House, von ihm ist nichts zu sehen.

Aber dann höre ich leises Röhren und quietschende Bremsen und der silberne Porsche fährt vor, mit Spence am Steuer und der Crew vom Hügel auf den anderen Plätzen. Trevor Sharpe, Jimmy Pieretti und Thorpe Minot. Sie sind windzerzaust und sie lachen. Spence trägt ein mandarinenfarbenes Hemd. Er drückt den Ellenbogen auf die Hupe. »Nun mach schon, Somers! Schaff deinen Arbeiterarsch hier raus!«

Sie sind das Milleniumupdate des Großen Gatsby … lässig, sorglos, selbstbewusst. Die Wohnungstür vom Field House geht auf, Cass kommt raus … und ist einer von ihnen.

Ich habe mich dran gewöhnt, ihm überall auf Seashell zu begegnen, dachte, er passt hierher. Vom Wind und seinen Händen zerwühlte Haare, durchgeschwitzte T-Shirts, knitterig und verfärbt. Aber jetzt ist er ein Hügel-Junge – dunkelblaues Hemd, das den Oberkörper so perfekt umschließt, dass es nur ein Designerstück sein kann, Hosen, die tatsächlich eine Scheißbügelfalte haben. Die hat er bestimmt nicht selbst da reingebügelt. Nichts zerknittert, nichts verkehrt.

»Seht nur, wie er sich aufgebrezelt hat!«, ruft Thorpe lachend. »Komm, Sundance, wir machen jetzt einen drauf, damit du deine Sorgen mal vergisst.«

Was für Sorgen?

»Guck mal, was ich hiiier habe.« Jimmy schwenkt eine braune Glasflasche mit einem Edelbier. »Und wo das herkommt, gibt es noch jede Menge mehr.«

Cass lacht. Er schüttelt sich die Haare aus der Stirn, so als würde er gerade aus dem Pool steigen. Aber im Moment sieht es so aus, als würde er nicht Wasser, sondern den Staub dieser miesen Insel abschütteln. Er geht zur Beifahrertür, drängelt Jimmy mit der Hüfte zur Seite – und lächelt immer noch. Er guckt nicht zu mir rüber, er sieht mich nicht.

Ich hab so ein komisches Verlustgefühl. So, als ob Cass, während er auf der Insel gewesen ist, einer von uns geworden wäre, ein Inseljunge, ein bisschen jedenfalls. Aber jetzt sieht es so aus, als ob er in Wirklichkeit doch auf die andere Seite der Brücke gehören würde.

Kapitel sechsundzwanzig

»Ihr Körper war wie der unentdeckte Kontinent, nach dem er sich immer gesehnt, den er jedoch nie gefunden hatte. Und so nahm er sie auch, so bohrte er seine Flagge in ihre unerforschten Regionen, so wie ein Mann eine Frau nur nehmen kann, nach der er sich sehnt, nach der er sich verzehrt, die es ihn drängt zu besitzen«, lese ich meinem hingerissenen Publikum vor.

Mrs E. ist nicht allein mit ihrer Vorliebe für Liebesromane.

Der Lesekreis hat sich erweitert und schließt jetzt die winzige Mrs Cole mit Phelps, die große Mrs McCloud und Avis King ein. Man wird mir kaum vorwerfen können, dass ich Minderjährige verderbe, denn mit 'npaarundsiebzig ist Mrs Cole die Jüngste, aber wohl ist mir bei der Sache trotzdem nicht. Vielleicht weil Mom mir das Buch geliehen hat. Oder weil ich die Passage, in der der Pirat die schwangere Prinzessin auf besonders exotische Weise verführte, auf Verlangen von Avis King drei Mal vorlesen musste, während sie und die anderen Überlegungen anstellten, ob so etwas technisch überhaupt möglich wäre. Und mal ehrlich: *seine Flagge*?

Avis King mit ihrer Kettenraucherstimme hatte diese Diskussion losgetreten: »Dazu muss er körperlich aber extrem fit sein.«

Mrs Cole, wehrhaft und mit Fistelstimme: »Das waren Piraten bestimmt. All das Plündern und Brandschatzen.«

Avis King: »Clarissa, du bist mal wieder völlig durch den Wind. Wikinger haben geplündert und gebrandschatzt. Piraten waren meistens in engen Booten auf hoher See unterwegs und hatten keinen Platz für Leibesübungen.«

»Dieser Pirat macht aber eine Menge Leibesübungen«, sagt Mrs Ellington anerkennend. »Ich mag diese modernen Liebesromane. Da gibt es diese albernen Schnitte zur nächsten Szene nicht, wenn es interessant wird.«

Die große Mrs Cloud, gebieterisch wie eine Königin: »Und alle Piraten hatten schlechte Zähne. Skorbut.«

Avis King: »Nun lasst uns doch weiterlesen, was meint ihr, Mädels?«

Aber wir kommen nicht viel weiter, bevor die nächsten Spekulationen angestellt werden. »Die Prinzessin erwartet bestimmt einen Jungen, wenn sie in ihrem Zustand Interesse daran hat, all diese Sachen mit dem Piraten anzustellen.«

»Ach, Clarissa, das ist doch ein Ammenmärchen«, sagt Avis King. »Meine Gefühle für Malcolm haben sich überhaupt nicht unterschieden, ob ich nun mit Susanna oder mit William schwanger war.«

»Ich weiß nicht …«, sagt Mrs Cole nachdenklich. »Als ich Linda unter dem Herzen trug, konnte ich es kaum ertragen, am selben Tisch mit Richard zu essen, aber mit Douglas und Peter …« Sie lächelt, als sie daran zurückdenkt.

Welche Gnade, dass die Damen an dieser Stelle um Eistee bitten. Mrs Cole folgt mir in die Küche. »Das ist hart«, sagt sie leise in ihrer Kleinmädchenstimme. Ich gehe davon aus, dass sie auf den Piraten und die Prinzessin anspielt und stimme ihr zu.

»Nun ja, es ist schon ganz schön deutlich und das kann einem unangenehm werden.«

»Ach, um Himmels willen«, sie winkt ab, »das doch nicht! Was glaubst du denn? Ich bin doch nicht von gestern.«

Naja, wenn es denn erst gestern wäre, fänd ich das Ganze vielleicht nicht so heikel.

»Nein, ich meine, dass die liebe Rose alle unsere Sommertraditionen auf den Kopf gestellt hat. Nun sitzt sie so viel herum. Tut nichts. Und plant noch weniger. Das hasse ich am meisten. Sich nichts vorzunehmen. Als ob es keine Zukunft gäbe«, gesteht sie leise. »Sie ist die Älteste von uns, aber das hat man nie gemerkt. Ich weiß nicht, was Henry Ellington sich dabei denkt, sie so viel alleinzulassen. Als mein Richard seinen Oberschenkelhalsbruch hatte, waren unsere Kinder und Enkelkinder da und haben ihn den ganzen Sommer von vorne bis hinten bedient. Hat ihn verrückt gemacht, kann ich dir nur sagen. Doch es war viel besser als diese … Abwesenheit.«

Genau da klingelt das Telefon. Wie heraufbeschworen ist es Henry Ellington. »Gwen. Wie geht es meiner Mutter?«

Das Problem ist: da ich mit ihm nur einziges Mal über seine Mutter gesprochen habe, weiß ich nicht, wie viel Ehrlichkeit er sich wirklich wünscht. Ihr Appetit ist gut, erzähle ich ihm, und berichte, wie sie an den Strand gekommen ist. Er unterbricht mich: »Und wie ist das mit dem Ruhen? Hat sie vorschriftsmäßig ihren Mittagsschlaf gemacht? Jeden Tag um dieselbe Zeit?«

Ist die Zeit wirklich so wichtig? Sie ruht sich aus, aber ja, ab und zu sind wir mal später vom Strand zurückgekommen oder wir sind nach Maplecrest gefahren, wo es einen

Marktstand mit diesen weißen Pfirsichen gibt, nach denen Mrs Ellington süchtig ist. Ich stammele, dass ich mir Mühe gebe.

»Da bin ich sicher«, sagt er und seine Stimme wird milder. »Ich weiß, dass Mutter einen eisernen Willen hat. Aber tu dein Bestes, ich komme sie heute übrigens besuchen. Aber wahrscheinlich treffe ich ein, während sie ihren Mittagsschlaf hält. Dann würde ich gern das Abendessen für uns zubereiten. Wärst du beleidigt, wenn ich dich für uns auf den Markt schicken würde? Heute ist der Geburtstag meines Vaters, da ist sie immer traurig. Ich dachte, ich koche ihr sein Lieblingsessen, das war so Tradition bei ihnen.«

Tatsächlich ist Mrs E. am frühen Nachmittag gereizt und verdrießlich. Sie ist einverstanden, sich ein bisschen früher hinzulegen als sonst, ruft mich dann aber, damit ich ein Fenster aufmache, einen Fensterladen schließe, ihr eine Tasse warme Milch mit Muskatnuss bringe. Sie quengelt, weil ich zu viel Honig reingetan habe und nicht genug Muskat, die Milch ist zu heiß, dann ist Haut drauf. Schließlich lässt sie mich gehen. Vor ihrer Tür gleite ich an der Wand runter, setze mich hin und lese meine SMS von Viv und Nic. Ich warte darauf, noch mal gerufen zu werden, doch alles bleibt still, deshalb schleiche ich mich langsam die Treppe runter, wobei ich die vierte Stufe auslasse, weil die kracht wie eine alte Flinte.

Ich liege mit zum makellosen Bräunen runtergezogenen Trägern im Vorgarten und lese die Eskapaden des Piraten und der Prinzessin, als ich Mom und ihre aktuellen Gefolgsleute aus dem Haus der Tuckers gegenüber kommen sehe. Eimer und Schrubber in ihren Händen deuten darauf hin, dass sie fertig sind. Und das bedeutet, dass der Aufenthalt der Robinsons auf der Insel beendet ist. Bye, bye, Alex. Ich stehe auf und gehe rüber. Mom winkt mir fröhlich zu, als sie mich entdeckt, dann gibt sie mir mit einer leicht verzweifelten Geste zu verstehen, dass ihr Putztrupp nicht besser geworden ist. Angela Castle, die Tochter von Dads Cousin, zerrt den Staubsauger die Treppe runter, mit saurer Miene und einem Shirt, das einen Ausschnitt bis zum Nabel hat. Laut Mom hat Angela nur eingewilligt, diesen Job zu übernehmen, weil sie hofft, das Herz eines Sommergastes zu gewinnen. »Als ob wir nicht alle langsam zu alt für Cinderella wären«, sagt Mom. »Aber logisch passiert das. Nichts ist so sexy wie Fußbödenwischen.«

Angela zerrt das Gerät zur Ladefläche des Bronco, während Mom in die Kühltasche langt und eine Diät Cola rausholt.

Zu mir sagt sie dann ganz leise: »Hoffentlich haben wir das gut hingekriegt. Diese Robinsons sind so pingelig. Wenn ich weg bin, prüfen sie alles noch mal mit weißen Handschuhen, und dann finden sie immer was, das wir nicht erledigt haben, also *können wir Ihnen beim besten Willen nicht den vollen Betrag zahlen*. Gut, dass wir die los sind, wenn du mich fragst.«

Ich glaube, ich höre Mrs E. nach mir rufen, doch alles ist ruhig, als ich die Treppe hochschleiche und das Ohr an ihre Tür presse. Gerade als ich wieder unten bin, kommt mit einem beigen Kaschmirpullover um die Schultern und einer Aktentasche in der Hand Henry Ellington herein, begleitet von einem Mann mit schütterem roten Haar, der irgendwie gelehrt wirkt. Er stellt ihn mir als Gavin Gage, einen Geschäftsfreund, vor. Mr Gage gehört zu den Leuten, die einen nicht ansehen, wenn sie einem die Hand geben, sondern den Blick irgendwo im Raum herumwandern lassen.

Henry angelt eine Liste aus seiner Tasche, die auf die Rückseite eines Überweisungsumschlags geschrieben wurde. Er gibt mir die Anweisung zu Fillermans Fischmarkt zu gehen, nachdem ich im Lebensmittelladen war, denn die hätten den frischesten Lachs. Grandpa Ben hat für Fillerman nichts als Verachtung, er meint, die legen ihre alte Ware in Milch ein, damit der fischige Geruch verschwindet und sie sie noch verkaufen können. Henry gibt mir einen Hundertdollarschein. Als ob Dads Worte von Sandy Claw eine Schlange in meinem Kopf losgelassen haben, überlege ich eine Sekunde lang, wie viel davon ich behalten könnte, wenn ich Grandpa oder einen seiner Getreuen um einen Lachs angehen würde. Es wäre eine gute Tat, der Lachs wäre mit Sicherheit besser.

»Ich bringe alle Quittungen mit«, sage ich hastig und damit ist diese Idee erledigt.

»Versteht sich.« Henry drapiert seinen Pullover auf dem Küchenstuhl. »Einen kleinen Bourbon, Gavin? Gwen, nimm Mutters Auto.« Er schiebt mir die Schlüssel zu, die einen Anhänger mit einer aus Holz geschnitzten Möwe haben.

Mrs Ellingtons Auto sollte mich nicht mehr einschüchtern, doch das tut es immer noch, trotz unserer Fahrten zum Markt und den Spritztouren.

Innen sahnefarbenes Leder, außen glänzender elfenbeinfarbener Lack – als hätte der Wagen den Vorführraum gerade erst verlassen. Ängstlich fahre ich aus der Auffahrt, die Reifen knirschen auf Muschelschalen. Ich komme mir vor wie in einem riesigen Marshmallow auf Rädern.

Genau in diesem Augenblick kommt der dunkelgrüne Pick-up von *Seashell Services* angefahren und hält quietschend. Tony steigt vorne aus und Cass hüpft von der Ladefläche, auf der sich der Heckenschnitt schon türmt. Tony ruft was, das ich nicht verstehe, und zeigt zum Beifahrersitz vom Pick-up, und Cass schlüpft rein und kommt mit einem Rasentrimmer wieder raus. Tony legt die Hände um Cass' Ohr und sagt etwas, mit einer Kopfbewegung zum Robinson-Haus. Wahrscheinlich gibt er dieselbe Information weiter wie Mom vorhin. Dass sie viel verlangen und Nerven kosten. Mir fällt auf, wie komisch es ist, dass Cass, der sicherlich genauso reich ist wie die Robinsons, wenn nicht reicher, von Tony und Marco schon nach einem Monat als Inseljunge akzeptiert ist. Aber sie haben ihn ja auch nicht gestern Abend gesehen, als er sorglos und lachend in den Porsche gestiegen ist, total entspannt und Aristokrat bis in die Haarspitzen.

Cass schwingt den Trimmer, reckt ihn in die Luft und Tony klopft ihm auf den Rücken. Dann tauchen beide in die Buxbaumbüsche ab, zweifellos auf der Suche nach Steckdosen. Im Rückspiegel lasse ich den Blick zu Cass' Hintern wandern und dort eine Weile ruhen. Tonys Maurerdekollete ist längst nicht so anziehend.

Er trägt keine Handschuhe. Cass!

Eilig gehe ich die Einkaufsliste durch. Es ist frustrierend, denn Henry hat genaue Angaben gemacht, in welchen Läden all diese Sachen zu beschaffen sind. Und sie sind kreuz und quer in der Stadt verteilt. Himmel noch mal! Der Fisch muss von Fillerman sein, die Brötchen können nur in einer Bäckerei in White Bay gekauft werden, und dann ist da noch all dieses andere Zeug von Stop & Shop. Dann in Garretts Eisenwarenladen, Zedernholz kaufen, auf dem der Lachs gegrillt werden soll. Das dauert ewig, weil ich es nicht finden kann, der Laden ist etwas chaotisch und der süße

Rothaarige am Tresen ist total abgelenkt, als so eine Uschi in ultra-kurzen Shorts reinkommt. Und dann stehe ich plötzlich vor dem Ständer mit den Arbeitshandschuhen. Soll ich? Nein, das wäre seltsam. Sehr seltsam. Dann Sorbet und Baisers bei Homelyke besorgen und danach in den Spirituosenladen, Henry will Prosecco. Ich weiß nicht mal, was das ist, nur dass ich nicht alt genug bin, um so was zu kaufen. Und Dom D'Ofrio, der hier arbeitet, weiß das nur zu gut. Ist für meinen Boss, sage ich, und er verdreht nur die Augen. »*Das* hab ich ja noch nie gehört.«

Anderthalb Stunden später biege ich schwitzend mit dem Cadillac wieder in die Auffahrt ein, wo Henrys Subaru noch immer den Weg versperrt. Ich schleppe diverse Tüten in die Küche, als ich seine Stimme in der Eingangshalle höre. »Das ist offensichtlich ein Audubon. Urgroßvater Howard, mütterlicherseits, hat in Kunst investiert. Wir haben noch einige Werke in dem Haus in der Park Avenue.

»Ein Druck«, sagt Gage bestimmt. »Hast du die Echtheit der anderen beurkunden lassen?«

»Nein, selbstverständlich habe ich mich zuerst an dich gewandt. Wie kann das kein Original sein?«

Ein scharrendes Geräusch, Mr Gage scheint das Bild von der Wand genommen zu haben. »Hier. Sieh mal. Henry, ich versichere dir, du bist nicht der Erste deiner Generation – aus welcher Familie auch immer –, der feststellen muss, dass die Finanzen im Argen liegen. Erst gestern bin ich nach White Bay geschickt worden, um mir eine Halskette von Tiffany anzusehen, die angeblich seit 1840 in Familienbesitz ist. Sämtliche Steine waren Strass. Wertlos. Das passiert häufiger, als man denkt. Diskretion ist mein Geschäft, von daher dringt so etwas selten nach außen. Ich habe einen

Kunden in Westwood, der von allen Kunstwerken im Haus hat Kopien anfertigen lassen. Seine Eltern waren berühmte Sammler gewesen. Er hat seiner Frau erzählt, er habe Angst vor Einbrechern und wolle die Gemälde einlagern und die Kopien an die Wand hängen. Die Originale hat er mir verkauft.«

»Muss eine tolle Ehe sein«, sagt Henry Ellington trocken. »Die Sache ist die, was haben wir hier, das überhaupt etwas wert ist?«

Ich habe Papiertüten genommen, keine Plastiktüten, und die stelle ich echt vorsichtig ab und hoffe, sie rascheln nicht und machen Henry nicht auf meine Anwesenheit aufmerksam, die mit Sicherheit unerwünscht ist. Ich hab mir mein Leben lang anhören müssen: »Das sind die Angelegenheiten anderer Leute, Gwen. Denen sind wir nicht mehr schuldig als ein sauberes Haus und versiegelte Lippen.« Aber das Hirn zu versiegeln ist nicht so leicht. Was geht hier vor?

»Henry, ich werde für dich tun, was ich kann, das weißt du. Einige der Möbel haben einen Wert. Der Eldred Wheeler Nantucket Teetisch im Foyer würde etwa achthundert Dollar bringen. Der Walnusstisch dort im Esszimmer auch. Die Meißner Vase auf dem Kaminsims etwa dreihundert. Das wertvollste Stück, das ich gesehen habe, ist der Buchensessel in der Glasveranda. Der wäre knapp zweitausend wert.«

Henry sagt »Gavin« mit heiserer Stimme, dann räuspert er sich. »Damit kommen wir auf keine nennenswerte Summe, außerdem würde Mutter es merken, wenn der Esszimmertisch und ihr Lieblingssessel verschwinden. Ich bin sicher, du verstehst mein Problem.«

Sie stehen auf der anderen Seite der Küchentür. Mein

Herz hämmert. Ich hab das Gefühl, ich werde gleich erwischt und mit Schimpf und Schande entlassen, als hätte ich all die wertvollen Sachen im Haus gestohlen. Ich beuge mich vor, nehme die drei Einkaufstüten, die ich schon reingetragen habe und gehe rückwärts zur Fliegentür hinaus, total dankbar dafür, dass die hier nicht quietscht wie unsere zu Hause.

Dann trampele ich die Stufen hoch, reiße die Tür wieder auf und poltere in die Küche. Dabei rufe ich: »Endlich! Bin wieder da. Sorry, Mr Ellington! War viel Verkehr auf dem Damm und bei Garrett hatten sie kein Zedernholz mehr, ich musste also suchen. Mrs E. ist doch noch nicht auf?«

Mit roten Flecken im Gesicht stößt Henry die Küchentür auf. »Nein, noch nicht, Gwen. Ich hab noch keinen Mucks von ihr gehört. Normalerweise schläft sie etwa zwei Stunden, nicht wahr?«

Ich bin bestimmt auch total rot im Gesicht. Als ich die Einkaufstüten nebeneinander aufreihe, stoße ich die Kristallvase mit den Hortensien um. Das Wasser verteilt sich über den Tisch und tropft auf den Boden. Ich schnappe mir die Küchenrolle und wische auf, indessen geht Henry wieder an die Bar und fragt Mr Gage, ob er noch etwas trinken will. Will er nicht, aber Henry will, das ist sicher. Während er mit dem Eis klimpert und es mit so einem komischen Hammerdings in kleine Stücke klopft, sagt Mr Gage: »Darf ich mich noch ein bisschen umschauen? Im oberen Stockwerk?«

»Man hat eine herrliche Aussicht dort oben«, sagt Henry ein wenig zu laut und übertrieben. Wahrscheinlich hat sich mein Auftritt eben genauso angehört. »Aber Mutter schläft. Vielleicht kannst du warten, bis sie wach wird.«

Ich stopfe die Lebensmittel in den Kühlschrank, ganz wie die tüchtige, aufrichtige, ehrliche Hausangestellte, die ich sein sollte, und nicht wie die verschlagene, lauschende, zu der ich offenbar geworden bin. Meine Hände zittern.

Dann legt sich mir eine fremde Hand auf die Schulter.

»Äh, Guinevere.«

Ich drehe mich um und schaue Henry Ellington in die Augen.

»Mutter hat mir erzählt, was für eine gute Kraft du bist. Ich schätze deinen …« Er räuspert sich. »Unermüdlichen Einsatz für sie.«

Er langt in seine Tasche, zieht etwas raus und legt es auf den Küchentisch, beugt sich vor und schreibt.

Ein Scheck.

»Rose Ellington ist nicht pflegeleicht«, sagt er. »Sie stellt Ansprüche. Und du entsprichst ihnen. Ich finde, du hast dieses … kleine Extra verdient.«

Er faltet den Scheck und reicht ihn mir.

Eine Sekunde lang bin ich wie erstarrt. So, als hätte er das schon die ganze Zeit vorgehabt, legt Henry den Scheck auf den Küchentisch auf die wieder trockene Stelle, wo ich das Wasser verschüttet hatte. Neben die Lebensmittel. Als ob er dahin gehören würde, genauso selbstverständlich wie die Tüten.

Kapitel siebenundzwanzig

»Er raubt sie aus«, sagt Vivie. Sie fährt eine scharfe Linkskurve mit Almeidas Lieferwagen und schleudert Nic und mich gegen die Türen.. »Er ist geschieden, oder? Er hat sie mit der minderjährigen Babysitterin betrogen und jetzt verlangt ihre Familie Schweigegeld. Seine Ex hat ihn ausgenommen wie eine Weihnachtsgans, obwohl sie was mit dem Portier hatte, er ist pleite, weil er das Geld von seinem Boss unterschlagen hat, und er zählt darauf, dass Mommy ihn da raushaut. Ohne ihr Wissen.«

»Wow. Und das schließt du alles aus dem, was ich dir eben erzählt habe?«

»Drama Queen«, sagt Nic.

»Gar nicht.« Viv reißt den Lenker rum, die Reifen quietschen und sie biegt auf die Main Road ab. Ich knalle gegen die Tür.

»Warum bittet er sie denn nicht einfach um das Geld?«, sage ich, rappele mich wieder hoch und richte auch den Beutel Venusmuscheln zu meinen Füßen wieder auf – wir kochen heute Abend Muscheln für die Kirche des Heiligen Johannes de Brito.

»Diese Leute *reden* nie miteinander«, sagt Nic. »Ich sag dir, wir haben heute das Esszimmer bei den Beinekes gemalert. Alles war mit Laken und so zugedeckt und Hoop und ich haben die Leisten angepinselt, aber Mr und Mrs Beineke und ihre arme Enkelin haben trotzdem da drinnen gegessen. Es ging die ganze Zeit lang nur: *Sophie, würdest du deine Großmutter bitten, mir die Butter zu reichen*, und: »*Sophie, bitte sag deiner Großmutter, dass Salz fehlt*, dabei ist der Tisch nicht länger als zwei Meter und Oma und Opa können einander ausgezeichnet hören. Sie reden nur nicht miteinander.«

»Die Frage ist, soll ich reden?«, frage ich. »Oder sollte ich …«

»Links, da oben!«, unterbricht Nic und zeigt nach rechts.

Viv biegt links ab.

»Nein, da lang!« Nic zeigt wieder nach rechts.

Viv flucht leise und wendet, dass Nic und ich wieder gegen die Türen fliegen.

»Meinst du, das ist eine Behinderung, Vee?«, fragt Nic. »Glaubst du, die nehmen mich nicht auf der Akademie, weil ich diesen kleinen L-Trick mit der Hand machen muss, um rechts und links auseinander zu halten?«

»Vielleicht kriegst du ein besonderes Stipendium«, sagt Viv und tätschelt seine Schulter. Im Rückspiegel blinzelt sie mir zu. »Gwenners, die Sache ist, dass du eigentlich nichts weißt. Du arbeitest seit ein paar Wochen für die. Sie hatten ein Leben lang Zeit, ihre Beziehung zu versauen und kompliziert zu machen. Misch dich nicht ein.«

Misch dich nicht ein. Denk nicht drüber nach. *Nas histórias de outras pessoas.*

Diese Gedanken zu denken, das ist mittlerweile so, als hätte man die Schlummer-Taste an einem alten Wecker so oft gedrückt, dass sie einfach nicht mehr funktioniert.

»Du liebe Güte, Gwen, wo bist du heute?« Mrs E. wedelt mit der Hand vor meinem Gesicht herum und ruft mich zurück ins Hier und Jetzt. Auf ihre Veranda. Der Tag geht zu Ende. Ein Tag, den ich in Tagträumen von Cass und Grübeleien über Henry verbracht habe – während ich Mrs E., die etwas Besseres verdient hat, völlig mechanisch abgefertigt habe.

»Clarissa Cole hat mir erzählt, dass der Gartenboy, der liebe Cassidy, deinem Bruder das Schwimmen beibringt.«

Der Inseltratsch ist schneller als eine abgefeuerte Gewehrkugel. Mrs E. legt eine Hand, leicht wie ein Blatt, auf meinen Arm. »Oh, äh, ja. Morgen hat er eine Stunde.«

»Wäre es unangemessen, wenn eine alte Strandeule wie ich drum bitten würde, mitkommen zu dürfen?«

»Zum Schwimmen?«

»Lediglich zum Zuschauen. Ich habe zu viel Zeit in der Gesellschaft der Gebrechlichen zugebracht und …«, sie spricht leiser, obwohl Joy, die muffelige Krankenschwester noch nicht da ist. Sie hat angerufen und gesagt, sie würde sich verspäten – aber in was für einem Ton! Man hätte denken können, es wäre meine Schuld. »… der Schrulligen. Ich habe die Damen einige Tage nicht an den Strand begleitet, mir war danach faul zu sein, fürchte ich. Es wäre mir eine Freude zu sehen, wie dein lieber Junge die Sache handhabt.«

»Er ist nicht mein lieber Junge, Mrs E.. Wir gehen nur zusammen zur Schule.«

Sie schaut nach unten und dreht den schmalen goldenen Armreif an ihrem Handgelenk, aber ich sehe, wie sie das amüsiert. »Ganz wie du meinst. Nun, ich bin vor sehr langer Zeit auch mal eine junge Frau gewesen. Und ich kann nicht umhin zu bemerken, dass das Gras der Nachbarn links und rechts recht lang ist und ihre Gartenwege hätten längst gejätet werden müssen, während mein eigener Garten noch nie so gewissenhaft gepflegt worden ist.«

Ich muss zugeben, auch mir ist das aufgefallen. Und als er einen Termin für Ems nächste Schwimmstunde ausmachen wollte, war er am Telefon auch alles andere als kurz angebunden.

Cass: »Ich muss jetzt auflegen …« (Legt nicht auf.) »Äh …«

Ich: »Okay. Dann machen wir Schluss.« (Lege nicht auf.) »Wieder so eine Familiending?«

Cass (seufzend) : »Ja. Fototermin.«

Ich (ungläubig): »Dein Familiending ist ein Fototermin?«

Cass: »Lach nicht. Ja. Wir machen das jährliche Foto für die Website von Dads Unternehmen. Du weißt schon, ist Tradition, irgendwie peinlich, aber …«

Dann erinnere ich mich plötzlich daran. Mr Somers und die drei Jungs. Cass' Mom sah ich nicht, aber sie muss auch dabeigewesen sein. Sie standen auf dem Deck ihres großen Segelboots, das am Pier von Abenaki festgemacht hatte, in weißen Hemden und Khakihosen, mit gebräunten Gesichtern. Cass wippte und brachte das Boot zum Schaukeln, seine Brüder lachten und ich wollte die Leiter hoch an Bord klettern. Dad hielt mich zurück und sagte: »Nein, Mädchen, du gehörst nicht zur Familie.«

»Das macht ihr noch immer?«

»Jedes Jahr«, sagt er. »Ich mag ja das schwarze Schaf sein, aber offenbar bin ich fotogen.«

Der Ton war unbeschwert, doch ich hörte etwas unter der Oberfläche mitschwingen.

Schweigen.

Ich konnte ihn atmen hören. Wahrscheinlich hörte er mich schlucken.

Ich: »Cass.«

Cass: »Ich bin hier.«

Ich: »Wirst du es tun? Was deine Familie will? Sagen, dass es Spence allein war, wieder zurück nach Hodges gehen?«

Cass (langer Seufzer, ich stelle mir vor, wie er die Faust ballt und wieder löst) : »Eigentlich sollte das leichter sein. (Pause.) Schwarz und weiß. Er ist mein bester Freund. Aber ich ... meine Brüder, also ...«

Stottern passt gar nicht zu ihm. Ich drücke den Hörer fester an meine Wange. »Ja?«

Cass: »Ich bin nicht Bill, das junge Finanzgenie. Ich bin nicht Jake, die Sportskanone.«

Ich: »Warum auch?«

Cass: »Sie wollen das Beste für mich. Meine Eltern. Meine Familie.«

An dieser Stelle kam Mom ins Zimmer, zog laut seufzend die Schuhe aus und stellte den scheppernden Ventilator an. Ich bat Cass zu warten und nahm das Telefon mit raus in den Garten, legte mich ins Gras und starrte hinauf in den tiefblauen Himmel. So hatten wir noch nie miteinander gesprochen. Seine Stimme war so nah, es war, als würde er mir ins Ohr flüstern.

Ich: »Da bin ich wieder. Und was ist das Beste für dich?«

Cass: »Das ganze Programm: Eliteuni. Guter Job. Alles eben. Ich mag ja nicht so clever sein wie meine Brüder, aber ich weiß ... es macht mehr her, wenn ich einen Abschluss von der Hodges habe.«

An dieser Stelle hätte ich sagen müssen, dass es keine

Rolle spielte, was es hermachte. Aber ich konnte ihn nicht anlügen. Ich wusste, was er meinte. Stattdessen fragte ich: »Und das ist wichtig? Wie was aussieht? Für dich.«

Wieder Seufzen. Dann Stille. Eine lange Stille.

Mir fällt ein, wie Cass' Bruder neulich vor dem Castle mit ihm geredet hat. Er hatte gesagt, Spence würde immer auf die Füße fallen.

Ich: »Käme Spence denn nicht wieder auf die Beine? Er ist ziemlich robust. Und hat sein Dad nicht dafür gesorgt, dass der Verweis aus seiner Akte verschwindet?«

Cass: »Ja, schon. Aber wenn ich ihn verraten würde, wäre das in meiner Akte. In seinem Kopf. In meinem. Und wer wäre ich dann? Was zum Teufel wäre ich dann?«

Mein nächster Gedanke war unvermeidlich. *Das ist die große Frage? Darum machst du dir Gedanken? Nicht, was ich dachte, wer du bist?«*

Schließlich, Cass: »Okay, ich muss jetzt wirklich Schluss machen.«

Ich: »Ja, ich auch. Ich lege jetzt auf.«

(Keiner legt auf.)

Cass: »Vielleicht … wenn wir bis drei zählen und dann auflegen.«

»Eins. Zwei. Drei.«

Ich lege nicht auf. Cass auch nicht.

Cass (lachend): »Bis morgen, Gwen.« (Pause.) »Drei.«

Ich (auch lachend): »Genau. Drei.«

Beide Telefone: *Klick.*

Mrs E. besteht darauf, dass wir Em in ihrem Cadillac abholen und dann zum Strand fahren, damit er seinen Schwimmunterricht bekommt. Emory ist offensichtlich erstaunt, in einem Auto zu sitzen, das keine lauten scheppernden Geräusche von sich gibt wie Moms, und das gepolsterte, bequeme Sitze hat, die nicht kaputt sind wie die in Dads Pickup. »Reisen. Seifenblase«, sagt er fasziniert und streicht über das glatte weiße Leder. »Wie Hexe Glinda.« Seine Augen sind ganz groß.

Dieses Mal hat Cass für Em noch mehr Supermannfiguren zum Retten mitgebracht und eine faustgroße blau-grüne Murmel. Die legt er ziemlich weit raus in das tiefer werdende Wasser und sagt Em, er müsse jetzt mit dem ganzen Gesicht untertauchen und sie holen. Em zögert. Cass wartet.

Ich drücke Mrs E.s Hand. Ich habe einen Campingstuhl für sie hingestellt und mich neben sie in den Sand gesetzt.

»Mein Henry hatte als kleiner Junge Angst vorm Wasser«, erzählt sie mir leise. »Der Käpten war äußerst ungeduldig. Er hat alles versucht. Er sei ein Wallace, hat er gesagt, und die Wallaces hätten vor nichts Angst. Obwohl ich kaum glaube, dass William Wallace schwimmen konnte, das muss ich sagen. Und er hat ihm Süßigkeiten versprochen und gedroht, ihm den Hintern zu versohlen – das war eine akzeptable Maßnahme damals. Aber Henry wollte einfach nicht ins Wasser.«

Cass legt sich neben Em auf den Bauch, ein brauner muskulöser Rücken neben einem kleinen, blassen, knochigen. Ich kann Emorys Gesicht nicht sehen. Ich muss mich an der Armlehne des Campingstuhles festhalten, damit ich nicht ins Wasser laufe und Emory rausziehe. War keine gute Idee. Moms Worte klingen mir noch in den Ohren, ich habe die Verantwortung für ihn, er kann nicht auf sich selber aufpassen, das wird immer meine Aufgabe sein. Ich will aufstehen, aber Mrs E. drückt meine Schulter sanft nach unten. »Nein, liebes Herz. Gib ihm ein wenig Zeit. Ich habe Vertrauen. Das musst du auch haben.«

Ich setze mich wieder. »Und wie hat Henry schwimmen gelernt?«

»Nun, eines Tages ist der Käpten mit ihm ans Ende des Piers gegangen und hat ihn reingeworfen.«

Ich bin total entsetzt. »Was haben Sie gemacht?«

»Ich war nicht da. Ich habe später davon gehört. Du musst dir klarmachen, dass manche Leute damals viel härter mit ihren Kindern umgesprungen sind. Ich hätte es niemals zugelassen, aber so was passierte.«

Im Wasser hat Cass sich jetzt auf die Seite gedreht und auf einen Ellenbogen gestützt. Er taucht seinen Kopf ins Wasser, taucht völlig unter und plötzlich wieder auf, sagt dann was zu Emory, das ich nicht hören kann. Emorys lacht heiser, aber den Kopf senkt er immer noch nicht.

»Und was ist geschehen? Ist er untergegangen? Ist jemand hinterhergesprungen und hat ihn gerettet?«

»Nein, wie ein Hund ist er bis zum Pier gepaddelt. Er hatte so große Angst, dass er es einfach tat. Aber mit seinem Vater hat er zwei Wochen lang nicht geredet.«

Kann ich ihm keinen Strick draus drehen. Der Käpten muss ein echtes Arschloch gewesen sein.

Langsam, langsam taucht Em den Kopf ins Wasser. Ich halte die Luft an, als ob ich ihm damit helfen könnte. Er streckt die Hand aus, weiter, immer weiter – und im selben Moment als sein Kopf eintaucht, schießt auch seine Hand spritzend wieder nach oben und er hält die Murmel triumphierend in die Höhe.

»Gut so, Superjunge. Du hast den Planeten gerettet!«, ruft Cass – und Em grinst von einem Ohr zum anderen.

»Und er ist nicht dein junger Mann?« Mrs E. lehnt sich zu mir rüber, um das zu fragen. Der Duft ihres Lavendelparfüms würzt die salzige Luft.

»Nein. Nicht meiner.« Cass redet mit Em, legt ihm die Murmel in die Hand und schließt seine Finger darum. Dann zeigt er auf das Ende des Piers. Emory nickt ernst.

»Dann frag ich ihn vielleicht, ob er meiner sein möchte.«

»Gwen, warte mal!«, ruft Cass, als ich am Strand vom Parkplatz fahren will. Mrs E. und Emory sind gleichermaßen erschöpft und schläfrig.

Cass hat sich den Rucksack über die Schulter geworfen und seine Haare sind noch immer tropfnass und nieseln auf sein Hemd. »Ich dachte, ich komme heute Abend vielleicht rüber.«

Grandpa hat mir heute Morgen mitgeteilt, dass er heute Gastgeber der Bingorunde ist. Kommt also überhaupt nicht infrage. Mit Familie war das ja schon komisch genug – aber richtig übel wäre es, wenn Grandpas Freunde mit den Augenbrauen wackeln und sich gegenseitig anstoßen, weil Ben Cruz' Tochter nun endlich mit *um joven* gesehen worden ist. Auch wenn sie ihm nur in Englisch hilft.

»Das ist kein guter Abend für Nachhilfe.« Ich gucke lieber auf seine Füße als in sein Gesicht. Mann, sogar seine Füße sind schön. Groß, gepflegt, hoher Spann. Ich checke seine *Füße* ab? Himmel. Er schiebt den Zeh durch den groben Kies vom Parkplatz.

»Tja, also, nicht wegen Nachhilfe«, sagt Cass. »Ich dachte, vielleicht komm ich einfach so vorbei.«

Ich schau nicht rüber zu Mrs Ellington. Muss ich auch

nicht. Dass sie ein Hab-ich-es-nicht-gleich-gesagt-Lächeln im Gesicht hat, ist auch so klar.

»Für eine Segeltour?« Zweifelnd blinzele ich himmelwärts, wo Gewitterwolken aufziehen.

»Oder spazieren gehen … oder was anderes?« Cass' Hand wandert zum Nacken, massiert seine Muskeln und schüttelt sich die Haare aus den Augen. »Eine Kajaktour vielleicht?«

Ich könnte auf die Wolken und ihr dunkler werdendes Grau hinweisen oder eine Bemerkung über den Wind machen, der aufzufrischen scheint. Ich könnte mich an den selbstsicheren, mir fremden Jungen erinnern, der in den Porsche gestiegen ist – und sagen: ‚*Auf gar keinen Fall*. Stattdessen sage ich: »Gegen sechs?«

Kapitel achtundzwanzig

»Hi, Mrs Castle!«

Ich ziehe mich in meinem Zimmer um (ist erst das zweite Mal. Fortschritt!), als ich Cass' tiefe Stimme höre – und Moms unsichere.

»Oh. Cassidy. Kommst du zur Nachhilfe? Gwen ist gerade unter der Dusche. Komm rein! Möchtest du eine Kleinigkeit essen? Ich hab noch Fisch. Könnte ich dir aufwärmen. Gwen ist bestimmt gleich soweit. Komm doch rein, setz dich. Wie geht es deinen Händen?«

Ich verziehe das Gesicht. Die Sache mit dem Geplapper muss genetisch bedingt sein.

»Oder kommst du wegen Emory? Was sagtest du, wie es deinen Händen geht?«

Das Lächeln in Cass' Stimme erreicht mich durch die geschlossene Tür – wie Sonnenstrahlen, die durchs Fenster fallen. »Denen geht es gut. Besser. Nichts zu essen. Danke. Ich bin nicht wegen Emory hier. Auch nicht wegen Nachhilfestunden, ich will Gwen abholen.«

»*Unsere* Gwen?«

Ich mach die Augen zu und lehne mich an die Tür. *Danke, Mom.*

»Oh! Gut. Sie ist in der … Ich ruf sie mal. Gunivevere!«

Das ruft sie, als würden wir in einem Schloss wohnen. Als lägen hundert Gemächer zwischen uns, nicht nur ein paar Meter.

Ich komme aus dem Schlafzimmer, mit Mascara. Meine Haare sind nass vom Duschen und kleckern nasse Flecken auf mein Shirt. Aber er guckt mich an, als ob das überhaupt keine Rolle spielen würde, und das tut es dann natürlich auch nicht.

»Und du möchtest den Fisch nicht?«, fragt Mom. »Ich könnte ihn dir nämlich einwickeln. Macht keine Umstände. Das muss doch schwierig für dich sein, so ganz allein ohne selbstgekochtes Essen. Schließlich bist du doch ein Junge im Wachstum und ich weiß nur zu gut, wie das mit Teenagern und ihrem Appetit so ist.«

Das hat sie doch wohl nicht wirklich gesagt? Nicht vergessen: Mom später erwürgen.

»Was?«, sagt Cass, der den Blick nicht von mir abwendet. »Tut mir leid, Mrs Castle. Ich bin etwas abgelenkt. War ein langer Tag heute. Bist du soweit, Gwen?«

Aufgeregt und mit rot angelaufenem Gesicht sagt Mom: »Und du willst bestimmt keinen Dorsch?«

»Kein Dorsch, Mom«, sage ich verkniffen.

»Bestimmt ist er vorzüglich, Mrs Castle«, sagt der König der guten Manieren.

Endlich und zum Glück schweigend schaut Mom uns hinterher, als wir weggehen.

Dorsch?

Jesus.

»Sorry, sie dreht ein bisschen auf … also, sie ist es einfach nicht gewohnt, mich weggehen zu sehen. Zu einem Date. Also, nicht, dass das hier eines wäre. Soll ich vielleicht zurücklaufen und mein Exemplar von *Tess* holen? Wir haben es erst ein Mal gemacht. Nachhilfe, meine ich.« Ich spüre, wie mein Gesicht heiß wird. »Wie geht's deinen Händen?«

Er lacht wieder. »Gwen. Vergiss meine Hände. Vergiss Tess. Wir gehen jetzt einfach runter an den Strand – und dann sehen wir weiter.«

So viele Fragen sirren mir im Kopf herum. Was sehen wir weiter? Warum mach ich das noch mal? Oder ist es jetzt anders? Aber ausnahmsweise und zum ersten Mal seit dieser Nacht von Cass' Party, schiebe ich das alles beiseite. Ich konzentriere mich auf Cass' Hand, die mich mitzieht. Ich lasse mich ziehen – und sage: »Okay.«

Auf unserem Weg den Hügel runter hat es den Anschein, als würden die Wolken, die sich zusammengezogen hatten, zögern, noch näher zu kommen. Der Wind weht scharf und frisch und ist nur ein wenig salzig. Flut.

Cass sagt: »Ich hab's durch. Gestern Abend. *Tess.* Ich finde es noch immer furchtbar. Also, was soll so was denn? War doch von Anfang an alles hoffnungslos. Jeder saß in der Falle.«

Als Nachhilfelehrerin sollte ich jetzt dagegenhalten und sagen, dass Tess Wahlmöglichkeiten gehabt hatte, dass sie wegen Angels Unfähigkeit zu vergeben zum Scheitern verurteilt waren, dass wirklich nicht von vornherein alles beschlossene Sache gewesen war, denn die Dinge hätten sich durchaus anders entwickeln können. Aber das ist ja der Grund dafür, dass ich dieses Buch hasse: von Anfang an sind alle ohne Hoffnung, sogar das Pferd der Familie, das – wie man von vornherein weiß – im unpassendsten Augenblick tot umfallen wird. »Weißt du, was ich an diesem Buch am meisten gehasst habe?«, sage ich. »Weißt du, nach welcher Zeile ich es am liebsten vom Pier geschleudert hätte?«

»Da fallen mir einige ein«, sagt Cass.

»Als Tess darüber klagt, ihr Leben würde wirken wie vertan, weil ihr die Chancen fehlten. Also, mal ehrlich, ich weiß, sie hat Pech gehabt, aber sie bedauert sich so sehr selbst, dass man das Interesse an ihr verliert. Jedenfalls ging mir das so.«

»Was mir nahegegangen ist«, sagt er leise, »und zwar das Einzige, das nicht irgendwie übertrieben dramatisch und total bescheuert war, war dieser Absatz, in dem es darum ging, dass man seine Chance einfach verpassen kann.«

»In der törichten Umsetzung des vernünftigen Weltenplanes«, deklamiere ich, *»bringt der Ruf selten den Gerufenen herbei; der Mann, den man lieben möchte, trifft selten zusammen mit der Stunde für die Liebe.«*

»Ja, ja.« Er atmet aus. »Das. Schlechtes Timing von etwas, das hätte gut sein können.«

Soso.

Das hängt in der Luft wie mit Rauch geschrieben.

Ich räuspere mich.

Cass kickt ein bisschen Kies vom Weg. Dann lacht er. »Ich kann nicht glauben, dass du das auswendig kannst.« Er guckt mich an und ich zucke die Achseln. Meine Wangen glühen. »Aber eigentlich, tja, kann ich's doch.« Er lächelt mit gesenktem Kopf.

Wir sind wieder still.

»Ich dachte, vielleicht liege ich ja falsch und verstehe dieses Buch einfach nicht«, sagt er schließlich. »Die Hälfte der Sachen, die ich lese, bleibt nicht in meinem Kopf. Vielleicht mehr als die Hälfte. Ich kann keinen Aufsatz drüber schreiben, nicht mal mit vorgehaltener Pistole. Die Wörter, mit denen ich mich ausdrücken will, verheddern sich, wenn ich versuche, sie zu Papier zu bringen.«

»Aber du weißt genau, was du mit Em machen musst«, sage ich. Ich stürze mich auf den Themenwechsel wie auf einen Rettungsring. Wir sind schon fast am Strand und gehen so dicht nebeneinander, dass seine rauen Fingerknöchel meinen Arm berühren.

»Das ist keine große Leistung, Gwen. Wie ich schon sagte, das ist mein Ding. Vielleicht hab ich bei Lend a Hand – diesem Camp – angefangen zu arbeiten, weil sich das in meinem Lebenslauf gut macht und weil Dad mir den Job besorgt hat, so wie er mir jeden anderen Job besorgt hat. Aber das war wirklich was für mich. Schwimmen war immer wichtig für mich. Und mir überlegen, wie das funktioniert, auch wenn man Probleme damit hat … das kann ich. Und Emory – mit dem geht es leicht. Er ist nicht autistisch, oder?«

Ich schüttele den Kopf. »Wir wissen nicht, was er ist, aber das ist er nicht.«

»Ja. Ich konnte sehen, dass er im Wasser anders ist. Wenn man autistische Kinder unterrichtet, sind da meistens diese sensorischen Sachen. Man muss sie total festhalten. Und es ist leichter, wenn man sie sofort ganz ins Wasser bringt und es nicht erst langsam angehen lässt wie mit Emory.«

Ich werde langsamer, schaue ihn an, passe mich wieder seinem Schritt an. »Woher weißt du das?« Diese Seite von Cass habe ich noch nie gesehen.

»Wenn mich was interessiert, konzentriere ich mich darauf.« Er guckt mich nicht an, kickt mit den Händen in den Hosentaschen einen Stein vom Weg.

Ich versuche seine Stimmung zu entschlüsseln, anscheinend ist sie so wechselhaft wie der Wind, der von See her weht, beide haben so was Aufgeladenes. Ein Gewitter braut sich zusammen. Ich spüre es.

Als wir an den Strand kommen, holt Cass ein Schlüsselbund aus der Hosentasche und schließt das winzige Bootshaus auf, in dem es feucht und warm riecht. Staub tanzt in der Luft herum. Der dunkelgrüne Kajak ist unter einigen anderen begraben, es gibt also ziemlich viel zu räumen und zu packen und zu ordnen und wir reden eine Zeitlang nicht viel.

Nachdem wir das Boot über den steinigen Strand gezogen und es zu Wasser gelassen haben, reicht er mir ein Paddel. »Willst du steuern?«

»Ich hab noch nie in einem Kajak gesessen«, sage ich.

»Ich wette, du willst trotzdem steuern«, sagt Cass und grinst ein wenig. Er sticht sein Paddel ins Wasser und hält auf die Bucht von Sandy Claw zu.

Wir schlängeln ewig im seichten Wasser herum, ich tauche das Paddel immer zu tief ein und ziehe es zu schnell wieder raus, es spritzt gewaltig und macht Cass ziemlich nass. Die ersten paar Male tut er so, als würde er nichts merken, aber dann dreht er sich um und zieht die Brauen hoch.

»War ein Versehen«, sage ich eilig.

»Vielleicht sollten wir nur ein Paddel nehmen. Damit bist du noch gefährlicher als mit der Heckenschere. Lass uns mal die Plätze tauschen.«

Er hält die Bootswand fest, während der Kajak bedenklich im flachen Wasser schaukelt. Ich zwänge mich an ihm vorbei, er setzt sich wieder und fordert mich mit einer Handbewegung zum Platz nehmen auf. Im Boot steht Wasser und das durchweicht mir die Bikinihose. Cass legt mein Paddel auf den Boden des Kajaks, nimmt erst meine eine, dann die andere Hand und bringt sie unter seinen Händen auf der Stange seines Doppelpaddels in die richtige Position. »Siehst du, du behältst trotzdem alles unter Kontrolle. Ich weiß ja, wie viel dir daran liegt.« Seine Stimme ist so nah an meinem Ohr, dass sein Atem meine losen Haarsträhnen streift. »Und nun auf einer Seite tief einstechen, die andere gleitet nach oben, so ...«

Ich folge seinen Anweisungen und der Kajak dreht sich langsam, bleibt kurz an den Algen hängen und bewegt sich dann vorwärts.

Wir sind nicht weit vom Strand entfernt, als sich die Wolken schließlich auftun und dicke Regentropfen um uns herum ins Wasser und auf meine Schultern platschen. Wir paddeln beide wie verrückt, aber ich will das Paddel immer nach hinten ziehen, während Cass es nach vorn bewegt, was uns hinderlich ist, bis er dann wieder seine Hände auf meine legt, fester zugreift und sagt: »Mach es so.« Dann taucht er das Paddel in der richtigen Richtung ein und endlich sind wir synchron.

Irgendwann erreichen wir den Strand und steigen aus. Cass zieht und ich schiebe und bald ist der Kajak an der Tür vom Bootshaus. Er ruft was, aber bei dem Regen kann ich ihn nicht verstehen. Er schiebt die Zehen unter den Kajak und dreht es um, damit es nicht voll Wasser läuft, dann stößt er die Tür auf und zieht mich ins Bootshaus. Die Tür macht er zu.

»Ich hätte das ein bisschen besser planen können!«, brüllt er über das Prasseln der Fluten auf dem Dach hinweg.

Ich hätte dich drauf aufmerksam machen können, dass es regnen würde.

Was mir klar war.

Und ich ignoriert habe.

Wir sind beide klatschnass. Die Haare kleben an seiner Stirn und Wasser rieselt mir in kalten Bächen den Rücken runter. Im Bootshaus gibt es kein Licht, nur zwei winzige Fenster und ein dreckiges, von Fliegendreck verklebtes Oberlicht. Draußen kann man nur eine graue Wand aus sintflutartig hernieder stürzendem Wasser sehen und – plötzlich – einen zuckenden Blitz.

»Gott spielt am Lichtschalter«, sage ich.

Cass streicht sich die Haare aus den Augen und guckt mich blinzelnd an, wohl, um den Grad meiner Verrücktheit klarer erfassen zu können. Das bedeutet natürlich, dass ich weiterrede: »Grandpa Ben hat das immer gesagt, als Nic und ich klein waren und Angst vor Gewittern hatten und Orkanen. Blitz war Gott, der am Lichtschalter spielt, und Donner war Gott beim Bowlen und …«

Jetzt lächelt er mich benebelt an, so als ob ich eine fremde Sprache sprechen würde.

Ich lasse es gut sein.

»Öh«, sage ich. »Na, egal. Was denkst du gerade?«

»Dass ich schon wieder dafür gesorgt habe, dass du nass bist und frierst.« Cass lüftet sein T-Shirt und drückt Wasser aus dem Saum, dann zieht er es ganz aus. Das ist, als würde in diesem kleinen, geschlossenen Raum eine Bombe hochgehen.

Ich zittere und sehe mich im Bootshaus nach etwas zum Abtrocknen um.

In einer Ecke liegen ein paar alte Planen, aber die sind

verschimmelt und rau und riechen gammelig, wahrscheinlich sind sie voller Ohrenkneifer und Spinnen. Es blitzt noch ein Mal, ein lauter Knall folgt, der klingt, als würde ein Riese einen gigantischen Stock überm Knie zerbrechen. Der Regen scheint einen Augenblick Pause zu machen, als wollte er Kräfte sammeln, dann ertönt das wütende Grollen des Donners.

»Was sagt man dazu?« Cass bückt sich und zieht etwas hinter dem Dinghi der Hoblitzells raus, das den Namen *Miss Behavin* trägt. Er wirft es mir zu. Ein rosa Handtuch landet genau vor meinen Füßen.

Ich hebe es auf. »Du kannst nicht warm werden, wenn du die trockenen Sachen über die nassen ziehst«, zitiere ich. Ob er wohl noch weiß, dass er das gesagt hat?

Er grinst mich an. »Wie ein weiser Mann einst sagte.«

»Mann?«

»*Mann* stellst du in Frage? Ich hätte gewettet, dass du dich auf *weise* stürzen würdest.«

»Was wäre denn beleidigender?«

Er hebt noch ein Handtuch auf, legt mir die Hand in den Nacken und drückt meinen Kopf runter, dann rubbelt er mir mit dem Handtuch durch die Haare.

Er will mir nur die Haare trocknen. Mit einem Handtuch. Das sollte sich nicht so toll anfühlen.

»Einander beleidigen, Gwen? Ist es das, was wir hier machen?« Seine Stimme ist leise, so dicht an meinem Ohr.

Ich weiß nicht, was wir hier machen.

Oder vielleicht weiß ich es doch. Er lässt das Handtuch auf den Boden fallen und sagt grimmig: »Ich glaub, so geht das.«

»Ja, absolut.« Ich ziehe das durchnässte T-Shirt über dem

Bikini aus und lasse es auf den Boden klatschen. Cass erstarrt. Die Atmosphäre im Bootshaus ist mit einem Mal elektrischer aufgeladen als die Gewitterluft draußen.

Wir stehen keinen Meter voneinander entfernt.

»Du hast da …« Er wischt mit den Daumen unter seinen Augen entlang, eine Handbewegung, die ich nicht interpretieren kann.

Noch ein Blitz. Ein total lautes Donnern. Weil er sich nicht rührt, überlege ich ganz kurz, ob ich so tun sollte, als würde ich mich vor Gewitter fürchten, um mich ihm an den Hals werfen zu können. Ich kann nicht fassen, wie ich auf so einen lahmen Gedanken komme.

Ganz langsam streckt er die Hand nach mir aus und wischt mit dem Daumen unter meinem Auge entlang. Ich mache beide Augen zu und der Daumen streicht auch unter dem anderen entlang. Wir holen beide tief Luft, so als wollten wir was sagen, aber mir fehlen die Worte. Cass ist derjenige, der redet.

»Mascara. So, da.« Noch eine leichte Berührung mit dem Daumen.

Ich trete einen Schritt zurück, reibe ungeduldig mit dem rosa Handtuch unter den Augen herum. »Make-up. Puh, ich krieg es nicht hin. Also, ich kann das schon, aber nur die Grundlagen. Wimpernzange? – kannst du vergessen, ist sowieso ein mittelalterliches Foltergerät und … Vielleicht sollte ich alle Versuche aufgeben, ein Mädchen zu sein.«

»Das wäre schade. Moment, du verschmierst das überall. Lass mich mal.«

»Ich hätte mir wenigstens den wasserfesten kaufen sollen.« Jetzt spüre ich seine Finger auf beiden Seiten meines Gesichts, sie spielen mit meinen nassen Haaren, während seine Daumen noch immer mit sanftem Druck über meine Wangenknochen streichen.

»Mit Wasser lässt sich das hier wegmachen«, sagt er. Seine Stimme ist so leise wie meine. Er guckt zur Bootshaustür. »Ich könnte rausgehen und …«

Wieder kracht ein Blitz, auf den sofort Donner folgt. Das Gewitter ist genau über uns.

»Und vom Blitz erschlagen werden? Oh, nein«, sage ich. Wohin nur mit meinen Händen? Ich weiß, was ich mit ihnen machen *will*, aber …

Das graue Licht, das durch die Fenster fällt, macht alles so trübe. Ich kann mehr fühlen als sehen. Sein Kopf kommt näher, ich spüre das leichte Kratzen von Bartstoppeln an meiner Wange und harte Schwielen auf der Hand, die über meine Hüfte gleitet.

Dann rührt er sich überhaupt nicht mehr, steht reglos da.

Ganz, ganz langsam hebe ich die Hand, lege sie auf seine und drücke sie leicht. Sein Atem stockt, aber er rührt sich immer noch nicht. Noch ein Blitz zuckt. *Ein Mississippi. Zwei Mississippi.* So stellt man fest, wie weit das Gewitter weg ist. Noch ein Takt Schweigen, dann drehe ich den Kopf zur Seite und berühre seinen Mund mit den Lippen. Und endlich, endlich küsse ich Cass Somers wieder.

Die Hand, die ich nicht berühre, gleitet an meinem Rücken hinunter, zieht mich näher heran. Er lehnt sich zurück gegen die Wand und ich schmiege mich an ihn. Sein Mund ist warm und schmeckt nach Regen und Meer. Ich lasse eine Hand durch sein Haar gleiten, das nass ist und glatt, wickele mir eine Locke um den Finger. Er zieht mich noch näher an sich, dann gleiten seine Finger langsam wieder meinen Rücken hinauf zu dem Knoten, der die Bänder meines Bikinioberteils zusammenhält. Er fährt an den Bändern entlang, zupft am Knoten, streicht dann vorne an der Stoffkante entlang bis zum tiefsten Punkt des Ausschnitts und an der anderen Seite wieder hinauf.

Langsam. Verführerisch. Mir entwischt ein kleiner, ungeduldiger Laut.

Eine Sekunde lang löst er die Lippen von meinen, holt tief Luft und zögert dann.

Nicht denken, Cass.

Ich lege die eine Hand auf seine Wange und zerre mit der anderen diese Schleife im Nacken auf. Ich hab einen Doppelknoten gemacht und der hält. Wieder höre ich diesen ungeduldigen Laut, aber diesmal kommt er von ihm. Seine Hand auf meiner entwirrt, entknotet.

Die langen Finger hantieren hier so gekonnt wie auf dem Segelboot mit den Leinen.

Ich rücke ein Stück von ihm ab, will das Oberteil auf die Hüften rutschen lassen, aber es ist so nass, dass es bleibt, wo es ist. Cass zieht mich wieder an sich und statt zu tun, was ich erwarte, was ich will, legt er die Hände um meine Taille.

Wir haben uns kaum Zeit zum Luftholen gelassen und ich bin völlig außer Atem, weiche zurück und keuche wie nach einem Tauchgang zum Meeresboden.

Wir starren einander an, können unsere Gesichter jedoch nicht sehen, weil es zu dunkel ist. Ein Atemzug. Noch einer. Dann gibt er ein kleines Geräusch von sich, so was wie ein Summen, legt die Stirn auf meine Schulter und streicht in kleinen kreisenden Bewegungen über meinen Bauch, bis er den Daumen in meinen Nabel tippt.

An dieser Stelle knurrt mein Magen.

»War das Donnergrollen?«, fragt er. Ein Blitz zuckt und beleuchtet sein Lächeln. »Das klang so nah.«

Ich halte mir die Augen zu – und lache dann laut los.

»Keine Sorge. Dagegen können wir was tun.« Wieder stupst er mir neckend in den Bauch. Dann geht er rüber in die Ecke, ich höre etwas umfallen und auf den Boden scheppern – ein Ruder wahrscheinlich, dann raschelt Papier. Doch es ist zu dunkel, um zu sehen, was vorgeht und ... Moment mal, warum ist er eigentlich weggegangen? Wir kleben aneinander, eingeschlossen an einem dunklen Ort und er ... rückt ab? Müsste er nicht die Kontrolle verlieren? Ich zerre an den Bändern meines Bikinis und binde sie wieder zusammen.

Cass zieht sein Handtuch von dem Haufen Rettungswesten, auf die er es geworfen hatte. Er breitet es auf den staubigen Brettern des Fußbodens aus, als wären wir am Strand. Dann greift er nach etwas, das er in dem Moment aufs Handtuch stellt, in dem der Blitz zwei wohlbekannte weiße Tüten sichtbar werden lässt, auf denen das Bild einer Meerjungfrau prangt, die dem Betrachter einen Teller Muscheln anbietet. Cass setzt sich im Schneidersitz hin, greift nach meiner Hand und zieht mich sanft runter.

»Komm, ich bin auch hungrig.«

Ich hocke mich hin und er fängt an, eine der Tüten auszupacken. Ein Baguette, ein großes Stück Brie, Erdbeeren, Gourmetschokolade ... Ich weiß genau, was drin ist. Ich hab jede Menge Tüten für die Tagesausflügler gepackt, die mit ihren Booten hier anlegen.

»Du hast ein Dockside Delight mitgebracht?«

»Fand ich besser als rohe Eier und Limo. Das war nämlich das einzige, was ich im Kühlschrank hatte.« Er bricht ein Stück Brot ab und reicht mir den Rest. Plötzlich fröstele ich.

Er hatte ein Picknick da stehen. Im Bootshaus. Im Voraus.

»Du hast das geplant …«, sage ich.

»Nun, ja, klar, zum Teil …« Dann, vorsichtiger: »Ist das schlimm? Was hab ich denn jetzt schon wieder gemacht?«

Wie alte Fotos tauchen blitzartig die Bilder von der Party wieder vor mir auf.

Der Bronco.

Die Jungs und ihr wissendes Lachen.

Die Schuld in Cass' Augen.

Jim Oberman im ersten Highschooljahr, der mich hinter die Schließfächer gezerrt hatte, um seine Freundin eifersüchtig zu machen. Alex, der nur mal bei einem Inselmädchen landen wollte. Spence. Nur Sex. Werde ich denn nie was anderes für jemanden sein, als etwas, das man einfach so mitnimmt? Auf dem Weg zu was Besserem?

»Du hast das geplant«, wiederhole ich.

Cass legt das Brot hin, faltet die Hände und schaut zum Oberlicht, als würde er um Geduld beten. »Zum Teil. Wie ich sagte. Nicht alles, denn es läuft ja nie ganz so wie man möchte. Bei mir jedenfalls nicht. Ich wollte dich mit raus aufs Wasser nehmen. Nur wir beide … zum Entspannen. Ganz allein. Und ja, das hab ich geplant. Ich besitze kein Kajak, also musste ich mir eins leihen, dazu war auch vorherige Planung erforderlich.«

»Und warum hältst du Handtücher im Bootshaus bereit?«

Sein Ton wird jetzt rauer. »*Strandhandtücher.* Ich dachte, wir würden vielleicht schwimmen gehen, nach dem Paddeln. Und dann was essen. Am Strand. Das Gewitter hab ich nicht eingeplant, Gwen. Ich hab mir den Wetterbericht nicht angehört. Und das hier sind Handtücher, es handelt sich nicht um einen Schlafsack plus Großpackung Kondome.« Seine Stimme, die lauter geworden ist, bricht jetzt. »Darum geht es hier nicht.«

»Kein *bisschen*?«, frage ich. Na klasse. Jetzt klingt das auch noch enttäuscht.

Das Gewitter scheint weitergezogen zu sein, die Blitze werfen ihren Schein also nicht mehr auf sein Gesicht. »Gwen. Wenn ich das sagen würde, müsste ich lügen. Und ich werde dich nicht anlügen. Nie. Aber wenn ich es nicht tue, bringst du mich dann um, zeigst du mir dann wieder die kalte Schulter? Oder stehst du auf und gehst – und dann sind wir wieder da, wo wir das ganze Frühjahr über waren? Wie macht man es dir recht?«

»*Mir?* Ich schalte doch nicht andauernd von heiß auf kalt!«

»Tust du nicht?« Cass steht auf. »So wie ich das sehe, tust du *genau* das. Ich weiß nie, mit welcher Gwen ich es zu tun bekomme. Die, die so tut, als ob ich was wäre, in das sie reingetreten ist oder die, die ...«

»Dir die Hose aufmacht?«, frage ich.

Er klatscht sich die Hand gegen die Stirn. »Stimmt ja. Darauf bin ich aus, mehr als alles andere.«

Ich stehe auf. »Das ist doch nur ein übler Trick, Cass«, sage ich. »Wie im März. Ein Mittel zum Zweck. Das bin ich doch, das ... ist das hier doch.«

Schnelle Reaktionen. Ehe ich mich versehe, bückt Cass sich, schnappt die Tüte und schleudert sie an die Wand. Es splittert und kracht, Flaschen gehen zu Bruch, Limo schäumt, ich weiche einen Schritt zurück. Er steckt die Hände in die Taschen und wendet sich von mir ab. »Gut, Gwen. Erwischt.

Du hast mich durchschaut. Aber gib mir doch einen Wink. Warum gebe ich mich mit dir ab? Warum haue ich nicht einfach den Kopf an die Wand? Wäre doch leichter und würde lange nicht so wehtun. Warum bist du so verdammt … empfindlich? Nichts zählt, was ich mache! Ich bin nicht der bescheuerte Alex Robinson. Ich bin nicht dieses Arschloch aus der Schule mit der durchgeknallten Freundin, von der Vivien mir erzählt hat. Ich bin nicht … Ich bin nicht Spence. Kapierst du das denn nicht? Niemals? Wie kannst du nur so klar erkennen, dass so ausgedachte Typen in Büchern sich wahnsinnig blöde aufführen – und auf beiden Augen blind sein, wenn es um dich und mich geht?«

»Weil du mir nie die Wahrheit sagst! Es ist immer alles nur Charme und Tralala und ich bin Cass, ich koche dir deine Hummer und ich leg dich flach mit meinem Charme, aber das ist doch nichts *Echtes*.«

Er holt tief Luft und legt den Handrücken an die Stirn, wie um zu fühlen, ob er Fieber hat.

»Du musst über diese Hummer wegkommen, ernsthaft«, sagt er schließlich.

Das Gewitter ist weitergezogen, das Grau draußen lichtet sich, ich kann also sehen, wie er die Hand über die Augen legt und den Kopf schüttelt. So steht er lange da. Als er die Hand fallen lässt, bleibt sein Kopf gesenkt.

»Gwen. Ich lüge nicht. Ich bin kein Lügner. Und keiner, der Mädchen benutzt, oder was du sonst denken magst. Ich bin ich. Und ich dachte, dich würde endlich interessieren, wer das ist. Ich dachte, darum würde es in diesem Sommer gehen.« Er hebt den Kopf.

»Ich weiß nicht, worum es in diesem Sommer geht«, gebe ich zu.

»Ich schon«, sagt er mit einem Hauch von Bitterkeit in der Stimme. Dann dreht er sich ganz zu mir und schaut mich direkt an.

Nein, das ist keine Bitterkeit sondern Schmerz.

Und ich sehe sämtliche Geschütze, die er zu seiner Verteidigung aufgefahren hat, das Unbeteiligte, das Reiches-Bürschchen-Gehabe, den Charme-Schild von ihm abfallen und mit Gepolter zu Boden gehen.

Er nimmt die Hände aus den Taschen und lässt sie hängen, schaut wieder zu mir auf und lässt mich in seinen Augen alles lesen.

Verletzlichkeit.

Ehrlichkeit.

Hoffnung.

Von dieser Erkenntnis werde ich so schnell, krass und niederschmetternd getroffen wie die Wand von der Tüte eben.

Hier kann nicht nur ich verletzt werden.

Hier bin nicht nur ich verletzt worden.

Im Dunkeln kann ich sein Gesicht nicht ausmachen. Aber jetzt, in diesem Augenblick, brauche ich kein Licht, um etwas zu erkennen.

Er hatte Recht. Ich sollte wirklich mit einem YouTube Gebrauchsanweisungsvideo daherkommen. Oder mit einem fetten mehrbändigen Handbuch. Wie zum Teufel kann ich erwarten von ihm verstanden zu werden, wenn ich mich nicht mal selbst verstehe? Und schlimmer noch: Ich bin die totale Heuchlerin ... verletzt und wütend, weil er daran gedacht haben könnte, mit mir zu schlafen. Dabei sind meine eigenen Gedanken schon so oft in dieselbe Richtung gegangen. Ich verstehe immer noch nicht, was in jener Nacht passiert ist, nach dem Bronco. Oder darin. Nein. Aber vielleicht … vielleicht gibt es eine Erklärung – eine andere als die, die ich für die alleinige Wahrheit gehalten habe.

Denn nichts an Cass ist – oder war je – »keine große Sache«.

Es ist sehr still. Der Regen ist nur noch von fern zu hören, der Wind hat sich gelegt. Nichts kann meine Gedanken übertönen oder die Worte, die ich sagen könnte … sagen muss.

»Wir sollten jetzt gehen«, sagt Cass. Sein Ton ist wieder distanziert, so, als hätte er beschlossen, dass dies hier einfach unmöglich ist.

Ich bücke mich, hebe die zerknitterte Tüte mit den Glasscherben auf, Rootbeer sickert aus einem Riss im durchweichten Boden. Ich wickele sie in ein Strandlaken. Sammele die Picknicksachen ein, Käse, Brot, Erdbeeren. Packe alles zusammen. Die Tochter der Putzfrau.

Aber nicht nur das.

»Cass«, ich schlucke, »Ich … ich kann über die Hummer hinwegkommen.«

»Das ist ein Anfang«, sagt er. Sein Ton ist kühl.

»Kann ich dich nach Hause begleiten?«, frage ich. »Damit du den Schlüssel nicht im Schloss drehen musst?«

Lange Stille. »Ist das der einzige Grund?«, fragt er schließlich.

Ich hole tief Luft. Und atme noch mal tief durch.

»Vielleicht nicht der einzige«, sage ich schließlich.

Die Wellen schwappen träge an den Strand. Die kleinen Dellen im Sand, die der trommelnde Regen gegraben hat, sind die einzigen Spuren, die das Gewitter hinterlassen hat. Und riesige Haufen Tang, Steine und Pantoffelschnecken, die am Strand herumliegen.

»Da hat der Gartenboy was zu stemmen«, sage ich und versuche lässig zu klingen.

Cass nickt zur Bestätigung.

Ich stolpere über irgendwas, falle beinahe und er streckt die Hand aus, um mich aufzufangen, lässt sie dann aber sinken, ehe er mich berühren kann.

Langsam, unendlich langsam, als ob schnelle Bewegungen ihn verschrecken könnten, greife ich nach seiner Hand, lasse Finger zwischen Finger gleiten und eine Hand die andere umfangen.

Schweigen, während ich nach Worten suche.

Aber dann:

»Danke«, sagt Cass schlicht. So wie in dieser Nacht im Bronco.

Gute Manieren. Das ist Freundlichkeit, geht mir auf. Nicht nur eine Gewohnheit, nicht nur Charme.

Dann, als ob er wüsste, was ich denke, und es unterstreichen will, kommt er so nah an mich heran, dass ich seine Wärme spüre. Warme Haut. Er hält meine Hand fester. Aber dennoch ist der Weg den Hügel hinauf lang und still.

Oben angekommen, drehe ich mich zu ihm und sehe ihn an.

»Wenn … wenn es nicht um die Großpackung Kondome ging – oder darum, dass du gedacht hast, ich wäre leicht zu haben … Was war es dann?«

»Reden wir jetzt? Endlich.«

»Endlich?«, hauche ich.

»Ja. Dieses Gespräch führen wir aber nicht mitten auf der Straße. Komm mit.« Er schleppt mich zu dem Gebäude rüber, dessen Umrisse sich dunkel vom Sternenhimmel abheben. Field House. Ich husche die ausgetretenen Stufen hoch, folge ihm in die hässliche, schäbige Wohnung mit den gelben Wänden, die mir plötzlich viel zu ungeschützt und offen ist. Wir haben keinen Puffer zwischen uns, keine Party mit haufenweise Leuten, keine Straße mit einem Dutzend potenzieller Zeugen. Keinen Fabio. Keinen Spence. Nichts als Luft und wir beide.

Wir setzen uns auf die Couch. Er atmet tief durch. Und gleich noch mal. Er ist nervös, guckt auf seine Hand. Ballt sie zur Faust, löst sie.

»Spuck's einfach aus«, sage ich. Wunderschön. Ich habe echt einen Sinn fürs Poetische.

Er holt noch mal tief Luft. »Ich glaube, ich brauche ein Glas Wasser.«

»Ich glaube, du schindest Zeit. Bitte, Cass.«

Ich lege die Hand auf seinen Unterarm. Er wendet sich zu mir. Das Sofa knarrt. Muss mit Myrtle verwandt sein. Toll, dass die Möbel in meinem Leben leichter ins Reden kommen als ich.

»Ich helfe dir mal auf die Sprünge. Spence hat dir gesagt, ich wäre leicht zu haben … also … Hat er doch, oder?«

»Die Wahrheit? Ja. Er meinte, du hättest Schwachstellen.«

»Was zum Teufel soll das denn heißen?«

»Müll, den Spence sich ausgedacht hat. Er labert einen gern mit seinen Theorien über Mädchen voll – und wie man sie kriegen kann.«

»Weil er der berüchtigte Mister ›Ich-hatte-Fünf-Mädels-auf-einmal-in-meinem-Whirlpool‹ ist.«

»Drei, fürs Protokoll. Und die eine davon war seine Cousine, die nur drinsaß, weil sie gerade einen Marathon gelaufen war, da taten ihr die Muskeln weh. Er sagt, man muss nach den schwachen Stellen Ausschau halten – danach, was Mädchen an sich hassen, womit sie sich schlecht fühlen oder sonst was. Dann muss man sie im richtigen Augenblick erwischen und dann machen sie Sachen, die sie normalerweise nicht tun würden.«

»So was Krankes hab ich noch nie gehört«, sage ich. Und wahr ist es auch, denke ich, mir fällt diese Party wieder ein und das Nebenzimmer. Und dass das alles nichts mit meinen Gefühlen für Spence zu tun gehabt hatte.

»Genau. Und total effektiv. So zieht Spence das durch. Na … er hat gesagt, du hättest einen gewissen Ruf.«

Ich zucke zusammen. Er hebt die Hand und hält mich davon ab, das loszuwerden, was ich gerade quasseln wollte.

»Na und, Gwen? Ich hab einen gewissen Ruf bei meiner eigenen *Familie*. Von Hodges ganz zu schweigen. Kommt vor.«

Er schließt die Augen, schweigt, schlägt sie wieder auf und fährt fort. Seine Worte klingen schnell und rau.

»Ich hab immer gesagt, er soll die Klappe halten, wenn er von dir anfing und diesem Scheiß mit den schwachen Stellen. Also, ja, er hat's gesagt, und ja, ich hatte Sachen gehört. Scheiß aus der Umkleidekabine. Aber, Gwen … ich kannte dich. Also, wir kannten uns doch. War zwar schon lange her, aber … Das taten wir. Erinnerst du dich noch an diesen Sommer? Da kannten wir uns. Wir waren immer am Strand oder auf dem Boot oder haben verrückte Schatzsuchen veranstaltet. Ich habe nicht wegen irgendwas, das Spence gesagt hat, mit dir geredet. Ich hab dich nicht angeguckt und nur deinen Körper gesehen. Und ich hab ganz bestimmt nicht mit dir geschlafen, weil Spence das von mir verlangt hat. Das hatte nur was mit uns beiden zu tun, sonst nichts. Ich habe dich zu der Party eingeladen, weil ich dich *mochte.*«

»Cass, warum hast du mich dann nicht einfach gefragt, ob ich mit dir ausgehe … vorher?«

»Weil ich dich nicht mehr verstanden habe, so wie damals. Ich dachte, du würdest nein sagen. Ich bin nicht so gut im Fragen. Und ich hasse es, Sachen zu machen, die ich nicht gut kann.«

Ich starre ihn an. »Das sind echt blöde Gründe.«

»*Weil Spence das gesagt hat* wäre wohl noch blöder«, sagt Cass. »Ich dachte, es würde sich vielleicht eine Gelegenheit bieten. Als du bei deiner heroischen Rettungsaktion ins Wasser gegangen bist, dachte ich, du magst mich wohl … auch.«

Er zögert, wartet darauf, dass ich etwas sage, etwas bestätige. Aber eines ist klar, Cass ist viel mutiger als ich. Ich schaue ihn nur an und dränge ihn stumm doch fortzufahren.

»Wie ich schon sagte. Ich dachte, von Dates hältst du nichts. Das sagten jedenfalls alle. Als ich gefragt hab. Denn das hab ich. Gefragt.« Er seufzt und reibt sich den Nacken, guckt weg. »Also hab ich mir die Sache mit der Party ausgedacht. Und hinterher ist mir klar geworden, wie idiotisch das war, es so einzufädeln. Aber damals war das alles, was ich machen konnte. Ich wollte mit dir zusammen sein. Egal, wie.«

»Cass …« Ich rücke näher an ihn heran auf der Couch, schiebe meine Hand vorsichtig auf sein Knie. Er legt seine Finger drauf.

»Schau, ich will das jetzt loswerden … also hör bitte zu.«

»Ich höre zu. Ich bin zu der Party gekommen. Und

wir …«, ich lasse den Satz ins Leere laufen, zupfe an einem Fädchen an meiner Bikinihose.

»Fürs Protokoll? Weil wir jetzt gerade die Wahrheit sagen? Das war nicht ganz allein meine Schuld. Du … du kannst nicht da sitzen und so tun, als ob … als ob ich dich ausgenutzt hätte. Denn … denn vielleicht wusste ich es nicht … aber du warst doch wirklich da, *ganz bei mir.* Das weiß ich. Das hab ich gefühlt. Und ich erinnere mich an alles. Alles.«

Meine Haut kribbelt. Ich hab alles vor Augen. Meine Erinnerung ist lückenlos.

»Ich hatte nicht vorgehabt, mit dir zu schlafen an jenem Abend! Das ist die Wahrheit. Du warst diejenige, die …« Er bricht plötzlich ab.

»Gedrängelt hat? Meinst du das?«

»Nein! Nein. Das waren wir beide. Aber ich hatte nicht geplant so weit zu gehen. Wenn ich das getan hätte … wenn, dann hätte ich ein Kondom gehabt, und du erinnerst dich vielleicht, dass ich keines hatte. Und das hat mich völlig fertig gemacht hinterher, als du nicht mal mit mir reden wolltest und mich angeguckt hast wie Abschaum.«

»Ich nehme die Pille.«

»Woher hätte ich das wissen sollen? Hättest du ja auch sagen können.«

»Du hast nicht gefragt.«

»Wir hätten trotzdem ein Kondom benutzen sollen. Aber ich konnte nicht klar denken, Gwen. Erst küssen wir uns und im nächsten Moment hast du dein Shirt nicht mehr an und … dann war nichts mehr mit Nachdenken.«

»Du bist hilflos, wenn du Möpse siehst?«

Einen Augenblick lang studiert er mein Gesicht, dann, als

er mein Lächeln sieht, fängt er auch an zu grinsen. Gleich darauf wird er wieder ernst.

»Deine? Hm, ja. Aber darum geht es nicht. Es geht darum, dass das was passiert ist, nichts mit dem zu tun hatte, was Spence gesagt hat. Abgesehen davon, dass er uns alles kaputtgemacht hat. Na, er und die anderen Jungs. Und ich.«

»Und ich«, flüstere ich und hoffe beinahe, dass er es nicht versteht. Doch als ich aufschaue, ist sein Gesicht plötzlich ganz nah an meinem. Er muss es also gehört haben.

»Ist alles klar mit uns?«, fragt er sanft, er lässt mich dabei nicht aus den Augen.

»Alles klar«, sage ich. Dann schaue ich nach unten.

Und ich.

Ich muss es sagen.

»Außer ... außer ... da war noch das, was ich danach gemacht hab.« Dem Himmel sei Dank für diesen Faden am Bikini. Ich ziehe dran, wickele ihn um den Finger, ein paar Mal gleich, konzentriere mich total darauf, bis Cass wieder mit seiner schwieligen Hand über meine Finger streicht. Dann rührt er sich nicht, ist völlig reglos. Am liebsten würde ich den Mund halten oder mich an nichts erinnern, aber ... ich muss es sagen, muss es *ihm* sagen.

»Mit Spence«, sage ich.

Sein Blick, der eben noch so geradeaus und ehrlich war, bekommt wieder etwas Distanziertes. Er zupft am Daumennagel, presst die Lippen zusammen. Als er endlich etwas sagt, ist seine Stimme so leise, dass ich mich vorbeugen muss, um ihn zu verstehen.

»Ja ... du ..., was sollte das eigentlich?«

»Abgesehen davon, dass es idiotisch von mir war?« Ich seufze. »Ich war ...« *Betrunken. Verängstigt. Verletzt. Fühlte mich fehl am Platz. Hatte schwache Stellen.* Trifft alles zu, aber: »Ich wollte dir wehtun.«

Er hatte sich ganz auf diesen faszinierenden Daumennagel konzentriert, doch jetzt schaut er mir in die Augen, seine Stimme ist so ausdruckslos und hart wie sein Blick. »Hat geklappt.«

Mein Magen zieht sich zusammen.

Ich hatte mich blöde gefühlt wegen Alex. Es hatte mir wehgetan, wie die Sache auf Cass' Party geendet hatte. Ich schämte mich wegen Spence. Aber in diesem Moment ist es so, als wären all diese Gefühle gar keine echten Empfindungen gewesen, als hätten sie mich nicht wirklich berührt. Ich war dumm gewesen, wenn es um Jungs gegangen war. Gedankenlos, zu locker, blöde. Aber zu Cass war ich *gemein* gewesen.

Ich hatte immer gedacht, zwischen uns würde nur das stehen, was er mit mir gemacht hatte, und dass ich ihm nicht vergeben konnte und sollte – dass er *so einer* war. Die ganze Zeit. Dabei hatte ich völlig ignoriert, was ich ihm im Gegenzug angetan hatte. Ich hatte mir nicht eingestehen wollen, was *ich* für eine war.

Meine Nase juckt, Tränen brennen in meiner Kehle. Meine Stimme ist belegt. »Es tut mir leid. Es tut mir so leid.«

Um uns herum ist es still. Alle Geräusche sind gedämpft. Ich kann meinen Herzschlag hören.

Er hält den Kopf gesenkt, in der kleinen Kuhle an seinem Hals zählt sein Puls die Sekunden des Schweigens zwischen uns.

Dann hebt er den Kopf, langsam, und tupft mir mit dem Daumen die Tränen weg, dabei lächelt er nur ein kleines bisschen, und dieses Mal weiß ich, dass es eine liebevolle

Geste ist, von meiner Mascara ist nämlich längst nichts mehr übrig.

»Mir auch«, sagt er.

Ich hole tief Luft, so als wollte ich von der Brücke springen. Und so fühlt es sich auch an: Luft anhalten, springen, versinken, darauf vertrauen, schon wieder aufzutauchen.

»So, ich habe dich verletzt. Du hast mich verletzt. Irgendeine Chance, dass wir drüber wegkommen?«

Cass schaut einen Moment lang unter sich. Ich halte den Atem an.

»Nun ja …«, sagt er. »Du müsstest versprechen …«

Ich nicke.

Ja.

Mach ich.

Ich verspreche es.

»… dass du wirklich über die Hummer weg bist.«

Ich lächele. »Hummer? Welche Hummer?«

Cass lacht.

Ich warte darauf, dass er sich vorbeugt, doch stattdessen lehnt er sich zurück und schaut mich mit hochgezogenen Augenbrauen an.

Ich bin wieder dran.

Nach all dem muss ich immer noch allen Mut zusammenkratzen, um das zu tun, was ich als nächstes mache. Aber ich kratze – und ich mache es, ich lehne mich vor, küsse erst das eine Grübchen, dann das andere und danach diese lächelnden Lippen.

Kapitel neunundzwanzig

Der Himmel ist wieder klar und von einer Unzahl glitzernder Sterne gesprenkelt. Die Nacht fühlt sich sauber an und friedlich. Cass begleitet mich nach Hause. Selbstverständlich. Inzwischen sind wir beide müde und gähnen, wir sind still, aber auf eine ganz andere Art als auf dem Weg zum Strand oder zurück nach Field House. Komisch, dass Stille so verschieden sein kann.

Wir sind jetzt so nah beieinander, dass ich seine Körperwärme spüre, doch wir berühren uns nicht, halten uns nicht an den Händen wie vorhin, als wir den Hügel hinaufgegangen sind. Ich warte darauf, dass er meine Hand wieder nimmt. So was Einfaches wie das. Eine Brücke zwischen uns.

Doch er hebt den Kopf zum Nachthimmel, wo die Wolken schon davongehuscht sind. Ein winziges Licht glitzert in der Ferne, es flackert. Glühwürmchen, wie Sterne um uns herum.

»Auf den ersten Karten war der Himmel abgebildet«, zitiere ich.

»Stimmt«, sagt er. »Daran erinnerst du dich?«

Ja.

»Du hattest deine eigene Theorie, warum das so war. Du dachtest, sie hielten die Erde, auf der sie ständig vor den

Mastodonten flüchten mussten, für zu groß, um sie abzubilden, den Himmel aber nicht.«

»Vielleicht hat es sie daran erinnert, dass es mehr im Leben gibt als Mastodonten?«, sagt Cass.

Ich rücke ein bisschen näher, berühre ihn mit dem Handrücken. Aber: immer noch nichts.

Es gibt mehr im Leben als das, wovor du dich fürchtest. Ich strecke die Hand aus und dieses Mal gibt es nichts Uneindeutiges, ich verflechte unsere Finger miteinander.

Keine Ahnung, ob Cass weiß, dass das hier schwerer für mich war, als mein Shirt auszuziehen. Oder mich zu entschuldigen – wegen der Sache mit Spence.

Aber möglich ist es schon, denn er umschließt meine Finger mit festem Griff. Jetzt knirschen wir meine Auffahrt hoch. Die Laterne vor der Tür hängt irre schief, eine orangefarbene Birne brennt flackernd, die andere ist kaputt. In meinem Kopf höre ich Nic sagen: »Das muss ich reparieren«, und Dad auf ihm rumhacken, weil er es noch nicht gemacht hat.

Cass dreht sich zu mir, es summt in meinen Ohren. Genauer gesagt, in einem Ohr. Seine Hand streift meine Wange, fährt mir in die Haare, es ziept.

»Aua!«

»Sorry.« Lächelnd öffnet er die Hand. »Glühwürmchen. Du hast eins erwischt.«

Einen Augenblick lang bleibt der dunkle Fleck auf seiner Handfläche, dann glüht er auf und schwirrt in den Himmel. Cass hebt mich hoch, bis ich auf den Zehenspitzen stehe, als ob ich so viel kleiner wäre als er, als ob ich nichts wiegen würde … und er küsst mich gründlich. »Nacht, Gwen. Bis morgen.«

Es ist Weihnachten.

Oder es fühlt sich so an.

In dem Moment, in dem ich die Augen aufschlage, kriege ich diesen Adrenalinschub, dieses aufgeregte Kribbeln, dieses Gefühl, dass dieser Tag einfach nur magisch sein kann.

Nur, dass am 25. Dezember auf Seashell aufzuwachen in der Regel bedeutet, das Klopfen der Wasserrohre zu hören, während Mom duscht, und Grandpa Ben, der Emory zum wiederholten Male erklärt, warum er warten muss, bis alle aufgestanden sind, bevor er nachsehen darf, was der Weihnachtsmann gebracht hat. Und Nic würde rufen: »Gwen, ich muss dieses Ding für dich doch nicht einwickeln, oder? Du reißt das doch sowieso gleich wieder auf.«

Aber jetzt wehen warme Sommerdüfte durchs Fenster. Heckenrosen. Der erdig-würzige Geruch von Zedernmulch. Gemähtes Gras, das in der Sonne trocknet. Ich höre Grandpa hinten in unserem kleinen Garten Sinatra singen. Und Mom schmettert in der Küche mit: »Luck be a lady …«

Ich räkele mich genüsslich. Es fühlt sich alles so neu an, obwohl ich immer noch in den Klamotten stecke, in denen ich gestern Nacht ins Bett gefallen bin, und da ist Fabio, der wie üblich die Matratze für sich beansprucht; die Beine ausgestreckt, die Pfoten schlaff haucht er mir ekligen Hundeatem ins Gesicht. Trotzdem, es ist, als wären die Atome in allem und jedem erschüttert und dann neu geordnet worden.

Wenn ich so weitermache, werde ich bald so peinliche poetische Ergüsse produzieren wie die in unserer Schülerzeitung.

Aber das ist das erste Mal, dass ich einen *Morgen danach*

erlebe, der sich herrlich anfühlt, nicht ätzend … obwohl es eigentlich kein *danach* von was anderem war als vielem Reden und einigem Küssen.

Erstaunlicherweise hat Nic nicht das ganze heiße Duschwasser verbraucht. Ich wasche mir die Haare, verbringe lächerlich viel Zeit damit, sie auf verschiedene Arten zu frisieren und bleibe am Ende doch bei dem, was ich sonst auch trage. Ich brülle nach Mom, weil mein dunkelgrünes Tanktop verschwunden ist. Sie kommt rein und zieht die nervige Mom-Nummer ab, bei der sie es innerhalb von fünf Sekunden gefunden hat, nachdem ich zehn Minuten lang meine Schubladen durchwühlt habe. Dann legt sie mir die Hand auf die Stirn. »Alles okay mit dir, Schatz? Du hast doch kein Fieber?«

»Mir geht es gut, Mom. Soll ich das Grüne anziehen. Oder das Dunkelrote? Oder einfach weiß? Was meinst du?«

Meine Nerven stehen unter Hochspannung, wie Wunderkerzen könnten sie sich entzünden, aufleuchten und Funken sprühen. »Mrs Ellington ist das bestimmt egal, Schatz.«

Ich halte das eine hoch, dann das andere und das nächste. »Welches sieht am besten aus? Echt, Mom, du *musst* mir das sagen.«

So ein *Aha*-Ausdruck zuckt über ihr Gesicht. Aber sie sagt nur: »Dieses hier betont das Smaragdgrün in deinen Augen.«

»Meine Augen sind braun.«

»Turmalin mit Gold und Smaragd«, korrigiert Mom lächelnd.

Ich lächele zurück, obwohl meine Augen eigentlich einfach nur ganz normal braun sind.

Ich drehe mich um und ziehe das grüne Tanktop an.

»Habt ihr das Gewitter gut überstanden?«, fragt sie und fängt an die zerwühlten Sachen in meiner Schublade zu falten. »Ich hab dich nicht nach Hause kommen hören. Muss ja ziemlich spät geworden sein.«

»Hm, ja. Wir … haben noch einen Film geguckt. Und Popcorn gemacht.« Und unsere Hände bei uns behalten.

»Dieser Cassidy ist ein netter Junge«, sagt sie milde. »So gute Manieren. Findet man nicht häufig bei Jungs in deinem Alter.«

Es ist ja typisch für meinen Zustand, dass ich jede Gelegenheit beim Schopf packe, um möglichst ausführlich über Cass zu reden. »Ja, er war schon immer sehr höflich. Er ist so … so … Soll ich die Khakishorts anziehen oder den schwarzen Rock?«

»Der schwarze ist ein bisschen kurz, findest du nicht? Mrs E. mag ja nicht zu den Konservativsten gehören, aber du musst es ja nicht auf die Spitze treiben. Ich dachte, er wäre total eingebildet. Jungs, die so aussehen, sind das gewöhnlich. Aber er wirkt überhaupt nicht so.«

»Ist er auch nicht«, sage ich kurz, aber verträumt. Gleich geht's los mit den peinlichen Gedichten.

Ich werfe einen Blick in den Spiegel über der Kommode, lege Lipgloss auf, erinnere mich dran, dass Nic gesagt hat, Jungs würden das hassen, weil es klebrig ist und wische es wieder ab. Mom stellt sich hinter mich, legt mir die Arme um die Taille und das Kinn auf die Schulter und schaut in den Spiegel.

Dad sagt immer, wir würden uns so ähnlich sehen, und normalerweise verstehe ich das gar nicht. Ich sehe Kleinigkeiten wie Moms vereinzelte graue Haare, oder dass meine Augenwinkel nach oben gehen wie die von Dad, und die

Fältchen um ihre Augen, und dass sie Sommersprossen hat und ich keine und dass der Olivton meiner Haut dunkler ist als ihrer. Aber heute ist die Ähnlichkeit so offensichtlich wie noch nie zuvor. Ich bin mir nicht sicher, warum das so ist, bis mir aufgeht: Es ist der Optimismus in unserem Lächeln.

Ist ja alles gut und schön, aber ich weiß nicht so recht, was ich mit mir anfangen soll im Land des Sonnenscheins und der Schmetterlinge. Als ich auf hochhackigen Sandalen, die ich sonst nie trage, die Stufen runterklappere, sirren meine Nerven.

Was, wenn die Dinge bei Tageslicht plötzlich anders aussehen? Und wie verhalte ich mich jetzt? Laufe ich zu ihm, wenn ich ihn heute Rasen mähen sehe? Oder will er, dass wir unsere Jobs auf der Insel ganz professionell erledigen?

Fällt den meisten anderen Leuten so was eigentlich leicht? Ich hab nämlich keine Ahnung, was ich hier eigentlich mache.

Ich lausche auf das Geräusch des Rasenmähers, kann aber nichts hören. Kein praktischer Pfeil zeigt auf einen Garten, um mir anzuzeigen: »Cass ist hier.«

Ich denke zu viel. Ich muss jetzt einfach zur Arbeit. Also beschleunige ich meinen Schritt, dann kreische ich fast los, als eine warme Hand sich um meinen Knöchel legt.

»Sorry!«, sagt Cass, der unter dem Gebüsch neben Beinekes Haus rausrobbt. »Ich hab Unkraut gejätet. Du hast mich wohl nicht gesehen.« Er steht auf und strahlt mich an.

Dämliches Lächeln unterdrücken! »Ah. Hi. Cass.«

Er putzt sich die Hände ab – immer noch unbehandschuht – und kommt durch die Pforte zu mir. Heute trägt er Shorts und ein schwarzes T-Shirt. »Das war doch wohl nicht alles?« Er schlingt die Arme um meine Taille und zieht mich an sich.

»Wo sind deine Handschuhe?«

»Das kannst du besser.« Er drückt mir einen Kuss aufs Schlüsselbein. »Schön, dich zu sehen, Cass. Ich hab von dir geträumt, Cass … Du darfst improvisieren.«

»Solltest du nicht eigentlich Arbeitshandschuhe tragen? Bei der Arbeit? Oder wenigstens die aus Leder, weil …«

Boah. Ich hör mich an wie Mom – oder die Schulkrankenschwester.

Ich kann das nicht.

Zum Glück ist Cass gut genug für uns beide. »Du hast mir gefehlt, Gwen. Schön, dich zu sehen, Gwen. Ich hab von dir geträumt, Gwen. Ja, ich bin noch gar nicht dazu gekommen, mir die Handschuhe anzuziehen. Musste mich auf Wichtigeres konzentrieren. Soll ich dir erzählen, was?«

»Kann ich noch mal von vorn anfangen?«

Er nickt. »Unbedingt. Ich dachte, das hätten wir geklärt.« Er streicht mir über den Rücken. Ich will ihm sagen, dass er damit aufhören soll, das muss doch wehtun, aber ich werde jetzt nicht mehr die Krankenschwester mimen.

Ich berühre die Narbe in seiner linken Augenbraue. »Wie hast du die gekriegt?«

»Mein Bruder Jake hat einen Skistock nach mir geworfen, in Aspen, als ich sieben war. Gerechterweise muss ich sagen, dass ich Kussgeräusche gemacht habe, als er seiner Freundin in die Skistiefel geholfen hat. Damals, als er noch Freundinnen hatte. Was hast du gerade gesagt?«

»Ich … ich …« Gebe auf. »Hab keine Worte heute.«

»Reicht schon.«

Danach wird viel geküsst. Offenbar zu viel, denn zwei

Jungs gehen vorbei und pfeifen, aber der eine murmelt: »Pinsel ihr die Mandeln doch woanders ein, Mann.«

Lachend hört Cass auf mich zu küssen, die Hände hat er immer noch an meiner Taille. »Ich hab die üble Ahnung, der Gartenboy könnte heute noch nutzloser sein als sonst.«

»Solange du der Heckenschere nicht zu nahe kommst, ist das okay, José. Ich wüsste schon dies und das mit dir anzufangen.« Meine Lippen berühren seinen Mund, drängen ihn, sich zu öffnen.

»Spinnen töten«, murmelt er und küsst mich mit viel Gefühl.

»Gläser aufschrauben.«

»Und so weiter«, flüstere ich.

»Hör mal«, sagt er, als er eine Weile später etwas Abstand nimmt. Zum ersten Mal wirkt er verlegen. »Ich kann mich heute Abend nicht mit dir treffen. Ich hab wieder … so ein Familiending.«

»Oh, klar, verstehe«, sage ich schnell. »Kein Problem. Ich muss …«

Er nimmt meine Hände und wartet, bis ich ihn ansehe.

»Das ist verabredet worden, ehe wir uns einig wurden … so eine Veranstaltung, zu der ich verdonnert worden bin. Ich wäre lieber mit dir zusammen.«

»Deine Großmutter?«

»Und ein paar Verwaltungstypen von Hodges«, sagt er. »Echte Gaudi.«

Dad knallt die Fliegentür hinter sich zu, den Wäschesack über der Schulter hält er ein zerknittertes Stück Papier in die Luft. »Was soll das hier sein?« Er lässt den Sack fallen und schlägt mit der Hand gegen den Zettel. Sein Ärger stinkt zum Himmel, so wie das Frittenfett, das er ausdünstet. Es ist elf Uhr abends, das Castle muss also gerade geschlossen haben. Das ist nicht seine übliche Zeit, die Wäsche abzuliefern.

»Wie sieht es denn aus?«, fragt Mom ungerührt und schaut kaum von ihrem Buch auf. »Ein Flyer für mein Geschäft.«

Ich schalte den Fernseher ab und gucke von einem zum anderen.

»Du machst Häuser sauber. Das ist kein Geschäft.«

»Na, ein Hobby ist es bestimmt nicht, Mike. Ich putze Häuser und ich will noch mehr davon putzen, denn *Wir brauchen das Geld*, wie du immer sagst. Deshalb mache ich Reklame.« Sie zupft ihm den Zettel aus der Hand und streicht ihn glatt. »Ist gut geworden, oder?«

Dad räuspert sich. Als er wieder anfängt zu reden, spricht er langsam und sanfter. »Luce. Du weißt, wie das ist auf Seashell. Die Leute sehen die Zettel, bilden sich ein, du hättest zu wenig Arbeit, bist knapp bei Kasse und dann, sobald irgendwas verschwindet, ein kleines goldenes Armband von Großtante Susie oder so, zeigt jeder mit dem Finger auf dich.«

»Sei nicht albern.« Fabio wirft sich aufs Sofa und klettert Mom keuchend vor Anstrengung auf den Schoß. Sie zaust ihm die Ohren und er grunzt vor Vergnügen, wobei er das schmelzende Eis in ihrer Schüssel beäugt. »Meine Kunden kennen mich besser. Ich arbeite seit über zwanzig Jahren für die meisten Familien hier auf Seashell.«

Dad lässt sich neben sie auf Myrtle fallen, er stützt die Ellenbogen auf die Oberschenkel und legt den Kopf zwischen die Hände. Ein Streifen weiße Haut schimmert in seinem Nacken, über dem Sonnenbrand, den er sich wahrscheinlich das letzte Mal geholt hat, als er mit dem Boot rausgefahren ist. »Spielt keine Rolle. Wenn es hart auf hart kommt, kennt dich keiner mehr.«

»Mike, was bist du doch für ein Pessimist. Hab doch ein bisschen Vertrauen in die menschliche Güte.« Zu meinem totalen Erstaunen zaust sie Dad das Haar und gibt ihm einen Stups gegen die Schulter. Ich kann mich nicht entsinnen, je gesehen zu haben, dass sie sich berühren, und an den Austausch freundschaftlicher Gesten erinnere ich mich schon gar nicht. Ich kriege davon tatsächlich einen Kloß im Hals, besonders als Dad aufschaut und mit großen Haselnussaugen bittend guckt. Ein bisschen verloren – und total wie Emory.

»Du wirst es nie kapieren, was, Luce? Deine ganze Welt ist immer noch voller Happy Ends, die nur auf dich warten. Ist dir nicht aufgefallen, dass der Märchenprinz noch nicht aufgetaucht ist?«

»Doch, Schatz«, sagt Mom trocken. »Das ist mir aufgefallen.«

Dad ringt sich tatsächlich ein Lächeln ab.

Ich hab fast Angst Luft zu holen. Meine Eltern haben eine Minute Waffenstillstand. Ein kurzer Moment echter Verbundenheit. Einen Augenblick lang (ehrlich, zum ersten Mal in meinem Leben) kann ich verstehen, warum sie geheiratet haben (mal abgesehen davon, dass ich unterwegs war).

Dann klopft es laut an der Tür. »Wetten, das ist er jetzt«, sagt Mom und lächelt Dad an.

Aber es ist Cass. Er grinst mich ein bisschen schüchtern an. »Ich weiß, es ist spät«, sagt er.

»Fast Mitternacht.« Dad taucht hinter mir auf. »Und wer zum Teufel bist du?«

Cass stellt sich vor.

»Der Sohn von Aidan Somers, stimmt's? Ist Coach Somers dein Bruder? Hummerbrötchen, Mayo extra und eine doppelte Portion Fritten?«

Cass blinzelt verwirrt. »Öh … ja, das ist Jake.«

»Bisschen spät für Schwimmunterricht.« Dad mustert Cass, der einen blauen Blazer trägt, eine Krawatte und eine Hose mit einer ordentlichen Bügelfalte. »Und du bist auch nicht entsprechend angezogen, mein Junge.«

»Sei nicht albern, Mike. Er kommt Gwen besuchen«, sagt Mom, als wäre das die natürlichste Sache der Welt.

»Ich dachte, sie möchte vielleicht ein Stück mit mir spazierengehen«, erklärt Cass. »Ich weiß, dass es spät ist«, wiederholt er, als er Dads finstere Blicke bemerkt.

»Liebend gern«, sage ich sofort und nehme seine Hand. »Gehen wir.«

»Moment mal«, sagt Dad. »Wie alt bist du, Cassidy?«

»Siebzehn.«

»Ich war auch mal siebzehn«, sagt mein Vater düster. »Und ich habe eine Menge Mädchen spät abends mit an den Strand genommen …«

»Ganz toll, Dad. Davon kannst du uns ein anderes Mal erzählen.« Ich ziehe Cass zur Tür hinaus, als Mom sagt: »Einen Haufen? Das ist ein wenig übertrieben, Mike. Ich war das doch nur und diese prollige Candy Herlihy.«

»Werden wir je mein Haus verlassen, ohne dass ich mich für meine Familie entschuldigen muss?«

»Gar nicht nötig. Was tauche ich auch so spät noch auf.« Cass zerrt an seinem Schlips, lockert ihn, nimmt ihn ab, stopft ihn in seine Jacketttasche. Dann öffnet er die Tür des alten BMW, der neben Dads Pick-up und dem Bronco in unserer Auffahrt parkt, zieht das Jackett aus und wirft es rein. Dann löst er den Gürtel.

»Äh, strippst du jetzt in unserer Auffahrt?«, sage ich. »Nun denkt Dad ganz bestimmt, dass das hier nur eine Verabredung zu einer schnellen Nummer ist.«

Er lacht, wirft den Gürtel ins Auto und die Schuhe und Socken, zieht sich das Hemd aus der Hose und knallt die Autotür zu. »Ich hatte gerade das Gefühl, in den Klamotten keine Luft mehr zu kriegen. Ich war auf dem Weg nach Hause und bei dir schien noch Licht ... und ich wollte dich sehen.«

Er nimmt meine Hand und wir gehen die Straße entlang. Ich liebe die Nächte auf Seashell ... all die schemenhaften Häuser, das leise Murmeln des Meeres ... Nur dann habe ich das Gefühl, dass die ganze Insel mir gehört.

»Wie waren die Verwaltungsmenschen?«

»Verklemmt wie sonst was. Eine Atmosphäre wie im Schwimm- und Tennisclub.« Er atmet tief ein. »Nicht wie das hier.« Dann zieht er mich ein bisschen näher an sich heran. »Oder das.« Er reibt die Nase an meinen Haaren. Ich lege die Hände auf seine Schultern und spüre die warme Haut unter seinem frischen Hemd.

Er tritt einen Schritt zurück. »Okay, Inselmädchen. Krieg ich eine Führung? Seashell bei Nacht für Insider?«

»Wir könnten einfach zum Field House gehen«, sage ich, dann zucke ich zusammen.

»Hier geht es nicht um die Großpackung Kondome, klar? Nun komm schon, ihr müsst doch geheime Plätze haben, von denen sonst niemand weiß.«

In den Wald, dann durch den Tunnel aus Bäumen, lauter

nächtliche Geräusche am Hexenhutstein. Der Ruf einer Eule schallt laut über das in der Ferne rauschende Wasser. Cass bleibt stehen, die Hand auf meinem Arm.

»Was?«

»Friedlich«, sagt er. Er schließt die Augen, saugt die Atmosphäre ein. »Barbershop-Liederabend im Schwimm- und Tennisclub.«

Almeida hat Veranstaltungen im Schwimm- und Tennisclub von Stony Bay ausgerichtet. Ich weiß also, dass er keinen Witz macht.

Eine Weile steht er noch so da, dann flüstere ich: »Komm, am Wasser ist es besser.«

»Ist es immer, Gwen.«

Der Mond taucht den Fluss in Silber, die Brücke darüber schimmert auf den Felsen. Über die Marsch geht eine Brise, die süß nach Algen riecht und dem nassen, alten Holz der Pfeiler. Cass setzt sich, lehnt sich auf die Ellenbogen gestützt zurück und schaut in den tiefblauen wolkenlosen Himmel. Ich atme die kühle Nachtluft ein. Nach einer Weile gehe ich ein paar Schritte weiter, lasse meine Shorts fallen und wate ins rauschende Wasser, tauche unter und wieder auf, damit die Strömung, die direkt unter der Wasseroberfläche stärker und schneller ist als in der Tiefe mich erfassen kann.

Dann werde ich festgehalten, Cass' Hände sind an meiner Taille, seine Beine streifen meine, Wasser tropft von seinem Kinn auf meine Schulter.

Weil der Fluss durch die Salzmarschen ins Meer fließt, ist das Wasser warm, halb süß, halb salzig. Ich schmecke es auf seinen Lippen.

Wie immer geht es auch diesmal rasant zu. Cass zeigt schnelle

Reaktionen und ich habe neugierig wandernde Hände. Er hat mich aus dem Wasser gezogen und gibt zielstrebig vor, in welche Richtung es gehen soll – ein Fleck mit weichem Gras zwischen den Büschen oben auf der Böschung –, ganz so, als wäre er früher schon hier gewesen und hätte den Lageplan noch im Kopf. *Dahin werden wir gehen.* Ich stütze mich auf einen Ellenbogen und drehe den Kopf etwas zur Seite, während Cass' Lippen langsam von meiner Schulter zum Ohr gleiten, ganz leicht. Seine Lippen sind zart wie ein Hauch, doch der reicht, um fast jeden Gedanken davonzupusten.

»Mein treuloser Leib.«

Diese Phrase taucht immerzu in den Büchern von Mom und Mrs E. auf. Eine praktische Ausrede für die Heldinnen. »Ach, ich weiß, ich sollte aufhören, eine *anständige* Frau tut so etwas nicht, aber mein treuloser Leib …«

So habe ich auch schon empfunden. Oder er war an einem Ort, aber mein Geiste ganz weit weg und hat ihn von dort aus beobachtet. Oder versucht genau das zu unterlassen.

Doch nicht in diesem Augenblick.

Ich habe nicht das Gefühl, mein Körper würde mich verraten und etwas anderes tun, als ich will. Ich blende Gedanken nicht aus, um mich nur auf meine Erregung zu konzentrieren. Ich streiche Cass mit dem Finger am Kinn entlang, tauche in ein Grübchen und spüre, wie es tiefer wird, als er lächelt. Als meine Hand dann einen trockenen Pfad auf seiner nassen Haut bahnt, merke ich, wie er erst leicht zittert und dann heftiger, weil er lacht.

»Kitzelig?«

»Glücklich.« Er zieht mich an sich, zupft an meinem Ausschnitt, schiebt ihn tiefer runter. Aber noch ehe es zu mehr kommen kann, halten wir beide inne. Ich lege die Hände auf seine Brust, er rückt schwer atmend ein Stück von mir ab.

»Sorry, ich … ich wollte nur …« Röte steigt an den Ohren hoch und überzieht sein ganzes Gesicht.

»Ich weiß. Aber lass uns hier aufhören.«

Er schiebt die Träger meines Tanktops wieder an ihren Platz und nickt.

»Nicht für immer. Aber für heute Abend …«, sage ich. »Denn ich will …«

Mit schräg gelegtem Kopf sieht Cass mich an.

Ich will. Ich hab das Gefühl, dieser Satzanfang wird mich ins hohe Gras führen, wo ich stranden könnte. Ich unternehme noch einen Versuch.

»Ich will nicht …«

»Eine Großpackung Kondome«, sagt Cass.

»Ich will nicht sagen, dass es vom Tisch ist. Also, nicht für immer. Denn ich … Himmel. Das ist unangenehm. Nun hilf mir doch mal weiter.«

»Du bist nur genervt, wenn ich dich rette, Gwen.«

»Ich bin noch genervter, wenn du ganz ruhig bist, während ich …«

»Ruhig?« Er legt die Hände auf meine Schultern und rüttelt mich ein bisschen. »Wohl kaum. Denn, nein, ich will jetzt nicht aufhören.« Er schaut an uns runter, unsere Körper schmiegen sich noch aneinander. »Ganz offensichtlich. Aber das ist richtig von dir, ist richtig von uns.«

»Richtig?« Keine Ahnung, was er damit meint.

»Ein Neuanfang, es besser machen, noch mal machen. Sollte das hier«, er wedelt mit dem Finger von ihm zu mir und wieder zurück – »wieder in diese Richtung gehen …«

»Wenn«, platze ich heraus. »Wenn das hier in diese Richtung geht. Wir sagen hier ja die Wahrheit.«

Er gibt mir schnell einen Kuss. »Wenn. Dann machen wir es an einem Ort und zu einer Zeit, die wir beide wählen. Nicht im Auto oder auf dem Sofa oder auf die Schnelle an einem beliebigen Ort.«

»Nicht auf dem Schiff, nicht auf ’nem Riff«, sage ich, denn ich kann nicht anders. Klingt wie aus einem Bilderbuch.

»Nein und noch mal nein«, sagt Cass und lacht. »Wir machen es in einem Bett. Kein Riff weit und breit.«

»Ihr reichen Leute seid ja so was von konventionell.« Ich gebe seiner Brust einen Stoß.

»Beim ersten Mal«, verbessert er sich. »Danach ist alles offen. Und wir machen es, wenn wir mehr als dieses eine Kondom haben, das seit meinem sechzehnten Geburtstag in meinem Portmonee steckt.«

Nicht zum ersten Mal frage ich mich, warum er das Ding nicht benutzt hat – oder irgendein anderes, vor ewigen Zeiten ... Worauf hat er denn gewartet?

Ans Geländer von unserer Veranda gelehnt, warte ich nur, bis Cass' Umrisse von der Nacht verschluckt werden, bevor ich die Treppe wieder runterlaufe, um vom Pier zu springen und allein schwimmen zu gehen, ich brauche den Rausch und den Frieden.

Es war nicht gerade beruhigend, mit Cass im Fluss zu schwimmen und ihn im Wasser zu berühren, Haut an Haut ... und dann so aneinandergeschmiegt, bis er sich zurückgezogen hat und mir ausgewichen ist.

Gott, sollten es nicht eigentlich die *Typen* sein, die nicht mehr klar denken können? Bei denen die Körper die Hirne zum Schweigen bringen, weil sich das alles so gut anfühlt? Oder ist das wieder eins von diesen Gerüchten, die irgendwer in Umlauf gebracht hat, ohne drüber nachzudenken, wen das treffen würde – oder schlicht verwirren?

Bei Vollmond wie heute ist der Strand von Abenaki so hell wie am Tag, nur aufgeräumter. Ein einsames Auto steht allerdings auf dem sandigen Parkplatz, so weit am Rand, dass es fast vom Dünengras verborgen wird. Aber keine Umrisse auf dem Pier oder am Bootsanleger.

Ich bin auf dem Pier, als ich es höre, etwas lauter als die Wellen – dieses leichte Stöhnen, das durch die Dunkelheit zieht. Ich erstarre, schaue am Strand entlang, kriege eine Gänsehaut. Nichts zu sehen, nur die üblichen Algenhaufen und Tümpel zwischen den Felsen.

Alles nur Einbildung.

Aber dann höre ich eine Männerstimme und die höhere Stimme eines Mädchens. Er fragend, die Stimme hebt sich am Ende des Satzes, sie lacht kehlig. Ich lächele. Ein Paar, das die Atmosphäre, den Mondschein, die Einsamkeit genießt, so wie Cass und ich. Mein Blick gleitet suchend über den Strand, schließlich entdecke ich das Paar, weit weg, hinter dem Badehaus, völlig ineinander verschlungen auf einem Badelaken.

Das Mädchen sagt was, darauf ein kurzes, leises Gelächter. Sie sind zu weit weg, einzelne Worte kann man nicht hören und …

Ich blinzele, versuche sie zu identifizieren, aber nur eine Sekunde lang, dann wird mir klar, wie unheimlich das ist, und ich gehe wieder auf den Pier zu.

Dann verzieht sich eine Wolke vor dem Mond und mit einem Mal leuchtet das parkende Auto silbrig auf.

Warum in aller Welt macht Spence Channing um Mitternacht am Strand von Seashell rum, wenn er ein Haus wie ein verdammtes Hotel hat?

In dieser Sekunde geht mir auf, dass Cass, der über die exakte Anzahl der Leiber im Whirlpool Bescheid wusste, offenbar auch auf dieser Party gewesen ist. Was hat er wohl gemacht, während sein bester Freund *nur Sex* hatte? Getränke serviert?

Wie können zwei so verschiedene Menschen trotzdem beste Freunde sein?

Noch eine – möglicherweise heikle – Frage für eine andere, weniger heikle Gelegenheit. Aber jetzt nicht. Jetzt springe ich mit Anlauf vom Pier, fliege durch die Luft und versinke im kalten, reinigenden Wasser.

Eine Zigarette glimmt in der Dunkelheit. Mein Cousin sitzt auf der Verandatreppe, er ist nur ein Umriss vor dem Licht, das aus der Küchentür fällt.

Ich gehe auf ihn zu, schnappe die Zigarette aus seinen Fingern und werfe sie zwischen die Muschelschalen der Auffahrt. Soll sie da verglühen. »Ich dachte, das Rauchen sollte eine einmalige Angelegenheit gewesen sein, Nico.«

»Ja, ja. Diese einmaligen Angelegenheiten.« Nic steht auf, lässt die Finger knacken und knallt die Fliegentür hinter sich zu, erst *klack* den oberen, dann *schepper* den unteren Teil. Seine Stimme driftet nach draußen. »Die haben es so an sich, dass sie sich wiederholen. Stimmt doch, Cousinchen?«

»Was soll das jetzt heißen?«

Er langt in die Schale Popcorn, die neben Myrtle steht, und erwischt Fabio, der den Rest mit der Nase rausschubst.

Der Hund guckt zu ihm hoch, leckt sich die Butter von den Pfoten und verdrückt sich unters Sofa, als er Nics Miene sieht. Wie üblich vergisst er, den Schwanz einzuziehen.

»Das soll heißen, was läuft mit Somers – und dir? Tante Luce meint, da wäre was im Busch.«

»Nic. Was ist los mit dir. Du erzählst mir doch auch nicht alles. Zum Beispiel, wann wolltest du …«

»Du kannst nicht heiraten«, unterbricht er.

… mir von dem Ring erzählen.

Moment mal. Was war das? Reden wir von derselben Sache? »Gott, Cass hat mir keinen Antrag gemacht«, sage ich im Scherz, schließlich will ich ihm keine Angst einjagen. »Wir sind nur …« Keine Ahnung, was wir *nur* sind. Oder ob *nur* überhaupt noch funktioniert.

»Ich spreche nicht von Somers, sondern von mir und der Akademie.«

Er lehnt sich auf dem Sofa zurück. Ich rutsche neben ihn, schubse seine Beine runter, um Platz zu schaffen.

Nic reibt sich den Bizeps mit der flachen Hand, sein Kiefer wirkt verkrampft. Plötzlich sieht er so viel älter aus als achtzehn. »Hoop und ich sind heute Morgen mal hochgefahren. Ich hab eine Führung gekriegt. Gwen, jetzt will ich es nur noch mehr. Aber – was ich vorher nicht kapiert hab –man darf keine *ernsthaften persönlichen Verpflichtungen* haben. Das haben sie gesagt.«

Ich kneife die Augen zusammen, so als ob alles andere mir klar werden würde, wenn ich Nic nur klar sehen könnte. »Wer hat denn *keine* ernsthaften persönlichen Verpflichtungen? Also. Hallo? Muss man etwa eine Waise sein oder ein Asozialer?«

»Du darfst niemanden haben, der auf deine Unterstützung angewiesen ist.« Nic rubbelt sich mit den Händen übers Gesicht. »Irgendwie problematisch.«

Ich zögere eine Sekunde, dann sage ich. »Ja, und das Problem wird noch größer, wenn man mit achtzehn Ringe kaufen geht, Cousin.«

Nic dreht sich zu mir. »Moment mal – das weißt du? Wir hatten abgemacht, niemandem davon zu erzählen.«

»Hat Viv noch nicht ausgepackt? Ja, ich weiß davon. Auf Seashell bleibt nichts länger als zehn Minuten geheim. Ihr seid im Einkaufszentrum gesehen worden.«

Nic seufzt. »Viv hatte von Anfang an was gegen die ganze Sache mit der Akademie. Das weiß du, oder?«

Viv hat sich sehr bemüht, jede Spur von Sorge wegen Nics Berufsplänen zu verbergen. Natürlich hat er es trotzdem erraten, aber … ich streiche über den ausgefransten Rand eines Sofakissens – und sage nichts.

»Sie möchte, dass ich hierbleibe und …mich häuslich niederlasse. Hier. Auf Seashell. Für immer.«

Bei *für immer* bricht seine Stimme.

»Das willst du nicht?«

Er guckt mich an, mit glühenden braunen Augen. »Ich bin achtzehn. Keine Ahnung, was zum Teufel ich will. Vivien ist mein Anker. Ich liebe sie. Schon immer. Aber … wie soll ich wissen, wie ich in vier Jahren empfinde. Oder in acht, nach meinem Dienst? Gar nicht. Und eigentlich sollte das auch ganz in Ordnung sein so.«

Ich hab das Gefühl, mein ganzes Leben rast an mir vorbei, denn es ist so sehr mit ihnen verbunden. Tausend Augenblicke Nic und Viv. Er – der sie auf den Schultern trägt bei Wasserschlachten am Strand von Sandy Claw. Sie – die ihn wegen seiner Unfähigkeit ein Zelt aufzubauen aufzieht, als wir im Garten campen, und dann hysterisch lacht, als es über ihnen zusammenbricht und sie in Bahnen von reißfestem Nylon hüllt. Er, der sich einen grottenhässlichen Smoking mit Rüschenhemd von Dom D'Ofrio leiht, in dem er auftaucht, um Viv zum Abschlussball abzuholen, und dann, nachdem er ihr Entsetzen genossen hat, einen in klassischem Schwarz aus dem Kofferraum zieht. Mit den Blumen für sie. Wir drei auf dem Rücken liegend auf dem Pier, wie wir zum Mond aufschauen und ihn beim Ab- und Zunehmen beobachten. Über unseren Köpfen waren ihre Hände immer verbunden, sogar wenn ich in der Mitte lag. Er hatte seine erste Nacht mit Vivien bis ins Letzte choreographiert, wie ein Meisterregisseur, war früh ins Hotel gekommen, damit er Rosenblüten auf dem Bett verteilen konnte. Als er sich endlich über sie beugte, hatte er geflüstert: »Ich will, dass es perfekt für dich wird.« Es war ihm unglaublich peinlich, als er mitbekam, dass Vivie mir das weitererzählt hatte. Aber wie hätte sie es für sich behalten können?

»Aber … aber du hast es immer gewusst. Ihr beiden seid doch schon ewig zusammen. Das hast du immer gewollt. Es stand in deinem Ziele-Notizbuch.«

»Ich wusste, dass du das Ding gelesen hast«, grummelt Nic. »Ja, also … klar. Ja, immer. Aber ich … ich will nicht nur das.«

Ich hab so ein irres Kribbeln in der Hand, und mir fällt auf, dass ich Cass' Geste übernommen habe, ich balle die Faust, die Nägel bohren sich in meine Handfläche. Ich löse die Spannung und atme tief durch, so wie man das macht, wenn man etwas Wichtiges sagt, das alles verändert. Dann merke ich, dass ich keine große Weisheit aus dem Ärmel schütteln kann, die diesem Augenblick die entscheidende

Wende gibt und mich zurückführt auf vertrautes Gelände. Nic reibt sich die Augen. Er wirkt erschöpft, ausgelaugt, wie nach einem harten Wettkampf, den sein Team ganz übel verloren hat.

»So!«, sage ich schließlich überenthusiastisch, als spräche ich für einen Werbespot oder eine Stelle als Animateurin vor. »Und was soll das eigentlich mit der Verlobung jetzt, Nico? Warum sagst du ihr nicht einfach, dass das nicht geht wegen der Richtlinien der Akademie? Dagegen kannst du nichts machen. So ist das eben.«

»Genau das hab ich gesagt. Heute Abend. Du hättest ihr Gesicht sehen sollen. Sie hat diesen panischen Ausdruck gekriegt, total ausdrucksloses Gesicht und so, als hätte sie alles im Griff und alles wäre in Butter, aber dabei hat sie geblinzelt, als ob sie gleich weinen würde.«

Ich nicke, kommt mir bekannt vor, so sieht sie immer aus, wenn Al ihr nach einer Veranstaltung vorhält, was sie alles falsch gemacht hat.

Nic redet weiter, jetzt sprudeln die Worte heraus, als ob ein Damm gebrochen wäre. »So macht sie das immer, wenn wir darüber reden, was es bedeutet, wenn ich in die Akademie aufgenommen werde, wie viel Zeit ich dafür aufwenden muss. So hat das mit dem Ring überhaupt angefangen. Also, Viv, die weiß ja genau, was sie will. Al und ihre Mom gehen in ein paar Jahren in den Ruhestand. Wir können in ihr Haus ziehen. Sie nehmen das Wohnmobil und fahren durchs Land. Ihre Mom recherchiert das schon ewig, die ganze Sache ist durchgeplant. Ihr Leben, unser Leben … Wir können das Almeida übernehmen. Vee hat nicht mal Lust aufs College zu gehen. Ich dachte, es wäre gut, ihr ein Versprechen zu geben. Damit sie keine Angst kriegt. Damit sie weiß, dass ich immer zu ihr zurückkommen werde. Wie zu einer Rettungsinsel oder so. Aber jetzt hab *ich* die Panik gekriegt. Marco und Tony haben letzten Donnerstag mit uns zusammen gearbeitet und sie haben darüber gelacht, echt gelacht, dass Marco mal zur Air Force wollte und Tony den Traum hatte, Profiringer zu werden. Und ha-ha-ha wir hätten Konkurrenten sein können. Als ob das irre witzig wäre, dass sie Seepocken von den Yachten reicher Leute kratzen und ihre Scheißbadezimmer renovieren, statt ihre Pläne in die Tat umzusetzen.«

Ich spiele an meinen Haaren, drehe eine Strähne um den Finger, lasse sie los, drehe sie noch mal auf und überlege, was ich sagen soll, wo ich überhaupt anfangen soll. »Also, Nick. Ist schon klar, dass ich keinen Schimmer habe von erfolgreichen Beziehungen …«

Er lacht kurz auf.

»Aber ich bin mir ziemlich sicher, dass eine Ehe nur eine Chance hat, wenn beide Leute sie wirklich wollen.«

»Ich liebe Vee«, wiederholt er. »Ich kann mir nicht vorstellen, eine andere zu lieben …« Er spricht nicht weiter, zieht die Knie an und legt die Stirn drauf. Dann atmet er tief und zittrig durch und murmelt etwas, das ich kaum verstehen kann.

»Nic?«

»Aber«, sagt er und schluckt. Sein Adamsapfel hüpft.

Ich reibe ihm den Nacken. »Aber?«

»Aber ehe dieser Typ von der Küstenwache seine Präsentation in der Schule gehalten hat, hab ich gar nicht gewusst, dass ich dahin wollte. Also könnte es da draußen vielleicht noch andere Dinge geben, von denen ich noch nichts weiß.« Das Letzte sagt er ganz schnell, die Worte überstürzen sich.

Er fährt sich mit der Hand durch die Haare und legt sie dann wieder auf die Augen, als wollte er nicht hingucken, als wollte er die Wahrheit nicht sehen und was da draußen ist.

Geht mir genauso. Ausgedehntes Schweigen folgt. Denn ich will nicht, dass real ist, was hier abgeht … unser Jetzt, das all unser Damals in so weite Ferne rückt.

Aber.

Vivien liebt Nic mit ihrem ganzen großen, warmen Herzen.

Aber er ist mein Cousin.

Deshalb hole ich auch Luft, straffe die Schultern und sage ihm die Wahrheit, die er hören muss, statt der, die er glauben möchte. »Es *könnte* nicht nur andere Dinge geben, Nico. Es gibt sie.«

Er guckt mich an und ich bin geschockt, als ich Tränen in seinen Augen sehe. »Ich weiß. Aber ich hab schon das Gefühl, sie zu betrügen, weil ich was will, was sie nicht will.«

Ich lege den Arm um seine Schultern, während er sich mit dem Handballen über die Augen wischt. Ganz kurz lehnt er den Kopf an meine Schulter und kuschelt sich an mich wie Emory. Er riecht nach Salz und Sand und nach Familie, wie Seashell. Die Nacht ist still, ganz still, bis auf die vertrauten Sommergeräusche, das leise Rauschen der Wellen, das Zirpen der Grillen, ein Hund, der in die Nacht bellt, alles ganz weit weg. Fabio, der schnarchend unter dem Sofa gelegen hat, schnuppert, lässt einen fahren und verstummt. Nic und ich können die Schlafgeräusche von Emory und Grandpa Ben deutlich hören. Grandpa Ben: *rrrrrrr* … Stille …. *schnaub.* Und Emory, der dem Klischee vom Schnarchen voll entspricht: *Ha-püh, haaa-püh.*

»Und Em?«, fragt Nic und schwingt die langen Beine über meine. »Wo passt der in diese Geschichte mit den persönlichen Verpflichtungen?«

Ja. Em. Dad, der mir erzählt, dass ich die Lücke füllen muss, wenn Nic geht. Und wenn ich aufs College gehe … was dann? Ich reibe meine Brust, die mir plötzlich eng wird.

Kann ich denn überhaupt aufs College gehen? Heißt das, ich werde für immer und ewig für Em verantwortlich sein?

Na, natürlich. Nic und ich haben darüber geredet, dass wir uns wahrscheinlich irgendwann seine Betreuung teilen werden müssen. Für den Rest unseres Lebens. Aber wir hatten beide gedacht, das würde erst viel später kommen. Und wahrscheinlich ist das auch so, Mom ist erst sechsunddreißig. Aber …

Ich liebe meinen Bruder mehr, als ich in Worten fassen kann. Aber ich mag meinen Cousin. Und ich will weg von der Insel, jedenfalls für eine Zeitlang. Wenn ich dann doch irgendwie hierbleibe, dann soll das meine Entscheidung sein.

»Cousinchen.« Nic berührt meine Wange. »Alles gut. Himmel, du bist doch wohl nicht das zweite Mädchen, das ich innerhalb von drei Stunden zum Weinen bringe? Ich finde schon eine Lösung.« Er tippt sich an die Schläfe und lächelt mich an. »Mir fällt doch immer was ein. Und wo wir gerade dabei sind. Willst du mir vielleicht irgendwas über Somers erzählen?«

Eine Richtung, in die meine Gedanken viel lieber gehen. Ich berühre meine Lippen.

Nic mustert mich. »*Ooo*kay. Kapiert. Keine Einzelheiten. Ich muss nur eines wissen. Behandelt er dich ordentlich?«

»Er war der perfekte Gentleman.«

»Ganz bestimmt«, murmelt er. Seine Schultern zucken, so als wollte er das Bild von Cass und mir zusammen abschütteln.

»Das soll heißen, er … wir …«

»Keine Details, verdammt noch mal. Bist du glücklich, Gwen?«

»Bin ich.«

»Mehr muss ich nicht wissen. Ich bin weg.« Er rutscht runter von Myrtle und geht raus Richtung Dusche, doch dann kommt er noch mal zurück. »Wenn sich das ändern sollte, dann bringe ich ihn um. Das weißt du doch wohl, Cousinchen?«

Kapitel dreißig

»Okay, mein Freund. Ganz große Sache. Bist du bereit?«

Ich bin's nicht.

Ems Zehen klammern sich an die Kante vom Floß, er ist zum Sprung bereit. Er trägt keine Schwimmweste, unter seinen Armen klemmt nur eine dieser knallfarbenen Schwimmnudeln aus Schaumstoff. Sein Spiegelbild schwebt an der Wasseroberfläche. So zögernd wie Nic und ich gestern angesichts der Ungewissheiten der Zukunft.

Aber mit mir oder Nic hat das nichts zu tun. Das hier ist Ems Ding.

Cass und ich haben auf dem Weg zum Strand schon drei Mal darüber debattiert, ob diese Aktion wirklich klug ist – und noch zwei weitere Male, während wir zum Floß rausschwammen. Em hatte die dünnen Ärmchen um Cass' Hals geschlungen und ich bildete die Nachhut mit der Nudel und all meinen Bedenken. Wir waren mit dem Bollerwagen im Schlepp den Hügel runtergegangen und hatten die Sache erörtert. Emory war ruhig und gefasst, er zählte Hideout die Sehenswürdigkeiten der Reise auf, Fabio saß hoch erhobenen Hauptes an Bord wie ein Würdenträger.

Als wir am Strand ankommen, bin ich nach wie vor der

Meinung, dass Em noch nicht bereit zu diesem großen Sprung ist. Jedenfalls nicht ohne irgendwas, das ihn über Wasser hält – am besten etwas von der Küstenwache Empfohlenes. Cass sagt, Em würde etwas kriegen, das ihn über Wasser hält, aber es sei Ems Entscheidung, was das sei. Aus psychologischen Gründen sei es wichtig, dass Em die Kontrolle über die Situation hat. Und er wiederholt: »Ich weiß, was ich tue. Vertrau mir, Gwen.«

»Ich bin mir nicht sicher, ob Em mit so was *Psychologischem* klarkommt, Cass. So denkt er nicht.«

Laut über die Einschränkungen meines Bruders zu reden, kommt mir vor wie Verrat. Wir haben immer sehr darauf geachtet, genau das nicht zu tun, als ob wir kein Recht hätten, über das zu reden, was er kann und was nicht – und was er vielleicht nie können wird.

»Achtung. Ferrrtig«, sagt Em, die Stirn konzentriert gerunzelt.

Er steht bereit an der Kante des Floßes. Ich packe das Ende der Nudel. Das kann nicht die Lösung sein. Cass zieht die Augenbrauen hoch und löst meine Finger von dem gelben Schaumstoff.

Ich gucke runter ins Wasser. So flach und grün und klar. Ich kann den geriffelten Sand unten sehen und umherhuschende Krebse, Seegras. Ich seufze. Und nehme Abstand. Emory holt tief Luft, wirft die Haare genauso zurück wie Cass das immer macht und schaut konzentriert ins Wasser – genau wie Cass. Er hat sich mehr von Cass abgeguckt als Schwimmbewegungen.

»Ebbe. Keine Wellen«, sagt Cass. »Wenn du dem Wasser vertraust, trägt es dich. Wir sind beide hier. Alles gut.«

Er macht den Countdown, während Em die Augen zusammenkneift und sich mit ganzer Kraft aufs Wasser konzentriert. »Ein Vogel. Ein Flugzeug. Ein …«

Mein kleiner Bruder hat die Nudel fest unter seine Arme gepresst, die Enden ragen wie Flügel zu beiden Seiten heraus. Er guckt ernst auf den Horizont. Dann grinst er mir zu und Cass noch mehr, ruft: »Ein … ich … Supermann!« Er springt und katapultiert sich mit einem Quietschen in die Welt hinaus.

Und es geht ihm gut. Eine Sekunde später taucht er auf und schüttelt sich das Wasser aus den Haaren. Kichernd. Er reckt die Arme triumphierend in die Luft und geht wieder unter. Immer noch lachend taucht er wieder auf und hält auf uns zu.

Ich will ihn aufs Floß ziehen, aber Cass hält mich am Ellenbogen fest. »Das kann er allein.«

Und er kann es. Em planscht auf Kleinkinderart wild spritzend zur Holzleiter, umschlingt sie mit den Armen, setzt die Füße drauf und klettert hoch. Er lässt die Nudel aufs Holz klatschen, ganz sorglos und selbstbewusst. »Supermann. Ich.«, sagt er. Der S-Laut kommt perfekt raus, er strahlt und zeigt sämtliche Zähne.

Mit acht Jahren ist Em vom Floß gesprungen und zurückgeschwommen – genau wie Nic, Viv, Cass und ich. Der einzige Meilenstein, den er bisher genau zur richtigen Zeit erreicht hat.

Cass wird jetzt locker, die Spannung, die ich vorher gar nicht bemerkt hatte, ist plötzlich weg, er lässt die Beine ins Wasser baumeln, lehnt sich zurück und stützt sich auf die Ellenbogen. Emory macht es genauso, er strampelt mit den Füßen *pitschpatsch* und lächelt vom einen Ohr zum anderen.

Ich hole tief Luft, als ob ich auch ins Wasser springen wollte. Stattdessen schaue ich mir meinen Bruder an, der jetzt platt auf dem Floß liegt, ganz gerade, die Arme an die Seiten gedrückt. Er grinst immer noch. Ich schaue mir Cass an, der die Augen geschlossen hat und die Sonne aufsaugt. Seine Haare und die Wassertropfen auf seinen Schultern glitzern. Von hier aus kann man rechter Hand in der Ferne den Schatten von Whale Rock ausmachen, das hohe Gras, das sich bis zum Haus der Ellingtons zieht und die Küstenlinie von Seashell bis hin zu der Krümmung – was dahinter liegt entzieht sich dem Blick.

Genau dahin muss man schauen. Wenn man springt.

Es gibt mehr im Leben als Mastodonten.

Kapitel einunddreißig

»Kommt das da nach *Tess*?«

Ich rappele mich hoch, ich bin während Mrs E.s Mittagsruhe auf der Hollywoodschaukel eingeschlafen. Und jetzt steht Cass mit einem ihrer heißen Romane in der Hand vor mir. Auf diesem ist ein Mann mit Augenklappe und darüber hinaus viel zu wenig Textilien abgebildet, und eine bestürzt dreinschauende Frau in einem extrem tief ausgeschnittenen Kleid, das er offensichtlich gerade noch weiter runterzieht. Die beiden stehen selbstverständlich auf einem Cliff und über ihnen braut sich ein Gewitter zusammen.

»Ich weiß nicht recht, ob das physikalisch möglich ist«, sagt Cass nachdenklich und betrachtet das Titelbild mit zusammengekniffenen Augen.

»Was davon? Meinst du ihre Brüste?« Ich setze mich auf, um das Buch kritisch zu betrachten.

»Nein, an die hab ich nicht gedacht. Aber jetzt, wo du es sagst … na, egal … wo ist seine Hand?«

»Ist sie nicht da?« Ich deute darauf.

»Ich dachte, das wären ihre äh …«

»Nein, das ist seine Hand. Ganz sicher.«

»Was ist denn das?«

Ich linse aufs Titelbild. Bei ganz genauer Betrachtung

scheint sie tatsächlich ein paar Gliedmaßen zu wenig und er ein paar zu viel zu haben.

»Steh auf«, sagt Cass. »Wenn ich eine Hand hier auf deine Schulter lege und du dich so nach hinten sinken lässt wie sie hier … weiter, Gwen, dann müsste ich eine Hand genau hier an deinem Rücken haben, damit du nicht von diesem Cliff fällst. Stattdessen tatscht seine andere Hand auf ihren Titten rum … warum stürzt sie also nicht in den sicheren Tod?«

»Titten, Cass? Ich muss schon sagen …«

»Ich weiß. Es gibt kein angemessenes Wort.«

»Vielleicht ist sie Turnerin mit überragender Muskelbeherrschung.«

»Sie muss vom Cirque du Soleil sein, wenn sie so was hinkriegt. Guck mal, wenn ich die Hand wegnehme, dann …«

Ich falle auf die Hollywoodschaukel zurück, deren Federn rostig quietschend protestieren.

»… landest du genau da, wo ich dich haben will.«

Ich bin bestimmt keine, die vergisst, wo sie ist. Aber ich habe noch nie auf einer sanft schwingenden Hollywoodschaukel auf einer Veranda am Meer gelegen und einen wunderschönen Jungen geküsst. *Nicht drüber nachdenken.* Meine ganze Konzentration, jeder Gedanke mündet in diesen Augenblick, die leisen Geräusche, die wir beide machen, ein paar Quietscher von den Sprungfedern, dann verblasst die Welt zu leisem Rauschen im Hintergrund.

Bis – »Was in Gottes Namen geht hier vor?«

Cass rutscht vor Schreck von mir runter, landet auf dem Hintern und schaut mit dem gleichen verblüfften Gesichtsausdruck zu Henry Ellington hoch, wie ich wohl auch.

Hinter ihm steht Gavin Gage, mit gefasster Miene, neutral. Henry gleicht einer Gewitterwolke. Eine apokalyptische Gewitterwolke, die sich dunkler und dunkler dunkelrot verfärbt. Cass stellt sich vor mich. Ich ziehe mein Shirt wieder runter. »Das ist nicht, wonach …«, fängt er an, gibt aber gleich auf, weil das ja wohl der lahmste Spruch aller Zeiten ist, gleich nach: »Das hat nichts zu bedeuten« und »Wir können trotzdem Freunde bleiben«.

Er schwenkt um auf: »Das ist alles meine Schuld.«

»Wo ist meine Mutter, während hier so etwas vorgeht?«

Ich springe Cass bei, erkläre schnell und mit flammend rotem Gesicht, dass alles okay ist, sie schläft.

Das macht die Sache noch schlimmer.

»Wenn das deine Vorstellung davon ist, was man einer hilflosen alten Frau zumuten kann, die – in ihrem eigenen Haus – ruht, auf meine Kosten, dann irrst du gewaltig.« Und dann an Cass gewandt: »Wer zum Teufel bist du?«

»Äh … der Gartenboy.«

»Jetzt nicht mehr«, erwidert Henry. »Und für deine fragwürdigen Vorstellungen von Fürsorge ist ab sofort auch keine Verwendung mehr, Guinevere.«

Seine Lippen sind zu einem Strich zusammengepresst, er steht kerzengerade. Wenn er ein Pauker in einem alten Kinderbuch wäre, würde er uns jetzt mit einem Lineal auf die Finger hauen.

Wut steigt in mir hoch wie Dampf in einem Wasserkessel.

»Henry, vielleicht sollten wir uns alle die Zeit nehmen, uns zu beruhigen«, wirft Gavin Gage unerwartet ein. »Damals, als wir beide in ihrem Alter waren …«

»Darum geht es hier nicht«, blafft Henry. »Nimm deine Sachen und dann raus hier.« Seine Stimme ist jetzt leiser, aber nicht weniger giftig. »Du hast mein Vertrauen missbraucht und das einer hilflosen Frau. Das wird Konsequenzen haben, noch über den Verlust eurer Arbeitsplätze hinaus, das versichere ich euch.«

Ich hasse ihn dafür, dass er das machen kann. Und er kann es. Und mit Auswirkungen, die über die Grenzen dieser kleinen Insel hinausgehen. In meinem Kopf rattert es, ich denke an unser erstes »Gespräch«: *Es gibt eine Aufstellung über alle Sachen im Haus* – eine versteckte Drohung. Sein Austausch mit Gavin Gage auf der anderen Seite der Küchentür. Wie er den Scheck gefaltet und mir hingehalten hat, ihn auf den Küchentisch gelegt hat wie ein Pik As. Und ich halt es nicht aus … ich kann den Mund nicht halten, ich …

»Hören Sie mal«, sage ich, »wie kommen Sie darauf …«

Warnend legt Cass mir die Hand auf den Arm.

Ich gebe ein würgendes Geräusch von mir und verstumme.

Hier geht es nicht nur um mich.

Ich brauche das Geld, ja. Aber Cass' Dad hat ihm diesen Job besorgt. Wenn Cass jetzt gefeuert wird, ist das ein weiterer Fehlschlag, und daran, dass er mir nicht in die Augen sehen kann, merke ich, dass ihm dieser Gedanke auch schon gekommen ist.

»Du liebe Güte, Henry. Nun sei doch still!«, ruft Mrs Ellington durch die Fliegentür der Veranda. »Als ob es nicht reichen würde, dass du mich geweckt hast, dein Gebrüll ist bis zu Ada Patridges Haus zu hören, und du weißt ja, wie sie auf so etwas reagiert. Es wäre äußerst peinlich, wenn sie die Polizei rufen und dich wegen Erregung öffentlichen Ärgernisses verhaften lassen würde.«

Henry gibt ihr eine Erklärung, die für mich und Cass alles andere als schmeichelhaft ist. Worte wie *lüstern, verdorben* und *schamlos* kommen darin häufiger vor, als man für möglich halten sollte. Himmel, wir haben uns doch nur geküsst.

Am Ende schnappt Mrs E. aber nicht geschockt nach Luft, sondern lacht herzlich. »Deswegen machst du so ein Theater? Die lieben Kinder folgen doch nur … meiner Bitte.«

Henry, Cass und ich glotzen sie an. Gavin Gage nimmt auf einem Korbstuhl Platz und schlägt die Beine übereinander – mit einem belustigten Funkeln in den Augen. Ihm fehlt jetzt nur noch eine Tüte Popcorn und eine Cola.

Mrs E. stößt die Fliegentür mit ihrem Stock auf und kommt nach draußen. »Du weißt, ich liebe das Theater«, bemerkt sie gelassen. »Bedauerlicherweise kann ich die Vorstellungen in der Stadt nicht mehr besuchen, das Menschengewimmel ist zu groß. Noch ein Mal mein Lieblingsstück *Viel Lärm um nichts* zu sehen, war mein größter Wunsch. Dein lieber Vater hat mich einmal zu einer Aufführung mitgenommen, als wir in London waren.« Sie lehnt ihren Stock an die wettergegerbten Bretter der Veranda und faltet die Hände vor der Brust. »An meine Lieblingszeilen, erinnere ich mich immer noch: *Ich will in deinem Herzen leben, in deinem Schoß sterben, in deinen Augen begraben werden* …«

Cass' Lippen zucken. Er senkt eilig den Kopf.

»Ich kann mich nicht daran erinnern, dass sie in dem Stück übereinander hergefallen wären wie die Tiere«, sagt Henry wie ein maulendes Kind.

Mrs E. tut das mit einer Handbewegung ab. »Shakespeare, lieber Junge. Sehr derb. Die liebe Guinevere und Cassidy hatten große Vorbehalte, aber ich habe sie gedrängt, sich so eng wie möglich an den Text zu halten und gewissenhaft zu proben.«

Das war von Anfang an total schräg, aber jetzt ist sie doch zu weit gegangen. Henry blickt finster drein. Mrs E. lächelt ihn gütig an.

Nach einer langen Pause gesteht Henry widerwillig ein, er müsse das, was er gesehen hat, falsch interpretiert haben. Seine Mutter nimmt seine Entschuldigung gnädig an. Innerhalb von Minuten haben Cass und ich unsere Jobs wieder.

Cass entschuldigt sich, er muss wieder an seine Arbeit gehen, aber als ich mich in die Küche aufmache, um Tee aufzubrühen, steckt er den Kopf durchs Fenster.

»*Hilflose alte Frau* – von wegen!«

Kapitel zweiunddreißig

Mrs Ellington hat mir gerade den Job gerettet – und Cass auch. Und in den nächsten zwei Stunden lasse ich sie hängen.

In Gavin Gages Augen glitzert nicht die Gier und man sieht auch keine Dollarzeichen anstelle von Pupillen wie im Cartoon, aber als ich die Teezeremonie mit allen Silberteilen durchziehe, die ich mittlerweile semiprofessionell beherrsche, bemerke ich seinen kühlen taxierenden Blick jedes Mal, wenn ich ein neues Stück zur Hand nehme.

Mrs Ellington plaudert munter, fragt Gavin nach seiner Familie, ruft kleine Begebenheiten seiner Freundschaft mit Henry wach, wie sie sich in Exeter kennenlernten, beide im selben Team gesegelt sind, diesen Französischlehrer, jenen Lacrosse Coach und so weiter, und so weiter – und Gavin Gage antwortet höflich und nett, erinnert sich sogar an eine Reise nach Captiva, die sie als Jungen mit dem Käpten unternommen haben.

Der einzige Trost ist, dass Henry Ellington noch unbehaglicher zu Mute ist als mir. Beim Pokern mit Grandpa würde er ja so was von abschmieren. Immer wieder grimassiert er, rutscht auf seinem Stuhl herum und zupft sich am Kragen. Wenn Mrs E. mal versucht, ihn in ein höfliches Gespräch einzubeziehen, ist er mit den Gedanken ganz woanders und sie muss ihre Frage wiederholen. Irgendwann sagt er schroff: »Ich brauche frische Luft.«

Und macht einen Abgang auf die Veranda.

Mrs E. schaut ihm hinterher und wiegelt ab, indem sie Gavin versichert, der liebe Henry wolle bestimmt nicht unhöflich sein. Der arme Junge arbeite so hart. Gavin beteuert, dass er das verstehe. Und das ist alles so weit jenseits dessen, was sich unter der Oberfläche abspielt, dass ich schreien könnte.

Am selben Nachmittag vollzieht Grandpa Ben auf unserer ramponierten Vordertreppe sein Ritual ebenso systematisch wie Mrs E. ihre Teezeremonie. Er klopft seine Pfeife aus, stopft frischen Tabak aus dem Beutel rein, drückt ihn fest.

Ich habe Grandpa alles erzählt. Oder so gut wie alles. Nicht, dass Henry mich und Cass überrascht hat. Aber alles andere; und obwohl ich leise sprach, kam es mir vor, als würde ich es rausbrüllen. Ich rechne damit, dass Emory, der beim Fernsehen auf Myrtle eingenickt ist, plötzlich mit weit aufgerissenen Augen hochschreckt. Aber er schlummert weiter, Grandpa kann also in Ruhe rauchen, denn das tut er nicht gern, wenn Em mit seinem Asthma dabei ist. Lange sagt Grandpa nichts, erst als die Pfeife angezündet ist und seine ohnehin schon feuchten braunen Augen vom Rauch etwas tränen, spricht er endlich.

»Wir wissen nichts.«

Das war's?

»Genau, Grandpa. Aber, aber … es ist klar, dass Henry auch nicht will, dass seine Mutter was weiß. Das kann nicht gut sein.«

»Du willst auch nicht, dass Lucia alles weiß. Und nicht alles davon ist schlecht.«

Hitze brennt in meinem Gesicht. »Nein, aber das ist was anderes, das sind persönliche Dinge.«

»Per-sön-lich.« Grandpa zieht das Wort in die Länge, so als könnte er sich nicht erinnern, was dieses Wort bedeutet. Das passiert ab und zu mal. In diesem Jahr häufiger als im letzten, im letzten Jahr häufiger als in dem davor.

»Persönlich. Etwas, das nur mich angeht«, übersetze ich.

Grandpa Ben legt den Kopf schräg, so als ob er es noch immer nicht verstanden hätte, aber dann langt er in die Tasche und holt seine abgewetzte dunkle Brieftasche heraus und zieht ein Foto raus.

Vovó.

Oh. Nicht das. Mein Bauch schmerzt.

Ich ahne, was Grandpa vorhat.

Ich erinnere mich an meine Vovó, so abgemagert und blass am Ende, aber auf diesem Bild ist sie lebensfroh und stark und hält mit runden braunen Armen lachend einen silbrig gesprenkelten Fisch hoch, der halb so groß ist wie sie. Das ist die wahre, warmherzige Großmutter, an die ich mich erinnere, die, die immer gelächelt hat, nicht die, die für den Fotografen in ernster Pose erstarrt an der Wand hängt.

Ich gucke nur einen Moment auf das Foto, ehe ich es ihm zurückgebe. Ich weiß, was er sagen will, er muss es nicht aussprechen und ich mag es nicht hören. Mag nicht daran denken. Trotzdem sage ich es laut: »Die Geschichten anderer Leute.«

Er nickt mit einem kleinen Lächeln. »Du erinnerst dich. Sim. *Histórias de outras pessoas* …« Er beendet den Satz nicht.

Mehr haben wir noch nie darüber gesagt. Das ist eine andere Erinnerung aus diesem Sommer vor langer Zeit, vor neun Jahren, dem Jahr, in dem Cass mit seiner Familie auf der Insel war.

Es war eines der Jahre, in denen das Wetter in New England komisch war. Bei uns geht die Hurrikansaison von Juni bis November und normalerweise ist das nichts Besonderes. Irgendwas braut sich vor der Küste von Mexiko zusammen, zieht aufs Meer raus und erwischt uns dann irgendwann später. Marco und Tony verfolgen auf dem Wettersender, welchen Kurs der Sturm nimmt, sie nehmen die Anrufe der Sommergäste entgegen, stehen bereit, um zum Meer gewandte Fenster mit Speerholz zu vernageln. Wir ständigen Bewohner machen uns keine allzu großen Sorgen, unsere niedrigen Häuser gehen vor Stürmen in Deckung und überleben, sie werden länger halten als alles andere, das wissen wir. Aber in jenem Jahr war Seashell launisch. Unberechenbar. Strömungen und Strudel, überall. Nachts gab es jede Menge Wetterleuchten und der Donner grollte über der Insel wie eine wütende Drohung, aber am Ende passierte dann doch nichts.

Nic und ich konnten in jenem Sommer auf der Insel tun und lassen, was wir wollten. Wir waren sieben und acht. Marco und Tony stellten uns zum Krebsefangen von der Brücke an, wir angelten sie mit Haken aus verbogenen Sicherheitsnadel und luden unseren Fang in Dads leere Speiseeiseimer, aber das war so ziemlich unsere einzige regelmäßige Beschäftigung. Immer wenn wir wollten, konnten wir zu den Somers aufs Boot klettern und mitfahren. Wir konnten mit Vivie Sandschlachten am Strand veranstalten. Daran arbeiten, bis zum Floß rauszuschwimmen und danach bis zur Mole, denn das waren unsere größten Ziele. Dad war rund um die Uhr im Castle, er hatte die Öffnungszeiten gerade verlängert. Mom war seit kurzem schwanger mit Em und meistens war ihr übel. Wir ließen sie mit einer Packung Salzstangen allein und einem Stapel Bücher, billig und fleckig aus der Bücherei oder vom Flohmarkt, und konnten bis zum Sonnenuntergang wegbleiben.

Vovó war auch übel, nur aus einem anderen Grund. Einem, von dem ich eigentlich nichts wissen sollte.

»Das würde deine Mutter nur beunruhigen«, hatte Dad mir unmissverständlich erklärt, nachdem wir Vovó beim Arzt abgesetzt hatten. »Sie hat es so schon schwer genug.« Sein Ton verriet, dass er sich Sorgen machte.

»Alles wird gut«, sagte Grandpa unerschütterlich. »Deine Vovó Glaucia hat ihr ganzes Leben lang Bazillen bekämpft.«

Aber diesmal reichten Klorix und Viss offensichtlich nicht aus. Aber Vovó wurde immer kränker und Mom erzählten wir, sie müsste länger arbeiten, käme deshalb seltener vorbei und wirkte etwas dünner. An diesem Punkt hörte ich auf, mir Sorgen zu machen, und bekam richtig Angst.

Deshalb hab ich Mom alles erzählt. Mir kam es so vor, als ob sie in dem Moment anfing zu weinen und den ganzen Sommer nicht mehr damit aufhörte.

So wütend hatte ich Grandpa noch nie gesehen. Er warf mit einer Pfanne, solche Sachen machte er sonst nie. Als sie zu Boden krachte, spritzten Eier und Würste überall hin und er war genauso geschockt wie ich und brüllte mich an, so viele Wörter, die ich noch nie gehört hatte, auf eine Weise aneinandergereiht, die ich nicht verstehen konnte. Bis auf diesen einen Satz, denn den hörte ich nicht zum letzten

Mal. »*Histórias de outras pessoas.*« Geschichten anderer Leute – sagte Mom später, wenn Nic und ich ein bisschen Inselklatsch erzählen oder ihr beim Abendessen irgendeine interessante Information auftischen wollten. *Deixe que as histórias des outras pessoas sejam contadas por elas* – muss man sie selber erzählen lassen.

Grandpa streckt den Arm jetzt nach mir aus und reibt mir mit den Fingerknöcheln übers Kinn. Ein Mal, zwei Mal. Aber ich nicke nicht. Mir ist ein bisschen schlecht. Wir haben nie darüber geredet. Das ganze Thema, meine Rolle dabei, war abgeschlossen, als er mit der Pfanne geworfen hatte. Oder später am selben Abend, als er mir eine Eiswaffel brachte und sich entschuldigte. Er hatte mein Kinn in die Hand genommen und gesagt: »Darüber sprechen wir nicht wieder.«

»Pfft«, sagt er jetzt und wedelt mit der Hand so schnell in der Luft herum, als wollte er Fliegen verscheuchen. »Genug. Genug mit dem langen Gesicht. Hier, *querida*.« Er lehnt sich zurück, langt in seine Hosentasche und holt die übliche Rolle Geldscheine heraus, die von einem Gummiband zusammengehalten wird. Die Brieftasche ist nur für Fotos. Er zieht zwei Fünfer aus dem Bündel und reicht sie mir. »Geh aus mit dem jungen Gartenboy. Sei glücklich.«

»Und was ist mit der Rose der Insel?«

»Die soll wachsen im Salz und der Hitze und dem Wind, sind sehr zäh, Inselrosen.«

»Grandpa, du hörst dich an wie ein Glückskeks.«

Er zwinkert mir zu und schenkt mir sein strahlendstes Lächeln. »Die Rose ist stark, Guinevere. Wenn man manches auch nicht sicher weiß, darauf würde ich mich immer verlassen. Und da kommt dein Junge.«

Grandpa winkt Cass enthusiastisch zu, als würde er ein Taxi anhalten wollen, das vorbeifahren könnte. Der kommt mit den Händen in den Hosentaschen auf uns zu. Grandpa bietet Cass mit viel Brimborium einen Platz auf unserer Treppe an und inspiziert seine Blasen, dann boxt er ihm gegen die Schulter und zwinkert. »Nimm das hübsche Mädchen und geh jetzt.« Als wir gehen ruft er uns noch einen letzten Satz nach. »Selbst bei ihrem Aussehen, *eu a deixo em suas mãos.*« He-he-he.

Was war das? *Ich vertraue sie deinen Händen an?*

Oh Gott. Was ist denn aus dem Messerverkäufer geworden?

»Und du verstehst ganz bestimmt kein Wort Portugiesisch?«

»Wir müssen wirklich an unserer Begrüßung arbeiten, Gwen. *Hey, Babe* käme so viel besser.«

»Ich werde dich nicht Babe nennen. Niemals. Beantworte meine Frage.«

»Nein. Ich hab bloß mitgekriegt, dass er froh war. Puh. Dachte schon, er hätte Wind davon gekriegt« – mit einer Kopfbewegung deutet er in die Richtung, in der das Haus der Ellingtons liegt – »von dieser Henry-Ellington-Geschichte. Da hätte ich dich beinahe in Schwierigkeiten gebracht.«

Ich bin so dankbar, dass das jetzt meine Geschichte ist. Deshalb ziehe ich ihn schnell ganz fest an mich und höre, wie er verschreckt nach Luft schnappt. Auf seinem Kinn entdecke ich eine kleine Stelle, die er beim Rasieren vergessen hat, seine Wimpern sind blond am Ansatz und werden an den Spitzen dunkel. »Ich würde sagen, du bist das Risiko wert.«

»Vergiss, was ich eben gesagt habe. Deine Begrüßungen sind toll. Perfekt.«

Unsere Lippen wollen sich gerade berühren, als ich ein lautes: »Diesen Unsinn dulde ich hier nicht!«, höre. Erst jetzt wird mir klar, dass wir vor dem Garten der alten Mrs Partridge stehen. Wo auch sie steht und ungeduldig ihren Postkasten durchwühlt.

Ich will einen Schritt zurücktreten, aber Cass legt den Arm um mich und hält mich fest. »Guten Abend, Mrs Partridge.«

»Lass nur, José. So was dulde ich nicht auf einer öffentlichen Straße.«

»Nicht der passendste Ort«, räumt Cass ein. »Aber dieser Sommerabend ist so schön. Und sehen Sie sich nur dieses Mädchen an, Mrs Partridge.«

»Sieh dir dieses Mädchen woanders an«, erwidert sie giftig. Aber ein Hauch Amüsement schwingt in ihrer Stimme mit und sie zieht ohne weitere Schikanen ab.

Fasziniert schaue ich ihr hinterher. »Wie hast du das gemacht?«

»Sie ist auch nur ein Mensch. Und anscheinend irgendwie einsam«, sagt Cass. »So, wo waren wir?«

Freitags am frühen Abend fahren wir wieder mit dem Segelboot raus, ankern in Seldon's Cove und liegen da, Cass hat seinen Kopf auf ein paar Sitzkissen und eine Rettungsweste gebettet, ich meinen auf seine Brust, das Pochen seines Herzens im Ohr. Da die Bucht von zwei Landzungen C-förmig umschlossen wird, sind die Bewegungen des Wassers hier sanfter als auf dem offenen Meer, es ist, als würde man in einer riesigen Wiege geschaukelt.

Ich schließe die Augen, die Sonne glüht orangefarben durch meine Lider, ich spüre Cass' Daumen – die Haut heilt, ist aber immer noch rau –, er streicht erst an meinem einen Arm rauf und runter, dann am anderen. Es kitzelt, ich fange an, mich zu winden.

»Stillhalten, ich kartographiere dich«, sagt er ganz dicht an meinem Ohr, streicht an meinem Kiefer entlang, dann an meinen Lippen, bis zu der kleinen Delle darüber.

»Unnützes Wissen«, sage ich. »Man nennt das Philtrum.«

»Nützliches Wissen«, entgegnet Cass. »Karten gab es schon vor der geschriebenen Sprache.« Jetzt fährt er an meiner Kinnlinie entlang, unterm Ohr, dann runter und schnell wieder hinauf. Mein Kinn? Für diese Region hat sich noch nie jemand interessiert. Ich widerstehe dem Drang, seine Hand zu packen und sie an eine riskantere Stelle zu legen.

»Von Mathefreaks hab ich schon gehört, aber Kartenfreaks sind mir neu.«

»Karten sind der Schlüssel zu allem«, sagt er gedankenverloren. »Man muss sich orientieren können.« Er räuspert sich. »He, Gwen? Ich kenne diesen Typen, den, der mit Henry bei Mrs E. war. Spences Dad kauft alte Gemälde und Zeugs von ihm.«

»Ist er ein zwielichtiger Typ?«, frage ich. »Ich glaub nämlich, Henry Ellington könnte einer sein.«

Dann sprudelt die ganze Geschichte, alles, was ich beobachtet habe und zu wissen glaube, aus mir heraus.

Nur den Scheck erwähne ich nicht, der mir buchstäblich ein Loch in die Tasche brennt. Eine Redewendung, von der ich wünschte, sie wäre wahr. Wenn er sich doch einfach selbst entzünden und als Aschewolke übers Meer wehen würde, statt in der Tasche von was immer ich an diesem Tag auch getragen habe zu stecken. Denn ich hab's nicht getan, ich hab ihn nicht weggeworfen.

»Würdest du das sagen? Wenn du um ein Geheimnis wüsstest, das jemandem schaden könnte, den du magst?«

Cass runzelt die Stirn. Eine Sekunde packt er mein Kinn fester.

»Au«, sage ich überrascht.

»Oh, sorry. Krampf. Wenn ich an deiner Stelle wäre, meinst du? Bei dieser Sache?«

»Wenn Mrs E. deine Oma wäre zum Beispiel und du mitkriegen würdest, was dort vorgeht?«

Einen Moment lang guckt er an mir vorbei aufs Wasser, als ob er die Antwort in den Wellen lesen könnte. »Hm. Schwierige Frage. Ich wäre dann in einer anderen Situation, sie wäre Familie und nicht jemand, für den ich arbeite. *Steht mir nicht zu in meiner Position* und all dieser Scheiß.«

»Oho«, sage ich und lächele ihn an. »Du gibst zu, dass du eine Position hast. Seashell hat dir endlich das Gehirn gewaschen, José.«

»Das hier ist meine Position.« Er rückt seinen Kopf energisch auf dem Kissen zurecht und zieht meinen dichter zu sich. »Genau hier.«

Als wäre ich ein Ziel, das er gesucht und erreicht hat. Das X auf einer Schatzkarte. »Cass … bedeutet das … Sind wir …?«

Die Worte kommen langsam raus, nicht nur, weil das ein heißer Nachmittag ist und die Wellen uns in den Schlaf wiegen, sondern weil ich keine Ahnung habe, welche ich verwenden soll. Ich tüftele immer noch daran herum, wie ich es sagen, was ich fragen soll und hoffe, dass er meine Gedanken liest und die Leerstellen füllt.

»Wovor hat Nic Angst, Gwen?«

»Nic? Hm. Nicht viel. Warum?«

»Weil er das mit dem Schwimmtraining genauso handhabt wie du mit den Nachhilfestunden. Und ich weiß, dass ihn nicht die Angst verfolgt, meinem tödlichen Charme zu erliegen. Ich simse ihm immer wieder, doch einen Termin festzusetzen, an dem wir, er, Spence und ich endlich loslegen können. Wir müssen als Team trainieren, wir drei. Andauernd hat er Ausflüchte. Spence auch. Aber mit dem werde ich fertig. Bei Nic brauche ich deine Hilfe.«

»Für Nic ist es echt wichtig, diesen Posten als Mannschaftskapitän zu bekommen.«

»Deshalb verstehe ich ja gerade nicht, dass er abblockt. Das ist uns genauso wichtig. Nic hat kein exklusives Anrecht darauf.«

»Aber er braucht …« Hier zögere ich, stolpere über den alten Spruch. Nic braucht es mehr als du. Wenn er versagt oder scheitert, gibt es kein Sicherheitsnetz. Aber mir fällt Cass' Bruder Bill ein, der sagt, dass Cass sich anstrengen muss, dass er nicht automatisch nach Rosen riechend aus dem Schlamassel kommt.

Seine Stimme wird rauer, ist nicht mehr schläfrig. »Wo wir gerade dabei sind, was wichtig ist, und falls du nicht von selbst drauf gekommen bist: das hier ist es. Für uns. Für mich jedenfalls. Wir werden keine Blutsbrüder, dein Cousin und ich. Mein bester Freund mag ja nicht dein Fall sein. Gut. Aber keine Schicksalswende mehr – nicht für dich und mich.«

Diesen Satz sagt er so kraftvoll, dass ich ein bisschen verblüfft bin. Als ich nicht sofort reagiere, setzt er sich auf und schaut mir in die Augen. »Was ist?«

»Dann sind wir also …?« *Befreundet? Ein Paar? Zusammen?* »Dann sind wir jetzt zusammen? Also, nicht so, dass du mich deiner Familie vorstellen müsstest oder …«

Cass stöhnt. »Sind alle Inselmädchen so verrückt oder habe ich einfach das große Los gezogen?«

Ich seufze. »Na, du weißt ja. Wir Picknickkörbe.«

»Gwen! Was ich jetzt sage, meine ich auf die netteste Art, die nur möglich ist: Du wirst nie ein Picknick sein. Und das ist eins der Dinge, die ich lie…« Er bricht ab, holt Luft und fängt noch mal von vorn an: »Können wir die ganze Picknickkorbsache nicht zu den Hummern legen? Fürs Protokoll, um es ganz klar zu sagen: wir sind hier auf dem richtigen Weg.«

»Sagt der Mann mit den Karten.«

Er schüttelt den Kopf, steht auf und lehnt sich an die Reling, und stülpt erst eine Hosentasche um, dann die andere, und dann streckt er mir die blanken Handflächen entgegen. »Keine Karte. Weißt du, was das heißt? Brauchst du eine Interpretationshilfe? Du bist meine Freundin, nicht mein Picknickkorb oder sonst was bekloppt Metaphorisches.«

Das alles sagt er in einem sicheren, vernünftigen Ton.

Nach einiger Zeit ergänzt er: »Also … falls ich denn nicht dein Picknickkorb bin.«

Ich lache. Aber er lächelt nicht mal. Er scheint auf etwas zu warten. Und ich weiß nicht, auf was. Oder wie ich es ihm geben kann. Stattdessen sage ich leichthin: »In meinen Augen bist du eher so was wie ein Dockside Delight.« Ich rutsche zu ihm rüber, lehne mich an ihn und lege meine Hand auf sein Herz. Wenn sich doch so übertragen ließe, was ich fühle, ohne dass man es erst in Worte wickeln muss.

Auf dem Heimweg nach dem Segeln reden wir nicht viel. Ich gähne, es war ein langer Tag in der Sonne und am Wasser. Er gähnt auch. Wir halten uns an den Händen. Perfekt, dieses Gefühl.

Erst als ich zu Hause bin und mich in der Außendusche abschrubbe, geht mir auf, dass er mir die Antwort auf die Frage nach der richtigen Handlungsweise schuldig geblieben ist.

Kapitel dreiunddreißig

Spence und Cass sind noch auf dem Weg rüber nach Sandy Claw, aber Nic hat mit dem Schwimmtraining schon angefangen. Er arbeitet an der Haltung seiner Ellbogen vor dem Durchziehen, wofür er mit geballten Fäusten schwimmen muss. Er hat die Augen fest geschlossen, was ihn höchst konzentriert wirken lässt.

Der Himmel ist wahnsinnig blau, leuchtender kann der Sommer nicht sein. Sonne glitzert auf den Wellen, am Horizont tanzen helle Spinnaker, alle möglichen Boote jeder Größe gleiten auf einem Meer dahin, das groß genug für sie alle ist. Während ich zu Nic rausblinzele, rutscht Viv auf den Platz neben mir, ihr dunkles Haar weht heute offen im Wind, sie trägt keine ihrer üblichen straffen Frisuren. Seite an Seite baumeln unsere Beine über dem Wasser, wie in alten Zeiten. »Das vergisst er nie«, sagt sie und berührt den Haufen flacher Steine neben dem Poller. »Dieser Nic.«

»Er hat nach dir Ausschau gehalten und wollte seine Küsse einfordern, ehe er losgelegt hat.«

Sie wirft schnell einen Blick raus aufs Wasser, dann beginnt sie am Nagel ihres Ringfingers zu kratzen, auf den sie eine kleine Blume gemalt hat. »Fandest du Nic in letzter Zeit … so wie sonst?«

Nic und Viv gegenüber habe ich mich nie neutral verhalten und Grenzen respektieren müssen. Als wir jünger waren, haben wir uns *alles* erzählt. Als sie ein Paar wurden, gab es unterschiedliche Erzählweisen, das, was mir Nic und das, was mir Viv erzählt hat, doch es handelte sich immer um dieselbe Geschichte. Jetzt …

Nie hätte ich gedacht, mal Verrenkungen unternehmen zu müssen, weil ich nicht weiß, welche Wahrheit ich erzählen soll. Dass die Geschichten-anderer-Leute-Regel mal für uns drei gelten würde, hätte ich nie für möglich gehalten. Wir *sind* unsere Geschichten.

»Angespannt«, sage ich schließlich. »Dir gegenüber auch? Ich dachte, er wäre zu mir vielleicht komisch, weil … na, weil ich mit Cass zusammen bin. Hat er darüber mit dir gesprochen?«

Sie zuckt die Achseln, kaut an ihrer Lippe, weiß nicht, zu wem sie halten soll.

»Mit Cass ist er total macho-macho und rühr bloß meine Cousine nicht an …«, sage ich, spreche aber nicht weiter, damit sie redet.

»Ja, ja«, Viv seufzt. »In letzter Zeit ist er ziemlich testosteronlastig.«

Ich warte darauf, dass sie darüber den Witz macht, dass sie dagegen nichts hat, stattdessen fragt sie aber: »Glaubst du, er … nimmt was?«

»Meinst du Drogen? Steroide etwa? Gott, nein. Das ist Nic, der würde niemals …«

Das kann es nicht sein, das weiß ich. Aber … so launisch, wie Nic war, dieses Finstere, seine Besessenheit beim Krafttraining, die Spannungen zwischen ihm und Dad … Nein. Er würde sowas nicht machen.

Vivien guckt mich nicht an, ihr Blick ist aufs Wasser gerichtet, auf Nic. Der hat sich jetzt gedreht und trainiert Rückenschwimmen, seine Technik ist derart perfekt, dass sie fast schon mechanisch wirkt, wie bei Ems Taucher-Supermann zum Aufziehen fürs Badewasser.

»Er würde das nie machen«, wiederhole ich. »Das weißt du doch. Du kennst ihn. Besser als irgendjemand sonst.«

Ich ziehe an ihrer Hand, damit sie mich wieder anschaut. Dann wird mir klar, dass das so wirkt, als würde ich bei ihr die Bestätigung suchen, die ich ihr doch eigentlich geben sollte. Ich lege den Arm um sie und schüttele sie ein bisschen. »Nico nimmt nicht mal Aspirin.«

Sie hat einen der Steine in die Hand genommen und betrachtet ihn, dreht ihn von einer Seite zur anderen. Immer wieder. Dunkelorange, von zahllosen Wellen rund geschliffen, voller Löcher. Ein Stück Ziegel. Wahrscheinlich von den Stufen eines Hauses, das unvorsichtigerweise am Strand von Sandy Claw gebaut worden war und vor langer Zeit von einem längst vergessenen Sturm ins Meer gerissen wurde. »Du hast Recht. Puh. Beachte mich gar nicht. Al hat den Zuschlag für irgendeine politische Veranstaltung gekriegt und hat mich den ganzen Tag fertiggemacht. Ich hab Nic immer wieder angerufen, weil ich reden wollte, bin aber jedes Mal sofort auf der Mailbox gelandet. Ich dachte, dass er vielleicht … keine Ahnung. Dass er es mit mir vielleicht genauso macht wie mit deinem Dad. Mike hat ihn neulich angerufen, als Nico mir geholfen hat, die Sachen für ein Muschelessen zusammenzupacken. Da hat er bloß aufs Telefon geguckt, und ihn einfach ignoriert. Vielleicht bin ich nur paranoid.«

»Tja, Dad …« Ich schüttele den Kopf. »Redet ihr beiden darüber?«

Vivs schöne grüne Augen sind traurig. »Nicht viel.«

Ich strecke den kleinen Finger und hake ihn um ihren. »Wenigstens ist mit uns alles okay. Oder?«

Sie schlingt ihren kleinen Finger noch fester um meinen und zieht. Noch immer starrt sie aufs Wasser. »Ja.«

»Viv. Guck mich an.«

Sofort dreht sie sich zu mir und liefert eine einigermaßen gelungene Version ihres üblichen strahlenden Lächelns. »Alles in Butter.«

Ich nehme einen der Hüpfsteine und lasse ihn von einer Hand zur anderen wandern. Der Glimmer darin glitzert in der Sonne. Ich hole aus und schleudere ihn aufs Meer hinaus. Ein Mal, zwei Mal ... er hüpft bis sieben, berührt die Wasseroberfläche nur ganz leicht, und fliegt, fliegt weit, so weit, weiter habe ich noch nie geworfen.

Viv stupst mich mit ihrer mageren braunen Schulter an. »Tauscht du das jetzt in Küsse ein? Komm schon, Babe. Ich will wissen, wie viel du von Cass Somers gelernt hast.«

Ich verdrehe die Augen. »Ist dir schon mal der Gedanke gekommen, dass er von mir lernen könnte?«

Jemand räuspert sich, und – na toll – da stehen Cass und Spence. Cass hat seine entschlossene Miene aufgesetzt und Spences Gesichtsausdruck ist auch nicht leichter zu ergründen. Wie zum Teufel haben sie so nah herankommen können, ohne dass wir es mitgekriegt haben? Nic klettert die Leiter hoch aus dem Wasser, schüttelt sich und lässt Tröpfchen spritzen wie Fabio nach einem Bad.

Spence: »Bist du uns einen Sprung voraus, Cruz? Machst du ja gern, hab ich gehört. Verschafft dir ein paar Sekunden Vorteil. Dafür tust du ja alles.«

Nic (trocken): »Bin wohl einfach engagierter.«

Cass (neutral): »Wie viele Drills hast du schon gemacht?«

Nic (achselzuckend, als ob er so fit wäre, dass es keine Rolle spielt): »Einige.«

Cass: »Dann machen wir noch ein paar mehr.« (Blick zu Spence rüber) »Was meinst du, Chan, Crossovers? Oder den Ein-Arm-Drill?«

Spence: »Ein-Arm, Cruz hat das Problem, zu steil einzutauchen … deshalb zieht's ihn nach unten anstatt nach vorn und bremst seinen Schwung, was das ganze Team schlechter abschneiden lässt.«

Ist schon eindrucksvoll, wie sie selbst ein Gespräch über Übungstechniken als Beleidigung rüberbringen.

»Jungs«, sagt Vivien zu mir. So laut, dass die drei es hören können. »Haben wir ein Glück, dass wir nicht männlich sind, Gwen.«

»Wenigstens zwei von uns dreien geben dir da Recht, Vivien«, sagt Spence aalglatt und zwinkert ihr zu.

Viv schaut in Nics ziemlich wütendes Gesicht und macht eine scheuchende Armbewegung Richtung Wasser, dann klatscht sie energisch in die Hände. »Nun mal los, Jungs, ich glaube, ihr müsst euch alle abkühlen.«

»Moment mal«, sagt Cass zu den anderen beiden. Er nimmt meine Hand und zieht mich rüber auf die andere Seite des Piers, außer Hörweite der anderen, dort beugt er sich runter zu meinem Ohr: »Lass uns beschließen, dass es fifty fifty steht mit dem *Wer was von wem lernt*. Du kannst mich auf anderen Gebieten schlagen.«

Ich lächele. »Beim Heckeschneiden?«

»Wäre nicht meine erste Wahl.«

»Nun komm, Romeo«, ruft Spence. »Vivien hat's geblickt.

Wir müssen jetzt alle locker lassen und die Sache durchziehen.«

»Sprich für dich selbst«, sagt Nic.

»Tu ich, Cruz«, sagt er. »Immer.«

Viv rappelt sich hoch und ich bin an ihrer Seite. Wenigstens haben wir uns die Fähigkeit bewahrt, gegenseitig unsere Gedanken lesen zu können. Sie legt Nic eine beruhigende Hand auf den Rücken und ich Spence, dann stellt Cass sich neben uns und Viv und ich schubsen alle drei auf einmal ins Wasser. Ich lache. Aber Viv rudert mit den Armen, sie steht zu nah am Rand, ihre Augen sind weit aufgerissen. Sie packt mich – ich zucke zusammen – und wir kippen beide ineinander verkrallt über die Kante und landen bei den Jungs im Wasser. Planschend und prustend bilden wir ein Knäuel aus nassen Körpern, die man erst zuordnen kann, wenn man das lachende Gesicht dazu sieht.

Kapitel vierunddreißig

»Ist doch viel zu schön, um wieder rein zu gehen«, sagt Avis King energisch. »Ich schlage vor, wir halten unsere Vorlesestunde am Strand ab und nicht auf einer stickigen Veranda.«

Im Chor stimmen die Damen zu, obwohl man die Veranda der Ellingtons wohl kaum als stickig bezeichnen kann.

»Ich persönlich bin ganz dafür, rebellisch zu sein und meinen Mittagsschlaf heute auszulassen. Ich muss schon sagen, Henry ist zimperlicher als ein altes Weib. Gestern Abend hat er angerufen und darauf bestanden, dass ich von eins bis drei ruhe. Es gefällt mir nicht, drangsaliert zu werden«, sagt Mrs Ellington verärgert.

Da wir aber keinen Lesestoff mit an den Strand genommen haben, werde ich zum Haus zurückgeschickt, um *Die sinnlichen Sünden der Lady Sarah* zu holen.

Als ich dort ankomme, erstaunt es mich wenig, Henrys Auto in der Auffahrt stehen zu sehen.

Ich stoße die Fliegentür auf und eine Welle der Mattigkeit überrollt mich, dann steigt Wut in mir hoch. *Die Geschichten anderer Leute*, sage ich mir.

Die Tür schlägt hinter mir zu, ich rufe: »Hallo!« Genauso wie ich es mir beim Heimkommen angewöhnt habe, für den

Fall, dass Nic und Viv allein sein könnten. *Hallo. Ich bin hier. Eine Zeugin. Lasst euch nicht von mir erwischen.*

Erschreckt dreht Henry Ellington sich an der Küchenspüle um, wo er ein Glas Wasser trinkt. Er sieht nicht gut aus. Seine Haut ist blass, beinahe grau, und auf seiner Stirn glänzt ein Schweißfilm.

Über den Küchentisch verteilt stehen Silberschalen und all diese komplizierten Teile des Teeservices und kleine Tassen mit eingravierten Initialen, an denen silberne Bären hochklettern. Im Laufe des Sommers sind sie mehr für mich geworden als Sachen, die man abwaschen und polieren muss. Ich kenne ihre Geschichten. Der Zuckerstreuer, den Mrs Ellingtons Vater für den French Toast benutzt hat, wenn die Köchin ihren freien Tag hatte – das war nämlich das Einzige, was er für Mrs E. und ihre Brüder zubereiten konnte. Die Aschenbecher, die sie und der Käpten in den Londoner Antiquitätenhändlern erworben haben. »Sie waren einfach so entzückend. Keiner von uns rauchte, aber sieh sie dir nur an.« Die Traubenscheren. »Zur Hochzeit haben wir fünf davon bekommen, liebe Gwen. Mir gefiel es, dass alle, die auf unserer Hochzeit getanzt haben, sich vorstellten, wir würden Trauben über unseren Münder baumeln lassen wie griechische Götter.«

So viele besondere Augenblicke aus Mrs E.s Leben sind auf dem Tisch ausgelegt wie die Fische bei Fillerman. Ich frage mich, ob Henry die Geschichten überhaupt kennt. Und falls er sie kennt … wie kann er die Sachen dann verkaufen wollen?

»Guinevere? Wo ist Mutter?« Er zieht die Augenbrauen zusammen, richtet sich auf, so als ob er sich größer machen müsste. »Ich hatte angenommen, sie würde Mittagsschlaf halten, aber ich habe weder sie noch dich entdecken können.«

»Unten in Abenaki mit den Damen«, sage ich. Gott, bin ich plötzlich müde. Ich könnte mich auf den blauen Emaillehocker setzen, den Kopf auf die Arme legen und einfach einschlafen. Nur müsste ich erst das Silber zur Seite räumen.

»Du hast meine fast neunzigjährige Mutter am Strand zurückgelassen. Mit einem Haufen Achtzigjähriger, die auf sie achten sollen. Und das hältst du für eine verantwortungsbewusste Entscheidung?«

Er linst jetzt über den Rand seiner Lesebrille hinweg, schaut buchstäblich auf mich herab.

Erst als ich die Hand in die Tasche meines Jeansrocks stecke und das Papier knistern höre, fällt mir wieder ein, was das ist. Dad hatte in letzter Zeit jede Menge Wäsche zu waschen und ich hatte nur noch diesen einen sauberen Rock. Als ich mich heute Morgen angezogen habe, gab es keine andere Auswahl.

Ich hole den Scheck hervor, den Henry Ellington mir gegeben hat und halte ihn so, dass er nicht zu sehen ist.

Ich habe ihn genommen, an dem Tag, als Henry ihn mir gegeben hat. Ich muss nicht noch mal auf den Betrag schauen, den er mit blauem Kugelschreiber daraufgekritzelt hat. Ich habe ihn nicht eingelöst. Aber zerrissen habe ich ihn auch nicht. Ich habe ihn nicht weggeworfen.

»Kannst du mir eine Antwort geben, Guinevere?«, fragt er.

Gestern Abend habe ich Mom endlich gefragt, warum sie mich Guinevere genannt hat – nach einer Frau, die niemand bewundert. Wir haben auf der Veranda Eis gegessen, den Löffel hoch über unseren Köpfen hin und her gereicht, damit die Zunge des hoffnungsvoll lauernden Fabios ihn nicht erreicht.

»Das fragst du, Gwen, mein Schatz? Ich mochte sie immer. Sie war nicht so ein flennendes Häufchen Elend wie diese Elaine. Nicht hilflos, sie hat nicht verlangt, von jemandem gerettet zu werden. Sie wusste, dass sie alle beide liebte. Den Ehrenhaften und den Heldenhaften. Arthur und Lancelot. Ich fand immer, dass sie der Star ihrer eigenen Geschichte war. Wenigstens wusste sie, was wirklich vorging.«

Was ich natürlich auch tue.

Also, ja, ich kann ihm eine Antwort geben.

Ich streiche den Scheck auf dem Küchentisch glatt, neben den Fischmessern, den silbernen Aschenbechern. All den Geschichten. Henry Ellington schaut drauf, sein Gesicht zeigt keine Regung.

Sie hat echt zu viel von allem und ist kurz vorm Durchdrehen – an dem Tag, an dem Dad diese Bemerkung gemacht hat, hätte ich nie gedacht, dass sie mal auf mich zutreffen könnte – und schon gar nicht so wie jetzt gerade.

Ich hole Luft.

»Mr Ellington«, sage ich. »Sie haben gesagt, Sie würden mir das hier geben, weil ich ein kleines Extra verdient hätte. Ich glaube nicht, dass Sie das auch so gemeint haben. Ich glaube nicht, dass Sie meine Arbeitsmoral bewundern oder meine Dienste wertschätzen. Ich glaube, Sie erwarten Stillschweigen von mir.«

Sein Gesicht zerknautscht, für einen Augenblick ziehen sich alle Falten zusammen und erstarren. Dann streckt er die Hand aus, als wären meine Worte Straßenverkehr, den er aufhalten möchte. »Ich glaube, du verstehst meine Position hier nicht, Guinevere. Ich beschütze meine Mutter. Eine hilflose alte Frau.«

Hilflose alte Frau – von wegen!

»Mr Ellington.« Ich schließe die Augen, hole noch mal tief Luft, bevor ich sie wieder aufschlage. »Will sie wirklich, braucht sie wirklich … Ihren *Schutz?*« Mit den Fingern setzte ich das Wort in Anführungszeichen.

Henrys Gesicht läuft scharlachrot an. »Es ist meine Aufgabe«, sagt er. »Meine Mutter ist gebrechlich. Nicht im vollen Besitz ihrer …« Er wirft schnell einen Blick aus dem Fenster, als ob er sichergehen will, dass uns ja keiner hört, auch wenn er die Stimme erhebt. »Verdammt, warum muss ich *dir* das erklären? Mutter wird älter, die Zeiten haben sich geändert, und für die Realität hat sie nichts übrig. Wenn sie geht, werde ich mich um den ganzen Nachlass zu kümmern haben, all ihre Versprechen, ihre Ehrenschulden, die keine Rolle mehr spielen. Ihre besonderen Zuwendungen für Schulen, die sie seit siebzig Jahren nicht mehr besucht hat, für Leute wie Beth McHenry, die das Haus geputzt haben – das Haus geputzt, Toiletten geschrubbt und die Laken gewechselt haben, während ich die ganze Zeit gearbeitet habe, um dieses Sommerhaus zu unterhalten.« *Sommerhaus* klingt bei ihm wie ein Fluch. »Ein Ort, den ich nur selten Gelegenheit habe zu besuchen, ein Lebensstil, der völlig überholt ist. Gartenboys und Nachtschwestern und Aushilfen, Küchen- und Putzfrauen, du, und diese verdammt teure Party am Ende des Sommers, die sie immer gibt. Ihre Finanzen, unsere gesamten Finanzen, liegen im Argen. Aber erzähl das mal meiner Mutter! Sie hat ja noch nie auch nur ein Scheckbuch führen müssen!«

Er geht rüber an die Bar und spritzt sich eine bernsteinfarbene Flüssigkeit in ein Glas, dann holt er sich Eis aus dem Gefrierschrank. Statt sich die Zeit zu nehmen die Stücke mit diesem kleinen Hammerdings zu zertrümmern, schmettert er sie einfach in die Spüle, fischt sich die zerbrochenen Teile raus und lässt sie ins Glas fallen. Dann legt er den Kopf in den Nacken und schluckt.

»Dieses ganze … Drama würde sie nur aufregen«, murmelt er.

Reg deine Mutter nicht auf. Das war Dads Refrain in jenem Sommer mit Vovó.

»Ich kann es ihr nicht sagen«, wiederholt er.

Kann nicht. Will nicht. Trau mich nicht?

Alle drei sind alte Bekannte.

»Haben Sie es versucht?« Die Worte bleiben mir fast im Hals stecken, es ist so schwer, sie über die Lippen zu bringen. Nur ein Job. Steht mir nicht zu. Aber …

Er antwortet nicht, nimmt noch einen Schluck.

Sehr langes Schweigen.

Über den Rand seines Glases hinweg beobachtet er mich. Und ich starre auf den Scheck. Lege meine Finger drauf, schiebe ihn über den Tisch wie eine Serviette, so als würde ich nur meine Arbeit machen.

»Bin ich gefeuert, Mr Ellington? Wenn nicht, muss ich nämlich schnell wieder zurück an den Strand.«

Mrs E. hat die Vernachlässigung überlebt. Sie und die Damen haben sich auf ihre Strandstühle niedergelassen und schauen mit beängstigendem Wohlgefallen zu, wie Cass den Strand harkt.

Sie bilden einen Kreis, die Handtücher haben sie sich um die Schultern gelegt, kurzes graues Haar, dauergewellte weiße

Haare, lange Zöpfe, die zum Knoten hochgesteckt werden sollten, Frisuren, die schon seit Generationen nicht mehr in Mode sind.

»Wenn ich dreißig Jahre jünger wäre …« Avis King nickt anerkennend, als Cass mit Schwung Seetang ins hohe Gras wirft.

Die große Mrs McCloud wirft ihr einen Blick zu.

»Gut. Vierzig«, räumt sie ein. »Ist das dein Junge, Gwen? Er ist so süß.«

Süß. Das passt eher zu einem flauschigen Miezekätzchen, ohne Zähne und Krallen – nicht zu Cass und all diesen Gefühlen. Er schaut kurz zu mir rüber, erwischt mich beim Gucken, grinst wissend und harkt weiter.

»Einfach süß«, seufzt Mrs Cole. »Junge, Junge.«

»Heute Abend ist Lagerfeuer am Strand, habe ich gehört«, sagt Avis King. »Ist es nicht schön, dass es die immer noch gibt? Erinnert ihr euch noch an unsere? Oh, dieser Ben Cruz. Mit diesen wunderbaren Schultern. Immer so braun. Und diese abgeschnittenen Hosen.«

Okay, *das* ist verstörend. Ich glaube, sie spricht gerade von meinem Großvater in der Rolle des heißen Gartenboys.

»Er hat die Hummer besorgt. Und wer hat noch das Brot aus dieser portugiesischen Bäckerei in der Stadt geholt? Zehn Laibe für jeden? Wir haben sie an Stöcken geröstet und in Butter getunkt.«

»Glaucia«, sagt Beth McHenry. »Sie war die erste von uns, die einen Führerschein hatte. Wisst ihr noch? Sie ist immer in diesem alten grauen Pick-up rumgedüst, hat Kartoffeln und portugiesische Würste und Malasadas von Pedrinho mit auf die Insel gebracht.«

Mrs Cole nickt: »Für die Baisers hatte ich immer eine besondere Schwäche.«

»Erinnert ihr euch noch daran, wie wir das Volleyballnetz mit winzigen Weihnachtslichtern geschmückt haben?«

»Labor Day », sagt Mrs E., »die letzte Party des Sommers. Wir beschlossen alle, uns weiß zu kleiden, weil man damals nach dem Labor Day kein Weiß mehr tragen sollte. Es war unser finaler Triumph. Unsere große Rebellion.«

»Die Jungs trugen ihre weißen Jacketts. Wenn sie so was hatten«, erinnert sich die große Mrs McCloud. »Arthur hatte zu viele, er hat sie an Ben und Matthias verliehen und andere, die eines brauchten. Seine hellen Schuhe hat er auch verliehen. Aber damals liefen viele barfuß. Das kam uns so rebellisch vor.«

»Wir haben in unseren langen Röcken Volleyball gespielt«, sagt Avis King. »Ich hab Malcolm völlig fertig gemacht. Später an diesem Abend hat er mir einen Heiratsantrag gemacht.«

»Ist es damals leichter gewesen?«, fragt Mrs Ellington. »Ich glaube schon. Unsere Revolten waren so viel kleiner. Unsere Fragen so viel leichter zu beantworten. Es gab Regeln für alles. *Darf ich dich nach deiner Europareise aufsuchen?* So wusste ich, dass dem Käpten an mir lag. Ich glaube, das lässt sich nicht in eine SMS übertragen.«

Sie debattieren hin und her. Ob die Party am Labor Day eines der Rituale bleiben sollte, an denen man festhält. Oder ob die Zeiten dafür vorüber sind.

»Wir könnten es noch mal machen«, sagt Mrs Cole. »Wir sind jetzt das Unterhaltungskomitee im Club. Es gibt keine Regel, die uns das untersagt. Nun ja, wenigstens keine von den Regeln, die wir früher hatten.«

Aus der Ferne, aus Filmen kenne ich diese Regeln auch, weiße Schnürschuhe und Blazer, kein Weiß nach dem Labor Day, dies trägt man dazu, geh mit diesem guten Mädchen, nicht mit der da. Ein strenger sozialer Regelkatalog, der damals strikt eingehalten wurde, weil alle dachten, dass es darauf ankäme.

So was gibt es aber immer noch. Nur geht es nicht so sehr um unsere Kleidung, sondern eher darum, wie wir uns benehmen und was wir tun.

Andere Sitten, Rituale, Regeln. Neue wichtige Dinge, nur unausgesprochen.

Wird Henry seiner Mutter etwas sagen? Wichtiger noch: werde ich es tun?

Kapitel fünfunddreißig

Heute Abend ist Lagerfeuer am Strand

Schon als Cass uns den Hügel runterfährt, sehe ich Funken aufsteigen, verglühen und mit dem dunkler werdenden Sommerhimmel verschmelzen. Dom D'Ofrio übertreibt es immer mit dem Anfeuern. Die Flammensäule schießt fast drei Meter hoch.

»Das sieht aus, als wollte man den Druiden Opfer bringen – und nicht Marshmallows rösten«, sagt Cass. Wir nähern uns dem Strand, die Sonne sinkt in Lila und Orange über dem tief grünen Meer.

Zu meiner Überraschung hing Spence maulend auf dem Rücksitz, als Cass mich abholte.

»Er hatte einen schlechten Tag. Das könnte ihn aufheitern, dachte ich. Macht's dir was aus?«, flüsterte Cass.

»Yo, Castle«, sagt Spence jetzt, die lustlose Variation seiner üblichen Dreistigkeit. »Hat Sundance dich schon erobert?«

»Sei nicht so ein Arsch«, sagt Cass gelassen.

»Das kann ich aber am besten«, erwidert Spence, dann steckt er den Kopf aus dem Fenster und lässt die Landschaft auf sich wirken.

Bei diesem Lagerfeuer sind mehr Leute als beim ersten des Sommers. Die Kids der Sommergäste haben es entdeckt und wimmeln herum, vorwiegend im Pulk, doch manchmal wagen sie sich zu anderen Grüppchen vor, setzen sich und testen die Möglichkeiten aus. Pam und Shaunee haben sich neben Sophie Tucker niedergelassen, die Urenkelin der alten Mrs P.. Manny gibt Audrey Partridge Feuer, eine hübsche blonde Cousine aus dem Haus, das die Robinsons gemietet hatten. Jemand hat einen Grill hergeschleppt und jetzt kippt Dom auch noch begeistert Anzünderflüssigkeit auf die Holzkohle.

Cass parkt rückwärts an einer Stelle ein, wo der Sand nicht so tief ist. Wir steigen alle aus.

Viv steht am Wasser. Die Arme um den Oberkörper geschlungen schaut sie zu den weit draußen gelegenen Inseln, ihr Pferdeschwanz wippt im Wind. Heute ist der Himmel so klar, dass man glaubt, man brauche nur den Arm ausstrecken, um ihn zu berühren. Viv dreht sich nicht um, sie sieht mich nicht. Manny geht zu ihr, stupst mit dem Ellenbogen gegen ihre Schulter und reicht ihr einen roten Plastikbecher mit der typischen Hau-mich-aus-den-Socken-Mixtur. Er stapft den Strand wieder hoch, entdeckt uns, guckt ein bisschen schief, als er sieht, dass Cass den Arm um meine Schulter gelegt hat. »Schönes Hemd«, murmelt er im Vorbeigehen.

Es ist eins von Cass' Oberhemden, locker und in der Taille geknotet, ein bisschen Bauch blitzt über meinen hochgekrempelten Jeans. Kein Look, den ich vorher schon mal ausprobiert hätte.

Wenn ich mich recht erinnere, war Manny derjenige gewesen, der den neuen Gartenboy Cass als einen von uns auf der Insel willkommen geheißen hatte. Warum sollte ich das nicht auch dürfen?

Ich gehe rüber zur Kühltasche, hole mir ein Bier, auf das ich keine Lust habe. Von Nic oder Hoop keine Spur.

»Wer ist der kleine Dicke, Sundance?«

»Manny. Guter Typ. Entspann dich, Spence.« Cass nimmt meine Hand: »Lass dich nicht von ihm nerven. Seine Laune ist heute grottenschlecht.«

»Ihr beiden seid so süß zusammen«, bemerkt Spence unerwartet. Und es klingt merkwürdig aufrichtig. »So ekelerregend das auch ist.«

Ich flüstere: »Ist er betrunken?«

Cass schüttelt den Kopf. »Das ist es nicht.«

»Ich tu mir leid, Castle. Nun mach schon, Sundance. Servier mich ab. Geh wieder zurück nach Hodges.«

»So einer bin ich nicht«, sagt Cass betont energisch – will er Spence überzeugen? Oder sich selbst? »Vergiss es für heute Abend. Lass uns 'nen lockren Abend haben.«

Eine Zeitlang läuft das mit dem Lockernehmen ziemlich gut. Pam hat die Musik aufgedreht, ein guter Mix aus Alt und Neu. Die Nacht ist warm, der Himmel voller Gold, das die Wolken umrahmt, ein rosiges Licht fällt aufs Wasser. Die Holzkohle glüht und der süße, verbrannte Geruch steigt uns in die Nasen.

Cass und ich geben Ketchup und Senf auf unsere Hot Dogs. Da entdecke ich Nic, der auf dem Pfad steht, der vom Parkplatz an den Strand runterführt. Die Hände in den Hosentaschen geballt, starrt er uns an. Hoop steht hinter ihm, ein kleiner, schlecht gekleideter, wütender Schatten.

Nic ist weiß im Gesicht und wirkt aufgewühlt, seine Miene ist starr, wütend, so als würde er zusehen, wie sein schlimmster Alptraum Wirklichkeit wird.

»Yo, Trouble auf Zwölf Uhr«, sagt Spence zu Cass und

quetscht die Senftube über seinem Hot Dog so heftig, dass der Inhalt in den Sand spritzt.

»Mach es nicht noch schlimmer«, sagt Cass und drückt Spence eine Serviette in die Hand.

Aber schlimmer wird es ganz von selbst.

Es fängt damit an, dass Nic langsam und rhythmisch in die Hände klatscht, klapp, klapp. Auf die Art, die jedem auf die Nerven gehen muss. »Gute Arbeit, Jungs. Kapitän und Vizekapitän, beide Posten eingeheimst. Wie nennt man das doch gleich? Ein Coup? Toller Coup.«

Cass sagt nichts, er konzentriert sich auf sein Hotdog. Spence ist auch still.

Mit vorgerecktem Kinn kommt Nic rüber. »Toller Coup«, wiederholt er.

»Du kapierst es nicht, Mann«, sagt Cass nur.

»Nein?«, sagt Nic.

»Nein. Das hat nichts mit Bevorzugung zu tun«, fängt Cass an. Dann kommt Vivie. Cass wirft ihr einen Blick zu und sieht dann Nic wieder an. »In den letzten Monaten, im ganzen letzten Jahr ging es in den Trainingseinheiten immer nur um dich, Nicolas Cruz. Von Teamwork keine Spur. Du scheinst gar nicht zu wissen, was das ist. Wenn du es verdient hättest, Kapitän oder Vizekapitän zu werden, dann würdest du hinter uns stehen. Und dich nicht so aufführen.«

»Das ist doch Quatsch«, sagt Nic. »Wir wissen doch alle, dass es im Team ums Ego geht. Ihr schwimmt ja nicht, damit *ich* gut dastehe. Wir sind alle drauf aus. Ich spreche es einfach nur aus: *Ich* brauch den Job, Somers. Du nicht. Und Channing? Vergiss es.«

»Sollen wir jetzt Mitleid mit dir haben? Hab ich. Sundance auch«, sagt Spence. »Denn diese West-Side-Story-Kacke, mit diesem *wir* gegen *euch* und deine beschissene Einstellung ist es, die dir im Weg ist, Cruz. Nicht mehr und nicht weniger.«

»*Du* hältst mir Vorträge?«, brüllt Nick. »Du sagst mir, dass ich verdammt noch mal mit dem zufrieden sein soll, was ich hab? Das ist der Hammer. Du bist es doch, der *alles* mitnehmen muss.«

Viv presst die Hand auf den Mund. Mit straffen Schultern macht Spence einen Schritt vor. Cass packt ihn am Arm.

Dom, Pam, Shaunee, Manny kommen vom Feuer rüber, in Habachtstellung. Hooper nimmt hinter Nic so ungefähr dieselbe Haltung ein wie Cass hinter Spence, nur ohne ihn zu berühren. Seine Hand ist lediglich beschwichtigend erhoben. Oder er weiß einfach nicht genau, was er tun soll.

»Sei doch wenigstens ehrlich zu dir selbst. Ich hab dir nichts weggenommen, das du verdient hast, auch, wenn du das glaubst«, sagt Spence ruhig. Cass zieht ihn mit einem kleinen Ruck zurück und zerrt ihn zur Seite.

»Hör auf, Spence«, sagt er.

Doch Spence macht noch einen Schritt vor und windet sich aus Cass' Griff. »Nichts davon hast du verdient«, wiederholt er. »Nichts, überhaupt nichts. Sie auch nicht.«

Nics Faust schießt so schnell vor, dass alles verschwimmt, Spences Kopf fliegt nach links. Er taumelt eine Sekunde lang. Wir sehen ihn stolpern, wie in einem surrealen, in Zeitlupe gedrehten Film. Nic stürzt nach vorn, mit loderndem Blick. Bereit, noch mal zuzuschlagen. Cass geht dazwischen, wehrt Nic ab, packt Spence fest am Arm und reiß ihn zurück.

Vivien stürzt an mir vorbei, ich will sie packen, sie soll Nic nicht in die Quere kommen. Er scheint völlig neben sich zu stehen. Doch statt zu ihm zu eilen, wischt sie mit der einen Hand das Blut weg, das Spence aus der Nase quillt, während sie mit der anderen seinen Kopf hält.

Nic starrt sie an und blinzelt, so als wäre er eben erst wach geworden.

»Mir geht's gut, mach dir um mich keine Sorgen«, versichert Spence Vivien.

Spence? Vivien?

»Du bist verletzt«, sagt sie. Ihre Stimme bricht.

»Fleischwunde«, sagt Spence. Und er lächelt sie auf eine Art an, die ich von Spence überhaupt nicht kenne. »Nein. Gott, Viv. Nicht weinen. Bitte. Du weißt, dass mich das fertig macht.«

Hooper und ich glotzen die beiden mit offenem Mund an, ebenso wie die meisten anderen.

»Ja«, sagt Nic. »Das ist einfach … einfach … ach … scheiß drauf.«

Er dreht sich um, reibt sich die Augen mit den Handballen und geht davon.

»Heilige Scheiße«, sagt Hoop.

»Lauf ihm hinterher, Gwen«, ruft Vivien, die noch immer Blut wegwischt. Sie weint. Wegen Nic? Wegen Spence? Dass ich nicht weiß, um wen, macht mich fuchsteufelswild.

»Ich? Was ist denn mit dir? Und dir, Spence? Was war das eben? Reicht es nicht, dass er deinetwegen nicht Kapitän geworden ist? Musstest du dich auch noch an seine Freundin ranmachen?«

»Das hier ist nicht so, Gwen«, sagt Cass. Spence starrt nur vor sich hin.

»*Das hier*? Und du hast *davon* gewusst? Wann hattest du denn vor, es mir zu erzählen? Gar nicht? Was ist denn aus: *Ich werde dich nicht anlügen, Gwen* geworden?«

Er wühlt mit der Hand in seinen Haaren herum wie nach der Sache im Bronco.

Schuldgefühle.

Viv weint immer noch. Spence wischt mit dem Handrücken das Blut weg, das weiterhin aus seiner Nase tropft. Hoop nuschelt: »Ich brauch noch Bier, sonst pack ich das nicht.« Pam und Manny und die anderen von der Insel stehen hilflos murmelnd rum.

Ich kann die Klappe nicht halten: »Und was habt ihr beide dafür getan, ausgewählt zu werden?«

»Was wir *gemacht* haben?«, fragt Cass leise und wütend. »Wir sind geschwommen. Ich hab das verdient. Spence hat es verdient. Das hat nichts mit Geld zu tun. Es geht um Teamwork. Und das weißt du. Vielleicht war Nic früher mal dazu in der Lage. Aber jetzt nicht mehr. Ich weiß nicht, warum. Aber du *weißt*, dass es wahr ist. Er bescheißt.«

»Klasse, Cass. Du hast ihm nicht nur den Job abgenommen und jetzt nimmst du ihm auch noch seine Integrität? Das hat Stil.«

»Ich hab gar nichts genommen, Gwen.«

Ich weiche zurück. Nur weg hier, von allem, von allen.

»Ich habe nichts genommen«, wiederholt er und dreht sich um.

Ich laufe hoch zum Parkplatz, aber da ist von Nic schon nichts mehr zu sehen.

»Come fly, come fly, come fly with me«, singt Frank Sinatra laut mit seinem schmissig-verführerischen Tenor. Emory wiegt sich im Takt, dazu schnippt er auf seine Art mit den Fingern, das heißt, er schnippt die Zeigefinger gegen die Daumen. Das glückliche Kopfwackeln hat er aber voll drauf. Grandpa

Ben kocht das Abendessen und wiegt sich mit seinen mageren Altmännerhüften im Takt zur Musik. Ich drehe Frank ein bisschen leiser, muss aber immer noch brüllen, als ich frage, ob er Nic gesehen hat.

Grandpa Ben zuckt mit den Schultern

»Er ist nicht hier gewesen? Wo zum Teufel ist er dann hingegangen? Wo ist Mom?«

Grandpa schnalzt mit der Zunge. »Deine Ausdrucksweise, Guinevere. Er war nicht hier, als ich vom Markt zurückgekommen bin. Deine Mutter, die hat ein Date.«

Ein *was?*

Nic hat sich dünne gemacht. Viv tröstet Spence. Cass wusste es. Und ich hab ihn angeschnauzt, obwohl ich … ich … Und Mom hat ein Date. *In wessen Leben bin ich hier nur gerade gelandet???*

Grandpa zuckt wieder mit den Schultern, zeigt auf eine hingekritzelte Notiz auf der Tafel am Kühlschrank.

Papi. Mache mit einem Freund einen Spaziergang um die Insel. Rede mit Nic, wenn du ihn siehst.

»Lass ihn nicht weg, wenn du ihn siehst«, sage ich. »Ich gehe ihn suchen.«

Ich schnappe mir Moms Autoschlüssel, poltere die Stufen runter und habe den Rückwärtsgang schon eingelegt, bevor ich mich anfange zu wundern, warum Grandpa Ben einen *Spaziergang um die Insel* als Date deutet.

Kapitel sechsunddreißig

Sie gehen Seite an Seite, halten sich aber nicht an den Händen oder sonst was. Doch Seite an Seite ist schon erschreckend genug. Mom mit einem Mann, der sich nicht auf einem Buchcover befindet, ist ein Schock. Ich trete auf die Bremse.

»Mom. Coach? Wo steckt Nic. Habt ihr ihn gesehen?«

Mom legt besorgt die Stirn in Falten. Der Coach wirkt noch rotgesichtiger als sonst – wenn das überhaupt möglich ist. Er ist nicht in seinem Element so ohne Trillerpfeife in einem weiten gelben Blouson, der irgendwie noch trauriger und so viel weniger offiziell wirkt als seine Highschool-Trainingsjacke.

»Ich dachte, ihr seid zusammen. Er war auf dem Weg zu diesem Lagerfeuer«, sagt Mom. »Wollte nicht mit mir reden. Er war böse durcheinander.«

Böse, sagt Dad immer.

»Na so was«, blaffe ich und versuche den Coach nicht anzufunkeln. Der macht ja nur seinen Job und ist für diesen ganzen Mist nicht verantwortlich.

»Hör mal, Gwen«, sagt der Coach matt, aber resolut. »Wir waren dieses Jahr so dicht dran, die Landesmeisterschaft zu gewinnen. Wir brauchen Mannschaftskapitäne, die nichts zu beweisen haben. Anders geht es nicht. Nic ist ein verlässlicher Junge, aber zurzeit ist er kein Teamplayer.«

»Ich hätte darauf bestehen sollen, dass er mit mir redet«, sagt Mom. »Ich hab versucht anzurufen, als er weggegangen ist, aber ich hab nur diese verdammte Mailbox gekriegt. Er lädt sein Handy nie auf.« Sie holt ihres raus, drückt eine Nummer, schüttelt den Kopf. »Schon wieder die blöde Mailbox.«

Die Falten auf ihrer Stirn werden tiefer. »Hol Vivien«, sagt sie. »Sie wird wissen, wo er ist.«

In Abenaki ist er nicht. Ich strenge meine Augen an, schaue über den Pier hinaus, aber im Wasser sind nur ein Haufen Möwen und ganz weit draußen ein einsamer Kajake. Die Brücke bei Green Woods liegt still und verlassen da. Als ich davor stehe, gibt es mir einen Stich. Dieser Ort, der immer unserer gewesen ist, an dem die Erinnerungen von Jahren hängen, fühlt sich an, als würde er jetzt mir und Cass gehören. Bei diesem Gedanken habe ich das seltsame Gefühl, nicht loyal zu sein. Wie hab ich über Viv nicht Bescheid wissen können? Ich fühle mich so wackelig, als wäre ich gerade nach Tagen auf dem offenen Meer aus einem Ruderboot an Land geklettert. Ich weiß gar nicht, wie ich festen Halt finden soll.

Dann fahre ich zurück nach Sandy Claw, aber das Holz im Lagerfeuer ist nur noch Asche und es ist keiner mehr da. Am Plover Point ist auch keiner, noch nicht mal die Sandpfeifer, die ihre Jungen mittlerweile hochgepäppelt haben und weitergezogen sind. Ich biege in Hoops Auffahrt ein. Er sitzt auf der Treppe und raucht.

»Hier ist er nicht?«

»Nee.« Hoop lässt die Zigarette fallen und tritt sie mit der Hacke seiner Flipflops aus. »Ich hatte gehofft, dass er es ist, als ich den Bronco gesehen hab. Auf SMS reagiert er auch nicht. Keine Ahnung, wo er steckt, er ist zu Fuß unterwegs, wir sind nämlich in meinem Pick-up an den Strand runter gefahren. Willst du'n Bier?«

Ich schüttele den Kopf, sag ihm, wenn Nic auftaucht, soll er mir simsen. Er nickt, steckt sich noch eine Zigarette an und macht das nächste Bier auf. Als ich wegfahre, sehe ich ihn im Rückspiegel, zerknittertes Hemd, hängende Schultern. Ob er in zwanzig Jahren noch immer auf derselben Treppe sitzt und das gleiche macht?

Ich fahre zum Castle.

Es ist halb elf, war nicht viel los heute Abend, und sie machen gerade dicht. Alle anderen, die da arbeiten, sind längst zu Hause, nur Dad kippt noch Wasser auf den Grill und schrubbt das letzte Fett und Zwiebelreste weg. Er wickelt die Eisbehälter in Frischhaltefolie, bevor er die Deckel andrückt, damit sie in der Truhe keinen Gefrierbrand kriegen. Dann hackt er Zwiebeln und Paprika für die Röstkartoffeln morgen, sein Messer ist so schnell, dass man mit Blicken kaum folgen kann. Diese Arbeiten sind mir so vertraut, ich hab sie alle schon gemacht. Dad konzentriert sich, schaut nicht auf und merkt nicht, dass ich ihn beobachte.

Das ist der letzte Ort, an den Nic sich flüchten würde.

Ich weiß nicht mal, warum ich gekommen bin. War es dieses Dad-wird's-schon-richten-Gefühl? Ich höre Cass förmlich wie er wieder sagt: *Du bist nur genervt, wenn ich dich rette*. Und ich schlucke den Kloß im Hals runter.

Für eine Sekunde ungefähr war es perfekt mit uns beiden.

Ich fahre zurück Richtung Seashell, bin am Tor, gerade als Cass' BMW aus der anderen Richtung die Ocean Road entlang röhrt, ein bisschen zu schnell brettert er über die Straßenschwellen.

Wir halten beide an, unsere Scheinwerfer beleuchten einzelne Grashalme wohlgepflegter Rasenflächen zu beiden Seiten der Straße, im grellen Licht wird das Grün zu Grau und Weiß.

Die Beifahrertür von Cass' Auto geht auf, Viv steigt aus und kommt zu mir rüber.

»Wirst du mir zuhören?«, fragt sie.

»Wirst du mir helfen, Nic zu finden?«, erwidere ich.

Sie geht vorne um den Bronco herum und steigt auf der Beifahrerseite ein.

Ich rechne damit, dass Cass sofort davonbraust, aber das tut er nicht, er lässt den Motor laufen und wartet. Worauf? Dass ich aussteige und mit ihm rede? Was soll ich denn sagen?

Ich bleibe, wo ich bin, und nach ein paar Sekunden fährt er weiter und lässt uns in der Stille der Nacht zurück.

»Ich hab das nicht mit Absicht gemacht«, sagt Viv schnell, so als hätte sie einen Teller zerbrochen.

Vor Seashells einzigem Stoppschild werde ich langsamer, schalte auf Parken, keiner ist hinter uns. Zu dieser Nachtzeit hat es niemand eilig. Auf Seashell hat man es eigentlich nie eilig. Das sollte auf einem der Reklameschilder vor dem Damm stehen, der uns vom Festland trennt. *Alle Zeit der Welt.*

Allerdings ist das ein Versprechen, das niemand wirklich geben kann.

Für immer.

»Du bist zufällig mit Spence zusammen?«, frage ich, dann hasse ich mich für meinen schroffen Ton. Wenn jemand so was verstehen kann, dann doch wohl ich. Aber Viv hat doch keine Schwachstellen! Nicht solche. Und wenn – warum hat sie mir nichts davon erzählt?

Sie lehnt den Kopf an die Nackenstütze, ihre Augen sind geschlossen. »Was soll ich sagen, Gwen? Ich hasse es, dass du es weißt. Ich bin froh, dass du es weißt. Ich will mich entschuldigen, will dass das ausreicht, um es wieder gut zu machen. Aber das tut es nicht. Ich habe Nic verletzt. Und dich. Wenn ich dich auch nicht angelogen habe, so hab ich dir ganz bestimmt auch nicht die Wahrheit gesagt, nicht mal, als wir *keine Geheimnisse* vereinbart haben. Jetzt steh ich dumm da, denn irgendwie hab ich dich verurteilt für einiges, was du gemacht hast. Alex, der bekloppte Jim in der Schule. Igitt. Cass, beim ersten Mal. Spence … Ich hab so getan, als würde ich nicht urteilen, aber ich hab's getan, irgendwie selbstgefällig. Als ob ich überhaupt nicht begreifen könnte, was in dir vorgegangen ist, und es schon deswegen falsch sein müsste. Ich glaub, das hast du gewusst. Du musst es gespürt haben. Ich glaube, deshalb konnten wir diesen Sommer nicht richtig reden. Plötzlich hab ich es nämlich verstanden. Und … und ich wollte es aber nicht verstehen können. Ich wollte Nic. Nur Nic. Für immer. Bis … bis ich das nicht mehr wollte. Und dann wusste ich nicht mehr weiter.«

Hab ich es gewusst, tief drinnen? Vielleicht. Dieses komische Gefühl, das ich diesen Sommer gehabt habe … Ich hatte gedacht, es läge daran, dass alles anders geworden war. Wir waren nicht mehr *das Trio*, sondern ich war das fünfte Rad am Wagen. Aber vielleicht war es eher so, dass wir auf eine ganz andere Art nicht mehr eine Einheit waren.

Ich lege die Stirn aufs Lenkrad. »Aber Spence, Viv? Warum er – ausgerechnet er?« Ich drehe mich zu ihr, damit ich sie ansehen kann. »Musstest du das tun? Um Nic zu verletzen? Geht es darum bei dieser Sache mit Spence?« Schon als ich das frage, spüre ich ein unerwartetes Mitleid mit Spence, der für andere Mittel zum Zweck ist. Mal wieder.

»Nein. Überhaupt nicht.« Sie wird rot. »Aber, verdammt, Gwen, ich dachte, Nic und ich, wir würden das beide wollen. Und dann, na, ja, in acht Jahren … Acht Jahre! Was soll ich denn machen, wenn er weg ist und Abenteuer erlebt, Mädchen trifft, die … keine Ahnung. Sich mit den Zähnen von Hubschraubern abseilen? Soll ihn da das Mädchen, das dafür sorgt, dass alle das Gefühl haben, ihr Glas sei randvoll, noch immer beeindrucken? Scheiße. Ich kann da nicht mithalten. Und ich will es auch nicht. Was ist denn verkehrt daran, hierbleiben zu wollen? Was ist denn, wenn das, was ich will, nicht so groß und nobel ist wie das, was er will? Macht mich das zum Loser? Das ist es nämlich. Ich fühle mich bei Spence nicht wie ein Loser. Er … ich … Al hatte diesen Auftrag beim Schwimm- und Tennisclub im Frühling, und da konnte man machen, was man wollte, immerzu lief einem Spence über den Weg. Denn obwohl das Ding seinem Dad gehört, ist der irgendwie … nicht voll dabei. Zuerst habe ich nur über Geschäftliches mit ihm geredet. Aber dann – er ist gar nicht so, wie ich dachte. Überhaupt nicht.«

Wer ist das schon, frage ich mich allmählich. Aber der Gerechtigkeit halber muss ich die sechs oder mehr Mädchen im Whirlpool gegen Cass' unerschütterliche Loyalität und die kurzen Momente der Einfühlsamkeit aufwiegen, die er an den Tag gelegt hat.

»Mit der Zeit mochte ich ihn immer mehr. Deshalb wollte ich den Ring. Ich dachte, wenn ich den Ring hätte, würde ich aufhören an Spence zu denken und mich auf Nicky konzentrieren.«

»Du weißt, dass das hier ein unglaublicher Schlamassel ist?«

Sie hebt die Hände zur Verteidigung. »Du bist nicht die Einzige, die blöd und blind sein darf, Gwen.«

»Ja, willkommen im Klub.« Wider Willen muss ich lachen. Aber dann schaue ich sie mir an, meine lebenslange Freundin, mit den Piercings oben am Ohr, die Nic hasst, was er ihr aber nie erzählt hat, weil sie sie unbedingt hatte haben wollen, und der Verlust meines Cousins tut mir so weh, dass ich die Arme an den Bauch drücken muss, um den Schmerz in Grenzen zu halten. »Viv? Hast du Nic je wirklich geliebt?«, frage ich und wünsche dann, ich hätte es nicht getan. Ich weiß nicht recht, ob ich die Antwort hören will.

»Ich werde ihn immer lieben.« Ihre Antwort kommt so schnell, dass ich weiß, dass sie wahr ist. »Er war mein erster … mein Alles. Ich hätte nie gedacht, nie geplant, dass er je etwas anderes sein könnte als mein einziges Alles. Aber diese paar Monate, und besonders die letzten paar Wochen … das war nicht mehr dasselbe. Er ist nicht mehr derselbe.«

»Vielleicht liegt es nur daran, dass er so angespannt ist«, sage ich, »vielleicht …« Dann spreche ich nicht weiter. Viv legt ihre Hand auf meine, die das Lenkrad umklammert, und drückt sie. Vielleicht habe ich nicht weitergesprochen, weil ich nicht weiß, was ich sagen soll. Oder weil ich endlich kapiert habe, dass wir uns manchmal an etwas festhalten – einem Menschen, einem Groll, einem Bedauern, einer

Vorstellung davon, wer wir sind – weil wir nicht wissen, wonach wir als nächstes streben sollen. Dass wir wieder tun müssen, was wir immer getan haben. Dass es nur Renovierungen und keine Neuanfänge gibt. Doch vielleicht – vielleicht weiß ich es nun besser.

Wir können Nic nirgendwo finden. Wir drehen eine weitere Runde und versuchen es an denselben Lieblingsplätzen, haben aber kein Glück. Wir simsen ihm, rufen ihn an. Nichts. Vivs Lider werden schwer, und als ich noch mal über den Damm fahre, schläft sie ein, die Wange an die Beifahrertür gedrückt. Deshalb manövriere ich das Auto vorsichtig zum Haus der Almeidas, rüttele sie wach und dränge sie reinzugehen. Zum Glück sind Al und ihre Mutter nicht da, ich muss sie also nur in ihr Zimmer bringen, ihr die Schuhe ausziehen und sie mit der bauschigen grünen Decke zudecken, die sie schon hat, seit wir klein waren.

Er muss am Fluss sein. Vorher wird er durch den Wald gelaufen sein und jetzt ist er da. Natürlich, da würde er hingehen. Gefährlich, aber vertraut. Ich parke, hab es so eilig, dass ich nicht mal die Tür zumache, laufe zur Brücke und schaue auf das dunkle rauschende Wasser. Aber die Nacht ist wolkig und der Mond scheint zu schwach, um etwas erkennen zu können. Also fahre ich den Bronco näher heran, schalte die Scheinwerfer an und laufe zurück.

Das Licht wirft harsche Schatten. Es ist Flut. Ich stehe an der Stelle, von der wir immer springen, schaue ins Wasser, aber da ist nichts, nur die dunklen Umrisse von Seal Rock sind zu sehen und dann weitet sich der Fluss und mündet schließlich ins Meer.

Als Nic und ich klein waren, sind wir oft gefragt worden, ob wir Zwillinge seien, obwohl ich dunkelhaariger und dunkelhäutiger bin als er. Nun wünsche ich mir sehnlich, eine dieser Zwillingsbeziehung zu ihm zu haben, von denen man immer hört. Ich wünschte, ich könnte ihn mit meinem Geist erreichen und wissen, einfach fühlen, wo er ist. Aber alles, was ich empfinde, ist Furcht.

Mom und Grandpa Ben springen von Myrtle auf, als ich reinkomme, sie gucken über meine Schulter hinweg und machen lange Gesichter, als sie sehen, dass ich allein bin. Emory ist wach, kuschelt mit Hideout und starrt mit großen Augen auf den Fernseher, der nicht mal läuft.

»Keine Panik«, sagt Grandpa scharf zu Mom. Aber er selbst langt in den Küchenschrank, wo seine Pfeife liegt. Er holt sie raus und stopft sie mit schnellen, ruckartigen Bewegungen, die ganz untypisch für ihn sind.

»Ich hätte nicht mit Patrick ausgehen sollen.« Mom ringt nervös die Hände. »Wir haben nur über Nico geredet, aber trotzdem, ich wusste es. Wenn du Nics Gesicht gesehen hättest, als er es ihm erzählt hat. Es war, als ob sein letzter Traum gestorben wäre.«

Manchmal sind die melodramatischen Phrasen, die sie in ihren Büchern aufschnappt, nicht besonders hilfreich. »Ach was«, blaffe ich. »Er ist achtzehn. Er hat noch jede Menge Zeit zum Träumen. Er hat noch immer die Akademie.«

Aber keine Viv.

Doch das wissen Mom und Grandpa wahrscheinlich noch nicht. Ich werde es ihnen nicht erzählen, denn die Sorgen rauschen in meinem Kopf so dunkel und laut wie der Fluss. Sie müssen nicht auch noch ins Dunkel schauen und Angst haben, dort das zu entdecken, wonach sie suchen.

Ich sitze auf unseren Stufen, schaue die Straße hoch und runter, warte darauf, dass Nics breitschultrige Gestalt aus dem Nichts erscheint und ins orangefarbene Licht der Verandabeleuchtung tritt. Aber nichts, nur die dunkle Straße, das Rauschen der Wellen in der Ferne und die gedrungenen Häuser, hinter denen Field House ein bisschen höher aufragt.

Fünf Häuser weiter.

Field House ist nur fünf Häuser weiter. Das ist vielleicht ein achtel Kilometer. Ich könnte hingehen. Aber ich kann es nicht. Weil meine erste Regung war, Cass zu sagen, dass er das hier verdorben hat. Endlich waren wir soweit, darüber zu reden, was das mit uns werden sollte. Und dass wir alles richtig machen wollten. Ist das jetzt weg? Jetzt, wo er mir etwas verschwiegen hat und ich ihn ohne ein Wort – oder mit all den falschen Worten – habe stehen lassen und, ohne eine Sekunde nachzudenken, für meinen Cousin Partei ergriffen habe?

Ich knalle die Fliegentür hinter mir zu, als ich schließlich reingehe.

»Was gehört?«, simst Viv am nächsten Morgen um fünf.

»Nicky Nic Nic!?« Em schlägt die Decke von Nics Bett zurück, als ob er ihn dort finden würde.

Grandpa Ben guckt besorgt auf seine Grapefruit mit Weizenkleie. Statt während des Essens die Zeitung durchzublättern und die Flohmärkte anzukreuzen, konzentriert er sich auf sein Essen. Nur gelegentlich wandert sein Blick zur Fliegentür.

Ich versuche immer wieder Nic auf dem Handy zu erreichen. Jeder Anruf geht direkt auf die Mailbox. *Er denkt nie dran, das Ding aufzuladen*, sage ich mir ein ums andere Mal. Es ist in seiner Tasche, tot. Nicht irgendwo unter Wasser, wohinein Nic gesprungen ist – von wo er nicht wieder auftauchen wird.

Mom fragt nicht mal. Ein schneller Blick zu mir, als sie aus dem Schlafzimmer kommt, dann räumt sie mit hängenden Schultern ihre Sachen in den Putzeimer und schleppt ihn die Treppe runter zum Bronco.

Sie kommt noch mal zurück.

»Solltest du dich nicht anziehen und zu den Ellingtons gehen?«

»Mom. Ich kann da heute nicht hin.«

Ihr sanftes Gesicht wird ganz streng. »Ich hab dich nicht dazu erzogen, Leute hängen zu lassen. Eine alte Dame sitzen zu lassen, die sich auf dich verlässt, kommt gar nicht in Frage. Geh zur Arbeit, Gwen. Das ist es, was wir tun, wenn wir nicht wissen, was wir machen sollen.«

Also gehe ich.

Den ganzen Morgen bin ich nicht bei der Sache, schaue aus dem Fenster vorne, gucke rüber zum Haus der Tuckers, warte auf Hoops Pick-up, auf Nic, der rausspringt, mit Farbe beschmiert, lamentierend, sauer oder traurig oder wütend … einfach nur lebendig. Oder auf das Aufblitzen eines rosa Hemdes oder eines blonden Schopfes.

Aber Cass, der zu Beginn des Sommers überall war und besonders überall, wo ich in den letzten Tagen und Nächten gewesen bin, lässt sich nicht blicken. Ein halbes Dutzend

Mal schweben meine Finger über den Tasten meines Telefons, weil ich ihn anrufen will. Schließlich streckt Mrs E. die Hand aus, genau wie eine Lehrerin in der Schule, und kassiert es ein. »Am Ende des Tages bekommst du es zurück«, sagt sie energisch. »Wir hatten uns von Anfang an darauf geeinigt, dass du nicht einer dieser ständig simsenden Teenager sein würdest, und ich nagele dich auf dein Einverständnis fest. Jetzt habe ich Lust auf heißen Tee, bitte brüh mir eine Kanne. Du siehst auch aus, als könntest du welchen vertragen.«

Routiniert erledige ich den Auftrag, das Zitronendings, der muschelförmige Löffel … aber die kleine silberne Sahnekanne und den silbernen Zuckertopf kann ich nirgendwo finden. Na toll. Irgendwie habe ich es gleich gewusst, als ich Henry und Gavin Gage bei was auch immer sie taten überrascht habe, dass ich die Person sein würde, die zugegen wäre, wenn eins dieser inventarisierten Stücke vermisst werden würde.

Mrs E. tippt sich mit dem Finger ans Kinn und runzelt die Stirn. »Ich habe die Sachen vor ein paar Tagen rausgeholt, als ich der lieben Beth Tee serviert habe. Ich weiß, dass Joy sie hinterher wieder in die Vitrine gestellt hat, weil sie verärgert darüber war, es tun zu müssen. Wirklich, diese Frau ist unangenehm. Ich glaube, ich sollte Henry bitten, mir eine andere Schwester zu suchen.«

Ich mache den Mund auf und will etwas sagen, klappe ihn wieder zu und dann doch wieder auf.

»Du siehst aus wie ein Dorsch, Guinevere, und du bist heute äußerst abgelenkt. Dein junger Mann hätte auch den Buchsbaum beschneiden sollen und ich habe nichts von ihm gesehen. Gibt es irgendwas, worüber du mit mir sprechen möchtest? Vor tausend Jahren oder länger war ich mal jung, aber ich erinnere mich noch. Manchmal sogar besser als an das, was gestern passiert ist, wenn ich die Wahrheit sagen soll.« Sie zieht den kornblumenblauen Küchenstuhl heran und bedeutet mir, mich hinzusetzen, dann nimmt sie meine Hand in ihre weiche, runzelige.

»Haben alle immerzu Geheimnisse und lügen?«, frage ich schließlich, meine Stimme hallt laut in der Küche. »Ist das einfach so? Immer?«

Sie blinzelt, ihre grauen Wimpern flattern überrascht.

»Wissen Sie noch, wie sie mir erzählt haben, auf Seashell würde es keine Geheimnisse geben? Es gibt *nur* Geheimnisse auf Seashell. Überall. Es wirkt alles so weit und großzügig, es gibt keine Zäune und kaum Bäume, die Leute lassen ihre Fenster offen stehen, manche schließen nicht mal ihre Türen ab. Aber … aber das bedeutet gar nichts. Es gibt all diese Mauern und … Keiner weiß alles darüber, was alle anderen tun. Oder sie wissen es und sagen nichts. Oder sie sagen es den falschen Leuten. Ich will einfach weg von hier, irgendwo anders hin. Irgendwohin, wo es nicht so ist wie hier.«

»Mein liebes Mädchen, ich fürchte außerhalb von Buchdeckeln wirst du so einen Ort schwerlich finden. Und nicht mal dort. Denn bestehen Geschichten nicht aus Geheimnissen? Schau dir nur mal Lady Sarah an. Wenn sie Sir Reginald gleich erzählt hätte, dass sie die geheimnisvolle Kammerzofe gewesen ist, mit der er diese leidenschaftliche Nacht verbracht hatte, dann wäre das Buch nach zwanzig Seiten zu Ende gewesen.«

Ich will nicht an Lady Sarah und ihre sinnlichen Sünden denken. Ich will die Wahrheit.

Mrs E. sieht mir prüfend ins Gesicht. »Ich hätte nie gedacht, dass ich dich einmal schmollen sehen würde, Guinevere. Du bist einfach nicht der Typ dazu.« Sie greift nach der Teetasse, nimmt einen Schluck, ohne Sahne, ohne Zucker, und verzieht das Gesicht. »Vermutlich ist es meine Aufgabe, an dieser Stelle eine der Weisheiten von mir zu geben, die das Alter angeblich mit sich bringt.« Wieder tippt sie sich mit dem Finger ans Kinn. »Das ist schwierig, da ich in den hohen Achtzigern anscheinend weniger weiß und mir über noch weniger im Klaren bin als in meiner Jugend. Tee ist grauenhaft ohne Zucker, Gwen. Gib einfach etwas aus der Dose hinzu, bitte. Pfeif auf das Silber.«

»Schon gut, Mrs Ellington. Sie müssen mir keinen Rat geben.«

»Wie wäre es damit, liebes Mädchen? Das ist das Beste, was ich anzubieten habe: Ja, es ist unglaublich schwer für zwei Menschen, aufrichtig miteinander zu sein. Wir haben Angst, Dinge sind uns peinlich, andere sollen eine gute Meinung von uns haben. Ich war fünf Jahre mit dem Käpten verheiratet, ehe er mir gestanden hat, dass er niemals Kapitän gewesen war. Dass ihm auf Schiffen sogar übel wurde. Ich dachte, er hätte im Krieg schlechte Erfahrungen gemacht und wollte deshalb nie raus aufs Wasser. Aber er war überhaupt nicht in der Navy gewesen, doch ich schweife ab. Vielleicht, liebe Gwen, könntest du versuchen die Sache anders zu sehen. Statt daran zu denken, welch ein Verrat es ist, angelogen zu werden, solltest du dir vor Augen führen, wie selten und wunderbar es ist, wenn zwei Menschen einander die Wahrheit sagen können.« Sie tätschelt mir die Hand und schenkt mir ihr freudigstes Lächeln. Dann sagt sie: »Aber hör auf zu schmollen. Der Wind könnte sich drehen und dann bleibt dein Gesicht für immer so.«

»Mrs E., Ihr Sohn nimmt Ihre Sachen und verkauft sie. Dieser Freund von ihm, der hat sich Ihr Silber angesehen und Ihre Gemälde und die Stühle und ich habe gehört, wie die beiden …«

Ich lasse den Satz ins Leere laufen.

Ich warte darauf, dass sich ihr Gesicht vor Wut verfinstert – wegen Henry oder – was wahrscheinlicher ist – meinetwegen, dem lauschenden Überbringer schlechter Nachrichten. Die Person, die Dinge erzählt, die niemand hören will.

Aber stattdessen lacht sie herzlich, tätschelt wieder meine Hand und verwirrt mich vollkommen. »Ja, meine Liebe«, sagt sie schließlich und wischt sich dabei förmlich die Tränen aus den Augen.

»Das wissen Sie?«

»Ja, Henry und ich hatten gestern ein Gespräch. Aber schon vorher … ich bin nicht dumm, mein liebes Mädchen. Gavin Gage ist ein alter Freund von Henry, aber dass er nur aus Höflichkeit hier reinschaut, war eher unwahrscheinlich. Auf Seashell, ja in ganz Connecticut weiß jeder, dass Gavin der Mann ist, an den man sich wendet, wenn man unnütze Familienerbstücke auf diskrete Art zu ein paar nützlichen Dollars machen will.«

»Aber … Aber … er ist immer hier rumgeschlichen und wollte sicher sein, dass sie Mittagsschlaf halten und nicht merken, dass etwas fehlt.«

»Bin ich dankbar, kein Mann zu sein«, sagt Mrs Ellington. »Wir Frauen sind stolz, aber, ehrlich … Männer! Ja, Henry und ich hatten gestern eine lange Diskussion, als ich ihn bat, mir die Bücher zu zeigen. Ich wollte sehen, ob ich dir nicht ein wenig extra geben könnte, weil du mir diesen

Sommer so eine große Hilfe warst. So ein Zaudern und Zögern habe ich noch nie erlebt, und schließlich musste er zugeben, dass er ein paar unkluge Investitionen getätigt hatte und wir jetzt, wie die Hälfte aller Familien auf Seashell, reich an Vermögenswerten, jedoch arm an flüssigen Mitteln sind. Als ob es mir lieber wäre, wenn er schuftet bis zum Herzinfarkt, statt diesen abscheulichen Ring zu verkaufen, der meiner Schwiegermutter gehört hat.«

Sie trinkt ihren Tee aus, dann sagt sie fröhlich: »Heute ist es kühl. Zu kalt für den Strand. Die Damen wollen sicherlich mehr von Lady Sarahs Sünden hören. Würdest du Bens Sauce für sie zubereiten? Er hat gestern Abend Marco mit einem perfekt gekochten Hummer zu mir geschickt.«

Nic ist jetzt schon einen ganzen Arbeitstag überfällig, der in den Abend übergeht. Tony und Marco haben nicht mal angerufen und sich nach Nic erkundigt. Manny muss was gesagt haben. Mom geht das Bürogebäude in der Stadt putzen. Weil Donnerstag ist, und sie das immer donnerstags macht. Grandpa geht zum Bingoabend. Viv hat das Catering für eine Hochzeitsprobe. Emory ist nach Sprach- und Beschäftigungstherapie müde und will Pus großes Abenteuer sehen. Also sitze ich hier mit meinem kleinen Bruder und starre auf den Bildschirm. Ich erinnere mich, dass Nic und ich immer versucht haben rauszukriegen, warum in aller Welt Pu ein Hemd anhat, aber keine Hose.

Ich will Nic wieder haben. Ich will Cass. Ich will die Dinge, die ich für sicher gehalten habe. Das, wovon ich gedacht, endlich geglaubt habe, dass es das Wahre wäre. Bitte zurückspulen. Noch mal machen.

»Hideout hat dich lieb«, flüstert Emory, wühlt sich an

meine Seite und drückt mir seinen Einsiedlerkrebs in die Achselhöhle.

Ich weine wegen einem Krustentier aus Plüsch.

Tiefer kann man wohl nicht sinken.

»Warum in Gottes Namen ist Emory um diese Zeit noch auf?«, fragt Dad. Mit einem Ruck werde ich wach. Myrtle ächzt. Dad schleppt seinen Wäschesack rein und wirft ihn an die übliche Stelle.

Ich habe überhaupt kein Zeitgefühl. Es ist dunkel. Emory sitzt neben mir, die Augen groß wie Untertassen, und guckt immer noch Pu. Hab ich Minuten geschlafen? Stunden?

Die Digitaluhr zeigt 11:20 an. Jetzt ist Nic länger als vierundzwanzig Stunden weg. Wir können eine Vermisstenanzeige aufgeben. Oder nicht? Müssen es achtundvierzig sein? Allein darüber nachzudenken, verursacht mir Bauchschmerzen.

Mom und Grandpa sitzen am Tisch und geben Karten aus. Rommee? Echt? Wir fangen alle auf einmal an zu reden, auch Em, der aufsteht, Dad die Arme um die Hüften schlingt und jammert: »Niiiicky!«

Dad zaust ihm gedankenverloren durchs Haar und guckt Mom an. »Luce, verlier nicht den Kopf. Gwen, dich hätte ich für schlauer gehalten. Ben, es geht ihm gut. Beruhigt euch, alle. Er ist bei mir. In meinem Haus. Morgen kommt er zurück.« Dad klingt angespannter, als er uns glauben machen möchte.

Wir reden immer noch durcheinander, fragen, ob Nic okay ist, erzählen Dad, wie besorgt wir waren, nachdem er nicht Mannschaftskapitän geworden war. »Warum hast du uns nicht angerufen, Mike?« Das kommt von meiner Mutter, deren Stimme so laut ist, dass Em murmelt: »Sei nett zu Daddy.«

»Alles gut, Emmie«, sagt Dad. »Ich weiß Bescheid über die Sache mit der Mannschaft und die mit dem Mädchen. Er ist gestern ins Castle gekommen, böse durcheinander. Aber ich hatte eine Busladung Touristen, die Eis wollten, also hab ich ihm gesagt, er soll zu mir nach Haus gehen, sich zusammenreißen und die Sache nehmen wie ein Mann.

»Und wie genau soll ein Mann das nehmen, wenn er rauskriegt, dass das Mädchen, das er liebt, einen anderen mag, Dad?«

Mom und Grandpa klappen die Münder auf.

»Nun werde mal nicht dramatisch, Mädchen. Von dir erwarte ich was Besseres«, sagt Dad, aber dann grinst er und sieht so unerwartet jungenhaft aus, wie der Achtzehnjährige, in den Mom sich verliebt hat.

»Wie ein Mann alles nimmt. Indem er ein Bier trinkt, Sport im Fernsehen guckt und sich leid tut. Aber nur eine Nacht lang. Er war mit allen drei Dingen beschäftigt, als ich ging. Er kommt drüber weg. Himmel, was seid ihr doch für ein Haufen Dramaqueens.«

Ich packe Dad am Ärmel, als er in sein Auto steigt, um ihm zu danken, ja – aber ich will auch wissen, warum er uns so lange in Sorge gelassen hat. Dad ist nicht so ein Handytyp, aber trotzdem ... so schwer kann es doch nicht sein zu sagen, dass sich schon alles regeln wird.

»Mach dir wegen des Jungen keine Sorgen, Gwen. Der ist zurzeit ein kleiner Arsch, doch das wird schon. Manchmal müssen wir alle mal loslassen. Ich hab ihm gesagt, wenn er seinen Hitzkopf nicht in den Griff kriegt, wird er enden wie ich.« Er grinst mich wieder auf diese jungenhafte Art an. »Das sollte ihm gehörig Angst einjagen.«

Er linst zu mir rüber. »Du siehst aus, als könntest du eine Spazierfahrt gebrauchen. Vielleicht musst du auch mal flüchten.« Er hält inne, immer noch mit zusammengekniffenen Augen. Dann lehnt er sich zur Beifahrerseite rüber und stößt die Tür auf. Mit einem Nicken fordert er mich zum Einsteigen auf.

Ich klettere rein.

Er setzt zurück, mit quietschenden Reifen, und schießt davon. Das elektrische Tor von Seashell ist so eingestellt, dass es hochfährt, wenn man nah genug dran ist. Aber Dad rast immer drauf los, als ob er es niedermähen wollte, doch es hebt sich immer gerade noch rechtzeitig.

Ich finde es wunderbar, dass wir in Moms und Grandpas Fürsorge aufgehoben sind. Aber manchmal – so wie jetzt – ist Dads Wildheit auch eine Erleichterung. Wie von der Brücke springen. Ein Rausch.

Ich drehe die CD laut. Im Bronco hören wir immer beruhigende Musik, die Emory gefällt. Elmo, was Gedämpftes von Disney, noch mehr Sesamstraße, Raffi. Grandpas flotte romantische Lieder aus längst vergangenen Zeiten.

Bei Dad sind es entweder Talk-Sendungen, das wütende Krächzen der Rolling Stones oder das frustrierte Grölen von Bruce Springsteen.

»Tramps like us, baby we were born to run.«

»Dad. Ich muss dir was über die Ellingtons erzählen«, fange ich an. »Nichts Gutes.«

Er dreht die Musik leiser, aber nur ein bisschen. »Mann, du und Nic, eine Katastrophe nach der anderen. Was ist denn, Guinevere?«

Ich erkläre ihm die Sache mit Henry Ellington.

Dad wird immer wütender. Zum Glück nicht auf mich.

»Er hat gesagt, er zählt *was*? Die Hummergabeln?«

»Aber war es nicht das, was du mir geraten hast, Dad. Nach Gelegenheiten Ausschau halten? Das hast du gesagt. Meine Gelegenheit. Aber ich hab sie nicht ergriffen. Das würde ich nie tun. Das könnte ich nicht. Hast du wirklich gewollt, dass ich so was tue? Wirklich?«

Er fährt rechts ran, wir sind schon fast auf dem Damm. Er fährt sich mit der Hand durchs Haar, guckt überall hin, nur mich nicht an.

»Mädchen«, sagt er schließlich, »ich war achtzehn, als deine Mom dich kriegte. Wir kommen ins Krankenhaus und sie schreit und weint und hat Schmerzen und da ist Blut und ... ich wollte nur wegrennen. Das alles war plötzlich so anders geworden, als es angefangen hatte, Spaß am Strand, ein Lagerfeuer, ein süßes Mädchen und so weiter. Aber dann geben die uns dieses Kind, dich, mit deinen ernsten Augen und diesem kleinen Sorgenfältchen zwischen den Augenbrauen, als ob du schon wusstest, dass wir nicht die besten sind ... Als ob wir eine Ahnung gehabt hätten, was wir mit all dem anfangen sollen. Wie wir das alles in Ordnung bringen. Und einen Scheiß wussten wir. Luce wusste, wie man sauber macht. Ich wusste, wie man Sachen brät. Gulia war schon immer eine Katastrophe, Pillen, Schnaps, blöde Bengels. Wir wussten, was von da auf uns zukam, und das war Nic. Noch ein Kind. Wir waren seine einzige Chance. Anders ging es nicht. Also haben wir es auf uns genommen. Nic. Dich. Emory mit all seinen ... egal. Ich wollte nur, dass ihr es leichter habt. Nur ein kleines bisschen leichter. Vielleicht hab ich das auf eine blöde Art ausgedrückt. Ich wollte nur nicht, dass du es so machst wie ich. Denn, na ja, ich wünsche mir einfach was Besseres für dich. Das ist alles.«

Dad startet wieder und hält auf sein Haus auf dem Wasser zu.

Er holt tief Luft.

Pause.

Noch mal tief Luft holen.

Ich warte auf eine große Weisheit von Dad.

»Mädchen.«

»Dad?«

»Nic ist hier. Und du bist hier. Versuch nicht, den Jungen dazu zu kriegen, sein Herz auszuschütten. Es gibt eine Zeit zu reden und eine, bei der es auch einfach die Playstation tut.«

Nic ist vor dem Fernseher eingeschlafen, den Joystick in der ausgestreckten Hand. Dad wirft eine Decke über ihn, die zu kurz für seine langen Beine ist, und zieht das Sofa für mich aus. Ich simse Mom, Viv und Grandpa, bevor ich gegen zwei Uhr morgens einschlafe. Grandpa will nichts mit Handys zu tun haben und Mom löscht Nachrichten beim Abrufen immer. Viv wird sie aber kriegen.

Jemand rüttelt an meiner Schulter und das nicht gerade sanft.

Ich schieße im Bett hoch und knalle mit dem Kopf gegen Nics Kinn. Wir jaulen beide auf.

»Komm, Cousinchen«, sagt er dann, mit vom Schlaf heiserer Stimme. Ich rutsche vom Sofa, ziehe die Decke hinter mir her und folge ihm nach draußen auf die breiten Planken, die vom Haus über die Salzmarsch aufs trockene Land führen. Nic setzt sich hin, lässt die Beine über den Rand der kleinen Brücke baumeln und zieht den großen Zeh durchs Wasser, er trägt Dads verwaschene Red Sox Boxershorts. Und sieht furchtbar aus. Dunkle Ringe unter den Augen, die blutunterlaufen sind, die Haare zerzaust. Er trägt auch eins von Dads karierten Flanellhemden, es spannt an seinen breiten Schultern und vorne klafft die Knopfleiste. Ich rümpfe die Nase. Bier und Schweiß. Igitt.

Er räuspert sich.

»Willst du auf den Pier rüber?«

»Ich will dir eins reinhauen. Ich hab alles abgesucht, Nic. Ich dachte, wir dachten alle, du hättest dich im Fluss ersäuft!«

»Ernsthaft? Das würde ich nie tun, Gwen.«

»Nic?«

»Hier nicht«, kommandiert er. »Komm.«

Dads Pick-up wartet schon vorne mit laufendem Motor. Es sieht Nic gar nicht ähnlich, vorausschauend zu handeln. Alles ist jetzt anders.

Ich rutsche auf den Beifahrersitz, dessen zerrissener Bezug notdürftig mit Isolierband geflickt ist. Nic stellt den Rückspiegel ein, legt den Gurt an, schiebt den Sitz zurück und trifft all diese Sicherheitsvorkehrungen, so als wollte er eine Cessna statt eines verbeulten Chevy starten.

Schweigend fahren wir runter zur Brücke. Auf der Ocean Road drosselt Nic das Tempo nicht vor der Schwelle und der Pick-up rumpelt drüber. Er fährt wie Dad. Dann bremst er, dass der Sand spritzt, und dreht sich zu mir.

»Hast du es gewusst?«, fragt er in dem Moment, in dem ich mit derselben Frage rausplatze.

»Das mit Vivie?« Ich hake nach, weil Nic es nicht ausspricht. »Keine Ahnung. Ich hätte ...«

Keine Ahnung, was ich getan hätte.

Wir steigen aus und gehen runter an den Strand, der Sand ist so kalt und nass, ich zittere. Cass hätte mir ein Sweatshirt eingepackt oder seines angeboten. In dieser kurzen Zeit habe ich mich an diese kleinen Dinge gewöhnt, sodass das Fehlen dieser kleinen Aufmerksamkeiten auf seltsame Weise präsent ist.

Am Flussufer setzt Nic sich hin, ich lasse mich neben ihm nieder. Er langt in seine Tasche und holt einen flachen Stein raus, wiegt ihn in der Hand, betrachtet ihn, als hätte er noch nie so etwas gesehen.

Ich will ihn mir schnappen und ins rauschende Wasser werfen, nicht um ihn hüpfen zu lassen, sondern um ihn loszuwerden und die Erinnerungen auszulöschen, mit denen Nic sich rumschlagen muss. Er wird sich fragen, welche Zeichen er übersehen hat – wie es angehen konnte, dass das, was er für wahr gehalten hatte, letztlich alles andere als die Wahrheit gewesen war.

Aber Nic umschließt den Stein mit den Fingern, ehe ich ihn mir nehmen kann.

»Also, ich war ein Arsch in letzter Zeit«, beginnt er.

»Na, ja. Das warst du«, sage ich. »Aber deshalb ist Vivie nicht ...«

Er will antworten, klappt den Mund aber wieder zu, ein kleiner Muskel an seinem Kiefer zuckt. »Ich rede nicht von Vee.«

»Nico«, sage ich, aber er schüttelt den Kopf und hindert mich daran, weiterzusprechen.

»Letztes Jahr oder noch im Frühling hättest du nie auch nur einen Moment lang gedacht, dass ich mir was angetan haben könnte. Das stimmt doch, oder?«

Er sieht mich durchdringend an. Ich nicke.

»Hast du davon gewusst?«, frage ich. »Von Spence?«

Er schüttelt den Kopf. »Ja. Nein. Irgendwas stimmte nicht. Sie war … Ich war … Ich dachte, ich kümmer mich später drum. Dass sie noch da sein würde. Keine Frage. Sobald ich den Mannschaftskapitäns-Job in trockenen Tüchern hätte, wollte ich mich darum kümmern. Aber nach dem, was am Strand passiert ist, war ziemlich klar, dass der Zug abgefahren ist. Und ich hab's nicht mal mitgekriegt.«

Ich warte still. Dad hat gesagt, ich soll nicht drängeln.

»Ich konnte euch anderen danach nicht ins Gesicht sehen, Tante Luce, Grandpa, dir. Euer Mitleid ertragen.« Er rollte die Schultern, wie um unsere Gefühle abzuschütteln. »Ich wusste, dass Onkel Mike da anders ist.«

»Hat er dir den Was-ein-Mann-alles-macht-Vortrag gehalten?«

»Oh Scheiße, ja. Ich wusste, dass du ausrasten würdest. Hab ihm gesagt, dass er dich anrufen soll. Er meinte, ein Mann würde für sich selbst sprechen. Wenn ich nicht bereit wäre, mit dir zu sprechen, würde er mir das verdammt noch mal nicht abnehmen.«

Wieder will ich was sagen, aber er winkt ab. Mit der Faust, denn er hält ja immer noch den Stein fest.

»Weißt du noch, wie die alte Mrs Partridge das Stinktier unter der Veranda hatte? Wie alt waren wir da? Sieben? Und sie hat Onkel Mike gerufen, damit er sich drum kümmert. Und der hat ein Handtuch drüber geworfen und das Vieh zu mir geschmissen und es hat mich durch das Handtuch hindurch gebissen?«

Tu ich. Ich weiß noch, wie Viv seine Hand im Krankenhaus gehalten hat und die Tränen vergossen hat, die Nic sich niemals selbst zugestanden hätte.

Oh Nic.

»Und Vivien …«

»Hier geht es nicht um Vivien. Ich bekam eine Tollwutimpfung, weißt du noch? Und die Schwester stand da mit dieser übel großen Nadel. Tante Luce und Vovó haben geweint und Grandpa Ben hat gebetet und du hast gefragt, ob das auch funktionieren würde, wenn du die Spritze an meiner Stelle kriegen würdest. Ich wollte wissen, ob es wehtun würde. Grandpa und Tante Luce sagten, nein. Und Onkel Mike hat gesagt, es würde ganz beschissen wehtun. Weißt du das noch?«

Tu ich, teilweise, denn diese Formulierung war mir neu.

»Die Sache ist die, er hatte Recht. Es tat weh. Aber es hat geholfen zu wissen, wie es sich anfühlen würde. Man lernt doch nur mit der Wahrheit fertig zu werden, wenn sie jemand ausspricht, oder?«

Ich nicke.

»Ich hab das Mädchen mein ganzes Leben lang geliebt«, sagt Nic.

»Ich weiß.«

Er wiegt den Stein in der Hand, holt aus und lässt ihn übers Wasser hüpfen. Ein doppelter Hüpfer, keine seiner Bestleistungen.

»Und mich wurmt es mehr, dass ich nicht Mannschaftskapitän geworden bin. Sagst mir mal, was das bedeutet?«

Das, was du immer hattest, steht dir nicht automatisch

zu. Das, was du immer wolltest, wirst du nicht immer wollen.

Mir ist nicht klar, dass ich das ausgesprochen habe, bis Nic sagt: »Ja. Genau, Cousinchen.«

Mom schlüpft gerade in ihre Schuhe, als ich nach Hause komme. Sie sitzt auf der Treppe. Aus dem Haus schrillt Disney. *Mulan. »Ich werde einen Mann aus dir machen.«* Emorys hohe, süße Stimme vibriert.

»Ist Nic okay?«, fragt Mom.

Ich nicke. »Er packt das schon.«

Sie guckt mir prüfend ins Gesicht. »Bestimmt«, sagt sie schließlich energisch. »Aber wenn nicht? Wenn er eine Weile daran zu kauen hat? Dann ist das kein Problem, das du lösen musst.« Mom nimmt einen ihrer Nikes, dessen Schnürband sich furchtbar verheddert hat, und versucht den Knoten mit den Fingernägeln zu lösen, die sie wegen ihrer Arbeit kurz halten muss.

»Lass mich mal«, sage ich und ziehe an dem Schuh.

»Gwen, ich kann das lösen.« Ein Ziehen, ein Ruck, hier und da und der Knoten ist weg. Sie zieht den Schuh an und langt nach ihrer Diätlimo, schließt die Augen beim Trinken, lässt die Welt draußen bleiben, so wie sie das immer macht mit den Sachen, die sie entführen – mit ihren Büchern, ihrer Limo, ihren Geschichten.

Kies knirscht, ein silberner Blitz. Mom und ich schauen beide rechtzeitig auf, um Spences Porsche vorüberflitzen zu sehen. Er hat sich die Sonnenbrille ins Haar hoch geschoben und den Arm über die Sitzlehne gelegt. Er biegt in die Auffahrt der Almeidas ein, parkt quer. Wie an diesem ersten Sommertag vorm Castle nimmt er mehr Platz ein, als er braucht.

Viv rennt die kleine Treppe runter, steigt ins Auto, die langen Haare trägt sie offen, sie wehen im Wind.

»Daran wird man sich erst gewöhnen müssen«, sagt Mom. »Der Junge passt so gar nicht ins Bild.«

Das Paradox von Seashell. Er passt und er passt nicht. Das ist genau die Art Auto, die auf die Insel gehört, und es ist genau in die Auffahrt eingebogen, in die es überhaupt nicht gehört. Es gibt keine Viv mehr genau da, wo sie immer war und immer sein wollte, und keinen Nic, da, wo er fürchtete immer bleiben zu müssen, weil er keine andere Wahl hatte.

Kapitel siebenunddreißig

Ein paar Minuten stehe ich auf den Stufen vor dem Field House und sammele meinen Mut zusammen. Ich hebe die Hand und will klopfen, aber da geht die Tür schon nach innen auf, sodass ich gegen Cass taumele, der sie mit einem blauen Mülleimer auf der Schulter aufmacht.

»Hey«, sage ich.

Er stellt den Eimer auf die Stufen und richtet sich gerade auf. Das Licht von drinnen fällt auf ihn und bringt sein Haar zum Leuchten, doch sein Gesicht bleibt im Dunkeln.

Schweigen. Nicht mal seine tief verwurzelte Höflichkeit wird mir den Weg durch diese Tür eröffnen, wenn ich nicht schnell rede. Und das tu ich, so schnell, dass die Worte sich überschlagen. »Ich muss dir einiges erzählen und dich einiges fragen und dazu musst du mich reinlassen.«

Er macht einen Schritt zurück und zieht eine Augenbraue hoch. »Ist das eine Anweisung? Bin ich hier der José?«

»Ich bitte dich. Kein Befehl. Darf ich reinkommen. Denn … Cass, lass mich einfach rein, damit wir dieses Gespräch nicht auf der Treppe führen müssen. Die alte Mrs Partridge hat vermutlich ein supersensorisches Gehör.

Er macht die Tür weiter auf, rührt sich aber nicht, deshalb streife ich ihn beim Reingehen und ein Hauch von Chlor und sonnenwarmer Haut steigt mir in die Nase.

Ich setze mich auf das hässliche grüne Sofa. Er sinkt in den fleckigen Sessel gegenüber. Ich ziehe meinen Rock runter. Er ballt und löst die Faust.

»Ich muss dir eine Frage stellen. Nein, drei.«

»Schieß los.«

»Du wusstest von Spence und Viv, oder?«

»Ja.«

Ein schnelles Wort. Ich hatte eine Erklärung erwartet, eine Entschuldigung. Einen Moment lang bin ich verblüfft. Ich mache weiter. »Wie lange schon?«

»Seit dem Tag nach dem Bootshaus. Dieser Nacht. Im Schwimm- und Tennisclub. Ich hab sie gesehen«, sagt Cass.

»Okay«, sage ich. »Nächste Frage.«

»Warum ich es dir nicht erzählt habe? Ich …«

»Pst, das nicht. Hattest du Kondome dabei im Bootshaus? Mit den Handtüchern und dem Dockside Delight? Die Wahrheit.«

Er macht die Augen zu. »Ja. Nur für alle Fälle. Also, nicht, dass ich es darauf abgesehen hätte oder so, aber ich wollte nicht unvorbereitet dastehen und blöde. Schon wieder. Und dann, am nächsten Tag, am nächsten *Tag*, Gwen, stelle ich fest, dass da so ein Riesending ist, von dem ich dir nichts sagen kann. Etwas, das dir wehtun würde. Wo ich doch gerade gesagt hatte, dass ich ehrlich sein wolle, nachdem wir die Hindernisse endlich umschifft und freie Bahn hatten.«

»Metaphernmix. Aber ich verstehe. Ich hab es kapiert.«

Der Anflug eines Lächelns. »Okay, Wortmädchen, was hast du kapiert?«

»Wie das ist mit deinen Superkräften.«

»Äh, meine *was*?«

»Du kannst nicht lügen. Du lügst nicht. Ich hab dich nur nach diesen komischen Sachen gefragt, die uns zuerst in die Quere gekommen sind – und du hast trotzdem die Wahrheit gesagt.«

»Hätte ich längst machen sollen. Ich wollte nur nicht Spence und Vivien oder sonstwas zwischen uns. Ich wollte nur …«

»Mich.«

»Uns.«

Wir haben nicht alles gesagt, was gesagt werden sollte, aber ich muss ihn jetzt einfach küssen. Wie Spiegelbilder bewegen wir uns aufeinander zu, ich lege die Hand in seinen Nacken, er legt den Arm um meine Hüfte. Wie immer duftet er nach allem, was sauber und klar ist. Seife. Sonne. Der Kuss fängt vorsichtig an, seine Lippen sind warm, sanft und fest, wissend und ruhig, aber dann wird der Kuss tiefer, wilder, denn so sind wir auch. Er zieht mich an sich, ich ihn und ich atme Cass ein, diesen Augenblick, alles davon, alles von ihm. Ich kann nicht genug kriegen und bin wie berauscht davon, dass es ihm offenbar genauso geht. Und nicht nur vom Küssen scheint er nicht genug zu kriegen. Auch von mir nicht.

Eine Zeitlang reden wir nicht.

Dann: »Wie fühlst du dich dabei?«, fragt Cass, aber ehe ich antworten kann, stöhnt er und zieht den Kopf ein. »Ich fasse es nicht, dass ich das gefragt habe.«

»Was war denn verkehrt daran?«, erkundige ich mich. »Ich fand das nett. Dass du gefragt hast.«

»Moms Lieblingssatz«, sagt er und wälzt sich auf dem Teppich. »Das Therapeutending: *Wie fühlst du dich dabei?* Sie ist toll, aber im Augenblick möchte ich nicht an sie denken. Und mich schon gar nicht so anhören wie sie. Mann.«

Er setzt sich auf, eine leichte Röte zieht sich über den Sonnenbrand auf seinen Wangen. Ich zause ihm durch die Haare.

»Eine letzte Frage. Ehrliche Antwort. Wie konnte es sein, dass du noch nie … na, du sagst ja, dass du nicht so bist wie Spence, das sehe ich. Aber was hast du eigentlich auf diesen Partys gemacht, während er die Trophäenmädels im Whirlpool gesammelt hat? Leergut recycelt?«

Cass schnaubt. »Wohl kaum. Ich bin kein Heiliger. Aber sagen wir's mal so, ich bin einfach nicht über die ganze Distanz gegangen.«

Ich fange an zu lachen. »Die ganze *Distanz*? Wie beim Schwimmen?«

»Kannst du vielleicht aufhören zu lachen. Das ist schon unangenehm genug«, sagt er, will böse gucken, lächelt aber fast.

»Warum unangenehm?«

»Weil, na, ja, weil ich glaube, du fragst das, weil ich was falsch mache oder nicht weiß, was ich mache oder …« Er wischt sich mit der Hand schnell übers Gesicht und sagt dann hastig: »Ich lerne aber schnell. Also, wenn mir was dran liegt. Und ich …«

»Cass.« Ich lege ihm die Hand auf die Wange. »Wenn wir schon davon reden, dass ich ein klein wenig mehr Erfahrung habe, ein klein wenig … darf ich dann mal aus Erfahrung sprechen?«

Er nickt.

»Dann sag ich dir, dass ich viel lieber mit jemandem zusammen bin, dem etwas liegt, an dem was er tut, als mit jemandem, der nur weiß, was er tut.«

Und dann küssen wir uns wieder.

Kapitel achtunddreißig

Der krachende Donner reißt uns auseinander. Ganz kurz. Als es anfängt zu regnen, zieht er mich wieder an sich, Tropfen klatschen auf das Dach vom Field House. Wir stehen vom Sofa auf und knallen Fenster zu. Noch mehr Donnergrollen, Blitz. Wieder mal ein gewittriger Sommer.

Als ich die vorderen Fenster zuschlage, die mit Meerblick, fällt mein Blick auf das, was ich mitgebracht und in den Büschen neben dem Rasenmäher abgesetzt habe, ehe ich die Treppe hochgegangen bin. »Oh Scheiße«, sage ich und laufe zur Tür.

Cass ist sofort hinter mir. »Weglaufen gibt's nicht.«

»Tu ich auch nicht.« Ich lache. »Echt. Ich bin gleich wieder da. Bleib hier. Nein, warte, geh ins Bad. Bleib da, bis ich dir sage, dass du rauskommen darfst. Du kannst ja duschen oder sonst was. Gib mir einfach fünf Minuten Zeit.«

Cass mustert mich und fragt dann argwöhnisch. »Muss ich duschen? Rie…«

»Nein, nein, nicht deswegen. Du riechst köstlich. Also. Oh, Gott.« Ich halte mir die Augen zu, nehme dann die Hand aber wieder runter. »Damit will ich sagen …«

Die Grübchen kommen zum Vorschein. »Vielleicht soll

ich einfach da rein und warten? Du hast doch vor, mich wieder rauszulassen, oder?«

Der Regen prasselt härter. »Ja, ja. Geh da rein.«

Und er macht es.

Moms Bücher, Grandpas Filme – ich weiß, was romantisch ist. Kerzen, Rosen, leise Musik, mildes goldenes Licht, das durch ein Fenster fällt. Alles ganz sorgfältig inszeniert.

Am Licht, das durchs Fenster fällt, kann ich nichts machen – auch nicht daran, dass ich das Mitgebrachte habe draußen im Regen stehen lasse. Aber dies hier ist tatsächlich eine sorgfältige Inszenierung – und trotzdem eine Zerreißprobe für die Nerven. Obwohl ich gut drüber nachgedacht habe, alles geplant habe und weiß, dass es richtig ist.

In Cass' Zimmer verschönere ich den Schreibtisch mit Kerzen, ich stelle welche auf den Nachttisch, reihe sie auf der Fensterbank auf. Zum Glück hat die Heckenschere des Gartenboys die Büsche um das Field House verschont, also stand die Leinentasche geschützt, die ich unter den Büschen versteckt hatte. Beim Regenguss ist nicht viel nass geworden ... nur die Streichhölzer natürlich. Na klasse. Ich laufe wieder rein in die Küche, zupfe die schlaffe Dockside-Delight-Tüte zurecht, die ich auf die Arbeitsfläche in der Küche gestellt habe. Dann zünde ich eine Kerze am Gasherd an, um damit die nächste und alle weiteren anzuzünden, bis schließlich warmes Licht den Raum erhellt. Auf einmal bin ich froh, dass es draußen regnerisch ist.

Sein Bett ist nicht gemacht, die Decken liegen überall verstreut und die Laken sind natürlich ... blassrosa.

Ich ziehe die Decke straff, schüttele die Kissen auf, komme mir aber ein bisschen komisch vor dabei und will schon alles wieder so hinlegen, wie es war. Unsicher stehe ich vor dem Bett, als Cass ruft. »Kann ich …?«

»Noch nicht!«

Und das Kleid ist nicht mal feucht geworden. Gott sei Dank.

»Okay, du kannst jetzt rauskommen.«

Er macht die Tür auf und eine Dampfwolke entweicht. Er hat tatsächlich geduscht. Und die Klamotten gewechselt. Sein Blick wandert zu mir und er lässt das Handtuch fallen, mit dem er sich die Haare gerubbelt hat.

»Hey«, sagt er.

»Hm«, antworte ich, wenn das denn eine Antwort ist.

Er schaut mich an, von Kopf bis Fuß, meine Haare, mein schwarzes Trägerkleid, meine nackten Füße. Ich kralle die Zehen zusammen, recke das Kinn, tue so, als ob das alles leicht für mich wäre.

Aber er weiß Bescheid, Cass kennt mich.

»Nun ja«, sagt er. »Wow, Gwen.«

»Ich finde, wir sollten es hinter uns bringen«, platze ich heraus.

Er fängt an zu lachen. »Das ist genau das, was jeder Mann hören will. Wir wollen doch alle das Pflaster sein, dass ihr mit einem Ruck abreißt.«

»Bist du nicht. Ich will das. Also … ich hab Kerzen mitgebracht«, sage ich.

»Und ein Dockside Delight«, ergänzt er. Langsam kommt er zu mir und legt die Hände links und rechts neben mir auf die Arbeitsplatte, an die ich mich lehne. Er guckt nur. »Du hast das geplant.«

»Ja. Hab ich. Das habe ich.«

Er umfasst mein Gesicht mit den Händen, legt seine Stirn an meine und sagt: »Danke.« Ich wusste, dass er das sagen würde.

»Hier geht es nicht um die Großpackung Kondome«, sage ich.

»Ging es nie«, sagt Cass.

Seine Lippen berühren meine.

Epilog

Auf der weiten Rasenfläche zwischen Low Road und Beach Road, wo in Seashell die Hochzeiten gefeiert werden, steht ein Schloss.

Na ja, das Zelt mit den Türmen sieht aus wie ein Schloss, festlich wie das Camelot meiner Namensvetterin, mit blau-weißen Fähnchen geschmückt, die im Wind flattern, den Farben der Stony Bay Highschool. Funkelnde weiße Lichterketten ranken sich um die Stangen und Sparren und überall prangen blaue und weiße Blumen.

Das *Herzlichen Glückwunsch*-Banner hängt schief und Al Almeida fuchtelt ungeduldig herum, damit jemand es richtet. Ich aber nicht. Nicht heute Abend. Und Hoop, Pam, Nic oder Viv auch nicht. Heute Abend sind wir Gäste – keine Muschel-T-Shirts, keine geliehenen Smokings für uns.

Auf der Stony Bay High ist es bei den Schülern der Abschlussklasse Tradition, die Abschlussfeier zu verlassen und zum See vor der Stadt zu fahren und in voller Montur reinzuspringen. Haben wir alle gemacht, Hoop, Nic, Spence, Viv, Cass und ich haben uns in den Porsche, den Bronco und Hoops Pick-up und Cass' verbeulten BMW gezwängt und haben uns mit unseren Klassenkameraden zum Sprung aufgestellt. Kreischend haben wir uns ins Wasser gestürzt, und dann sind wir über den Damm zurück nach Seashell gefahren und zu unserem Privatvergnügen in denselben nassen Klamotten auch vom Pier in Abenaki gesprungen.

Das Wasser sei eiskalt, hat Hoop gekeucht. Cass, der schon Richtung Mole unterwegs war, hat ihn Weichei genannt. Spence paddelte faul vor sich hin, kein Vergleich zu den kräftigen Zügen, die der Mannschaft der Stony Bay High in Verbindung mit Nics Kraultechnik und Cass' tadellosem Schmetterlingsstil zum ersten Mal überhaupt die Landesmeisterschaft eingebracht haben.

Und jetzt wird gefeiert – das ist keine Tradition, sondern etwas Einmaliges. Wir feiern alles, was wir zurücklassen, öffentlich und privat, in der Schule und zu Hause. Spences Dad wollte eine große Party im S&T Club veranstalten, aber am Ende schien Seashell einfach der richtige Ort zu sein.

»Wie kams denn dazu?«, hab ich Viv gefragt, als sie es mir erzählte.

»Ich habe meine herausragenden Führungsqualitäten eingesetzt«, sagte sie.

»Du hast damit gedroht loszuheulen, oder? Das verkraftet Spence nicht.«

»Nein, so was mache ich nicht. Wenn es wahre Liebe ist, ist Manipulation nicht nötig.«

»Ich bin immer noch der Meinung, du solltest diesen Job bei Hallmark annehmen.«

Sie schüttelt den Kopf. »Dann könnte ich mich nicht auf meine Collegekarriere konzentrieren.«

An der Fachhochschule in Stony Bay gibt es Kurse für Lebensmitteltechnik, die Viv in diesem Herbst belegen will, um sich etwas anzueignen, das sie vor einem Jahr noch nicht für wichtig gehalten hatte. Wenn alles gut geht, kann sie im Frühling an die Johnson & Wales in Rhode Island wechseln. Spence ist dann in Harvard. Ob sie die Entfernung überleben, steht auf einem Blatt, das sie noch nicht aufgeschlagen haben. Das Schuljahr haben sie schon hinter sich gebracht und etwas seltsame Familienfeiern im Club, bei denen Viv plötzlich als Freundin fungierte und nicht als Kellnerin. Und Spences Bemerkungen wie: »Wow, so lange bin ich noch nie treu gewesen – eigentlich bin ich nie treu«, haben sie auch überstanden.

Meine hohen Schuhe – noch so ein weibliches Folterinstrument wie Wimpernzangen und endlose Artikel darüber, wie man eine Bikinifigur kriegt – bringen mich um, deshalb stehe ich im Gras vor dem Zelt, ohne Schuhe und reibe mir den Fuß. Durch den Zelteingang sehe ich Mom dasselbe machen. Sie hat die letzten paar Wochen damit verbracht, die Häuser auf Seashell aufzumachen, die Tücher von den Möbeln zu ziehen und die Spinnweben wegzuwedeln.

Das Castle hat letzte Woche wieder eröffnet, Dad grummelt wegen der Touristenbusse, weil jeder sein Frühstückssandwich auf eine ganz bestimmte Weise zubereitet haben will. Und er ist frustriert, weil keiner geräucherte Blaubarsch Burritos zum Frühstück bestellt. Jetzt ist er hier, in einem karierten Sportjackett, das ich noch nie gesehen habe. Er redet mit Cass' Dad übers Geschäft, zeigt mit dem Finger aufs weite Meer hinaus, wo in der Ferne eines von Dads Traumbooten vorbeisegelt, langsam und majestätisch wie ein König bei einer Parade.

Nic trinkt an einen Tisch gelehnt eine Cola, mürrisch ist er nicht. Er ist in die akademie aufgenommen worden, im

Herbst geht er hin. Eine Minute lang beobachtet er Viv, dann schweift sein Blick weit übers Meer zu seinen eigenen Horizonten.

»Du tanzt nicht. Warum?«, will Grandpa Ben wissen, der plötzlich mit Emory im Schlepp neben mir steht. Er trägt tatsächlich Smoking und Emory ist eine erschreckend identische Miniaturausgabe von ihm. Beide haben kesse schwarze Fliegen um. Grandpa hat die Sachen vor ein paar Wochen in den Kleinanzeigen entdeckt und zu Hause angeschleppt wie den Schatz, den er mit seinem Metalldetektor schon so lange gesucht hat. Er bestand darauf, sie sofort anzuprobieren. »Fred Astaire, pah«, hat er gesagt. »Sieh uns an, *coehlo*. Der würde grün vor Neid werden.«

»Kratzt«, sagte Em. »Badehose. Jetzt.« Den ganzen Winter sind Grandpa und manchmal Dad, der mehr Zeit hat, wenn das Castle geschlossen ist, mit ihm in die Schwimmhalle in White Bay gegangen. Em kann jetzt tauchen, ganz sauber, und er kommt mit einem Lächeln wieder hoch. Hideout riecht nach Chlor.

Ich schlendere durchs Gras, schaue aufs Zelt, den Rasen, die eleganten Häuser mit den grauen Schindeln und die niedrigen Bungalows. Seashell.

All die Dinge, die immer so bleiben … und alles, was sich verändert hat.

Eine Zeitlang war es eine angespannte Lage, wir mussten uns alle umstellen – auf die neuen Verhältnisse. Aber genau genommen, war das alles nicht so weltbewegend neu. Aus dem Sommer wird Herbst, frische Brisen treten an die Stelle des warmen Windes. Korridore und Klassenzimmer und Schwimmhallen, statt sandiger Wege zum Meer, fritierter Muscheln im Castle und dem weiten offenen Meer. Mein

Großvater, eben noch ein junger Mann, der die Muskeln beim Rasenmähen spielen lässt, rührt nun seine spezielle Hummersauce zusammen. Meine Großmutter, die kühne junge Frau von einst, die zu schnell in die Stadt fuhr, ist nicht mehr.

Die Distanz zwischen den Sommergästen und den Inselleuten ist kürzer als der Damm, man muss nichts weiter tun, als die unsichtbare Linie überschreiten, die nur existiert, wenn man darauf besteht.

»Hey«, sagt Cass neben mir. Das Jackett hat er schon ausgezogen, die Hemdsärmel sind aufgerollt. »Ich hab dich überall gesucht.«

Der S&T hat die Jazzband engagiert (zum Glück nicht das Barbershop-Quartett) und sie spielt die schönen altmodischen Songs, die ich so gut aus Grandpa Bens Filmen kenne. Die weichen Töne dringen leise in die Nacht hinaus, schweben über die Ebbelandschaft.

Cass tanzt besser als ich, schwer ist das nicht, aber wir kommen zurecht, wir wissen, wie's geht, wie man sich zusammen bewegt, und so schwenkt und wirbelt er mich zur Musik herum mit Tanzschritten, die mir völlig unbekannt waren.

»Du führst«, haucht er mir an die Wange.

Und das stimmt. »Sorry«, flüstere ich.

»Schon okay«, sagt er. Und das ist es.

Zufällig, und vielleicht mit ein klein wenig Absicht, gehen wir an dieselbe Universität, State College. Er wird Kartographie studieren, ich Englische Literatur, Dank eines Stipendiums für Töchter portugiesischer Fischer (eigentlich bin ich ja Enkelin, aber Grandpa Ben hat so lange auf sie eingeredet, bis das nicht mehr so genau genommen wurde).

Ich liebe dich, habe ich zu ihm gesagt, in dieser Nacht im Field House. Irgendwie stürmisch, in einem aggressiven Ton, den ich am liebsten sofort wieder zurückgenommen hätte – eher eine Provokation als ein Geständnis.

Aber Cass versteht das. Er versteht mich.

»Ich weiß«, hat er nur gesagt. Und ich wusste, dass er es tat. Dass es wahr war.

Die altmodische Musik verklingt, etwas Schrilleres, Aktuelleres wird gespielt. Cass nimmt meine Hand und wir gehen weiter durchs Gras, bis hoch zur Beach Road, wo wir alles sehen können: das Meer, Land, sogar noch ein bisschen vom Damm ganz weit in der Ferne. Und ich kann alles erkennen und den Weg zurückverfolgen, den wir gekommen sind – wie Linien auf einer Karte.

Vier Kinder, die im Sand liegen, Feuerwerk so hell wie Sternschnuppen. Zwei Freunde auf dem Pier, die ins Unbekannte hinausschauen. Ein kleiner Junge, der um sein Leben springt, ein älterer, der dasselbe tut. Ein Glühwürmchen in der Nacht, das von einem Jungen gefangen wird, der es einem Mädchen zeigt. Und dieses Mädchen lässt sich von ihm küssen. Eine alte Frau, die nicht vergessen hat, wie es war, ein junges Mädchen zu sein, die sich in ihrem Schaukelstuhl zurücklehnt, mit den Füßen auf den Holzdielen wippt und übers Wasser schaut. Das Meer, das sich verändert und doch immer gleich bleibt. Horizonte, die den Anschein erwecken, das Ende zu sein, sich aber immer weiter unter dem Himmel dahinziehen, zu etwas Neuem führen, das wieder von vorn beginnt.

© Cathy Finkenstaedt

HUNTLEY FITZPATRICK wuchs in einem kleinen Küstenort in Connecticut auf, der die Vorlage für den Ort Stony Bay in ihrem Debütroman *Mein Sommer nebenan* lieferte und der genau gegenüber einer Insel wie Seashell liegt. Schon als Kind wollte sie Schriftstellerin werden. Nach dem Universitätsabschluss arbeitete Huntley Fitzpatrick in verschiedenen Berufen, unter anderem in einem akademischen Fachverlag und als Lektorin bei Harlequin. Heute lebt die sechsfache Mutter in Massachusetts und widmet ihre gesamte Zeit dem Schreiben.

Von Huntley Fitzpatrick bei cbj bereits erschienen:
Mein Sommer nebenan (15572)

Tamara Ireland Stone

Zwischen uns die Zeit

ca. 350 Seiten, ISBN 978-3-570-15470-0

Anna ist sechzehn, als sie Bennett kennenlernt, den geheimnisvollen Neuen an ihrer Schule, zu dem sie sich sofort hingezogen fühlt. Fast scheint es ihr, als würden sie sich kennen. Doch Bennett stammt aus dem weit entfernten San Francisco. Als die beiden sich näherkommen, vertraut Bennett ihr sein unglaubliches Geheimnis an: Er ist aus dem Jahr 2012 ins Jahr 1995 gereist, um seine Schwester wiederzufinden. Nicht nur Tausende von Kilometern trennen Anna von ihm, sondern ganze 17 Jahre. Nie hätten sie sich kennenlernen dürfen, und beide wissen, dass er nicht bei ihr bleiben kann. Als Bennett tatsächlich verschwindet, steht Anna vor einer Entscheidung, die ihr alles abverlangt und ihr Leben grundlegend verändern wird ...

20182

cbj

www.cbj-verlag.de